西夏死书 3

【决战贺兰之巅】

顾非鱼 著

金城出版社
GOLD WALL PRESS

西夏死书 ③

第一章 一张照片的玄机

1

唐风和韩江再一次站在陈子建教授的实验室门前，因为就在一个小时前，他俩刚刚接到陈教授的助手小卢的电话，那个从圣彼得堡带回来的头骨竟在保险柜中不翼而飞了。

“真是见鬼了！”小卢一见到唐风和韩江便大呼小叫起来。

“慢慢说，怎么回事？”韩江内心焦急，表面却依然镇定。

“我……我也不知从何说起。就……就上次陈教授死在这里，你叫我把那个头骨，还有陈教授做的头像都锁在保险柜里，没有你的命令，谁也不许碰。我照你说的，把那些东西都锁进了保险柜里。这些天，没人动过保险柜。可今天一早，我打开保险柜取一份文件时，发现那……那个头骨竟然不翼而飞了。”

“带我们去看。”韩江用命令的语气说道。

“这保险柜一共就两把钥匙，陈教授一把，我一把。陈教授死后，他那把钥匙也放在我这儿。怎么就会丢了呢？”

小卢嘀咕着，带唐风和韩江来到实验室一角的保险柜前。唐风仔细端详了一番保险柜，对韩江道：“看上去没有被撬的痕迹啊！”

韩江微微点头，又转向小卢。小卢忙掏出两串钥匙，辩解道：“两把钥匙都在我这儿……”

“别人用过吗？”韩江打断小卢的话。

“绝对没有！”小卢回答得很干脆。

“绝对没有？”韩江疑惑地盯着小卢。

小卢被韩江盯毛了：“你们怀疑我啊？我要那破骨头有屁用？”

韩江拍拍小卢的肩膀：“没怀疑你，我是在想谁会要那个头骨呢？”

又仔细检查了实验室的门窗，也没有发现被撬动的痕迹，韩江更加疑惑："真是活见鬼了。"

"难道那个头骨真的是没藏皇后的幽灵，自己长腿跑了？"唐风喃喃自语。

"这怎么可能？"

"那陈教授的死又如何解释呢？"

韩江沉默了。唐风的脑中一团乱麻，也理不出头绪，明明现在是正午时分，他却感到了深深的寒意。

两人一路无语，都在默默寻思着那个头骨的下落。回到总部，大门前的卫兵向韩江报告："刚才有个女的找您。"

韩江一怔，那卫兵随即小声笑道："还是个漂亮的外国妞。"

唐风马上猜到了是谁。韩江也想到了一个人，但他还是正色道："严肃点！"

韩江急匆匆地推开门，那个熟悉而美丽的面孔出现在他的面前，来人正是叶莲娜。"你怎么到中国来了？是不是又有了重要的发现？"韩江问道。

"除了公事，我就不能来了吗？"叶莲娜反问他。

韩江一时语塞。唐风正欲离去，却被叶莲娜叫住："唐风，你别走，这次我来是有了重要的发现。"

"哦？"唐风和韩江同时惊道。

叶莲娜从包中取出一张放大的照片，递给他们。唐风盯着照片看了一会儿，发现照片是在野外拍的，背景是一片起伏的山峦，近处是一个外国男人，灰白的头发，一身旅行者的打扮，看年纪，约莫有六十岁，但身板挺直，双目如电，正聚精会神地盯着前方。

"这人是谁？"唐风问道。

叶莲娜并不直接回答唐风的问题，反而问道："我给你们发的邮件，你们都看过了吗？"

"看过了。"唐风和韩江点点头。

"照片上这人就是斯捷奇金。"

"斯捷奇金？"唐风快速在脑海里搜索着。

"就是你说的那个杀人恶魔？"韩江惊道。

"对，就是那个恶魔斯捷奇金。"

"你第二封邮件中说斯捷奇金越狱逃走了，布雷宁被活活烧死。那你们后来都调查清楚了吗？"韩江急切地问。

在韩江的追问下，叶莲娜的眼前又浮现出了她最后一次去波诺茨卡监狱时的可怕景象……

2

叶莲娜独自驾车行进在通往波诺茨卡的公路上，车窗外是沉默的荒原。去阴森的波诺茨卡是让人心情抑郁的，但是今天的天看上去还不错，没有雨雪，也没有狂风，窗外的景致虽然不美，却如一幅宁静的风景画，呈现在旭日下。

中午时分，叶莲娜终于来到了波诺茨卡。她跳下车，发现刚才还挂在天空的太阳此刻却不见了，一大片乌云从西边快速移来，最后，笼罩了黑色的波诺茨卡上空。

天色阴暗下来，叶莲娜心中暗暗吃惊。她又看了看波诺茨卡的黑色大门，心中不觉升起一阵凉意，她走到大门前，按下门上的红色电铃。这个电铃直通门里的值班室，可是她按下电铃，等了一会儿，却没有任何反应。她又按了按，两分钟后，还是毫无反应。

叶莲娜警觉起来，她向后退了几步，朝黑色大门看去，大门上的监控摄像头正对着门前，看上去一切正常。可是……可是她忽然发现，黑色大门上的那个小门轻轻晃动了一下，她一惊，揉揉眼睛，再向那个小门看去，是的，那个小门又微微动了一下。她几步来到那扇小门前，心悬了起来。她拔出手枪，侧身轻轻一推，那扇小门竟然开了。

叶莲娜一闪身进入小门内。小门内是值班室，前面还有两道大门。她向值班室瞥了一眼，值班室里没人。“难道是看守擅离职守？”叶莲娜暗自寻思，“不！不对！无论如何，大门也不应该这样洞开啊！”

刚想到这儿，叶莲娜就听见从波诺茨卡里面传来一声沉闷的枪响，紧接着又是一枪。叶莲娜暗道不好，疾步跑进值班室，发现一名看守倒在地上，早已气绝身亡！她赶紧朝第二道大门奔去，第二道大门也一下子就被推开了，紧接着是第三道……

这时，波诺茨卡内枪声大作，叶莲娜已经明白自己遭遇了什么。来之前，她曾做过最坏的打算，但还是没想到这一切来得竟是如此之快！波诺茨卡所有的大门都被打开了，她要先赶到总控制室去，那里……叶莲娜不敢再想下去。

进入第三道大门，枪声忽然停止了。叶莲娜站在第三道大门后，看着波诺茨卡正中被围廊环绕的天井式庭院。没有人，四周一片死寂，就像什么都没发生过一样，只是天色更加阴沉了！

突然，叶莲娜听到一阵发动机轰鸣声，那声音是从隔壁监舍内的操场传出来的，那片大操场是供犯人们放风时用的。这声音震耳欲聋，似乎就在她头顶。这是什么声音？叶莲娜抬头向上看去，一架米－8 直升机从隔壁监舍内的操场上缓缓升起……她明白了，一切都明白了，她不顾一切地沿着围廊向隔壁监舍跑去。她推开了一扇厚重的铁门，又是一扇。当她冲进监舍内的操场时，展现在她面前的是一具具还在流血的尸体。叶莲娜顾不上那么多，举枪冲在半空中盘旋的直升机射击，砰！砰！……其中一枪击中了直升机侧面的玻璃，直升机上的人立即还以颜色，哒！哒！哒！……M4突击步枪的子弹像雨点似的落在她身边。叶莲娜无奈，只得向后退却。直升机越升越高，她看不清直升机里的人。突然，一张恐怖的脸印在了直升机舷窗玻璃上，斯捷奇金？！叶莲娜一愣神，再定睛看时，直升机已经飞远了！

3

叶莲娜失落地俯下身，查看着操场上的那些尸体，有看守，也有穿着囚服的犯人，没有一个活口，几乎都是一枪毙命。所有人趴倒的方向都是冲着直升机刚才起飞的地方，他们想干什么？看守向劫狱者射击，那么这些囚犯呢？只有一种可能性，他们也想乘直升机逃跑，可是却被直升机上的人无情射杀了！

叶莲娜颤抖地拿出手机，她要拨通伊留金的号码，可是手颤抖得厉害，几次都拨错了号码。终于，她拨对了号，手机内却是一阵忙音。“该死！竟然没信号！”叶莲娜咒骂了一句，又匆匆向监区的牢房走去，想要看看里面还有没有活口。

叶莲娜的脑子里飞快地闪过斯捷奇金那张恐怖的脸，那个变态杀人狂斯捷奇金！直到这时，她还是不敢确定，这一切都是因为那个斯捷奇金！可是除了他，又会是为了谁？

监舍内一片漆黑，原本昏黄的灯光也不见了，叶莲娜小心翼翼地沿着监舍的走廊向前走去。“吱呀——”一声，她推开了一扇铁栅栏门，她不知道这是不是她上次曾走过的那扇门，她打开了身上唯一的照明设备——手机。

在手机微弱亮光的照射下，叶莲娜辨别出来走廊两边是一间间牢房。缓缓走近一间牢房，她清晰地感觉到了自己的心脏狂跳不止，不知道接下来还将遭遇什么。

韩江的面容突然在叶莲娜眼前一闪而过，“该死！”叶莲娜暗暗咒骂了一句，她现在需要集中精神。叶莲娜走到了那间牢房门前，门上是一排小栅栏。她举着手机靠近小栅栏，想看清牢房内的景象。可是，就在她将亮光对准那排小栅栏时，“啪”的一声，一张令人毛骨悚然的脸贴在了小栅栏上。叶莲娜尖叫起来，吓得连退几步，手机也摔落在地上。

手机的亮光在走廊里熄灭了，惊魂未定的叶莲娜蹲在地上摸索自己的手机，却摸到了一个软软的东西。她忽然感觉手上有些黏，还有点潮湿，那是什么？与此同时，她嗅到了一股浓厚的血腥气。她的心脏猛地一坠，赶紧把手缩了回来，那是一张布满血迹的人脸！

黑暗中，叶莲娜终于摸到了自己的手机。她看看手机，电量已经不多了……她想出去，但是似乎有一种力量吸引着她，推动着她继续往前。她打定主意，合上手机，摸黑迈过地上那具尸体，继续向前走去。

越往走廊深处走，血腥气越加浓厚。叶莲娜边走边胡思乱想，劫狱的人是谁？谁有这么大的能耐，能够顺利劫狱？他们又救走了谁？只有斯捷奇金吗？——难道这一切都与自己几天前提审斯捷奇金有关？叶莲娜感到不寒而栗，如果是这样，那可就太可怕了！

就在她感觉异样的时候，突然，地上有一个东西触到了她的脚踝。叶莲娜本能地向后退去，但那东西死死抓住了她。她想要挣脱，却被那东西一拽，靠在了走廊旁的墙壁上。她再也无法忍受，放声尖叫。此刻，她再也不是什么王牌女特工，而只是一个被吓坏的女孩，她完全崩溃了！

叶莲娜的尖叫声传遍了黑暗空寂的走廊。待慢慢冷静下来，她似乎听到了一个声音，像是一个人在喃喃自语。

叶莲娜感到毛骨悚然，仿佛听到了来自地狱的声音。她靠在冰冷的墙壁上，大口喘着粗气，胸口剧烈起伏着。她将枪交换到左手，用颤抖的右手掏出手机，一缕亮光在漆黑的走廊里亮起。她小心翼翼地照向自己的脚下，借着手机发出的亮光，终于看清，抓着自己脚踝的是一只血淋淋的手臂。顺着这只手臂继续看去，一个人正躺在她脚下。叶莲娜将手机灯光对准那人的脸庞，这才认出来，那人正是上次接待自己的伊戈尔中尉。“伊戈尔，这是怎么了？”叶莲娜扑在伊戈尔身上大声问道，可是伊戈尔此时已经昏迷过去。

叶莲娜重新站起来，感到大脑一阵眩晕，站立不稳，只得靠在冰冷的墙壁上。她又试着拨打伊留金的电话，这次倒是有信号了，电话也打通了，可那头却掐断了电话。“该死的伊留金！”叶莲娜咒骂道。

叶莲娜举着手机又向前照了照，可是微弱的亮光根本照不出多远，漆黑幽长的走廊似乎没有尽头。她的心突突乱颤，她绝望了，不敢再向前，但也不想就此退出去。她的脑海中满是可怕的景象，只有韩江的身影能让她稍稍得到片刻的宁静，可是此刻，韩江不可能出现在她身旁。

就在叶莲娜陷入两难境地之时，她的手机突然响了，电话铃声响彻整个走廊，显得兴奋而又诡异。

4

彼得堡伊留金的办公室内，伊留金正在办公桌前搂着新来的女秘书缠绵悱恻，当然无暇接听叶莲娜的电话。可当他发现屏幕上显示的号码竟是叶莲娜的电话时，立即来了个大撒把，赶紧回拨叶莲娜的手机。那被摔疼的女秘书很是不满地盯着伊留金，喃喃道：“什么重要电话，不会是你的那个纽德米拉情妇吧？”

伊留金不悦地挥了挥手，女秘书悻悻地离开伊留金的办公室，电话那头传来叶莲娜惊慌失措的声音："你快带人到波……波诺茨卡来，这里出……出事了。斯捷奇金被人劫……劫走了，所有的看守和……和囚犯都死了，也……也可能还有幸存的。快！你快……太……太恐怖了，我……"伊留金从未见过叶莲娜如此慌张，听完她断断续续的叙述，身后不禁升起一股凉气，刚才被女秘书挑逗起来的欲火，此刻也被那股凉气浇灭了。

叶莲娜打完电话，一直静静地坐在伊戈尔身旁，等待着援兵的到来。当离此地最近的警察和特工匆匆赶来时，天已经快黑了。她没有配合他们录口供，而是径直走出波诺茨卡，跳上了自己的车，向无边无际的荒原里驶去。

叶莲娜猛踩油门，疯狂地驰骋在公路上。车窗外没有一丝亮光，伊留金曾告诫过她，不要在晚间走这条公路，因为周围没有人烟，充满危险，万一车坏了，万一车冲出了公路……但此时，她已经顾不得这些，因为她知道，前方还有更重要的事在等着自己。

好在没有迷路，也好在没有出事，当叶莲娜驶过那片森林时，天已经快亮了。可就在驶出森林的一刹那，她的眼睛猛地瞪大了，眼中闪动着冲天红光，这光映红了整片森林。

叶莲娜的手又剧烈颤抖起来，她不得不赶快把车停下来，用双手才拨通了伊留金的电话："你……你快带人到布雷宁的别墅来！他的别墅失火了！我没估计错，斯捷奇金出事了，布雷宁肯定也出事了。"

叶莲娜怔怔地伫立在布雷宁的小别墅前，看着火魔一点一点吞噬了整栋别墅，以及周围的一切，塑料大棚、车库、草地……大火看上去在她来之前，就已经燃烧了很长时间。约莫 20 分钟后，大火渐渐熄灭了，叶莲娜不顾危险，立即走进了已变成废墟的别墅中。

很快，一具已经烧焦的尸体呈现在叶莲娜眼前。她捂着嘴，蹲下来仔细查验。这里应该是布雷宁卧室的位置，尸体已经被烧得面目全非，她一时无法断定这人是否是布雷宁。

看来自己又来晚了一步，叶莲娜暗暗懊悔。她站起身，又查看了各处废墟，最后停在了客厅的位置。她环视四周，自己几天前还曾来过这里，正是在这间客厅中，布雷宁对自己叙述了几十年前的往事，没想到，才过了这么几天就……叶莲娜忽然发现在一根未燃尽的木梁旁，有一个黑色的长方形东西。她弯下腰拾起那个东西，是相框，一个黑色相框。她轻轻抹去相框上厚厚的灰烬，发现相框中的照片正是那张原先摆放在客厅壁炉上的年轻人打雪仗的照片，只是因为大火，相框被烧变形了，右边的部分则完全被烧毁了。

叶莲娜拿着被烧变形的相框向四周望去，幽暗的森林里寂静无声，她却感觉森林中似乎有无数双眼睛正看着自己。

5

叶莲娜正想再仔细看看那张照片时，伊留金带着人赶到了。她从灰烬中走出来，对伊留金说道：“我们又来晚了。”

“怎么会这样？太……太让人震惊了！”伊留金晃着脑袋，满脸疑惑。

叶莲娜又回头看了看已被烧成灰烬的别墅，像是对伊留金说，又像是自言自语：“也许……也许我们一开始就犯了一个错误。”

“什么意思？”伊留金不解。

“什么意思？你还不明白吗？现在回头想想，韩江的推断是有道理的，那个遗失的 1964 年绝不简单。而我们一开始并没有对此给予足够重视，我根本没对这条线索抱有什么希望，认为就只是 1964 年的档案遗失了。所以调查时，我只当是在做一般的工作，将所有人一一排查。当布雷宁、伊萨科夫和斯捷奇金这三个人进入我们视线时，一开始就充满神秘，而他们三个执行保护米沙任务的时间，又都是在 1964 年前后；特别是斯捷奇金，可我们依旧没有对他们给予足够重视。我去问了布雷宁，又去波诺茨卡提审了斯捷奇金。去之前，根据我们掌握的情况，布雷宁是个脾气古怪的老头，而斯捷奇金则是一个变态杀人狂，但是我对他俩的询问却还算顺利，两人的叙述基本上回答了我的疑问，且恰到好处，没有一丝破绽。这使我慢慢放松了对他俩的怀疑，也才有了今天的灾祸。”叶莲娜分析了对几人的调查过程。

“可我并不觉得我们哪里做错了！”伊留金还是不解。

“是啊！本来按照我们的做法也没什么错，可你不要忘了，我们的对手绝非平庸之辈！当我问过布雷宁和斯捷奇金之后，我认为他们的叙述中基本没有破绽，于是便相信他俩没有问题，而伊萨科夫也被证实在 20 年前就死了，所以我都准备结束这次调查了。可现在想来，没有破绽才是最大的破绽！”

“没有破绽才是最大的破绽？什么意思？”伊留金吃惊地看着叶莲娜。

“布雷宁和斯捷奇金，一个住在乡下的别墅中，很少与人往来，一个被关在戒备森严的监狱里，更是无法和外界联络，他俩是不可能串供的；而且根据我们的调查，他俩已经多年不来往。可就是这样两个人，他们在回忆几十年前的陈年往事时，叙述内容竟完全吻合，没有一丝破绽，这本身难道不就值得怀疑吗？”

“你这么一讲……是啊！这么多年过去了，一般人回忆多年前的往事，如果不是重要的令人难忘的事，肯定会有遗忘或不准确的地方，但是这二位的叙述确实太合拍了。”伊留金也想到了这层。

“这说明什么？说明多年前的那段往事是令布雷宁和斯捷奇金刻骨铭心、记忆深刻的，他们不可能不记得。但是他们却同时对我隐瞒了一些最关键的内容，然后说出一些没有破绽、不疼不痒的内容。我想他们大概在多年前就已经为这一刻做好了准备，所以这两人的叙述才会如此一致，没有破绽。”

“你是说很多年前，布雷宁和斯捷奇金就预料到将来会有人因为米沙的事调查到他们头上？”伊留金更加吃惊。

“嗯，我想是这样，应该还有那个伊萨科夫，也许还有别的什么人，只有这样才能解释现在这一切。布雷宁、斯捷奇金和伊萨科夫一定和米沙的事有关联，同时他们在多年前就制定了攻守同盟，同进同退。这么多年过去了，虽然他们后来的人生命运各不相同，但是不论世事如何变迁，他们竟然都还在默默遵守着当年他们之间的这个攻守同盟，直到我找他们谈过话之后。”

“天哪！这是怎样的力量，竟能让他们在这么多年后依然遵守当年的约定？要知道，世事变迁，现在布雷宁是将军，而斯捷奇金是阶下囚，一个天上，一个地下，两人竟还有当年的默契！”伊留金无论如何不敢相信。

“事实就是这样，他们似乎都在保守着一些当年的秘密，而这正是我们感兴趣的。可惜……”

“那他们当中，谁又是真正的幕后黑手呢？”

“我不知道，也许他们几个都不是，但他们一定和当年的事有关。”

“会不会是斯捷奇金？他在狱中遥控指挥，谁也想不到是他。可当你去提审他时，他慌了，于是越狱逃走，并且放火烧死了布雷宁。”伊留金大胆推测。

“有这种可能，但我认为不大现实。波诺茨卡戒备森严，又远离城市，在那个地方很难做到遥控指挥。倒是这里，火海中的那具尸体究竟是不是布雷宁的，还需要进一步证实。”

“怎么，你怀疑布雷宁？”

“不要忘了季莫申提到的那个‘将军’！”叶莲娜顿了一下，又道，“当然，按常理我初步判断那具尸体就是布雷宁，而且布雷宁确实也不大像是那个幕后黑手。但是，除了斯捷奇金和布雷宁，我们还有谁可以去调查呢？除非那个伊萨科夫从坟墓里跑出来！”

“是啊！现在斯捷奇金逃走，布雷宁已死。如果斯捷奇金不再露面，我们可没有其他任何线索了。唉！看来我们又要回到原点了。”

“是这样，上校，你的理解很正确，这就需要你和你的属下加快工作进度，一方面鉴定这具尸体，确定他是否就是布雷宁；还要救活伊戈尔，进一步调查取证。另一方面，要提高警惕，以防那个变态狂魔斯捷奇金再出现。”叶莲娜像是分派任务似的，对比自己军衔高的伊留金说道。

“斯捷奇金？他还会出来吗？”伊留金不相信斯捷奇金还会轻易露面。

“不会吗？”叶莲娜像是在自言自语，“会的！那些人冒这么大风险，费这么大力气，从波诺茨卡救走他，一定会让他派上用场的！”

“也许……也许那个幕后黑手只是想让斯捷奇金闭嘴。”伊留金推测。

“你是说杀人灭口？！如果是那样，像布雷宁这样让他变成一具焦尸不是更好？”叶莲娜反问道。

伊留金点头称是。叶莲娜说完，扭头便向自己的车走去，伊留金忙喊住她：“你给我派了这么多任务，那你干什么去啊？”

“我？”叶莲娜冲伊留金挤出一丝笑容，“我该好好休息了，否则就要崩溃了！”说完，叶莲娜钻进了自己的“菲亚特”，向黑色的森林外驶去。

6

叶莲娜刚说完令人恐怖的回忆，韩江就迫不及待地问道：“那后来呢？你们调查的结果呢？”

叶莲娜耸了耸肩，双手一摊：“一无所获。”

“一无所获？怎么可能？”韩江追问道。

“是啊！那具烧焦的尸体是布雷宁的吗？”唐风也问道。

“那具尸体被烧得太严重了，我们只能初步判定尸体属于一个中年以上的男性，详细的尸检报告还没出来。伊戈尔虽然抢救过来了，但他也没能提供什么有价值的线索。据他说，那伙武装分子是乘直升机来的，他们里应外合，火力强大，目标明确，就是冲斯捷奇金来的。所以，等狱警们反应过来，为时已晚。”

“这完全符合那个幕后黑手的做事手段。”唐风说出自己的判断。

叶莲娜点点头：“现在让我困惑的有两点，一是为什么在我刚找过斯捷奇金和布雷宁之后，他俩就发生了如此大的变故？”

“显然这是冲着你的调查去的。”韩江道。

“是啊，斯捷奇金在监狱里关了十多年，也没人去劫狱；布雷宁退休十多年了，活得好好的，可在我找过他俩之后，就出了事。”

“这说明你的调查触动了那个幕后黑手的神经，他不能容忍你去找斯捷奇金和布雷宁。”唐风分析道。

“第二个让我疑惑的是，斯捷奇金和布雷宁两人多年不来往，但在我向他俩询问陈年往事时，却回答得几乎一模一样，天衣无缝。”叶莲娜说。

“就像你跟伊留金分析的，能有什么事让一个人在几十年后依然记忆犹新，那一定是刻骨铭心、难以磨灭的事。而他俩对这事又叙述得天衣无缝、无懈可击，这就一定有问题。他们对你隐瞒的事已经过了几十年，却依然让他们讳莫如深，我想他们肯定是因为害怕什么。”唐风推测。

“害怕什么？”叶莲娜问。

“这就又回到你的第一个疑惑上来了，他们害怕其他人知道他们当年的秘密。这个秘密到今天仍然有效，仍然能让身经百战、深谋远虑的将军布雷宁和杀人如麻、身陷囹圄的死囚斯捷奇金恐惧、害怕！”唐风说道。

“这会是什么秘密呢？”叶莲娜问。

“我想那一定和遗失的 1964 年有关。1964 年参与保护米沙的人一定在那一年遭遇了他们人生中的一件大事。”唐风道。

“我也是这么想的，可现在米沙死了，伊萨科夫死了，布雷宁也死了，斯捷奇金越狱了，还有谁是当年的知情者？”叶莲娜紧锁眉头。

“也许……”韩江顿了一下，唐风和叶莲娜一起望着他，“也许问题就出在斯捷奇金身上。”

“哦？”

“你们想想，按照刚才的推断，幕后黑手不愿意我们接触到当年知道真相的人。那么，假设米沙和布雷宁都是被那个幕后黑手害死的，为什么斯捷奇金却被人劫狱救走了？如果不想让斯捷奇金开口，直接给他一枪就行了，死人是不会开口的，为什么还要救他走呢？”韩江边推测，边说出了他的疑问。

“你是说斯捷奇金就是幕后的黑手？”唐风惊诧。

韩江摇摇头：“我现在还不能确定，但不能排除这个可能。叶莲娜，那你们后来就没找过斯捷奇金？”

“当然找了。伊留金撒下大网，可连斯捷奇金的一点气味都没有嗅到。”

“那这张照片呢？从照片上看，这家伙现在似乎过得还不错。”韩江盯着手中的照片说道。

“接下来又发生了一件怪事，就是这张照片。有一天，伊留金突然收到了它。”叶莲娜道。

“不知道是谁寄的吗？”韩江问。

叶莲娜摇头：“不知道，信封里就只有这张照片。”

“这果然又是一件怪事，谁会给你们寄斯捷奇金的照片呢？那个幕后黑手？显然不可能啊。他不可能救了斯捷奇金，又提供线索让你们来抓他。”唐风喃喃道。

“嗯，你们先不要管照片是谁寄的，看这张照片，你们还看出了什么？”叶莲娜问道。

“看出了什么？不就是斯捷奇金吗？”韩江端详了好一会儿，也没从照片上看出什么端倪。

唐风似乎看出了一些问题。“这背景……”他犹豫起来，最后还是肯定地说道，“这背景是在中国。”

“什么？斯捷奇金已经到了中国？”韩江惊愕。

“我不但看出这是在中国，而且极有可能是在贺兰山一带拍摄的。”

“这……这怎么可能？凭这张照片你就能看出斯捷奇金去了贺兰山？”韩江不太相信。

唐风指着照片中的背景，道：“你看这里，背景出现的山峦近处满是蒙古扁桃，远处山坡上是青海云杉，这两种植物都分布在我国西北地区。据我所知，在贺兰山都有分布。”

“就凭这个？”韩江将信将疑。

“还有，你看背景中的那处陡峭山崖上。”唐风提示韩江。

“山崖上？好像是两只动物，山羊？”韩江不解唐风的意思。

“那是岩羊。”唐风肯定地说道。

“岩羊？”

“贺兰山的悬崖峭壁间是岩羊喜欢生活的地方。岩羊，加上照片上的植物，我基本可以肯定，这张照片是在贺兰山一带拍摄的。”唐风推断道。

“斯捷奇金出现在了贺兰山？！难道他们已经知道了我们下一步的计划？”韩江有点蒙。

“看样子他们很有可能又要抢先一步了。”唐风道。

叶莲娜不明白韩江和唐风什么意思，于是唐风将罗教授破解的信息告诉了她。听罢，叶莲娜道：“看来我这次来对了。我们下一步去贺兰山，也许不但能得到那一块玉插屏，还能抓到斯捷奇金。”

“你？和我们一起去？”韩江看看叶莲娜，有些犹豫。

“怎么？不行吗？那个斯捷奇金可比史蒂芬他们厉害多了，没有我，单凭你肯定是斗不过他的！”叶莲娜道。

“看来只能如此了。史蒂芬还没抓住，又冒出来个斯捷奇金。”韩江喃喃道。

众人分头准备，很快唐风、韩江、叶莲娜、徐仁宇以及马卡罗夫五人便分别出发了。

第二章 山中客店

1

初春时节，五人在银川会合后，乘一辆切诺基离开富饶的河套平原，一头扎进了贺兰山深处。巨大的贺兰山山脉如同一个巨人，横卧在巴丹吉林沙漠与河套平原之间，用身体挡住了巴丹吉林沙漠的风沙，给河套平原带来了富庶。这里曾是党项人心目中的神山，它见证了西夏王朝的兴衰沉浮，也隐藏了许多王朝秘史。

进入山口，两座高塔巍然屹立。“这就是西夏时期的塔。”唐风一眼便认出了这座西夏建筑，“党项人笃信佛教，元昊曾下令在国中广建佛寺，据说西夏时贺兰山中佛寺密布。”

“可哪一座才是我们要找的黑鹫寺呢？”徐仁宇问。

“可惜现在这些佛寺都已湮没不存，要找到那座黑鹫寺，只能靠米沙的笔记了。”唐风道。

车进入山口没一会儿，公路就变成了土路，往前又走了一段，前面隐约飘出了一缕炊烟。“前面好像有个村子。”唐风想起了米沙笔记中提到的村民。

切诺基缓缓驶近了炊烟，唐风这才看清，前面根本不是什么村庄，只有孤零零一户人家。这户人家门前挂着招牌，像是一家客店。

“这前不着村的，哪儿冒出来一家客店？”徐仁宇狐疑道。

“也许是专为背包客开的旅店。”唐风猜测。

众人跳下车仔细观瞧。一座精致的二层木屋，小巧玲珑，在背后山峦的映衬下，煞是漂亮。

此时正是中午时分，一进客店，唐风便嗅到一阵饭菜香味。柜台里的老板娘约莫四十岁，半老徐娘，见到唐风等人很是热情：“几位，是准备进山去玩的吧？”

韩江点点头：“老板娘，你这里还能住店啊？”

“是啊，二楼都是客房。您别看我们这里不大，但也有四间客房。”

“那好，四间客房我们都要了。”

“四间？你打算在这里住下？”唐风没想到韩江想在此住下。

老板娘闻言，先是一愣，但很快便收起笑脸，道：“这位先生口气好大啊！你们五个人要住四间？”

“怎么？不可以吗？”

“可以，当然可以。不过，有两间已经有人了。”

“哦？”不但韩江惊诧，众人也都吃惊不小。这个季节并非旅游旺季，深山中的小客店居然已经有人捷足先登了。

会是什么人？大家心中都开始盘算起来。

韩江刚想开口继续询问，唐风拉了拉他的衣襟，笑着对老板娘说：“那我们就要剩下的那两间。”

于是老板娘带着众人上了二楼，围绕着楼梯口，东、西、南、北各有一间客房。老板娘一指西面和北面的客房，“那两间都有人了，你们就在这两间将就一下吧。”说完，把钥匙递给唐风就要下楼，然后又像是想起了什么，转身叉着腰，像说顺口溜一般说道，“本店供应各种酒水饮料、面食茶点，还可以点菜，煎炒烹炸、山珍野味，只要是菜单上有的，我们都可以做。不过你们一定要记牢开饭时间，早上 7 点到 8 点是早饭时间，中午 12 点到下午 1 点是午饭时间，晚上 6 点到 7 点是晚饭时间，过时不候。”

说完，老板娘摇摆着肥硕的屁股，走下了楼梯。唐风分配房间，让马卡罗夫和叶莲娜一间，自己和韩江、徐仁宇挤一间。走进客房，唐风发现，房间不大却很整齐，布置得也井井有条，推开窗户，山景尽收眼底。

唐风刚放下背包，韩江便问：“刚才我要问老板娘话，你为什么拦着我？”

“你那样子问，凶巴巴的，谁愿意理你。”唐风回答。

“那你去问！”

“我还要问你呢，怎么突然要在这里住下？现在天还早，再说就算天黑了，咱们不是带了帐篷。难道你是为了向老板娘打听一些情况？”

“这个理由不够充分吗？咱们也不知道黑鹭寺的具体位置，贸然进山，也许一无所获。不如先在这里打听消息。”韩江说出了自己的理由。

“可现在斯捷奇金已经来到了贺兰山，说不定我们的老对手史蒂芬也到了，留给我们的时间也许不多了。”唐风不无焦急地说。

“难道他们也知道黑鹭寺吗？”

“不要忘了我们在玛曲曾经说过的话。”唐风提醒韩江。

“你还是怀疑……”韩江的话说了半截，但两人显然都已经明白了对方的意思。

2

安顿下来，一干人下楼吃饭。吃饱喝足了，唐风也没见那两个房间的人出来。徐仁宇、马卡罗夫和叶莲娜吃完就回房休息了。

韩江一个人躲在屋外抽烟，唐风拍了拍他："想什么呢？"

韩江吐出一个又大又圆的烟圈："我对那两间客房里的人产生了兴趣，而且是浓厚的兴趣。"

唐风沉吟片刻："也许是你多想了，或许人家就是来登山的。"

韩江站起来，一拍唐风："你说我凶巴巴的，这回你出马吧。多给老板娘献献殷勤，从她嘴里套出点话来。"

唐风一听这话一阵反胃，不过也只得出马，去向老板娘套话。两人回到一楼大堂，唐风赔着笑，先是违心地恭维了老板娘一番，然后便开始套老板娘的话。

"现在这时候，生意好吗？"

老板娘被唐风恭维得正在兴头上，对唐风是有问必答："按理说现在不是旅游旺季，生意不该好，不过也许是我今年财运好，这不，小店都住满了！"

"那两间客房住的都是什么人啊？怎么午饭没看见他们下来？"唐风又问。

老板娘瞥了一眼楼上，道："南边那间是一对小情侣，卿卿我我的，像是新婚蜜月，他们的午饭是让我送进去的。"

"新婚蜜月？来爬山？"

"我的意思是，他俩那甜蜜劲儿像是新婚蜜月，人家是不是真的新婚蜜月我也不知道……"

"东边那间呢？"唐风及时打断了老板娘的话。

"东边那间住的是一个男人。"

"就一个？"

"嗯，就一个人。"

"也是来登山的？"

"看着像。不过那人话很少，脸阴沉着，比那位还阴。"说着，老板娘一指旁边的韩江。

韩江立马翻了个白眼："真是躺着都能中枪！你们聊，我走了。"

韩江说是走，其实蹲在屋门口，竖着耳朵，不放过老板娘说的每一个字。

"那个男人长什么样？"唐风又问。

老板娘想了一会儿："说不好，不高不矮，不胖不瘦，长相也没什么特殊的，看上去四十来岁的样子。"

"这人来了几天了？"

“来了有几天了。这人是个怪人，来了之后就躲在屋子里，也不要我送饭。每天早上出去爬两个小时山，然后回来就一直待在屋里，也不和我说话。”

“哦？”唐风吃惊地仰头看看通往二楼的楼梯。

“这会儿那人应该在屋子里。”老板娘补充道。

唐风陷入了沉思。许久，忽然又问老板娘：“最近还有什么比较特殊的人来您这儿住店吗？”

“特殊的人？”老板娘不明白唐风的意思。

“比如，外国人。”

“外国人？你们刚才不是来了两个。”

“除此之外，还有吗？”

老板娘摇摇头：“这穷乡僻壤的，哪有什么外国人，一年也见不到几个。”

唐风这才舒了一口气，又想起最重要的事还没问，便接着开口：“老板娘，您就是本地人吗？”

“那是。我自小就在贺兰山下长大，现在和我家男人就靠这家小客店为生。”听老板娘的口音的确是当地人。

“那您有没有听说过贺兰山中有一个叫黑鹫寺的地方？”

“黑鹫寺？是座庙吧？”

唐风一听似乎有希望，忙说：“对，对，是座庙。”

老板娘想了想：“我在这贺兰山活了几十年，从没听说过有黑鹫寺这个地方。这附近方圆百里，也没什么庙啊！”

唐风一听这话，心里立马凉了半截。但他还不死心，接着问：“您再好好想想，那座庙现在可能已经不在了。”

老板娘茫然地摇了摇头：“真不记得这附近有什么黑鹫寺了。要不，你再去问问别人？”

唐风失望至极。问别人？这地方还有别人吗？唐风又向她询问附近的道路，老板娘热心地给他指点：“过了我们这店，再往山里去，可就没有人烟了。到山脚下，连门前这样的土路都没了，这里怎么会有什么寺庙？”

唐风嘴上向老板娘道谢，心里却在嘀咕：“难道我们从一开始就走错了？米沙的笔记不会错，如此看来，黑鹫寺早就荡然无存了，所以当地人也不知道黑鹫寺。”

唐风胡思乱想着走出客店，正碰见韩江，便问：“你都听见了？”

“嗯。”韩江点点头。

“看来咱们出师不利，这座黑鹫寺还真不好找。”

韩江略思片刻：“先不管黑鹫寺，我倒是对东边客房里那位神秘人充满了好奇。”

“还有南面客房里的情侣，也要观察一下。”

“对，晚饭的时候看能不能见到这些人，如果他们还不露面，我就要想点办法了。”韩江喃喃自语。

“你有什么办法？”

“到时你就知道了。”

两人又查看了一下附近的情形，并无什么特殊发现。很快，太阳落山，晚饭时间到了。

3

唐风一行人早早便来到一楼大堂，他们找了一张最大的长桌坐定。大堂内的白炽灯灯光昏暗，唐风瞥了一眼旁边的一张小方桌，又朝二楼楼梯口望去。就在此时，楼上有了响动，是开门关门的声响，紧接着是一串脚步声，不大一会儿，一男一女两个年轻人走了下来。

两人看见唐风他们，有些吃惊，脚步迟疑下来。不过，他俩很快便恢复了常态，女孩笑着对男孩说：“来登山的人越来越多了。”

“是啊，我以为这个季节没什么人来呢！”男孩说。

两人在小方桌旁坐定，点了几个菜，吃得有滋有味。反倒是唐风这边，五个人面无表情，沉默不语。最后还是韩江打破了沉默，冲那男孩问道：“哥们儿，你们也是来登山的？”

“是啊！你们呢？”

“我们也是来登山的，第一次来，想向你们问问路。”

“真不巧，我们也是第一次来！”

听他们说也是第一次来，韩江只好打消了刚才准备问的问题。

大家吃完了饭，其他人都回了屋，唐风和韩江仍然坐在大堂里，盯着楼梯口。“看来东屋那个神秘客人今晚是不会露面了。”唐风失望地说。

“我有办法。”

唐风不明白韩江葫芦里卖的什么药，两人在大堂里又坐了一会儿，还不见人影。韩江正想回屋，唐风却瞥见了大厅墙上悬挂的一幅图，那幅图皱皱巴巴，泛着黄色，看上去有些年头了。唐风完全被这幅图吸引了。韩江不解地走到他身旁，也注视着这幅图，缓缓读出了图边几个繁体汉字：“贺……兰……山……藏……宝……图……”

“这是什么？”韩江困惑地望着唐风。

“一张藏宝图！”唐风喃喃道。

“哼，这地方居然会有一张藏宝图？还挂在墙上？”韩江感到可笑。

“这是张假的藏宝图！”两分钟后，唐风做出了判断。

“假的？”

“嗯！”唐风捏了捏墙上这张泛黄的藏宝图，解释道，“这种藏宝图虽然画得很像那么回事，但仔细看看图上画的东西，还是漏洞百出，特别是这张纸让藏宝图露了原形。”

“纸怎么了？看上去挺旧的。”韩江看不出什么。

“这种纸是最近几年才生产的纸，故意做旧，伪装成民国时期的纸张。民国那会儿根本做不出这样的纸。现在古玩市场上经常出现这种假货，所以我说这张纸让藏宝图露了原形。”

唐风正解释着，突然身后传来一个声音：“一张纸你们也能研究这么半天？”

两人一惊。回身看去，昏黄的灯光下，老板娘不知什么时候不声不响地出现在他俩身后。

老板娘见他俩对墙上的藏宝图感兴趣，便把两人拉到柜台前，指着柜台后面墙壁上另外两张泛黄的纸，说：“你们要对藏宝图感兴趣，我这里还有呢。”

唐风一看就晕了，那两张也是假的，完全是用现在的纸张做旧后冒充的老物件。“老板娘，恕我直言，您这几张藏宝图都是赝品，是现代纸张做的印刷品，然后又做旧，冒充民国时期的老物件。”

谁料，唐风说完，老板娘非但没恼，“扑哧”一声反倒乐了：“废话，我又没说这是真的。谁会有真的藏宝图？”

“那您这是……”

“这不是为了给我的小店增加点氛围吗？”

“增加氛围？”唐风不解。

老板娘解释道：“你们有所不知，咱们这一带从老一辈人就流传着一个关于藏宝图的传说。”

“哦？”唐风和韩江都来了兴致。

“我也是听我爷爷说的。说是民国那会儿，军阀混战，有一伙强人打家劫舍，累积了大量的金银珠宝。后来这伙强人被政府给端了，逃出来的强盗就把他们累积的金银珠宝藏在了贺兰山中。”老板娘说得有鼻子有眼的。

“所以你们这里就有了藏宝图的传说？”唐风问。

“嗯，从我记事的时候，我们村就流传着藏宝图的传说，只是我一直没见过。这不，我在山里面开了这客店，为了多招揽顾客，就想出这么一招，在店里面贴上这些假藏宝图，营造点神秘气氛。”

“看不出，老板娘您还蛮有生意头脑的！”唐风笑道。

“那是，要不怎么我的小店才开张，就住满了呢？”老板娘颇有几分得意。

“东屋和南屋的客人不会就是冲着这藏宝图来的吧？”韩江戏谑道。

“南屋那对小情侣肯定不是，倒是东屋那男人刚来的时候，盯着墙上的藏宝图看了好长时间，还问了我好几个问题。就那次，我还和他说了几句话，再后来就没说过话了。”

“他问了您什么问题？”韩江追问。

“他问我这几张藏宝图是哪里来的。我开始没说实话，骗他说是祖上传下来的。可他也像这位兄弟一样，看出了这几张藏宝图是假的。”老板娘指了指唐风。

“看来这人还有点儿功底！”韩江道。

“所以我说他似乎对藏宝图很感兴趣。”老板娘道。

藏宝图？东屋的客人？韩江心头的疑云又增加了一重。

4

时针刚走过晚上10点整，徐仁宇早已鼾声如雷。唐风也有些倦意，可就在这时，韩江捅了捅他，他不解其意，跟着韩江走出了屋门。大堂里一片漆黑，二楼也没有一丝光亮。韩江低声嘱咐唐风：“我马上要进东屋，如果被里面的人发现了，我就佯装醉酒，说是他的屋门没锁，你赶紧过去把我架出来；如果我在里面发出两声耗子叫，你就进去。”

唐风有点儿蒙了：“你怎么进去？”

韩江又拿出一截铁丝：“还是老办法。”

唐风晕了：“看来你是惯犯了。”

“大丈夫行事，不拘小节。”韩江一本正经地说。

说罢，韩江蹑手蹑脚地移到了东屋门口，耳朵贴着木门听了一会儿，里面鸦雀无声，他便开始鼓捣他的铁丝了。唐风有时觉得真神奇，只是一下，不到两秒钟，东屋的门便被韩江捅开了。

韩江将东屋的门打开一条缝，闪身钻了进去。唐风紧张地注视着东屋，五分钟后，东屋里传来了两声细微的老鼠叫声。

唐风紧张地做好了闯进去把韩江架出来的准备，却听到两声细微的老鼠叫声。他感到奇怪，难道屋里的人没有发现闯入的韩江？他狐疑着慢慢走近那扇木门，伸手轻轻地推开门，生怕门轴的吱呀声惊醒屋内的人。

“果然如我所料！”韩江坚定的声音把唐风吓了一跳。

紧接着一束电筒的强光打在唐风身上，唐风低声惊呼：“你疯了！”

韩江走过来把门关上，然后用电筒快速在屋内扫了一遍，最后将光束落在床上。唐风这才发现床上没人，整个屋内空无一人！

“这是怎么回事？”唐风惊诧万分。

"下午你向老板娘打听屋里情况的时候，我就想到那人很可能并不在屋内。"

"哦？为什么？"

"你想想，谁会跑到这荒山野岭来，每天就露一面，其他时间都把自己关在小屋里？"

"嗯，那他去了哪里？"

"这个时候来贺兰山，又如此神秘，你想会是谁呢？"韩江反问。

"你是怀疑斯捷奇金？不过老板娘说没看见外国人啊！"

"不要忘了我们的老朋友。"

"史蒂芬！"唐风惊道，"他也来贺兰山了，看来此地杀机四伏，凶险异常啊！"

"当然，我们现在还不能肯定住这屋的那个人就是史蒂芬，也许会是别的什么人，但我想这人多半和我们要寻找的东西有关。"韩江说着，又将电筒转向其他角落，"让我们看看这家伙能留下什么蛛丝马迹。"

5

唐风也打开电筒，两人在东屋内仔细寻找开来。搜寻了一圈，只有床下放着的一个灰色行李箱引起了两人的注意。他们对视一眼，然后拖出行李箱。行李箱没锁，"吧嗒"一声，被他们直接打开了。唐风的心顿时凉了半截，看来这箱子里不会有什么重要东西了。果然，箱子里只有一套冲锋衣、一双登山鞋和一副手套，还有几件普通换洗衣物。

"高手从来不会轻易给别人留下线索。"唐风说着就要关上行李箱，韩江却一把推开了他的双手，从折叠整齐的冲锋衣中抽出来一个透明塑料袋。唐风一惊，定睛一看，塑料袋中竟装着几张发黄的纸。韩江看看塑料袋中的纸，又看看唐风。

唐风毕竟算是专业人士，伸手接过韩江手中的塑料袋，打开后小心翼翼地从袋中取出那几张纸，打开，摊平。这才发现，袋中的几张纸拼接起来竟然是一张地图，准确地说，是一张老地图。

"看来高手也有失手的时候啊。"韩江睁大了眼睛，想从这张老地图上得出重要的信息。

唐风快速看了一遍地图，说："这是一张手绘的民国时期老地图，绘的是宁夏及甘肃西北一带的地理山川形势。"

"别啰唆了，把这张老地图拍下来，先离开这里。"韩江道。

唐风拿出手机准备拍照，谁料，韩江变戏法似的从腰间掏出一部微型相机："你那手机怎么能照清楚。"

"废话，我怎么能跟你这老特务比。"

“什么老特务，这叫专业！”韩江快速拍好地图后，重新将几张纸装进塑料袋，并按原样放好。

做完这一切，韩江就欲离去，唐风却一把抓住他：“我们盯了一整天，也没见这屋有人进出。你说屋里的人是从哪里走的？”

“我看你现在是越来越笨了。这还用问？”

韩江领着唐风走到窗边，唐风看见东屋窗户的插销没有插，显然是有人为了方便从外面进出。唐风望着窗外寂静的群山，不禁陷入了沉思。

“别瞎想了，快走吧。”韩江收起相机，又从腰间掏出一个小瓶。唐风都看呆了，“你这老特务花样真多，掏瓶杀虫剂出来干什么？”

“什么杀虫剂，这是空气清新剂！”

韩江冲唐风摆了摆手，示意他往外退。于是两人一边往外退，韩江一边往地板上喷他的“空气清新剂”。

两人蹑手蹑脚地退出了东屋，回到北屋打开笔记本电脑，接上韩江的相机，刚才那张地图清晰地出现在电脑屏幕上，河西走廊到宁夏一带的山川形势、河流城镇一点一点展现在了他们面前。

“这是民国时期的老地图，很可能标注了黑鹭寺的具体方位。”

唐风的话提醒了韩江，两人的视线一起移向了贺兰山。但让两人失望的是，山口的双塔、山下的西夏王陵等建筑都在图上标示得清清楚楚，却独不见“黑鹭寺”。

“看来民国时，黑鹭寺就已经没什么人知道了。”唐风唏嘘道。

韩江失望地点了点头，忽然一指地图上“贺兰山”三个字中的“兰”字：“你看这里。”

唐风顺着韩江手指的方向，看见地图上“兰”字旁边有一个不易察觉的淡红色圆圈：“这代表什么？”

“不知道，也许代表一个城镇。”韩江猜测着。

“城镇？”唐风摇摇头，“这老地图上的城镇都是用方形圈标示的，而且是用墨笔画的。”

“墨笔？”韩江这才注意到两者的差别。

“而这个红圈是用红色的墨水特别标出的，不同于一般的城镇。再说，你看它所标示的地方，正好位于贺兰山中间。那地方定是山高林密的区域，怎么可能会有城镇？”

“哦？你的话又让我想起了‘黑鹭寺’。”韩江看了一眼唐风。

唐风一惊，仔细辨认。他在那个红圈旁边仔细搜寻了好几遍，也没看见“黑鹭寺”这几个字。可当他的视线慢慢向西移动时，他突然瞪大了眼睛。

6

唐风发现，那个红圈的西边隐约出现了一条像是用铅笔绘制的虚线，线条弯弯曲曲，一直向西延伸。

韩江也注意到了这条不易察觉的虚线："这是什么？"

"像是一条季节性河流。"唐风按照一般地理学上的常识猜测。

果然，这条虚线一直向西，很快便离开贺兰山进入了腾格里沙漠，然后是巴丹吉林沙漠，在沙漠的边缘蜿蜒盘旋，最后在一个叫"马鬃山"的地方断了。

"马鬃山？"唐风的视线继续往西，这条虚线却不再出现。

"从贺兰山到马鬃山，这代表什么？"韩江紧锁眉头。

"一条从贺兰山发源的季节性河流，在沙漠边缘流淌，最后消失在马鬃山。"唐风继续按照地理学常识推测。

"这就是你的判断？"韩江听出唐风语气中的犹豫。

"还能有别的解释吗？"唐风反问。

韩江想了想，道："按照一般绘制地图的惯例，就算这条断断续续的虚线代表季节性河流，但也不用在它的发源地特地用红笔画一个圈啊。而且我刚才也仔细看过了，这条虚线旁边没有任何文字标示，季节性河流也应该有名字才对。"

唐风无奈地摇摇头，又从头到尾看了一遍地图，再无任何特别发现："我想不出除了这么解释还能有别的可能。"

两人沉默下来，突然身后响起了一个声音："这不是一张藏宝图吗？"

唐风和韩江都被这声音吓了一跳，转身一看，两人身后站着一个男人。不知何时，一直埋头大睡的徐仁宇竟不声不响地站在了他俩身后。

"你有病啊？起来了也没声音！"唐风不满地叫嚷起来。

"我有声音啊！"徐仁宇一脸无辜，"我看是你们俩看那张图太投入了。"

唐风还想争辩，韩江一挥手："别啰唆了。博士，你刚才说这是张藏宝图？"

"你听他胡说八道，他刚才故意吓我们呢！"唐风嘟囔着。

"谁故意吓你们了，这明明就是一张藏宝图嘛！"徐仁宇的倔劲儿上来了。

"你怎么看出来的？难道你以前见过？"唐风问。

"没见过。"徐仁宇摇头。

"那你怎么看出这是藏宝图的？"韩江问。

"那上面不是明明写着吗？"

"写着？"唐风不解。

"你俩只顾着看地图，没注意右下角吗？"徐仁宇提醒两人。

"啊！这里果然有字！"韩江惊愕道。

唐风顺着韩江手指的方向，果然看见地图右下角用钢笔写着“民国三十五年昌国按父所述，绘藏宝图一张”。字很小，再加上岁月侵蚀，不仔细看还真看不清楚。

“还真是一张藏宝图！”唐风兴奋起来，但随即就没了声音。他想起了晚上在大堂里看到的那几张藏宝图，心里不禁凉了半截，喃喃道，“又冒出一张藏宝图……”

韩江却沉思不语。“怎么了？惊呆了？”唐风捅了捅韩江。

“怪不得东屋那人会对大堂里的藏宝图感兴趣！”韩江又想起老板娘的话。

“是啊！这人看来真的是为了寻宝而来，所以昼伏夜出。只是……只是老板娘的那几张藏宝图都是假的，这张就是真的吗？刚才走得匆忙，也没仔细查看这张图的真伪。”唐风疑惑地说。

“唐风，刚才我在想，假设这张图是真的藏宝图，那么，有了藏宝图上的这句话，一连串的问题就接踵而来了。”

唐风明白韩江的意思：“那我们就先来看这句话的意思。首先，这句话说明了绘图的时间是民国三十五年，也就是1946年；至于‘昌国按父所述，绘藏宝图一张’，据我看‘昌国’是个人名，‘按父所述’指的是按照他父亲所说的情况绘制了藏宝图，也就是我们看到的这张地图。”

“昌国，也就是绘制这张地图的人，他的父亲会是一个什么样的人呢？”韩江疑惑地问。

“这就不得而知了。”

“那藏宝图又藏着什么宝呢？”韩江沉吟片刻，接着说，“这样看来，图上那个红色的圈就不一般了。”

“你是说……”唐风惊得倒吸了一口凉气。

“那个圈与众不同，很可能标示的就是所谓的藏宝之地。”韩江推测道。

“贺兰山中的宝藏？！那和我们要找的黑鹫寺有联系吗？”唐风反问。

韩江又趴在电脑屏幕前仔细查看了一遍藏宝图，特别是那个红圈之处。可除了红圈旁边出现的虚线，没有任何其他标示。

“真是奇怪，既然是藏宝图，为什么又不标示清楚？那条虚线弯弯绕绕一直延伸到沙漠里，这究竟代表什么？马鬃山又是什么地方？”韩江一头雾水，摸不着门道。

唐风也无法回答韩江的问题。徐仁宇在一旁听出了一些端倪：“真有意思，这贺兰山上竟然来了好几拨人，都来寻宝。”

唐风忽然想到了什么，说：“假设那个红色圆圈标示的位置就是我们要找的黑鹫寺，再假设那条虚线是寻找宝藏的路线图，那我们再看看……”

三人一起凑到电脑屏幕前研究。“那也不对，西边那条虚线根本没有经过山口的双塔，显然和我们所走的路线不一样。”唐风推测。

“如果按你的推测，那么住在东屋的人为什么神神秘秘地住到这里来，他应该从别的地方进山啊！”韩江道。

“说到住在东屋的那人，他是什么人？按时间推断，从民国三十五年到现在，绘制这张藏宝图的人多半已经不在人世了。即便还在，也不可能跑到这贺兰山来寻宝。”唐风说道。

“而且他要来寻宝，直接进山去找便是，又为何住在这客店里，晚上神秘而出呢？”韩江越想越乱。

“我看你们是吃饱了撑的，跑人家屋里找到一张什么破藏宝图，又解释不清，自寻烦恼。”徐仁宇似乎终于弄清了藏宝图的来历，“还是想想我们要找的东西吧。”

徐仁宇的话，让唐风和韩江都闭了嘴。他俩怎么也无法把自己此行的目的和东屋这个神秘的寻宝人联系到一起。

7

唐风一夜没睡好，第二天天还没亮，迷迷糊糊中感觉似乎有个人站在窗边。他猛地睁开眼睛，发现是韩江。韩江站在窗帘边上，掀起窗帘一角静静地往外看去。他穿好衣服，来到韩江身边：“一夜没睡？”

“奇怪？！”韩江似乎答非所问。

“你又发现了什么？”

“我从昨晚到现在一直在监视着东屋，却没见到那人回来。”

“废话，他既然是偷偷跑出去的，当然不会从客店大门回来。”

“我当然知道。你看我们这间屋子的后窗正好可以看到上山的路，一夜没见人影。就算是他躲过了我的监视，从东屋的窗户跑回去，也一定会有动静，可我却一点儿也没听到。”

“也许你中途打了个盹没注意到，这是很正常的事。”

韩江没接话，唐风看着他红肿的眼睛：“我帮你盯着，你赶紧睡一会儿。咱们今天还要出发呢。”

“咱们今天不走了。”韩江道。

“不走了？”唐风有些诧异。

“歇一天再走。我倒要和东屋那个神秘人会一会。”

“那也不用一直这样守着啊！昨天老板娘不是说了，他每天早上都会出来。”

韩江看看天色已亮，便道：“咱们到大堂里去等，我就不信见不到他的真容。”

唐风无奈，只得跟着韩江到了大堂。可他俩从一大早一直等到了快10点钟，也没见东屋有任何动静。

唐风只好向老板娘打听。老板娘晃了晃脑袋，道：“今天是怪了，前几天他早上都会出来露个面，今天倒好，干脆不见人影了。”

唐风还想问，楼上却传来了动静。不大一会儿，住在南屋的那对小情侣背着包走了下来。

“你们这是要走？”唐风问。

“嗯，我们要出发了。”女孩一脸阳光地答道。

两人和老板娘结了账，有说有笑地走出了客店。望着两人渐行渐远的背影，唐风和韩江不约而同地陷入了深深的不安之中。

8

回到屋中，众人商量对策。韩江决定晚上再探一次东屋，不管有无结果，第二天一早出发。大家也只好听从他的安排。

一整天，客店里并不见新的客人，老板娘也少见踪影。天黑后，客店里安静下来，仿佛和周围的群山融为了一体。

韩江看着腕上的手表，指针慢慢指向了 9 点 30 分，东屋依旧没有动静。表上的指针一分一秒地往前走着，10 点 15 分，就在韩江有些失望的时候，突然，东屋内传来一阵清晰的声响。他猛地瞪大了眼睛，这声响显然超过了他的预期。怎么会有这么大的动静？

唐风也感到惊奇。但仅仅是片刻，那奇怪的声响又停了下来，客店内外又恢复到了可怕的寂静。那是什么声响？凌乱的脚步声？搬弄物件的响动？

在唐风胡思乱想时，韩江已经打开房门，蹑手蹑脚地来到了东屋门前。唐风也跟着走到东屋门前。韩江伸手推了推东屋的门，和昨天一样，门紧闭着。他照旧拿出他的“作案工具”，在门锁里轻轻鼓捣了一下，便打开了门锁。唐风本能地伸手要去推门，这次却被韩江拉了回来。他示意唐风跟在后面，自己侧身伸出左手轻轻推开了屋门。唐风注意到，就在屋门被推开的瞬间，韩江迅速从腰间掏出了他的九二式手枪。

唐风知道韩江一定是察觉到了危险，也紧张起来。韩江一闪身，进入了东屋，唐风也学着他的样子，闪身进入。

韩江不敢贸然打开电筒，只能慢慢在黑暗中摸索。他在屋中站定，在黑暗中观察。这种观察有时并不是靠眼睛去完成的，而是用身体上的每一个器官、每一个毛孔、每一个细胞……漫长的 30 秒后，他打开了电筒。首先是床上，和昨天一样整整齐齐，上面没人！

紧接着韩江环视屋内，依然没人。“刚才的声响是怎么回事？”屋内的场景让唐风再也压抑不住自己的好奇。

韩江并不回答他，走到床边俯下身，床下竟空无一物！原本放在床下的那个行李箱不见了，韩江怔住了。唐风惊道："怎么回事？"

韩江略思片刻，猛地站起身快步走到窗边。他先向窗外望了望，没动静，然后又轻轻推开了虚掩的窗户。"你看这里！"他将电筒照向窗台。

"浮土！"唐风看见窗台上出现了不少浮土。

"不！准确地说是脚印，而且显然不是一个人留下的。"韩江边说，边将头小心地探出窗外，"我敢肯定，刚才这屋里至少出现了两个人。"

"两个人？"

"对！当然更让我奇怪的并不是这两个人，而是窗台上这么多的浮土。"

"这说明什么？"

"昨天我也查看了窗台，上面并没有浮土。如果像我们之前推测的那样，住在东屋的人由窗户进出，那他一定是在每次进出后有意抹去了浮土。"

"嗯，应该是这样。可这次……"

"可这次窗台上却出现了这么多浮土，再加上刚才奇怪的声响，行李箱也不见了，我预测一定发生了什么，或是……将要发生什么。"

说到这里，韩江的眼中一亮。他猛地越过了窗台，对唐风道："跟我来！"

说完，韩江便纵身跳下了二楼。唐风没有他那么好的身手，犹豫再三，最后一闭眼，跟着跳了下去。

脚一着地，唐风就后悔了，埋怨道："再也不能跟着你瞎跑了，我非给折腾死不可。你这又是唱的哪出啊？"

"我预感到要出事！"韩江说着快步向上山的道路走去，唐风只好跟上。黑夜中，两人快步疾驰在寂静的山野里。

9

走出了数百米后，韩江突然停住，转身盯着身旁的一片密林。唐风也停住脚步，低声问道："怎么了？"

"我嗅到一股血腥味。"韩江的声音不大，却掷地有声。

"血腥味？"唐风一惊，只觉得头皮发麻，脚底发软。

韩江一把拉起他，走进了密林。没走几步，唐风脚下被什么东西绊了一下，软的，似乎还有热度。两人一惊，打开电筒一起查看，是一个人，地上躺着一个人！

"像是个女人！"唐风嘀咕着。韩江却已经将那个背对着自己的女人翻了过来，一个金发美女。

"芬妮！"唐风失声叫出了声，竟然是她！

"这个女人怎么会出现在这里？"韩江也是惊愕万分。他俯下身探了探芬妮的鼻息，已经断气了。往下看去，她的胸口正汩汩地往外冒着殷红的鲜血。

“7.62mm 无声手枪近距离射杀，一枪毙命！”韩江快速做出判断。

“尸体还是软的，看来是刚中的枪。”

“杀手就在附近？！”

韩江的话让唐风紧张起来。韩江拔出了枪，朝四周望去，黑沉沉的林子里只有风吹过的声音。

五分钟后，当韩江绕着这片不大的林子走过一圈，确定他和唐风没有危险之后，才又回到芬妮的尸体旁。

“这究竟是怎么回事？之前芬妮每一次出现都和史蒂芬在一起，这一次……”

“这一次也是这样。”韩江打断唐风的话。

“怎么？你发现史蒂芬了？”

“没有，但我嗅到了他的气息。我们到了贺兰山，我们的老朋友不会不出现。”

“你是说住在东屋的那个男人？”

“我不敢肯定，但这种可能性从一开始就存在。”

“所以你说刚才在东屋发现了两个人的脚印。那个行李箱呢？”

“我搜过了，这里没有。应该被杀死芬妮的那个人拿走了。”

“那芬妮又为什么死了？难道是史蒂芬杀的？”

“谁知道呢？也许是狗咬狗，分赃不均，也许事情比我们想象的要复杂。”

“那我们现在该怎么办？”

“明天早上报警，然后我们按原计划进山。”

两人沮丧地回到客店，唐风忽然想起了什么：“芬妮的死让我们不得不重新研究一遍那张藏宝图。如果这张藏宝图真的属于史蒂芬，上面的那个红圈就大有文章了。”

“你是说史蒂芬也在找黑鹫寺，而藏宝图上的红圈就代表着黑鹫寺？！”韩江惊诧道。

唐风点点头：“只能这么解释。不过还有许多疑问，不论那个红圈代表的是黑鹫寺，还是别的什么藏宝地，为什么我们在图上没有看到具体到达那里的路线标示，也没有文字说明？我实在不明白，这叫什么藏宝图？”

“难道那条虚线就代表着路线？”

“就算虚线代表到达红圈的路线，也没用。那条虚线周围没有任何参照物，而且模糊不清、断断续续。谁也不可能只通过这张所谓的藏宝图，找到到达红圈的路。”

韩江无法解释这一切，只好选择沉默。两人忙活了大半夜，已是精疲力竭，第二天还要出发赶路，只好先沉沉睡去。

第三章 贺兰神山

1

挨到第二天早上，为了不扰乱军心，韩江没有告诉其他人昨晚发生的事。不过，他从叶莲娜的眼中看出了一些异样，也许昨晚的事没能逃过她的眼睛吧。

韩江偷偷报了警，一干人趁警察没赶到之前，便匆匆出发了。

车往前行驶了一个多小时后，平坦宽阔的土路也消失了。唐风跳下车，发现他们来到了一处山坳之中，面前隐约出现了左、中、右三条羊肠小道，蜿蜒而上，向山上延伸。

“米沙的笔记里可没说从哪条路上山！”马卡罗夫道。

韩江左右观察了许久也没能拿定主意，倒是唐风一指右侧那条被灌木和荒草遮住的羊肠小道说：“我想我们应该走这条路。”

“为什么？”

“米沙的笔记里说得很清楚，他和梁云杰在20世纪50年代来贺兰山考察时，黑鹫寺就已经人迹罕至了，现在又过了这么多年，我想那里只会更加荒凉，没有人烟。我们面前这三条路，左侧和中间的路应该经常有人走，所以并无杂草覆盖；而右侧这条已经被灌木、荒草遮盖，显然很少有人从这边走，我想也许这条才是通往黑鹫寺的路。”

“可米沙的笔记里还说过，黑鹫寺附近应该有个村庄，并非完全人迹罕至。”徐仁宇反驳道。

“当年也许是有个村庄，但这么多年过去了，早已物是人非，谁还会住在这深山中？如果是有人常去的地方，那黑鹫寺的秘密也许早就大白于天下了。”唐风道。

“谁知道呢？你不是有张藏宝图吗？”徐仁宇提醒唐风。

“我看不出那张图对我们有什么帮助，我们不要受它干扰，还是按原定计划走。”唐风坚定地说。

韩江点点头，觉得唐风分析得有道理。于是五人带上必备的物品，开始沿着右侧这条隐隐约约的小路徒步攀登贺兰山。

沿着羊肠小道走了数百米，走在前面的唐风忽然发现脚下的路消失了：“路怎么断了？”唐风疑惑着继续往前摸索，脚踩在厚厚的荒草中，一个趔趄险些摔倒。

徐仁宇道：“看来这条路真的走不通。唐风，你选错了。”

唐风不死心，又往前探去，深一脚浅一脚，一直在荒草和灌木丛中探出去四五十米，才又见到了一条隐约弯曲的羊肠小道。他回身冲其他人喊道：“这里有路，看来很多登山者走到这里以为没路了，就退回去了。”

众人赶了上来，徐仁宇依然怀疑：“这条路对吗？连着刚才上山的那条路吗？”

唐风回身望去，刚才他们走过的那条上山小道，此刻已经湮没在荒草之中，不见踪迹。再看前面，出现一片黑幽幽的大森林，他心中不禁一紧，也不知道脚下这条路通向何方，但既然已经来到了这里，只有硬着头皮往前走了。

韩江赞同唐风的判断，徐仁宇不好说什么，只得跟着唐风从脚下这条羊肠小道走进了森林。无边无际的大森林中，参天古树枝繁叶茂，遮蔽了阳光，人走进其中仿佛从白天瞬间进入黑夜，只有些许阳光从树梢的缝隙投射下来，给他们指示着方向。

唐风担心脚下的路会越走越窄、越走越模糊，然后彻底断绝在这无边无际的黑森林中。但他担心的情况并没有出现，也许是老天眷顾，唐风脚下的路竟越走越宽，也越走越清晰。他们很顺利地走出了黑森林，来到一片灌木丛中。

脚下的路依然在往山上延伸，唐风明显感觉到了海拔的升高，路两边的植被也在发生变化。走出灌木丛，众人来到了一大片高山草甸，脚下的路忽然没了。

徐仁宇急了：“我说我们走错路了吧！这下倒好，爬到这么高，路没了。这是什么不长草的鬼地方，天快要黑了，难道让我们晚上睡在这鬼地方？”

唐风心里也焦急起来，刚才还很清晰的路怎么突然没了呢？他转身问马卡罗夫：“老马，米沙当年在科考队，跟你描述过他们在贺兰山的考察吗？”

马卡罗夫沉吟片刻，道：“我这两天一直在想当年科考队的事，但时间过去太久了，除了对你们说过的，我实在想不起来米沙跟我还说过什么。”

“这里已经没了通信信号，看来我们又和外界失去联络了！”韩江忽然说。

大家沉默下来，唐风失望地看看众人，又看看前面广袤的草甸。忽然，百米开外的草丛中有什么东西动了一下。“岩羊！”唐风惊叫道。

一头健硕的岩羊忽然跃出齐腰深的草丛，向前奔去。“跟着岩羊走，一定有路。”说罢，唐风闯进草丛，追逐着岩羊一路狂奔。众人也跟着跃入了齐腰深的草丛。

狂奔中唐风看不清前方的路，几次跌倒，又几次爬起。突然脚下又是一歪，这次等他再站起来时，那头岩羊已经在他的视线中消失了。

2

山上升腾起一阵雾气，唐风有些疑惑，双腿下意识地向前迈了两步，不想却一脚踩空。

唐风两眼一黑，以为这一摔必是万劫不复，可一阵钻心的疼痛却让他惊醒过来。这是哪里？他睁开眼，看见自己躺在一块突出的山崖上，一边是五六米高的绝壁，另一面则是深不可测的悬崖。看来是这处突出的山崖救了自己，否则小命就要交待在这儿了。

头顶传来韩江等人的呼喊，唐风忙答道："我在这里。"

韩江在悬崖上露出头："我以为你小子这次准没救了。"

"我命大！"唐风嘴硬道。

"我早劝你掉头回去，这里根本没路。你倒好，跟着一头岩羊乱跑，差点把小命跑没了。"徐仁宇也在上面露出半个头。

"你还能上来吗？"韩江在上面喊道。

唐风左右看看说："我为什么要上来？"

"你打算一直在下面待着？"

"刚才岩羊就是从这里消失的。我想这里一定有路。"唐风冲韩江喊道。

"山崖上会有路？"韩江有些迟疑。

"你疯了！"徐仁宇也叫道。

唐风不理他们，向山崖两边摸索，西面的崖壁没走出几步就断了。他又折返，向东面的崖壁摸索，在一片杂草中，一条羊肠小道隐约显现："这里果然有路。"

唐风催促韩江他们也下来，众人拗不过他，只好顺着悬崖边较为平缓的地方，借助绳索下到了那片突出的山崖上。

天快黑了，山间升腾起浓浓的云雾，唐风小心翼翼地走在前面。他看不见三米之外的景物，只能让自己的身体尽量贴近身旁的崖壁。忽然，在山崖边的小道上，他看见了清晰的岩羊蹄印。"那岩羊果然是从这里走的。"唐风喃喃道。

唐风相信那头顽皮的岩羊一定会把他们带上一条大道。可令人失望的是，他们顺着岩羊留下的足迹，越往前走小道越狭窄，也越崎岖，最后竟不见了。

天已经渐渐黑了下来，众人开始埋怨起唐风。唐风心中慌张，脚下的步伐不觉加快了。

好在悬崖边突出的这段山崖一直没断。唐风心里这样想着，脚下又加快了脚步。可当前方三米外的雾气散去，出现在他们面前的却是一块突兀的岩壁，脚下的山崖难道到这里断了？

3

首先传来了徐仁宇的埋怨声："我说这条路走不通吧，你不信。这下好了，天也黑了，咱们今晚要在这山崖上过了。"

"不会的。"唐风依然嘴硬，不相信自己会判断失误。他和韩江仔细查看了面前突兀的岩壁，岩壁像一堵墙拦住了他们的去路。

"那头岩羊是怎么过去的呢？"唐风望着岩壁嘀咕。

"岩羊能过去，我们可不一定能过去。"

"为什么？"唐风听出韩江的话似乎意有所指。

"我想，那头可爱的岩羊一定是从这里过去的。"

韩江一指岩壁外缘突出的巨石，唐风只看了一眼，便倒吸一口凉气。那巨石下是万丈深渊，难道岩羊真能从这巨石上跳过去？

韩江看看唐风，"怎么样？敢爬过去吗？"

"爬过去？你是说从这块巨石上爬过去？你肯定是疯了！"唐风还没回答，徐仁宇先叫了起来。

"博士，不要这么激动嘛！既然是唐风把我们带到这里来的，要爬也是他先给我们做示范。"韩江脸上居然带有一丝笑容。

唐风的脸色极其难看，他感觉自己的心跳正在加速，忽然有了一种崩溃的感觉。但最后还是不愿认输，他涨红了脸，冲韩江嚷道："爬就爬！不过，我爬过去了，你们也要过来。"

"只要你能过去，我们就能过去。"徐仁宇鼓动唐风。

唐风没办法，只好全副武装，在腰间系上长绳，准备开始攀爬眼前的巨石。"我说你怎么对我就这么放心？万一我在这里歇菜了，你可再也找不到像我这么优秀的搭档了。"唐风看韩江一脸淡定的样子，就气不打一处来。

韩江笑了笑："你是我一手训练出来的，对你我很放心。这点小问题对你来说不难。"

唐风被气得语塞，也不说话，直接爬上了突出悬崖的巨石。韩江表面淡定，然而当唐风慢慢从视线中消失的时候，他不禁握紧了手中的绳子。

唐风在巨石上每走一小步都异常小心，当他确认脚下踩住的确实是崖壁后，便用登山锤在巨石上凿出一个浅坑。如此反复，艰难前行……耳畔寒风呼啸，脚下一片漆黑，他不敢低头往下看。一阵狂风袭来，他闭上眼睛死死抓住岩壁，等风稍停后才敢再往前迈出一小步。

终于，唐风感觉自己就要爬过这块巨石了，他已经绕到了巨石后面，扭头向巨石后望去，一团漆黑。他打开电筒，这才确定自己的判断没错，巨石后面的悬崖峭壁上有一大块平坦的地方。他不知道那里会有什么，但最起码有个可以落脚的地方了。

唐风又往前迈出一小步，终于看见前面结实的地面了，只要再往前一小步，就可以踏上巨石后的那片未知地带。

可是唐风错误估计了自己与未知地带的距离。当他抬起右腿准备踏上地面的时候，却一脚踩空，身体瞬间失去平衡，双脚都悬在了半空中。千钧一发之际，他本能地伸出双手，牢牢抓住了他刚刚在岩壁开凿出来的浅坑。

另一边，韩江、徐仁宇、马卡罗夫和叶莲娜四人一起拽着绳子，当唐风一脚踏空时，韩江猛地感到自己握绳的虎口一阵钻心的疼痛。“抓紧！”他冲众人大吼。

“唐风，你没事吧？”韩江在巨石这头喊道。

唐风死死抓住岩壁上的浅坑。他感觉自己的身体正在寒风中一点一点地僵硬，就像风中的一根稻草，马上就要被狂风卷起来，然后坠入万丈深渊。

韩江的呼喊惊醒了逐渐麻木的唐风。他抬头看看已经淌出鲜血的双手，几颗碎石从头顶滑落下来。他知道，仅靠双手的支撑是坚持不了多久的，求生的本能促使他开始寻找脚下的支撑。一阵胡乱地蹬踏之后，他感觉到自己的左脚似乎踩在了一块坚硬的石壁上。侧身去看不远处的地面，唐风这次准确地估算出了自己与地面的距离，使足气全力纵身一跃，终于瘫倒在了结实的地面上。

唐风双手磨出了血，身上也被地面的碎石硌得生疼。这时，韩江等人的呼喊一声声传来。他重新振作精神，站起来冲巨石后面喊道：“我没事，你们顺着我在岩壁上开凿的浅坑走过来，后面有路。”

说完，唐风紧了紧自己身上的绳子，然后找了一块结实的岩壁牢牢抓住，等待其他人过来。第二个过来的是马卡罗夫，然后是徐仁宇、叶莲娜，最后是韩江。待五人都爬过这块巨石，来到这片未知地带的时候，天已经全黑了，再没有一丝亮光。

4

大家稍加休息便继续向前赶路。徐仁宇本想就在此地扎营，但韩江和唐风都想再往前走走，寻一片更好的地方，于是众人在夜幕中继续前行。岩壁后的路越走越宽，而且也比之前平坦了许多。唐风这时总算舒了一口气，但很快他的心里又升起了一丝疑惑。

绕过一个弯，唐风感觉前面豁然开朗。他抬头仰望，一旁的山峰高耸，在夜幕中如同一个个怪兽正盯着自己。再用电筒往前方照去，山峰下悬崖边，竟出现了一大片平坦的树林。天太黑，看不清这片树林的范围，但他隐约感觉这片树林很大，在这片树林子里一定有什么在等待着自己一行人。

“在这地方扎营倒不错！”韩江发话了。

于是大家一起走进了这片不算茂密的树林，里面是些唐风叫不上名字的树，看上去生长环境并不好，一棵棵病歪歪的树奇形怪状，东倒西歪，没有生气。也难怪，在这样的高山崖壁之上，整日风吹雨打，能存活下来就已不易，还奢谈什么茁壮成长。

"好奇怪的林子！"韩江也注意到了这片树林的异常。

"怎么？你看出了什么？"唐风问。

韩江站在树林中一块空地上，叉着腰四下张望，最后摇了摇头："我也说不出什么，只是觉得怪。"

"哈！你别疑神疑鬼了，自己吓自己。这年头'神马都是浮云'，别让这些浮云把自己吓趴下了。"唐风调侃起来。

"你小子这会儿倒来了精神，刚才谁在那块巨石前差点崩溃。"

"崩溃？我崩溃了吗？自从我被卷进这件破事里以后，我什么时候怕过？"唐风来劲儿似的争辩。

"先别争了，赶紧扎营休息。"叶莲娜提醒韩江。

"嗯，这里环境险恶，晚上还要有人轮流值班。"韩江看看众人，"老马和博士就不用值班了，我、唐风、叶莲娜三个人轮流。"

马卡罗夫还想说什么，却被叶莲娜拽住了。韩江又继续分配任务："上半夜叶莲娜，后半夜唐风，中间我。有意见吗？"

韩江环视众人，见没人反对，便捡了些木柴开始生火做饭。熊熊篝火燃起，唐风忽然嗅到了一股奇怪的味道，是一种淡淡的香味。他寻味而去，发现气味是从篝火中传来的："你们闻，这是什么气味？"

叶莲娜嗅了嗅，疑惑道："像是这些木柴发出的。"

"木柴？！"徐仁宇也使劲嗅了嗅，"对！就是这些木柴发出的气味。"

"你从哪里搞来的这些木柴？"唐风问韩江。

"我……我就是在林子里捡的啊！"韩江一脸困惑。

"那就是这些怪树的枝干了，这些木柴怎么会发出香味？"叶莲娜不解。

唐风想了想，询问众人："大家闻了这气味，有什么感觉吗？"

"感觉？没什么感觉。这木柴的气味还挺好闻的！"徐仁宇道。

"在热带和亚热带地区，有些树木焚烧时是会有气味，比如檀木燃烧时就能散发出香味。可这里并不是热带雨林，这种不知名的树木燃烧时怎么也会散发出香味？"唐风的心头被疑云笼罩。

"别管那些了，大家没有不良反应就好！"韩江停了一下，又道，"大家吃完饭抓紧时间休息，明天还要赶路。"

吃完了饭，大家谁也没有说话，很快便支起帐篷搭建了临时营地。

5

上半夜叶莲娜轮值。唐风怕自己下半夜轮值时撑不住，匆匆吃了晚饭倒头就睡，直到后半夜被韩江给拖了起来。

“才几点，你就把我拖起来？”唐风揉着惺忪的睡眼不满地问。

“看你睡得跟死猪一样，我已经对你够宽待的了。你自己看看表，都三点半了。你值一会儿天就亮了。”

唐风看看表，果然，已是凌晨三点半了，只得拿上电筒和九二式手枪，极不情愿地从帐篷里钻了出来。“对了，没什么情况吧？”唐风不忘问上一句。

韩江摇摇头。“没什么情况，一切正常。”他看唐风无精打采的样子，接着说，“精神点，别睡着了。”

唐风冲韩江挥挥手：“你真无聊！”

见韩江回帐篷睡下，唐风只得强打精神开始守夜。但他坐在帐篷边的篝火旁，却几次差点被周公召去。为了使自己清醒一点，他只好站起来，开始绕着两个帐篷走。走着走着，不知不觉竟走进了林子里。看着这些奇形怪状的树，他离帐篷越来越远。渐渐地，竟走出了很远，待他再回头看时，营地的两顶帐篷早就不见了踪影。

唐风心里一惊，暗道不好。他记得自己是按照顺时针方向，围绕着营地在林子里转圈的，虽然走了很久，但离营地的直线距离应该不会很远，可这会儿却完全看不见营地帐篷的影子了。

唐风疾走几步，向着记忆中营地所在的方向寻去，十步，二十步，三十步，四十步，五十步！这次他记下了自己所走的准确距离，可是向着记忆中营地的方向走出五十步后，他的四周依旧是那些奇形怪状的树。

唐风慌了，自己这是走到了哪里？他心中焦急，脚下也不听使唤，往另一个方向走了几十步后，还是一样，而且这里的树木变得茂密起来。他开始后悔，自己不该乱走。从外面看貌似很稀疏的林子，没想到里面竟如此复杂！

唐风开始呼喊，他判断就算自己走错了，这里距营地再远也不会超过二百米！如此空旷寂静的夜晚，韩江他们一定会听到自己的呼救声。

可是，一声声的呼喊都像沉入了海底，音讯皆无。唐风望着四周漆黑的林子陷入了深深的恐惧，自己走到了哪里？怎么连连的呼喊都没人听见？

他喊累了，一屁股坐在树下，绝望地靠在树干上，不知不觉竟又慢慢合上了双眼……

6

一个美丽的女子走近唐风。唐风慢慢睁开眼睛，眼前的女子让他有一种似曾相识的感觉。女子身着雪白的袍子，头戴一顶高高的金冠，朱唇轻启，问唐风："你从哪里来？怎么会走到了这里？"

"我……"唐风张了张嘴，想说话却发不出声音。

"是昊王派你来的吗？"那女子又开口了。

"昊……王……"

"一定是昊王让你来接我回去的吧？"女子的声调有些急促。

"不……"唐风只能发出模糊的声音。

"一定是的，昊王是不会忘记我的。"说完，那女子发出一阵阵笑声，缓缓向后退去，而后，慢慢地消失在了林子里。

唐风望着漆黑的林子茫然无措。就在这时，一只兀鹫从天边飞来停在树梢上，然后突然探出锋利的爪子，猛地向唐风俯冲下来。唐风见状想要躲闪，却怎么也动弹不得，同时感觉呼吸困难，有些窒息，想喊却又喊不出声音。他感觉自己的双脚正一点一点地离开地面……

一阵寒风吹来，唐风浑身一颤，顿时清醒过来。此刻，他正被兀鹫锋利的双爪抓住，脱离地面飞了起来，飞过了草原、河流、高山，最后来到一大片原始森林上空。兀鹫开始下降，速度很快，他吓得闭紧了双眼。

等他重新睁开眼睛的时候，发现自己已经置身于一片黑暗的世界，仰头望去，足有六七层楼高的参天大树遮天蔽日，根本透不进一丝阳光。这景象让唐风感觉自己不是在森林里，倒像是在冰冷的地下。

过了很长时间，唐风才适应了这里的黑暗。他摸索着站起来，忍着剧痛一瘸一拐地向前探索。四周一片黑暗，他不知道自己将要走向何方。走着走着，一丝亮光突然跃入了他的眼帘，他的瞳孔猛地放大，那是什么？唐风感觉那里有一种奇异的力量在吸引着自己，腿上的剧痛此刻似乎消失了。他继续一瘸一拐地向着那点亮光走去，穿过森林，走过荆棘，趟过溪流……

唐风的眼睛似乎定住了，痴痴地望着前方的亮光一动不动，也不眨一下眼，可是那个亮光却始终和他保持着距离。他感到困惑，觉得恐惧。他停下了脚步，眼睛却还是一眨不眨地盯着森林里的亮光。他在犹豫，是继续前行，还是……

漆黑的森林里，自己能往哪里走呢？那亮光似乎带着魔力，唐风被它吸引着，决定继续前行……终于，唐风触到了那亮光。穿过厚厚的森林，他看见了一堆熊熊燃烧的篝火。篝火旁，一群人正在手舞足蹈地随着怪诞的音乐，跳着他看不懂的舞。再走近些，唐风怔住了，因为他发现那些人都戴着可怕的面具，面目狰狞，如凶神恶煞一般。而在这群人中间，有一个姑娘躺在冰冷的地上，她是……就是刚才那个穿白袍的美丽女子。

唐风不知哪来的勇气，不顾一切地冲进人群来到篝火旁，扶起沉睡不醒的女子。可不论他如何呼喊、如何拍打，那女子就像传说中的睡美人一样，恬静地熟睡着。

怪诞的音乐、诡异的舞蹈不停地围绕着唐风。他再也受不了，疯了一般扑向那些人，或许那些根本不是人，只是地狱的魔鬼！可不论他如何推搡、如何纠缠，那些人依旧我行我素地唱着、跳着。唐风无能为力，于是他回头俯下身，想抱起这个白袍女子突出“魔鬼”的包围。

可是就在唐风抱起白袍女子的时候，那女子突然睁开了眼睛。唐风一怔，发现女子的容貌发生了某种变化。“梁媛？黑云？”他喃喃自语着。紧接着，女子的脸起了更大的变化，唐风看到了一张他此生从未见过的恐怖脸庞。只见女子脸上的肌肉正一点点地溃烂，双眼变得空洞洞的，只剩下两个爬满蛆虫的眼眶，嘴边的肌肉早已不知去向，露出了满口松动的枯黄牙齿，头皮也被撕开了一角，白色脑浆喷溅出来……

唐风惊恐万状，失声惊叫起来。他想松开怀中的女子，可那女子嘴里含糊不清地说着什么。唐风的心脏狂跳着，他极力使自己保持镇定，想听清她到底在说什么。一连串奇怪的语言从女子的嘴里发出，一个字一个字地敲打进唐风耳中，可他就是不明白女子说的是什么。

唐风再也无法忍受，想看清这女子究竟是谁。就在这一瞬间，他怀中的女子竟然消失了！他发现自己的双手正捧着一具恐怖的白色骷髅，那骷髅依然冲他龇牙咧嘴地说着什么，他吓得赶紧抛开了骷髅。他感觉自己无处可逃，只能绝望地大声喊叫起来……

7

唐风惊醒过来，他抹了一把额头上的冷汗，才发觉自己还在那棵树下。他望着这片让他迷失的林子，面色惨白。刚才梦中的那个白袍女子是谁？像是一个古代女子，却又仿佛看见了梁媛还有黑云的面容。最后的那个骷髅，难道就是被科兹洛夫从黑水城大佛塔中挖出来的那具骸骨？

不，这不可能！唐风极力否定自己心中荒诞的想法，他感到头疼欲裂，支撑着从地上站起来，扶着身旁这些奇怪的树，继续摸索前进。他不知道自己的方向，只是往前走着。忽然，一阵狂风吹来，不知从何方，隐隐约约传来一个奇怪的声音，像是婴儿的嬉笑声，又像是女人的哭泣声，抑或是可怕的魔鬼……唐风瞪大了惊恐的眼睛，这是什么声音？

唐风快崩溃了，他不顾一切地向前冲去，乱闯乱撞，看见有路就走，没路就再折回，荆棘在他的手臂上划出伤痕。他已经忘记了疼痛，只知道往前跑，他要闯出一条出路。

也不知道在林子里转了多久，唐风终于听到了声音。他不敢再贸然前进，生怕那声音是鬼魅的呼唤。他停下脚步，静静地侧耳倾听，是人的声音，是韩江、叶莲娜的声音！他终于听到了人间的声音！

唐风顺着声音传来的方向，很快奔回了营地。“你跑哪儿去了？”韩江一见到唐风，便埋怨起来。

“我……我遇见鬼了。”唐风大口喘着粗气，瘫倒在地。

“什么？鬼？”叶莲娜焦急地问。

“你……你们刚才听见那个可怕的声音了吗？”唐风问。

“可怕的声音？我们听到了你的呼喊，可我们回应你的时候，你怎么不回答啊？”韩江问。

“我根本没听见你们的声音！”唐风大声叫嚷道。

“这怎么可能？我们叫了那么多声，你跑了多远，会没听到？”韩江不信。

叶莲娜环视四周的林子，反问：“难道这片林子很大吗？”

“你别听他胡诌。这是悬崖边，又不是原始森林，这片林子能有多大，他会听不见我们的声音？”韩江一脸不屑。

唐风知道，无论自己说什么，他们也不会相信的。

这时，马卡罗夫和徐仁宇也聚了过来。又是一阵狂风，那个奇怪的声响伴随狂风再次袭来，断断续续的，由远及近，越来越响，越来越清晰。韩江、叶莲娜、马卡罗夫和徐仁宇也都听到了这奇怪的声响，所有人都惊恐地瞪大了眼睛，向四周望去，四周一片漆黑。

韩江盯着黑暗中的叶莲娜，声音居然也颤抖起来：“这……这是什么声音？”

“难道这就是米沙笔记本里记载的怪声？”叶莲娜很快想到了一种可能。

“什么？”众人一起惊叫道。

“也就是说黑鹫寺就在这附近！”徐仁宇惊叫起来。

“说不定就是这里，我说这地方怎么这么邪！”唐风本能地拔出了枪……

第四章 黑鹫寺

1

狂风伴随着怪声持续了很久，才逐渐消退。众人无心睡觉，一直等到了东方破晓。待清晨的浓雾渐渐散去，唐风伫立在营地中央，这才看清楚他们所处的环境：在营地的北面，是一座突兀的高耸山峰，而以这座山峰为中心，从东西两侧各伸出两条山脉，一直向南延伸，直到南面正对着山峰的地方，两座山梁戛然而止，仅留不足十米的间隔。两侧的山壁直挺如刀砍斧削一般，令人望而生畏。而就在这群山环绕中，是一片如世外桃源般的美景，古木参天，郁郁葱葱；鸟语花香，莺歌燕舞，他们昨晚露营的地方正好位于北峰下的一大片高山台地上。

“这真是一片绝妙的景色。”马卡罗夫赞叹道。

“看来咱们昨天是从北峰后面绕过来的。要是我们直接从这下面那个山口上来，就省了这么多麻烦了。”徐仁宇指着山下的那个狭窄山口说。

“哪有那么多可能？”唐风反驳徐仁宇。

韩江却沉默不语。“你在想什么？”唐风问。

“博士的话倒是提醒我了。我刚才一直在想，如果这里就是黑鹫寺，当年西夏皇室要来这里烧香礼佛，那么多人马怎么上来呢？总不能像我们这样走悬崖峭壁吧？现在看来山下那条路才是上来的正途！”韩江推断道。

“得了吧！你看下面有路通上来吗？就算当年有路，现在也早已湮没了。”众人顺着唐风手指的方向望去，山下只有郁郁葱葱的一大片森林，根本看不到有路。唐风接着说，“再说，这里是不是黑鹫寺还两说呢！不要急于下结论。”唐风倒还算严谨。

“那怎么才能判断这里就是黑鹫寺呢？”马卡罗夫问。

“当然要找到更直接的证据。不能因为晚上的那阵怪声，就说这里是黑鹫寺。”唐风想了想，继续说，“米沙在他的笔记里曾经记载，20 世纪 50 年代时在黑鹫寺遗址发现过西夏时期的建筑遗址，特别是他还看到了大殿的遗址。我们不妨在这里找找。”

“那就开始找吧！”韩江说完，却见唐风盯着四周的林子犹豫不前，“怎么？害怕啊？”

“你就是不相信我说的。我跟你说在这片林子里会迷路，你们都不信。”唐风还要接着复述他凌晨的恐怖遭遇，韩江一摆手，“好，就算这片林子里容易迷路，现在是大白天，有什么可怕的？再说，有我陪着你呢！”

唐风听到有韩江陪同，心里稍稍平静下来。于是，韩江让叶莲娜和马卡罗夫、徐仁宇三人留下来看守营地，自己则和唐风带着武器和必要的装备，向营地北面的林子出发了。

2

从营地到高耸的北峰下，被一片树林遮挡，目测上去约有百余米距离，但这片林子再次误导了唐风和韩江的判断，好在这次他们没在林子里迷路。待他们走出林子，回头望去，大约已经离营地有两百余米远，而要到北峰下，估计还有两百余米。

两人走上了一个土坡，唐风忽然觉察到了什么，一把拉住了韩江。

“怎么了？”韩江看着唐风。

“这土坡……”

“土坡怎么了？”韩江不解。

唐风蹲下来，仔细检查脚下的土坡，接着又疾走几步，爬上土坡最高处。查看一番后，唐风抬头仰望高耸入云的北峰，最后转过身，眼睛愣愣地直视前方。

韩江伸手在唐风眼前晃了晃：“着魔了？”

“我……我想我们确实找到黑鹫寺了！”唐风眼睛仍然直视着前方，嘴里喃喃自语道。

“什么？就凭这个土坡？”韩江一头雾水。

唐风回过神来，对韩江解释：“这台地上突兀起这么大的一个土坡，本身就是怪事。我刚才查看过了，这土坡上全是夯土。”

“夯土？”

“显然这是古人的杰作。我大概测算了一下，这个夯土台体量巨大，上面原来应该有一座宏丽的宫殿式建筑。再看夯土台的方位，位于北峰之下正中位置，面向山下的那道山口。如此体量宏大的建筑，如此绝妙尊贵的方位，在这贺兰山中除了黑鹫寺，还会有什么建筑呢？”唐风分析得头头是道。

韩江站在夯土台上极目远眺，果然，此地龙盘虎踞，藏风聚气，风水绝佳。“看来黑鹫寺真的被我们找到了。”韩江附和。

“先别忙着下结论，再找找其他遗迹。”唐风站在夯土台上向四周望去，又看见了几个较小的土坡，“喏，那几个小土坡应该就是黑鹫寺其他建筑的遗址。这里要是经过正规的考古挖掘，一定能出土不少有价值的文物。”

唐风指了指几个小土坡，然后随手从脚下的土中捡起一块碎砖，对韩江道：“这几乎就是明证了。”

“怎么？这是西夏的？”

“嗯，还有这个。”唐风又从土中捡起一件形状奇特的建筑构件，“这种建筑构件叫‘迦陵频伽’。”

“迦陵频伽？”韩江不解。

“‘迦陵频伽’是梵语译音，俗名‘妙音鸟’，人身鸟形，被佛教徒认为是极乐世界之鸟。‘迦陵频伽’类型的建筑构件曾在西夏王陵出土过，中原地区还从来没有发现过这种样式的建筑构件。现在这里出现了‘迦陵频伽’，我几乎可以断定，这里一定就是黑鹫寺。”唐风解释道。

“建筑遗址、西夏的砖瓦、建筑构件、独特的地理位置，还有夜晚林子里的怪声，一切都符合米沙笔记里的描述，看来我们真的找到黑鹫寺了。”韩江的话语中明显带着兴奋。

唐风点点头，随即又疑惑起来：“可是第三块玉插屏又在什么地方呢？”

韩江看看四周荒芜的黑鹫寺遗址：“谁知道呢？也许已经跟这座曾经辉煌的皇家寺庙一起毁于战火了，也可能在历史上就被人拿走了……”

“也许就埋在这黄土之下。”唐风打断了韩江的话。

韩江扭头吃惊地看着唐风：“你是说，咱们要把这里挖个底朝天？”

唐风冲韩江笑笑，然后一本正经地说：“韩江同志，请你用脑袋思考问题。假设那块玉插屏还在这里，假设当初存放玉插屏的那个人不是很傻，那这块玉插屏一定会放在一个特殊的位置，绝不会随便放在一般的殿宇里。在那个动荡的年代，存放玉插屏的人一定会比我们考虑得更加细致。”

韩江被唐风训了一顿，但听他说得有理，非但没生气，还频频点头：“对！应该有个特殊的地方存放玉插屏，不会轻易被战火毁坏，也不会轻易被人盗走。”

“嗯，韩江同志终于开窍了。”唐风得寸进尺地笑道。

“你这么一说，我忽然又想起了那张藏宝图。”韩江一语惊醒唐风。

唐风马上想到藏宝图上在贺兰山处标示的红圈，虽然那个红圈旁边没有参照物，但直觉告诉他，那个红圈和他们现在所处的位置似乎有着某种必然的联系。

3

唐风极力回忆着那张图上红圈所处的位置。“藏宝图上红圈的位置确实和这里很接近。”他推断道。

韩江皱紧了眉头：“难道藏宝图上所谓的‘宝’，就是玉插屏？”

“如果真是这样，那就糟了！你想想，民国时就有人知道玉插屏在这里，还绘制了藏宝图，那玉插屏也许早就不在这里了！”

韩江听到唐风这话，心里猛地一沉，但他很快又转念说道：“如果玉插屏不在了，芬妮又为何出现在这里？而且还被人杀死了！”

“你的意思……”

“我也说不好，反正这事不像我们想的那么简单。”韩江重重地叹了口气。

“那咱们下一步呢？我可不想在这个鬼地方再住一晚！”唐风抱怨起来。

“这可由不得你了。我看这片遗址很大，四周都要走一走，不能放过任何一点蛛丝马迹。今晚咱们肯定是走不了的。”

“如果要像考古发掘那样细致地把这个区域勘察一遍，我看咱们这个月都得待在这里了！”唐风一想到晚上那不明的怪声，头皮就一阵发麻。

“也许不用那么长时间。”韩江安慰唐风。

两人惴惴不安地一直走到北峰山脚下的石壁前，整片遗址似乎在这里到了尽头。韩江对着石壁看了一会儿后，转身便要离开，可唐风却怔怔地对着面前的一大块石壁出神。

“发什么呆啊？快回去吧，他们该等急了。”韩江催促道。

唐风没吱声，依然对着石壁发呆。韩江拉了他一把：“你还真以为这石壁能给你再来个芝麻开门啊！”

“你有没有发现，我面前这块石壁比其他地方要平整？”唐风终于回过神来。

韩江也盯着那块石壁看了看，点点头：“是比别的地方平整，但这又说明什么？石壁上难道有什么机关？”

说着，韩江伸出双手，情不自禁地撑住石壁，使劲推了推，石壁没有任何反应。“这里怎么可能有机关！”韩江喃喃道。

唐风并没去推石壁，而是往后退了几步，立住，又盯着那面石壁看了一会儿。忽然，他惊叫起来：“果然有玄机！”

“哦？！”韩江一惊。

唐风卸下背包，在包中一阵翻找。韩江不耐烦了，催促他：“你大惊小怪的，究竟发现了什么？”

唐风只顾在背包中翻找，也不搭理韩江。“你倒是说啊！到底发现了什么？”韩江一个劲儿地催促。

“等会儿你就知道了。”唐风从背包中找出一瓶矿泉水。

唐风拧开瓶盖，将水倒在手上，然后抹在那面石壁上，慢慢地，慢慢地，石壁一点一点地起了变化。“这石壁上有画！”韩江惊叫起来。

“你听说过贺兰山岩画吧？”唐风问道。

“以前不知道，这不都是给玉插屏这事闹的。前段时间恶补历史，才看过关于贺兰山岩画的书。”

“贺兰山岩画是目前中国发现的最大的岩画群，从新石器时代一直持续到西夏。我们的先人最早就是用天然的矿物颜料在石壁上作画，创造出了最古老的艺术。”

“这些书上都说过了。所以在贺兰山发现岩画也没啥稀奇的，你有什么好大惊小怪的？”

“在贺兰山发现岩画并不稀奇，但我没有想到能在这么偏僻这么高的地方发现岩画。如果我没记错，贺兰山还从没有在这么高海拔的区域发现岩画的记录。”

“就算是个新发现，和我们要找的东西又有什么关系？和我没关系的发现我可不感兴趣。”韩江对岩画的兴趣不大。

唐风被噎得无语：“你怎么不联系起来想？我们既然已经确定这地方就是我们要找的黑鹫寺，那么在这个地方出现的岩画，肯定和黑鹫寺有关，说不定还和我们要找的东西有直接关联。”

经唐风这一提醒，韩江也觉出了味儿。面前的石壁被水涂抹了一遍，上面的岩画已经清晰地显露出了真容。

4

一幅巨大的岩画清晰地展现在唐风和韩江面前，两人退后几步，再仔细观看，只见整面岩壁上都用赭红色绘满了图案。整个图案可以分为上、中、下三个部分，下面绘制的是三个场景，左边是劳作的场景，右边是作战的场景，中间则像是一副庆祝丰收的场景。下面这部分岩画中人物众多，密密麻麻地布满岩壁。往上，中间部分画着一个人，鹰鼻深眸，身材魁梧，头戴金冠，身披长袍，威风凛凛，直视前方。再往上，人物又多了起来，上部中间绘的是佛祖涅槃，菩萨、罗汉、侍者皆围绕着佛祖，一派庄严肃穆的景象。

“这图说明了什么？”韩江看完了石壁上的图，迫不及待地发问。

“从创作技法和所绘的图案看，应该是西夏时期的岩画无疑。”唐风还在盯着石壁上的岩画。

“我没问你这个，我是说这画是什么意思？或者说画这画的人想表达什么？”

“那得一点一点地讲。你看画的下部绘的图，有劳作，有作战，还有庆祝丰收的场景，这应该都是党项人当时真实生活的写照。”

“废话，这我也看出来了。你快点说，中间画的是什么？”

“中间画的是一个人……”

“我看你现在全是废话。你就直接说中间这人是谁！”韩江不满地嚷道。

“是谁，我现在还说不好。”

“得！等于没说。”

唐风笑了笑，道：“你先别急。咱们先看上面这部分，等会儿再说中间这个人。上面这是一幅……”

“是一幅佛祖释迦牟尼涅槃图。”韩江没好气地打断了唐风。

唐风无奈地看着韩江，摇了摇头，道：“恭喜你，现在都会抢答了。”

“你也太小看我了，这点知识我还是有的。”

“好吧，你说得对，这是一幅佛祖涅槃图。那么，我们是不是可以这样认为，整幅岩画上面代表的是佛教世界里的天国，而下面则代表了世俗世界，或者说代表了人间。那么，我们再想一下，中间这个人会是谁呢？”

韩江看看岩画，又茫然地看看唐风：“你问我？”

“当然是问你，我想凭你的聪明博学，一定能猜得到。”

韩江被唐风问着了。他憋了半天劲儿，充分调用了自己的聪明与博学，最后还是一摇头，“不知道。”但他似乎又想到了什么，补了一句，“该不会是元昊吧？”

“对！我想这中间画的人就是元昊。”唐风道。

“元昊？”韩江将信将疑。

“西夏时，在人间和天国之间的人，除了元昊，还能是谁？在古代，世界各国的君主都希望借助神的庇佑，维护他们的统治。那么，神对他们最好的庇佑，就是把君主们变成神的使者，代表神来统治世间万物，这就是所谓的君权神授。当然，作为无神论者，我们不相信神的存在，即使真有神的存在，神也不会把那些君主变成他们的使者。于是，世界各国的君主们纷纷开始了造神运动。你不是不让我当神吗？我自己创造个神给自己套上。西夏也不例外，党项人笃信佛教，元昊很有必要把自己装扮成佛的化身，或是佛的使者，来统治西夏，统治人间。”唐风解释了半天。

韩江点点头：“说得有些道理。”

“你再来看这里。”说着，唐风走近石壁，指着岩画中间那个人的头部，“这里所绘的元昊头像完全符合史籍上的有关记载，而且在这幅画上，元昊的头像后面还画了头光。”

“这说明什么？”

“头光一般出现在佛教绘画和雕塑中，且一般只有佛或者菩萨才能拥有头光。这就进一步证明了我之前的判断，这幅岩画是元昊给自己造神的产物。上面佛祖涅槃了，元昊便把他自己描绘成佛祖的转世，来到西夏，来到人间，统治万物，给西夏带来丰收，带来胜利。”

“好吧，就算你分析得都对，可这跟我们要找的东西有什么联系呢？这幅岩画只能说明这里就是黑鹫寺，除此之外，还是不能给我们带来新的线索。”

“不要急嘛，这已经是个很有价值的发现了，说不定我们还能在这里有更大的发现。”唐风继续盯着眼前这幅岩画。

“那我们快点再到别的地方转转吧，咱们已经出来挺长时间了。”

唐风嘴里答应着，眼睛却仍然一动不动地盯着面前的岩画。他心里忽然升起一种奇怪的感觉，似乎这幅岩画仍然藏着什么秘密，却不肯轻易地透露给自己。

5

韩江觉得在这幅岩画面前已经耽误了太多时间，于是催促唐风：“快走吧！”他拉了拉唐风，唐风没动，“你怎么了？”

“我总觉得这画还有些不大对劲。”

“不都分析完了嘛！挺透彻的，别疑神疑鬼了。”

唐风将头横过来，又将头侧过去，仍旧盯着岩画，嘴里喃喃道：“这画……”

“我看你就差倒立过去看了。要不要我帮你啊！”韩江冷笑一声。

“倒立？我怎么没想到呢！”

“什么？你不会真的要倒立吧！”韩江惊道。

“为什么不试一下呢？也许倒立过去，还能有什么新的发现！”

韩江无奈，只好提起唐风的双脚，帮他摆好倒立的姿势。

巨大的岩画出现在颠倒的世界里，唐风仔细观察着，天国、昊王、人间……

“你好了没有？”韩江明显对他的故弄玄虚感到不耐烦了。

唐风没有应声。

“你不会睡着了吧！”韩江说着使劲掐了一下唐风的脚脖子。

唐风被他这一掐，猛地翻了过来：“你下手可够狠的啊！差点把我脚脖子给拧断了。”

“我真以为你睡着了。”

“睡个屁！我似乎真的发现了玄机。”说着，唐风靠近岩画，又将头向右扭过去，盯着岩画上元昊的眼睛出神。突然他眼前一亮，“我就瞅着这岩画哪儿不对劲，你看，我说倒立过来能有发现吧！”

韩江赶忙走过来，唐风指着岩画上元昊的双眼道：“你看元昊这眼睛是不是有点不对劲。”

“不对劲？”韩江盯着看了半天，“嗯，是不太对劲，这眼睛明显画得大了，和整个脸部的比例不协调。”

“这还不是主要的，你倒过去再看！”唐风提示道。

韩江也学着唐风的模样，将头尽量侧过去。看着看着，韩江突然叫了起来：“这……这是什么？”

“你看到了什么？”唐风还算镇定。

“我看到在元昊的左眼中是倒过来的那几幅画，就……就是代表人间的那几幅画，当然是缩小的，而在元昊的右眼中则是倒过来的佛祖涅槃图。”韩江将他看到的描述了一遍。

唐风点点头，陷入了沉思。

韩江却追问：“这是什么意思？为什么要将岩画的上下两部分分别缩小绘入元昊的眼中？又为什么要倒过来？”

唐风摇摇头：“这种情况确实没见过。你刚才说元昊的眼睛画得过大，和面部比例不协调，我估计就是因为要在元昊的双眼中绘入这两幅图造成的。至于你提到的两个问题，为什么要将岩画的上下两部分分别缩小后绘入元昊的眼中，这个我还能解释一下，这么做也许是为了代表人间和天国都已包含在元昊眼中。”

“如果是为了表达这个，那正着画就行了，又为什么要倒过来画呢？”

“这个……这个我就实在猜不出来了。”唐风皱着眉摇摇头。

“好吧，咱们回去慢慢想，先把这幅岩画拍下来。”

唐风拿出数码相机，拍下了三张岩画的照片，才和韩江往营地走去。

穿过了那片让唐风心悸的林子，一切都顺利，两人很快便回到了营地。

6

“你们跑哪里去了？为什么这么长时间才回来？”徐仁宇一见到唐风和韩江便嚷嚷。

“是不是有了什么发现？”叶莲娜已经猜到了一二。

“我想一定是有了发现。”马卡罗夫很有信心的样子。

唐风喝了一口水，道：“对！我们有了很大的发现。现在可以肯定这里就是黑鹫寺……”唐风将他和韩江发现黑鹫寺遗址和石壁上岩画的事对三人说了一遍。

“谜团似乎更多了！”叶莲娜听完唐风的叙述，小声嘟囔。

“是啊！这些发现看上去对我们要找的东西没啥帮助啊？”徐仁宇有些失望。

“你们这里还好吧？”韩江忽然问叶莲娜。

“还好，没什么事。”

“看来那个奇怪的声响只有在晚上才出现。”韩江推断。

“准确地说，应该是在某个特定的时间，或是某个特定的条件下。”叶莲娜道。

“韩，你们计划下一步该怎么办？”马卡罗夫问韩江。

韩江看看唐风，然后说：“我想先吃午饭，下午再到遗址去探探。”

“对！也许还会有新的发现。”唐风附和道。

“既然来到了这里，也确定了这里就是黑鹫寺，我们必须探出个结果来。”韩江坚定地说。

大家吃了些干粮，稍事休息。之后，仍然按照上午的分工，叶莲娜、马卡罗夫和博士留下来看守营地，唐风和韩江继续去遗址勘察。

不过两人还没出发，便对行动的路线产生了分歧。唐风仍然想先到上午发现的遗址查看，然后再扩大开来，寻找别的遗迹。但韩江却有不同的想法：“我仔细查看了这片林子和我们来时的路线，昨晚我们是从北峰西边的悬崖峭壁上翻过来的，北面是我们上午发现的遗址，南面应该是下山的路。那么，只剩下东面我们还没去过，所以我觉得应该往东走，穿过这片林子，看看那里有什么。”

“按照这里的山势判断，东面应该和西面一样，是悬崖峭壁，可能连像我们来时那样的路都没有。”唐风望着头顶的群山推断。

“所以才要去探探，看看到底是不是悬崖峭壁，还有没有路。”

唐风拗不过韩江，只好听从他的建议向东进发，准确地说是东北方向。两人带齐装备，又走进了林子里。与上午不同，他们在林子里走了半个多小时，仍然没有走出林子。韩江心中起疑，不禁驻足观察。

“按照我的推断，半个小时足够走出这片林子了。”韩江环视四周。

“是啊！这片林子到底有多大？上午我们走了五分钟就走出了林子，怎么往东要走这么久？”唐风困惑不已。

韩江查看了指南针：“方向应该没错，东北方向。”

唐风抬头看了看头顶的树：“你发现没有，咱们走这一路，地形没什么变化，但是树倒是有了很大变化。”

“嗯，这里的树越来越高大，而且越来越浓密了。”

唐风仰着头极力辨别着头顶北峰的崖壁：“但是让我更难以理解的是，为什么我们已经走了这么远，离北峰崖壁的距离并没有缩短，似乎与营地到北峰岩壁的距离差不多。”

“是啊！我也注意到了。按理我们往东北方向走，应该离北峰崖壁的距离越来越近，直到我们走到岩壁下才对！”

“所以按照我们离北峰崖壁的距离来看，我们还要走很远的路。”唐风露出了悲观的情绪。

韩江摇着头，叹道："想不到这看似不大的一个台地，竟然有这么大的范围。"

"说到底，还是应了那句诗'不识庐山真面目，只缘身在此山中'。要是我们能站在一个高处，这里的一切就都清楚了。"唐风也叹道。

"真想生出一双翅膀，让我飞上天空，看一看这片神奇的地方。"

"你这几句话倒挺有诗意，呵呵，只可惜你生不出来。"

说完两人都沉默下来，四周寂静无声。林子里只有两人喘气的声音，既没有动物，也没有鸟鸣，甚至这会儿连风声也没有了。

一切都沉寂下来，韩江冲唐风挥了挥手，两人准备继续出发。就在这时，半空中突然传来一阵刺耳的鸣叫，紧接着，一阵狂风卷起树梢，林子上空仿佛飘来了一大块乌云。刹那间，唐风觉着自己头顶上有什么东西压了下来。

7

面对这突如其来的情况，唐风大骇，忙仰头观望。可空中的那片乌云像是瞬间消失了，天空碧蓝，并无异象，林子也恢复了之前的平静。

"刚才怎么回事？"唐风依旧心悸。

韩江也在仰头查看："好像是一只大鸟。"

"大鸟？！"唐风马上想到了凌晨在林子里梦见的兀鹫，自己被兀鹫锋利的爪子抓起，被它带着飞过了草原，飞过了河流，飞过了高山，最后来到了一大片原始森林的上空。那是一个漆黑的世界，在那里，自己见到了有生以来最恐怖的景象，特别是那个白袍女子的人头……

"难道是那只兀鹫？"唐风喃喃自语道。

"你说什么？"唐风的声音很小，但还是被韩江听到了。

"你还记得我对你说的梦吗？梦里我见到了一只兀鹫，梦的后面部分所遭遇的一切恐怖经历都源于那只兀鹫。"

"兀鹫？"韩江眼前一亮，"你忘了这里的名字吗？"

"黑鹫寺。"唐风心中猛地一颤，"文献上记载元昊与没藏皇后私通是在戒台寺。米沙判断戒台寺就是他所发现的黑鹫寺，而'黑鹫寺'这个名字，是米沙从当地人口中得知的。难道这里真的有兀鹫？"

"从当地人口中得知，可能有两种情况。一种是西夏时这里就有兀鹫出没，于是那时就有人称戒台寺为'黑鹫寺'，并一直沿用了下来；还有一种情况是戒台寺早就湮没，但后来在这里出现了一座小庙，这点米沙的笔记可以佐证，当地人不知道以前这里叫戒台寺，见山上有兀鹫出没，便唤此寺为'黑鹫寺'。"

“不管怎样，我现在开始相信这里有兀鹫。我真怕梦中的那些都会应验。”

“不要自己吓自己，那只不过是一个梦。即便刚才看到的是兀鹫，也没什么好怕的，这深山里出现兀鹫，本来也算正常。”

韩江宽慰了唐风半天，见唐风平静了许多，两人才往东北方向继续前进。没走一会儿，韩江发现身旁的树木发生了变化，一直伴随他们的那种谁也叫不上名字的树木不见了，这会儿四周都是高大的雪松。

唐风也注意到了周围的变化。不仅如此，他还注意到了他们脚下的地势正在逐步抬高：“我们好像在往山上走。”

“我也注意到了。”

“难道东面的道路能一直登上北峰？”唐风又仰起头，向头顶望去。高大的雪松遮天蔽日，根本看不到北峰的崖壁，他不知道此时他们离北峰的崖壁究竟还有多远。

唐风的话让韩江停下了脚步。登上北峰的道路？从营地往北望去，北峰似乎高耸入云，无路可攀！难道真的会有一条道路绕着北峰，蜿蜒而上？

“要是那样，我们一旦走远，天黑前就赶不回营地了！”韩江判断道。

“是啊，我们已经走了快一个小时。如果这条路真的一直往北峰上延伸，我们现在得做个决断了，是继续前进，还是先返回营地。”

“走了这么远，你甘心就此返回吗？”

“当然不甘心。”

“我也不甘心。”

“可是……”

“没什么‘可是’的，既然你我都不甘心，就应该继续往前探一探。”韩江打断唐风，斩钉截铁地说。

唐风还想说什么，可就在这时，他们头顶的天空再次被“乌云”遮盖，一阵阴风拂过两人头顶。他们本能地向空中的“乌云”望去，不，是树梢！因为他们看见有个东西正从雪松的树梢上掠过，给树林里投下了大片的阴影，也给两人心中投下了浓浓的阴影。

“果然是兀鹫！”唐风喊了出来。

“我还从没见过这么巨大的兀鹫，简直像是一条翼龙从头顶飞过。”韩江的话把两人一下子带回了白垩纪时代。

两人正在发呆的时候，半空中又是一只巨型兀鹫飞过。两人的嘴半张着，痴痴地望着树梢，唐风不禁喃喃地说道：“我们真的回到了白垩纪……”

梦中的一幕幕场景闪现在唐风脑海中，他不敢再想下去。他向后退去，却被韩江一把抓住：“咱们不如跟着这两只兀鹫，看看能走到什么地方？”

“你疯了！”

“不疯就不是我了。”

说着，韩江抓住唐风就往兀鹫飞去的方向狂奔。他快速判断着方位，而让他惊异的是，兀鹫飞去的方向正是他们要去的东北方。他不知道这是喜是忧，也不知道兀鹫会把他俩带向何方。

韩江的步伐慢慢减缓下来，因为他已经看不见那两只兀鹫了。唐风挣脱韩江，喘着粗气冲他叫嚷：“你这样狂奔，方向还对吗？”

“没错，走了这么久，也该见分晓了。”

韩江的话音刚落，两人眼前豁然开朗，高大的雪松到了尽头。两人吃惊地看着前方，一堵石壁像高墙一样拦住了两人的去路。

第五章 迷失

1

唐风和韩江无论如何都没有想到，在林子的尽头竟是这样一堵石壁。他们想到了悬崖，想到了台地，想到了峡谷，却独独没有想到会是石壁。

“怎么会这样？这太不符合常理了！”唐风懊恼地嚷道。

韩江猛拍了一下石壁，不相信一切会这样就结束。他抬头望去，依旧看不到北峰，面前的石壁很高，但强烈的直觉却让他相信，这并不是林子的尽头。

唐风也注意到了这堵奇怪的石壁，他跟韩江产生了相同的想法。他沿着石壁往北走了几步，发现地势在抬高，而回头望去，如果沿着石壁往南走，地势则在走低。唐风有些明白了：“我们沿着石壁往北走，也许能发现什么。”

“我也是这个意思。”唐风的建议正合韩江的心意。

于是两人加快了步伐。越往北走，地势越高，而他们身旁的那堵石壁却并没有升高。直到最后，他们已经可以看出石壁的端倪了。

“这石壁上面似乎是个平台。”唐风推测道。

“而且是个很大的平台。”韩江也看出来了。

“可我们还是上不去，得有一条阶梯才能……”

唐风正说着，身旁的石壁绕过了一个弯，一条石梯赫然出现在两人面前。

真是天无绝人之路！唐风心中一阵狂喜。

韩江的心脏也狂跳不止。两人走近石梯，仔细勘察。不长的石梯，约有十五六级台阶，明显是人工开凿出来的，但又不似近代所为。

“这上面一定有重要的东西，否则当年古人不会在这深山之中开凿一条石梯。”唐风推断道。

韩江点点头，两人都在猜测石壁上面的世界。那里会有什么？玉插屏？兀鹫的老巢？昊王的宫殿？还是有其他的可能？

两人极力克制着自己心中的紧张和狂喜。唐风一个箭步就要跳上台阶，还是韩江谨慎小心，一把抓住了他。韩江从腰间掏出了他的九二式手枪，打开保险，走在了前面。他示意唐风跟在自己身后，可唐风在最后一刻，还是难掩心中的好奇，几乎和他同时登上了石梯。

世上的事也许就是这样，当你抱有的希望越大时，往往失望也就越大。就像刚才他们在森林里跋涉一个多小时后，本以为到了尽头，却撞上了一块石壁。现在同样的情况再次出现。唐风和韩江预想了很多种可能，但当他们冲上石梯后，见到的却只是一个大平台，一个完全建立在北峰东侧悬崖上的超大平台，其他的什么也没有。

“这是怎么回事？上面竟然什么都没有？”韩江脸上难掩失望之情。

“又是一个大平台。所不同的是这里全是石壁，没有树木，也没有任何可能的建筑遗址。”唐风粗粗察看了他们脚下的平台。

“兀鹫呢？那两只巨型兀鹫也不见了？”

“不可思议！古人难道在密林中开凿石梯，就是为了上这个平台来吹吹风，看看景？”唐风摇着头，他已经感觉到了这里凛冽的寒风。

“看个屁，这……这么大的风。”一阵狂风吹来，竟让韩江无法睁眼。

待狂风退去，唐风逐渐冷静了下来，他看看四周光秃秃的平台，又看看韩江：“既然来了这里，还是仔细勘察一下吧，也许会有不易察觉的蛛丝马迹。”

“嗯，也只好如此了。”韩江点点头。

于是两人顶着寒风，开始仔细勘察这片奇异的台地。

2

唐风和韩江目测了一下他们脚下的这片平台，约有五六百平方米，呈不规则的半圆形。上面地势开阔，两人沿着平台边缘一直走到了悬崖边。平台下的悬崖深不可测，唐风只探头看了一眼，便觉天旋地转。

“前方的景色倒真是不错。”韩江指着平台前方一望无际的绿色山峦感慨。

“你还有闲心看风景？”唐风冷笑了一声。

“我其实是在观察地形，看到面前的景色，你难道就没有发现什么？”

“发现什么？”唐风仔细观察了一阵，“我们似乎已经翻过了东侧的那道山岭。”

“对！怪不得我们在林子里走了这么长时间，而且还越走越高，没想到我们竟然翻过了东侧的山脊。”

“那也就是说，我们现在来到了北峰东侧的悬崖边。”

“嗯，应该是这样。”

“可我还是不明白，这里看上去什么都没有。那条古人开凿的石梯，难道只是为了开通一条道路？要知道这里几乎没有人烟，根本不值得开凿道路。”

“那就得继续往前走走看了。”

两人回过身，仰望平台后面的北峰，依旧雄伟挺拔，高耸入云。“一直这样沿着北峰悬崖边的山路走，我们不会绕回昨天来时走的路吧？”唐风忧心忡忡地说。

“谁知道呢？”韩江嘟囔了一句。

“那今晚咱们可就回不去了。”唐风一想到昨晚翻越的西侧悬崖的峭壁就头疼。

两人继续沿着山崖向东北方向走，走出三十余步，唐风又回头看了一眼北峰。他忽然发现北峰上有一块岩壁突兀出来，岩壁间还歪七扭八地生长着几棵奇形怪状的树。他指着那片岩壁对韩江道：“你看那几棵树，和营地旁边的树一模一样。”

韩江也注意到了，“是挺奇怪的，这光秃秃的崖壁上几乎没有什么树木，这几棵树却能生长！”

“这也不奇怪。这种树肯定是一种生命力顽强的树，只要有一丝养分，它们便能生长，就像黄山上的松树。”

“是吗？可看不出那上面有什么可供生长的土壤。”

“你太小看自然界的力量了。不要看岩石坚硬，滴水可以穿石，更不要说这么坚强的树了，它们也是顽强的生命。你看那儿，喏，岩石都被那棵树顶起来了，看样子就快崩塌了。”

说话间，从山上滚落了几块小的岩石，两人赶忙向后躲闪，石块滚落了一地……唐风拾起一块，掂量了一下又放下，然后掏出枪，用枪托使劲敲击了一下那一小块岩石，岩石竟被枪托敲成了几块。

唐风笑道：“你别看这岩壁坚固无比，其实这里的地质构造比较脆弱，再加上这里风比较大，所以岩石自己就崩塌下来了，而且一敲就碎。”

“咱们还是小心一点吧！”韩江催促唐风继续往前走。

两人沿着崖壁又走了一段，便来到平台的尽头。韩江有些失望地说：“看来你的猜测不成立啊，这里最终还是一条死路。”

“是啊！这就又回到了我刚才的问题，既然是死路，那截石梯就更可疑了。难道这里就只是个观景台？”

“什么观景台，我看整个一吹风台！”韩江失望至极。

3

两人沿着岩壁下面开始往回折返。沉默了一阵，走在后面的韩江忽然冒出一句：“多看看，看这里的岩壁上还有没有画！”

“不用你提醒，我一直看着呢！”

“什么发现都没有？”

“没有。”

又是一阵沉默，两人埋头赶路。眼见就快回到那个石梯了，唐风摇摇头，叹道：“看来下午白跑一趟，一无所获。”

“是啊！天都快黑了，我们得加快速度了。”

“都是你要来……”唐风正说着，突然没了声音。

“怎么了？”韩江发现唐风停住了脚步。

唐风扭过头：“岩壁上还真有东西。”

“哦？”韩江立即来了精神。

“你看这里。”唐风指着石梯旁的岩壁。

“这是什么？”

“像是西夏文字。”唐风又拿出矿泉水浇在岩壁上，岩壁上出现了一些赭红色的印迹。

但当唐风将水抹向岩壁四周时，却并没有出现他期望中的大幅岩画，或是别的什么遗迹，被水浸湿的大片岩壁上，只有两个西夏文字。西夏文旁边好像还有一条横线，不知道代表着什么。

“快翻译，这两个西夏文是什么意思？”韩江迫不及待地说。

岩壁上的文字经过长期风吹雨打，已经模糊不清，显然没有黑鹫寺那块岩画保护得好。唐风仔细辨认了半天，才犹犹豫豫地读出了那两个字：“……上……寺……”

“上司？”韩江没听清。

“是上寺。‘寺庙’的‘寺’！”唐风解释道。

“上寺是什么意思？”韩江一头雾水。

“我也不太明白这里出现‘上寺’是什么意思。按照中国古代的习惯，很多建在山间的大型寺庙，往往不止一座寺庙，它们会在主寺附近再建一座，或两三座寺院，形成一个大型寺庙群。而那些在寺庙群中，位于山上或地势较高处的寺庙，则被称为‘上寺’。”唐风继续解释。

“也就是说，这里曾经还有一座寺庙？”

“我不敢肯定。”

“这就好理解了，原来在这片平台之上，还建有一座‘上寺’，所以才又修了一条通到这里的石梯。”韩江大胆推测。

唐风思考了片刻，摇了摇头：“会是这样吗？如果按你这么解释，石梯的问题是解开了。但随之而来的问题是，这地方都是光秃秃的岩石，根本没有办法建造房屋，除非是石头房子。再说，这里风这么大，也不会有人愿意居住在这里。”

唐风提出的问题让韩江无言以对，但他还不想放弃，又问道："那这条横线代表什么？"

唐风无奈地摇摇头。"这个我也不知道。不过，"唐风顿了一下，"不过我想关于'上寺'，还有一种可能，'上寺'其实指的不是这里，而是我们发现的那处遗址。如果是这样，那么这条横线很可能代表的是一个箭头。"

"不排除这种可能。但若那里是上寺，这道石梯又是为何而建？"

唐风和韩江研究了半天不得要领，眼见天就要黑了，两人只得加紧赶路。下了石梯，唐风按照记忆中的路线，沿着石壁走了一段，然后又走进了那片有些神秘的林子。

4

唐风在林子里走走停停，不断辨别着方向，生怕走错了路。韩江笑道："你就放心地走吧，我来时都做好了记号。"

"就是树干上这些三角形符号？"

"嗯。如果我们迷路了，或者没回去，叶莲娜就会按照这个符号来找我们。"

"还是你想得周到。"

两人很快离开了松林，身边又变成了那种两人都叫不上名字的树木。

"这片林子总是让我害怕。"唐风轻轻叹道。

"怕什么？"

"怕迷路。"

"那是你，你跟着我什么时候迷过路？"韩江看上去很自信。

唐风摇摇头落在了后面，韩江在前面带路。天色渐渐黑了下来，韩江在前面边走，边观察着自己在树干上刻的三角形记号。可是走着走着，唐风突然叫了起来："不对！我们来时好像走的不是这条路！"

"什么？！"韩江浑身猛地一颤。

"而且咱们从松林出来，已经在这片林子里走了半个小时，还没看到营地，这样算来时间也不对。"唐风焦急地喊道。

"不可能啊，我是按照记号走的，方向也对……"韩江说着拿出指南针看了一下方向，不禁大惊失色，"这是怎么搞的，我刚才看还是西南方向，怎么这会儿变成了西北方向？这……这太不可思议了。"

"你还说你从来没迷过路，这会儿露怯了吧！"

"你看……"韩江颇不服气，紧走几步，来到刚才路过的一棵树旁，"你看这棵树的树干上，不是我来时做的标记吗？"

“你再好好看看吧，是不是你做的？”唐风提醒韩江。

唐风的提示惊醒了韩江，他赶忙将电筒对准那棵树树干上的三角形符号，仔细观察。看着看着，他不禁眉头紧锁，沉吟不语。许久，他一拍树干，骂道：“妈的，我们肯定是被人算计了。”

“怎么回事？”唐风惊道。

“我仔细看了树干上的这个三角，虽然也是新刻的，大小也和我刻的相似，但细看之下，却不是我的手法。”

唐风凑近查看，韩江指着树干上那个三角形标记说：“我刻的三角都是一刀划下来，一气呵成的。而这个三角则是分三刀刻成的。”

果然，唐风也看出了端倪，眼前这个三角形标记比韩江刻得还要规整，但却是分三刀刻出来的。“因为这家伙是分三刀刻出来的，所以你看他刻的每一刀都很深，而我是一气呵成的，后面刻的力度自然就没有刚开始下刀的时候深。”韩江又进一步解释道。

“你说这标记是谁做的？”

“不知道，不过看上去此人也是训练有素。说实话，他刻的标记更为准确。”

“会不会是叶莲娜，或是老马？”唐风问。

“他们为什么刻上三角形标记扰乱我们呢？”韩江的心里升起了一丝疑云。

“也许他们是等不到我们，来寻找我们？”

韩江想了想：“不，应该不会，我和叶莲娜有过约定。”

“难……难道这片林子里除了我们，还隐藏着另一个人？！”唐风想起了在山下客店惨死的芬妮，不禁惊呼起来。

“史蒂芬？！”韩江心头的疑云愈发沉重。

“那我们现在该怎么办？天全黑了。”唐风的心被揪了起来。

韩江辨别了一下方向，镇定下来，道：“我们应该往西南方向走。但我们不能就这样贸然钻进我们没走过的林子里，只能沿着我们刚才过来的路先退回去，退到我们来时的路再说。”

于是两人开始按照树干上的那个误导标记往回退。每经过一个记号，韩江都要仔细观察，确定一下是自己刻的，还是别人刻的。但让他失望的是，他竟然再没有找到自己刻下的三角形标记。韩江开始明白，他们在这片林子里彻底迷路了。

5

唐风和韩江被黑夜包围，也被深深的恐惧包围着。他们不再寻找树干上的记号，也看不到任何参照物，甚至连指南针和 GPS 上标示的方向也失去了意义，他们明白，现在已经没有任何东西可以依赖了。

黑夜中，两人深一脚浅一脚地走着，突然，一声刺耳的叫声从头顶传来。“兀鹫？！”唐风一惊，仰头望去。这里的林子已经不像刚才那样茂密，但夜色黑沉沉的，没有一丝星光，什么也看不见。

韩江也在仰望夜空，许久，他喃喃地说道：“这里的林子要比刚才稀疏得多，很像是营地旁边的样子。”

“那我们快找到营地了！”唐风说着，大声呼喊了两句，但回应他的只有寂寥的回音。两人的心情顿时又回到了失望的极点。

“也许不是营地，但总比刚才要好。”韩江安慰唐风，然后继续大踏步向着他预测的方向前进。

无尽的夜色笼罩着唐风和韩江，噩梦、怪声、巨大的兀鹫和让人迷路的林子……现在，唐风心中开始相信，这里有一个魔鬼，也许这会儿那个魔鬼正在靠近自己，也许就在前面。想着想着，唐风本能地将电筒举高，照向了前方。

“魔鬼！”前面突兀的黑色阴影让唐风失声叫了出来。

韩江也用电筒向前方照去，那巨大的黑影却让韩江兴奋起来：“有路了！”

唐风稍稍镇定，这会儿他也辨认出了前面那巨大的黑影正是北峰下的岩壁。前面的树木越发稀疏，直到唐风和韩江走过最后两棵树后，前方豁然开朗。

唐风握着电筒，仔细观察：“真是奇怪，走了这么久，怎么又来到了这里？”

韩江也看出了端倪：“我们竟然又回到了黑鹫寺？”

唐风缓步踏上了这片巨大的遗址，脚下踩着松软的泥土，一种异样的感觉从他心底升起。他又来到了上午看到岩画的那块岩壁前，用电筒照在岩壁上，一步一步从东到西，又从西到东观察着面前的岩壁。可是让他感到惊诧的是，上午看到的那幅巨型岩画此刻竟然不见了！

“这……这是怎么回事？”唐风不敢相信自己的眼睛。

“你再好好找找。”韩江也大感意外。

两人举着电筒开始分头寻找，电筒发出的强光照射在那块整齐的岩壁上，仍不见岩画的踪影。

“这里真是太奇怪了，夜晚的怪声、迷路的林子、消失的岩画、神秘的石梯和平台……”唐风不停地摇着头。

“我倒觉得正因为有这么多怪事，反倒印证了这里就是黑鹫寺。我们要找的东西一定就在这里。”韩江还比较镇定。

“我们今天该去的地方都去了，虽然发现了一些遗迹，但除了给我们增添一大堆谜团外，对我们找东西又有什么帮助呢？”唐风失望地说。

“我想……我想要找到我们要的东西，就要先从这些谜团入手。”

“废话，这个我也知道。可是根据我们现在所掌握的情况，根本不可能破解这些谜团。”

“天无绝人之路。也许是因为天黑，所以我们看不见岩画。现在既然我们已经走到了这里，就赶紧回营地吧，要不他们该等急了。”

唐风也不敢在此地多留，于是两人根据上午来时的经验，往正南方向走。经过两个小土坡，他们又走上了黑鹫寺遗址中那座最高大的夯土台。

6

唐风归心似箭，走在前面，韩江在后。待两人走上大土坡，走在后面的韩江忽然停住了脚步。

“怎么了？”唐风回头问。

“你看我脚下是什么？”韩江只觉着脚下似乎踩到了一摊水，可他又觉得那不是水。要换作唐风可能根本不会觉察出什么，但他毕竟经验丰富，训练有素。当他缓缓地把右脚抬起来时，已经敏锐地嗅到了一股血腥味。

“血，血啊！”唐风将电筒照在韩江的右脚上，然后惊叫了起来。

“不要大惊小怪！”韩江极力保持着镇静。

“难道是博士他们出了意外？”唐风的心中迅速闪过一个个可怕的念头。

“不要胡说八道！”韩江呵斥道，然后蹲下来，仔细查看地上的那摊血迹。唐风怔怔地伫立在原地，看着他。韩江伸出手指蘸了一点血，放到鼻下闻了闻，又伸出舌头轻轻舔了一下，“妈的，虚惊一场。这像是某种动物的血。”

听韩江这么一说，唐风悬着的心才算归位：“能看出是什么动物吗？”

“你当我是神啊！还能看出是什么动物？”韩江想了想，又道，“不过，这也不难，只要查看一下附近有没有动物的脚蹄印，就知道了。”

两人分头用电筒在夯土台上寻找脚蹄印，果然，在血迹附近的浮土上，隐隐约约出现了一排蹄印。“是岩羊吗？”唐风马上想起了带他们来到这里的岩羊。

“你问我？我又不是动物学家！从蹄印的形状上看，我只能看出这是某种中型偶蹄类哺乳动物留下的。可……”

“可是什么？”

“可是这附近却没看到其他动物或人类的足印，就连这血迹周围也没有凌乱的蹄印。这说明这动物在遭受攻击时，并没有发生激烈的反抗。那又是什么东西杀死了它，并让它没有发出反抗呢？”韩江疑惑不解。

两人都陷入了沉思，很快两人脑海中都闪过了一个答案。不过，韩江摇摇头，在心中就已经自我否定了那个答案，但唐风却说了出来：“会不会是……兀鹫？刚才我们在林子里时，那两只兀鹫又出现了。”

“我也想到了兀鹫，可是兀鹫是食腐动物，一般不会攻击像岩羊这样大型的活物。”韩江皱着眉说。

“我也知道，可我想不出除了兀鹫，还会有什么动物有能力将岩羊一击毙命。”

“总之，这里确实有太多不可解释的事发生了。咱们还是快点回营地吧。”韩江估摸着叶莲娜他们该着急了。

两人继续向正南方向前进，就在他俩要走进林子里的当口，附近的林子里传来一阵声响。韩江忙将唐风拉进林子，两人躲在一棵树后，观察外面的动静。

那声响断断续续传来，到后来是一阵急促的脚步声和喘息声——是一个人！此时此地，会是什么人？唐风和韩江紧张地屏住了呼吸，注视着发出声音的地方，同时拔出了枪。

不大一会儿，林子里果真跳出一个人，夜太黑，两人看不清那人的模样。韩江对唐风比画了一下，唐风心领神会，蹑手蹑脚地潜到另外一棵树旁。

韩江站起身子，侧身注视着那个黑影，然后突然打开电筒对准了那个黑影，同时大叫道：“什么人？”

那人反应迅速，就在韩江用电筒对准她时，也拔出枪对准了韩江。不过仅仅用了0.01秒，韩江便借着电筒的光线认出了来人——叶莲娜。

7

“你怎么跑到这里来了？叶莲娜！”韩江疾走两步来到叶莲娜身边。

叶莲娜也认出了韩江，放下枪说道：“天黑了，你们还没有回来，我不是担心你们嘛！”

“你是担心韩江吧？”这时，唐风也从林子里走了出来。

“谁我都担心。你们怎么去了这么久？”叶莲娜问。

“博士和老马没事吧？”唐风反问叶莲娜。

“为什么这样问？我刚才离开时一切正常。”

韩江又问：“除了你，老马和博士一直没有离开营地吗？”

叶莲娜用奇怪的眼神打量着韩江，又盯着唐风问：“你们怎么了？一下午，我们都待在营地，哪儿也没去，也没发生什么情况。”

“那就不妙了。”韩江听叶莲娜一说，喃喃道。

“因为我们遭遇了很多离奇的事。”唐风把他们一路上的遭遇简要叙述了一遍。

“怪不得。我正要问你们呢，为什么我循着韩江留下的三角形标记向东北方向走，却在林子里迷了路，跑到这里来了？”叶莲娜也是一脸困惑。

韩江盯着叶莲娜，眼神里飘过一丝疑惑。这一细小的变化，并没有逃过她的眼睛："韩，你的眼神告诉我，你不信任我。"

唐风一惊，他丝毫没觉察出韩江和叶莲娜在用眼神较劲。

"好吧，什么都逃不过你的眼睛。"韩江想躲避叶莲娜那双美丽的明眸，却被她死死抓住，只好继续说，"这个记号是我和你约定的，为什么林子里又出现了另一种三角形的标记？"

叶莲娜满脸怒气，刚要开口反驳韩江，身后却传来另一个声音："韩江，我可以回答你这个问题。"

三人一起回头看，是马卡罗夫和徐仁宇，他俩也从刚才叶莲娜走过的地方钻出了林子。

"韩江，你要是因为这个就怀疑叶莲娜和我，就太过草率了。"马卡罗夫慢慢地说道。

"不！请你相信我对你们是信任的，只不过今天遇到太多无法解释的事，让我头脑……怎么说呢，头脑短路了。"韩江看着叶莲娜，已经开始后悔自己刚才的猜疑。

马卡罗夫走过来，拍了拍韩江，道："刚才我们也在林子里迷了路，就是因为这个标记。如果是叶莲娜或者我刻的，我们根本就不会迷路。"

"是啊！我和老马是看你们和叶莲娜都有去无回，心里着急，才按照那个三角形标记来寻找你们，结果在林子里转了大半圈，来到了这里。"徐仁宇也附和道。

马卡罗夫微微笑了一下说："后来，我也发现了问题，导致我们迷路的三角形标记明显和刚开始的三角形标记不一样。于是我仔细观察了那个三角形标记，这个导致我们迷路的三角形标记让我想起了一些往事。"

"往事？"众人不解。

"老马，你可别编故事给我们听啊，就一个普通的标记，还能勾起你的往事？"韩江觉得马卡罗夫现在老是沉浸在对往事的回忆中。

"是啊！您老的往事可够沉重的。"唐风调侃一句，缓解了一下气氛。

马卡罗夫长叹出一口气，缓缓说道："唐风，你说得不错，我的往事可都是些沉重的回忆。今天在林子里迷路这事，让我又回忆起了当年我和布尔坚科在基地那会儿的事。"

"靠，怎么能联系到那里去了。"韩江觉得不可理解。

"就是那个在蒙古的前进基地？"唐风倒来了兴致。

马卡罗夫点头道："对，就是那个前进基地，当年我和布尔坚科在那里训练一批准备潜入中国执行潜伏任务的学员。布尔坚科对那些学员的要求非常严格。在野外生存训练中，我们制定了几种标记，在树干上刻三角形标记是其中常用的一种。当时，布尔坚科要求在刻三角形标记时要分为三刀用力刻，这样才能保证所留的标记清晰，容易辨认。而那些学员在训练中，常常忘记布尔坚科的要求，用一刀一气刻完，这让布尔坚科很不满意。只要布尔坚科发现不按要求训练的学员，便要进行处罚。我清楚地记得，有一次我们把学员拉到西伯利亚的原始森林里进行野外训练，其中有个学员在做标记时，就是用的这个三角形标记，但是没有按照布尔坚科的要求分为三刀刻。结果，布尔坚科震怒之下，命人在那学员胳膊上用刀刻一个三角形。”

“这么残忍？”唐风惊出了声。

“当然，后来在我的干预下，布尔坚科没有那么做。不过，这件事却在我脑海中留下了深刻的印象。”

“你这么讲，更印证了我刚才的怀疑。”韩江忽然来了底气，“你们克格勃训练严格，是有这个光荣传统啊！”

“不，不！韩江，你没听明白，我们克格勃并没有这个传统。我当初受训时，教官可并没有教我们一定要分三刀刻这个三角形标记。”马卡罗夫进一步解释。

“也就是说，你认为这个在林子里分三刀刻标记的人，跟布尔坚科和前进基地的学员有关？”韩江惊道。

“布尔坚科不是已经死了吗？”唐风不解。

“父亲的意思，是不是怀疑当年你们训练的那批学员和这事有关？”叶莲娜也很吃惊。

众人都看着马卡罗夫，但他却久久不语。过了好一会儿，他才缓缓说道：“不！我并不是那个意思，我只是给你们提供一点线索。”

“我觉得你就是那个意思。”韩江故意激马卡罗夫，希望他再说一些当年的事。

“韩，你不用激我，很快你就会明白我的意思。”

马卡罗夫不再说什么，径直向正南方，也就是营地的方向走去，众人也只好跟着又钻进了这片让人迷失的林子。

第六章 大佛

1

从黑鹫寺遗址返回营地的路线倒没有让人迷路，众人很快便返回了营地。徐仁宇检查完留在营地的东西，这才长出一口气：“东西都在，看来并没有人趁我们离开时光顾这里。”

“瞧你紧张的样子，且不说这里没人，就是有人，咱们的贵重物品都随身携带了，怕个啥？总不会有人要偷我们的帐篷吧？”叶莲娜笑徐仁宇。

“你不知道，咱们徐博士总是带一大堆零碎。”韩江没好气地说。

“什么零碎，那可都是我的宝贝。”徐仁宇反驳道。

“好吧，你的宝贝可得自己留好，丢了不要找我。”韩江回头看看，马卡罗夫从回到营地就一个人出神，像是又陷入了深深的回忆之中。

韩江的视线转向叶莲娜，却被她瞪了一眼。韩江无奈地摇摇头，再看唐风，也在那儿发呆。他捅捅唐风：“发什么呆啊？”

“不发呆能怎么样？今天搞得我头都大了。”

“你有什么想法？”

“我总感觉周围有一双不怀好意的眼睛在盯着我们。”唐风四下望去，黑沉沉的夜，黑漆漆的林子。

“别管那么多了，先休息，有什么事明天再说。”

“休息？我害怕有人在我们睡觉的时候偷袭我们。”

“所以还要有人值夜。”

“我可不干了，我凌晨被吓怕了。”

韩江无奈，只好去找叶莲娜商量。众人合计了半天，马卡罗夫表示要代替唐风值夜，这反倒让唐风不好意思起来。

“既然大家都担心晚上会有危险，那我看还是这样安排，叶莲娜和老马前半夜……”说着，韩江看了看叶莲娜。他是有意这样安排的，以显示对叶莲娜和马卡罗夫的信任。

“后半夜唐风和博士。”韩江又接着说，“中间我来值。”

“不干！我可不敢后半夜，那怪声……”唐风心有余悸。

“那你和博士就值中间，我后半夜。”韩江没好气地瞪了唐风一眼。

唐风不再说什么，韩江又特别叮嘱道：“值夜就守在营地旁边，谁也不要进林子里去，切记！”

唐风赶忙吃了东西，抓紧睡觉。凌晨时分，他被徐仁宇给弄醒了。

唐风和徐仁宇两个人大眼瞪小眼地坐在帐篷外面，没一会儿两人都有被周公唤去的意思。唐风心想这样可不行，于是他站起来，叫徐仁宇先打盹，等会儿来换自己，徐仁宇当然同意。这两人值夜，又变成了一人当班。

一人当班，那就连打盹的机会都没有了，唐风只好站起来，又开始围绕着帐篷转圈踱步，一圈，一圈，又一圈。转着转着，唐风就觉得眼前恍惚闪出了一个熟悉的标志。他以为是篝火发出的火光闪花了眼，忙揉了揉眼睛，定睛一看，没错！就在他身旁一棵树的树干上，赫然出现了一个三角形标记。

唐风凑上前去仔细查看，越看越紧张，心脏猛地揪在了一起。因为他发现面前的这个三角形标志是分三刀刻出来的，在树干上留下了又深又锋利的印迹，而且可以看出是新刻上去的。他的脑海中迅速闪过一系列可怕的事件，这个可怕的标记是什么时候出现在营地的？它代表着什么？难道在他们不在时，有人光顾了营地？

2

唐风无法确认这标记是什么时候出现的，他们晚上回到营地时，徐仁宇只是检查了东西，他们谁也没有查看营地周边的变化。

唐风判断了一下这个标记的方位，几乎正好是正南方。正南方？按照他的推断，正南方向应该是下山的通道，他们还从没有往南边探索过，这个神秘的三角形标记又出现在了南面……他想着，双脚已经不由自主地走进了南面的林子，他发现就在前面不远的另一棵树上，又出现了三角形标记。

唐风来到第二个三角形标记前，仔细辨认，和第一个一模一样。紧接着，他又在南面的林子里发现了第三个、第四个、第五个……所有的标记都向正南方向延伸。正如他之前判断的那样，南面的地势迅速下降，看来这的确是当年上山的那条正路，只是因为时间久远，被湮没在了历史尘埃中。

大约在第十个标记附近，唐风又发现了一个高大的土堆。他举着电筒慢慢查看了一遍这个土堆，没有黑鹫寺遗址处的那个最大的夯土台大，但却比那个要高。高高耸立的土堆像是一座用土垒砌的丰碑。

唐风走近这个土堆，一个面目凶恶的人脸突然映入了他的眼帘。他猛地一惊，吓得将电筒掉落在地上。他又向后退出了好几步，直到靠在了一棵树干上才重新站定。

“谁？”唐风小声喝道，话语中带着恐惧。

没有人回答，四周寂静无声，唐风看见自己的电筒还发着光，躺在那个土堆旁。他重新鼓起勇气，壮着胆子，寻着电筒发出的光亮来到高大的土堆旁。他弯腰拾起电筒，一手紧握着电筒，一手掏出了手枪。但当他再次看见那个人脸时，自己先笑了。

那是一尊石刻的人脸，准确地说，是一尊石刻的西夏武士像。武士身材魁梧，面目凶恶，双臂擎起，腰悬宝剑，双目炯炯有神，正瞪着唐风。

唐风走过去，用手拂去武士身上厚厚的浮土，不禁感叹西夏的雕刻之精美，他同时注意到武士高高擎起的双臂。武士粗壮有力的双臂高高擎起，像是在托举着什么重要而又沉重的东西。唐风仰头望着面前高高的土堆，武士在托着什么呢？这高高的土堆原来一定是一个重要的建筑，以至于元昊要命令工匠雕刻如此精美的武士像来托举。

佛塔？！唐风想了想，也只有佛塔才配得上如此精美的石刻武士。

唐风观察了一下石刻武士像出现的方位，是在高大土堆的西北角，也就是说，其他三个角也应该都有一尊武士像。于是他顺着逆时针方向，围绕土堆转了一圈。果然如他预料的那样，在土堆的西南角、东南角都发现了一尊和西北角一模一样的石刻武士，这让他更坚信了自己的判断。当他转到大土堆的东北角时，却发现东北角的那尊石刻武士像和其他三尊并不一样。

唐风好奇地俯下身，打量起这尊武士像。和前面看到的三尊武士像相比，这尊武士像似乎要大一些。他揉揉眼睛，按理说应该是一样大小，也许是自己看花了眼，身边没有工具测量，目测可能并不准确。不过让他更感意外的是，这尊武士像的造型、面部表情都与另外三尊有别。

那三尊武士像面目凶恶，而这尊武士像虽然腰间也悬着宝剑，面目却要慈祥许多，甚至可以说是慈眉善目。再看造型，前面三尊武士像的造型是双臂高高擎起，而这尊武士像则是双手合十，两腿也雕刻成了盘腿打坐的样子。

“也许是当时雕刻的工匠别出心裁吧！”唐风想着，忽然又觉得面前这尊武士像还有哪儿不对劲。

唐风死死盯着面前的这尊石刻武士像，哪儿不对呢？腰悬宝剑，盘腿打坐，面目慈祥，双手合十……嗯，问题就出在这双手合十上。

这尊石刻武士像所做的双手合十动作，和一般佛教徒的双手合十动作并不一样，面前的这尊石刻武士像的双手合十向前倾斜，直指前方。这是工匠的无意之作，还是有意为之？这个问号重重打在唐风的脑海中。不过不容他细想，便又有了新发现。

3

唐风将电筒慢慢地移到了石刻武士像的下面，他发现这尊石刻武士像和其他三尊还有一个不同的地方：其他三尊武士像双臂高擎，双脚直接踩在地上，而这尊武士像盘腿打坐，因此身下多出了一个石雕的莲花座。

唐风几乎趴在了地上，举着电筒一点一点地仔细查看了一遍武士身下的石刻莲花座。突然他眼前一亮，在莲花座上发现了一排文字，是一排汉字。据说当年西夏缺少熟练的工匠，所以许多重大工程都是汉人工匠建造的，所以这里刻的是汉字并不为奇。唐风想着，顾不上其他，忙用手抹去莲花座上的灰土，一行隽秀的楷书汉字出现在他的眼前——“天授礼法延祚十年二月，敕建大戒台禅寺下寺金刚舍利宝塔。”

当唐风轻轻读出这行文字时，心中一阵狂喜。这短短一句话，一下子证明了自己之前的推断，明白无误地说明这就是他们要寻找的黑鹫寺。黑鹫寺在西夏时正式的名称就是“戒台寺”，而且建塔的时间也说明了这是一座西夏时期的寺庙，“敕建”二字则表明这是元昊下旨修建的皇家寺院。“金刚舍利宝塔”也验证了自己的推断，这个大土堆是一座宝塔，而且是一座舍利塔。至于“下寺”……唐风陷入了沉思，难道发现的遗址就是“下寺”？那“上寺”又在何处？

唐风又仔细勘察了石刻武士像周围，期望能有一些新发现，却再没有发现什么。他站起身来，忽觉天旋地转，赶忙用手撑住身旁一棵树，这才立住身体。自己又没有高血压，怎么会头晕？也许是这些天没休息好的缘故。唐风稍稍镇定一些后，就欲离开这里，可当他把那只撑在树干上的手撤回来时，却发现就在这棵树的树干上出现了第十一个三角形标记，这……

唐风看看四周，依旧一片死寂。一阵寒风吹来，让他从刚才新发现的狂喜中镇静下来，他的耳畔响起了韩江的忠告——不要离开营地。唐风浑身一颤，自己离开营地多远了？他忙回身，朝他认为的营地方向望去，竟是一片漆黑，哪还有一点亮光。

唐风慌了神，他开始回忆刚才这一路自己的经历，推算着离开营地的距离，可无论怎么想都觉得自己离开营地并不远啊？应该还能看见营地的篝火。此刻却什么也看不见。

唐风辨别着方向，最后按照佛塔遗址的方位确定了一个方向，他认为这就是正北方，也就是营地的方向。但他沿着这个方向走出五十余步，就动摇了，觉得自己判断错了。这时，前方出现了两道岔路，唐风决定调整方向，他走上了西北方的那条岔路。但是，当他走上这条岔路后，却开始重复昨天凌晨在树林里的痛苦经历。

4

唐风像是进入了一个迷宫，不停地绕着圈，总是看到一些似曾相识的环境。他绝望地开始呼喊，但这里连回音都没有，四周只有黑暗、死寂。

唐风陷入了黑暗的海洋，他不明白，这看似普通的林子，怎么会屡屡让自己陷入死地？也许……也许这里就是元昊不肯让人踏进的绝地！

唐风精疲力竭，绝望地瘫倒在一棵树下，不知不觉地合上了眼睛……

两只巨型兀鹫飞临树梢，停在那形状奇特的树上，注视着树下正在酣睡的唐风。突然，其中一只兀鹫向唐风俯冲下来，等唐风睁开眼时，他已悬在了半空中。漆黑的夜空，寒风凛冽，他想呼救，却发不出声响。它们飞越了一座高大的宝塔，又飞过了几座雄伟的宫殿，接着是一大片松林，最后来到了悬崖边的高台之上。兀鹫向高台俯冲下去，在离高台五六米高的地方，将唐风抛了下去。

唐风只感觉自己的五脏六腑都要破裂了，他趴在冰冷的岩石上，寒风一吹，浑身剧痛。他想支撑着站起来，可又无力地摔倒在岩石上。

忽然，一阵奇怪的音乐悠悠地传进了唐风耳中，紧接着是一阵激昂的鼓声，再下来是一些唐风听不懂的话语，像是有很多人在自己身边唱歌跳舞。他不知道这些人对自己有无恶意，求生的本能促使他猛地翻过身，想要看清那些人的面目。

那是一群恶魔，还是一群人？恍惚间，唐风看见许多张面目狰狞的面孔。他使劲揉了揉自己的眼睛，这才看清，这是一群戴着面具的人，正围着自己和一堆熊熊燃烧的篝火唱着、跳着……

唐风听不懂那些人的语言，但认出了这个大平台，这个悬崖边的平台就是白天他和韩江找到的那个大平台。再看那帮人还在起劲儿地蹦着，一会儿又虔诚地跪在地上，高擎双手，声嘶力竭地喊着什么。

唐风蒙了，他向山上看去，想要看清那些人在对着什么顶礼膜拜，可是除了漆黑的夜幕和冰冷的石壁，他什么也看不见！那两只巨型兀鹫也不见了踪影，但唐风却总觉得兀鹫就在山上，在自己的头顶上，随时可能会再俯冲下来，将自己带入无尽的深渊中。

那群人扯着嗓子喊了半天，像是在进行某种神圣的仪式。待这帮人重新站起时，不唱了，也不跳了，唐风发现他们冲自己过来了。他猛地忆起了在七色锦海的遭遇，忙扯开嗓子喊："我不是恶魔，不是……"

可是唐风扯开嗓子，却发不出声来，那些人不容分辩，一下子将他举了起来，然后一步步走到了悬崖边。唐风已经喊破了嗓子，下面就是万劫不复的深渊，他绝望了，然后被抛下了深渊。

"不！我不是……"他终于喊出了声音，撕心裂肺的叫喊声伴随着无情的风声，响彻整个峡谷。

……

唐风惊醒过来，又是一个噩梦。他坐起来，仔细回忆刚才的梦境，似乎和昨天的那个梦有着某种联系。兀鹫？一群戴着面具的人……唐风还来不及思考这一切，那个奇怪而恐怖的声响又向他袭来。

唐风浑身战栗，想站起来，但双腿一点力气都没有，无论他如何努力，还是瘫倒在那棵树下。他抬头看去，那个神秘的符号又映入了眼帘，一个分三刀刻画的三角形标记，清晰而醒目。他彻底放弃了，闭上眼睛，任由寒风伴随着那奇异的怪响折磨着自己的耳膜。

“唐风，你怎么了？”

“你怎么跑到这里了？”

也不知过了多久，唐风被一阵呼喊声叫醒。他慢慢地恢复了理智：“怪声……又……又是那个怪声。”

“我们听到了，可你是怎么跑到这里来的？”唐风的耳边传来叶莲娜的声音。

“我叫你们不要乱跑，结果倒好，你们两个，一个呼呼大睡，一个又跑进了林子。”韩江埋怨道。

马卡罗夫给唐风灌进了一些矿泉水，唐风支撑着站了起来。他不知道自己该如何向众人解释，便使出全身力气一指身旁树干上的那个三角形标记：“都……都是因为这个。”

“这个？”韩江用手摸了摸树干上的三角形标记。

“这里也有？”叶莲娜惊道。

“还不止这一个，这林子里都有。”唐风断断续续地将自己的遭遇对众人讲述了一遍。

众人闻言，无不惊骇。韩江和叶莲娜搀扶着唐风，没用十分钟就穿过了林子，回到了营地。唐风晃晃脑袋，他不敢相信，困住自己，让自己迷失的地方，竟然和营地只有十分钟的路程。

5

众人回到营地后没多久，那个奇异的怪声便消失了。韩江快速判断了形势，道：“到天亮之前由我守夜。你们都继续休息，不管听到什么声响，都不要出来。”

也只好如此了。众人在惊恐和寒冷中焦急地等待着天明。唐风经过这么一折腾，早已精疲力竭，一觉睡到了天明。

天亮后，唐风关切地问韩江：“那个怪声后来还响过吗？”

“又响过一次，不过持续时间都很短。”韩江道。

“是吗？”唐风一边和韩江闲聊，一边整理他随身携带的东西。他打开数码相机，准备再看看昨天在黑鹫寺遗址拍摄的照片，可是让他崩溃的是，照片上竟然是一片空白，什么都没有。

“这……这是怎么回事？我明明是拍了照的，而且拍完照后，我还回放看了一遍。”唐风叫了起来。

“你再看看其他的呢？”韩江追问。

唐风忙看其他两张：“也是一片空白。”

“怪事！”韩江也有些发蒙。

“不行，我要再到岩画那边去看看。”唐风说着就要去黑鹫寺遗址，韩江却一把拉住了他，“别去了，现在那里已经不重要了。”

“哦，何以见得？”唐风不明白韩江所说何意。

“我认真听了你凌晨在林子里的遭遇，除了那个神秘的三角形标记，还有一件事吸引了我，就是你发现的那座佛塔。”

“你想到了什么？”

“天亮后，我和叶莲娜已经去查看了那座佛塔。和你说的一样，佛塔在我们营地正南方偏东的位置，而咱们昨天发现的黑鹫寺遗址在营地正北方向。这样看来，佛塔和黑鹫寺遗址当年应该是连为一体的，也就是说佛塔是黑鹫寺的一部分。那么，根据佛塔上的题记，我们也就可以断定，这里就是所谓的‘大戒台寺下寺’。”

“对，我也是这样想的。”唐风同意韩江的意见。

“这样也就否定了你昨天的那个假说，这里不可能是‘上寺’，而上寺应该另在他处！”

唐风点点头：“嗯，是这样！那么，昨天我们在东侧悬崖边发现的大平台就很可疑了。”

“是的，我们在平台上发现的那两个西夏文‘上寺’，明确无误地提示我们上寺就在那里，而我们发现的石梯就是通往上寺的。”韩江推断道。

“就在那里？”唐风还在犹豫，“不会那么简单吧，平台上风那么大，全是岩石，怎么建造寺庙？”

“我现在当然无法回答你的这个问题，但佛塔上的一个发现，又可以佐证我的观点。”

“哦？你是说东北角那个武士像？”聪明的唐风马上理解了韩江的意思。

“嗯，你想想，为什么偏偏东北角那个武士像和其他三个不同？这难道是巧合吗？不，绝对不会，那尊武士像不论是造型、大小、表情都不同于其他三尊。这只有一种解释，就是当年造塔时有意为之。”

“我也想到了这一层，可还是不敢肯定。经你这么一说，我想起来了，那尊武士像和其他三尊最大的不同是他的双手。那尊武士像双手合十，而且双手合十的动作很奇怪。”

“那就是最明显的证据。东北角的武士像双手合十，而手却指向前方，他的前方即是东北方向。东北方有什么？除了上寺，还会是什么？”韩江越说越兴奋。

“可是我不明白这么大费周章、暗含玄机，仅仅就是为指明上寺的方位？”

“这正说明上寺的重要！我们在这里基本上已经搜寻了一遍，虽然有很多发现，但对于我们要找的东西，却没有发现什么踪迹……”

“所以你认为我们要找的东西在上寺？”唐风打断韩江的话。

韩江点了点头，“我想应该是的。”

“可是我们昨天已经去过了那个大平台，什么也没发现啊，甚至没找到一点建筑的痕迹！”

唐风的问题让韩江沉吟下来。许久，韩江才说：“我现在无法解释这一切，但我想我们有必要再去一趟那里。”

韩江话音刚落，帐篷外忽然传来一阵骚动。

6

唐风和韩江听到帐篷外的动静，忙钻出了帐篷，就听见徐仁宇兴奋地大叫：“岩羊！刚刚有一头岩羊跑到我们营地来了！”

“那你倒是把它逮住啊，我们也好吃点野味！”韩江戏谑道。

“是啊，我也是这么想的，可我刚要去逮它，那头岩羊就钻进林子里去了。”徐仁宇一边说着，还一边比画着。

唐风顺着徐仁宇比画的方向看去，果然，在北面的林子里，有一头岩羊正伫立在林间，小心翼翼地注视着他们。

徐仁宇举起枪瞄准了那头岩羊，唐风忙制止：“别开枪，岩羊是保护动物。”

唐风话音刚落，那头岩羊敏捷地向北面的林子逃去。徐仁宇紧追几步，但敏捷的岩羊完全不给他开枪的机会，瞬间消失在了林子里。

“都是你瞎嚷嚷，把岩羊吓跑了。”恼羞成怒的徐仁宇把怨气撒在了唐风身上。

唐风刚要开口，空中突然阴沉了下来，紧接着连续几声刺耳的叫声传来，他的心猛地一紧。“兀鹫，又是那只大兀鹫！”唐风指着不远处树梢上的巨大阴影喊道。

大家都紧张地注视着半空中的巨型兀鹫，谁也不知道兀鹫这次要干吗。噩梦中的恐怖场景一幕幕闪现在唐风眼前，他已经紧紧地握住了手枪，生怕兀鹫俯冲下来，抓走自己。但兀鹫并没有向他们俯冲过来，而是向北冲去。

“兀鹫要干什么？”叶莲娜惊慌地问。

“北面是黑鹫寺的遗址，难道……”韩江欲言又止。

就在大家胡思乱想的时候，令他们终身难忘的恐怖一幕出现了……

兀鹫向北冲去，但很快便又腾空而起。待众人一齐向兀鹫望去时，发现兀鹫身下竟抓了一头与它自身大小相仿的岩羊。

大家都看呆了。“太神奇了！”叶莲娜惊道。

“不可思议，这头岩羊至少得有上百斤重，居然被这兀鹫给抓起来了！”徐仁宇口中喃喃自语。

“看来这两只兀鹫并不是食腐动物。”唐风还没有忘记昨天的发现。

“难道它们吃活物？”马卡罗夫也直摇头。

“昨天在遗址上发现的那摊血，我想可以解释了。”唐风又看看韩江。

韩江一直目不转睛地注视着渐渐远去的兀鹫，见唐风瞟他：“看我干什么？兀鹫也是往东北方向去的，还有什么好说的。要解开这些疑团，只有再探一次大平台，就是那个所谓的‘上寺’。”

“那里什么都没有，是上寺吗？”唐风极力回忆着昨天在那里看到的每一个场景，但还是不得要领。

韩江想了想：“我想……我想那里一定还隐藏着什么。”

“隐藏着什么？”

马卡罗夫也同意韩江的意见：“不管怎样，先找到‘上寺’再说。”

众人合计完，一致决定，拔营向东北方的悬崖前进。大家收拾停当，便鱼贯走进了让他们迷失的林子。

7

进入林子，韩江走在前面，这次他换了一种菱形符号作为标记。一干人走出没几步，韩江就在树干上看到了自己昨天所留的三角形标记，但很快，他们又看到了那种分三刀刻成的三角形标记。韩江用手摸着那深深的刻痕，陷入了思考。

唐风走到了前面，扭头拍了一下韩江：“想什么呢？快走啊！”

“我在想，昨天刻下这种三角形符号的人，他的目的是什么呢？”韩江忽然反问了一句。

唐风一怔：“这还用说，为了干扰我们，让我们在林子迷路呗。”

“不！我现在不这么看，原本我也像你这么想的。不过，现在我却认为，那人这么做另有原因。”

“韩，你是不是认为那人这么做是出于和你一样的目的？”马卡罗夫忽然说道。

韩江点点头：“上帝对每个人都是公平的，这片神秘的林子既然能让我们在里面迷失方向，那么也会让其他人迷路，所以此人出于和我们一样的目的，在林子里刻了这些标记。”

“那又怎么解释在我们营地周围出现的标记？”叶莲娜问。

“是啊！难道那人一直在我们身边，监视着我们？”唐风也问。

唐风的话让所有人都是一惊，继而不约而同地向四周的林子望去。这里的林子还不算茂密，四下里安静无声。今天是个好天，阳光投射进林子里，洒在地面上，若不是那些离奇恐怖的遭遇，这里完全是一个美丽的世外桃源。

“如果……”韩江清了清嗓子，环视众人后，一本正经地说，“如果这个标记不是我们当中某个人的恶作剧，那么我们周围确实有一个人存在。从山下的客店到芬妮的神秘死亡，再到山上种种离奇的遭遇，我现在几乎可以断定这个神秘人确实存在，而且就在我们身边。不过此人似乎对我们并不感兴趣，他感兴趣的是别的东西。”

“所以他曾经来过我们的营地，却又没有现身。”唐风道。

“可是昨天我们一直待在营地，要是有人在附近监视我们，我应该能有所察觉啊？”叶莲娜不解。

韩江的眉毛拧成了一个结：“这个情况只能有一个解释，这家伙是个绝顶高手，他的功夫在你我之上。”

“真的吗？还有比你和叶莲娜功夫高的？”唐风不敢相信。

“有的，我相信这世上一定有的。”韩江没说什么，马卡罗夫却突然来了这么一句。

众人不解。

“你是说你自己吧？”唐风反问马卡罗夫。

马卡罗夫只是摇摇头，没再说什么。众人继续向东北方向前进，越往前走，树林越茂密。唐风注意到树干上的标记也越来越多，有韩江刻的，也有那个神秘人刻的。韩江和唐风都想从身旁的这些三角形标记，判断出前一天导致他俩迷路的地方，可是他们一直走进了松林，也没能找到那个地方。

8

地势越来越高，高大的雪松直插云霄，林子里的光线暗了下来。众人来到石壁前，又沿着石壁走了一段，那段石梯出现在众人面前。

唐风刚要冲上去，却被韩江一把拉住。韩江站在第一层石梯上，静静地听着，所有人都在盯着他。突然，韩江从腰间拔出了手枪：“大家要小心，我嗅到了一股血腥味。”

“血腥味？你紧张过度了吧？我怎么没闻到？”唐风使劲吸了吸鼻子。

韩江并不回答，将唐风拉到了身后，自己拿着枪，第一个跃上了石梯上的大平台，紧接着，叶莲娜、唐风、马卡罗夫和徐仁宇也跳了上去。寒风吹过，一股浓烈的血腥味扑面而来，但却没看到人。韩江疾走几步，快速来到平台中央，一头被摔死的岩羊已经被掏空了内脏，浓烈的血腥味就是从这儿发出的。

“是刚才那头岩羊？”唐风蹲下来，捂着口鼻，查验岩羊的尸体。

“应该就是刚才那头，我看刚死不久。”韩江判断道。

“也就是说，兀鹫是先摔死岩羊，然后进食的。”马卡罗夫道。

唐风只觉一阵反胃：“这里让我想起了郎木寺的天葬台，还让我想起了……想起了那个可怕的噩梦。”

“噩梦？”韩江忽然想起了什么，“唐风，你再仔细回忆一下你那个噩梦。”

“有什么好回忆的？你要是不想让我今晚再做噩梦，就别跟我提这事。”

“不！要回忆，你好像说过梦里也是一只兀鹫把你抓起，然后抛在了这里？”韩江启发着唐风。

韩江的话又勾起了唐风可怕的回忆：“是的，有两次。第一次很模糊，我记不清了，好像是兀鹫把我投进了一片原始森林。第二次倒很清晰，就是这里，兀鹫把我抛到这里，然后一帮人带着吓人的面具又唱又跳，最后把我扔下了山崖。”

“不……不，你好像提到过那群戴面具的人还虔诚地跪下来……”

“是的，那些人开始围着篝火又唱又跳，后来都虔诚地跪倒在地，就是在这儿，在我们站的地方。”凌晨那个噩梦的细节依然历历在目，让唐风回忆起来时仍旧心惊肉跳。

“在这儿，是向山的方向吗？”

“嗯，是向着北峰的方向，一个个都很虔诚。”

韩江退后几步，向头顶的山峰望去。大家不知韩江想到了什么，也都退后几步，仰头观望。

“这山峰上一定隐藏着什么秘密！”韩江的眼睛已经眯成了一条线。

“这光秃秃的山峰能有什么秘密？我刚才说的那些都是梦里的场景，你可别当真了！”唐风提醒韩江。

“不！要当真。”韩江执着地说。

“你真是疯了。”唐风觉得韩江像是着了魔。

“我是不是疯了，今天就能见分晓！”韩江十分肯定地说。

韩江的话音刚落，突然山壁上又滚落了几块碎石。他往东又走出几步，几乎退到了东侧的悬崖边。

“你小心一点。”唐风和叶莲娜同时提醒韩江。

韩江不言，依旧忘我地盯着面前的山峰。唐风笑道：“你盯着这儿看，能看出什么来……”

唐风的话还没说完，韩江突然平静地说：“我看出来了。”

“什么？”

“你看出了什么？”

众人不解。

韩江并不回答，还在盯着山峰出神。唐风重新开始仔细打量面前的山峰，初升的旭日直射在高耸入云的北峰上，山峰仿佛被阳光包上了一层金色的外衣，在阳光下泛着金光。隐约中似乎出现了一尊佛像，是一尊大佛……

第七章 昊王的眼睛

1

唐风简直不敢相信自己的眼睛，他使劲揉了揉眼睛，再定睛一瞧。是的，是一尊佛像！就在昨天他和韩江发现的那几棵歪脖子树的位置，隐约现出了一尊足有 40 米高的大佛。

“我也看出来了，一尊大佛，是一尊大佛。”唐风喊出了声。

叶莲娜、马卡罗夫和徐仁宇也看了出来，头、肩、胸、腹、四肢，一尊大佛的轮廓逐渐出现在了崖壁上。

“你俩昨天来的时候，怎么没发现？”叶莲娜仰着头问。

“被山崖上那几棵树挡住了，而且大佛风化太严重了。”唐风说着捡起刚才滚落的一块岩石，“你们看，昨天我就发现这儿的岩石质地并不够坚硬，再加上这里风很大，如果这尊大佛开凿于西夏，至今已经有七八百年了。这么多年的风吹雨打，使得大佛早已面目不清。”

“我看还不仅如此。”徐仁宇忽然说道，“据我观察，这尊大佛当年雕刻得就不够精细，只是粗线条的，我甚至怀疑它并没有最终完工。”

“有这种可能，而且经过这么多年的风吹雨打，如果不仔细看，不会发现岩壁上居然雕刻了一尊大佛。”韩江说完，又喃喃自语，“看来我还没疯。”

“对，你没疯！你是怎么看出来的？难道就是因为那个噩梦？”唐风问。

“我不知道，总之，当我听了你的噩梦后，我便有了一种强烈的预感。再结合这里的情况，就更加坚定了我的判断。首先，我们已经判定林子里的遗址是黑鹫寺的‘下寺’，那么上寺很有可能就在这里。这里出现的两个西夏文字，还有下寺佛塔处奇怪的武士像，也可以印证这点。其次，这里没有建筑，也不适合建造房屋。这里如果没有建筑，一定还会有别的用途。”

“所以你就结合我梦里的场景，推断这是一个祭祀遗址。”

“祭祀遗址？难道这里不是佛寺？”韩江不解。

“是佛寺，也是祭祀遗址。我曾经说过，党项人是在西夏建国前后才开始崇信佛教的，之前党项人信仰的是原始宗教，也就是崇拜太阳、山川、河流，认为万物皆有灵。后来党项人虽然在元昊的率领下迅速崛起，建立了西夏王朝，并改信佛教，但原始宗教一时难以完全摒弃。于是西夏的统治者便将佛教和原始宗教结合起来，这里就是这样一处遗址。这里的方位正好面向东方，东方是太阳升起的方向；佛像又开凿于贺兰山之上，贺兰山在党项人心目中是一座神山，地位崇高。元昊在这里开凿佛像，既是为了礼佛，也是为了祭拜贺兰山、太阳和祖先。”唐风解释道。

“看来这在当时是西夏的一项大工程！”徐仁宇感叹道。

“是啊！绝对是当时的一项国家工程。这样就可以解释，为什么元昊会不惜成本地在深山里建造规模宏大的佛寺，甚至西夏皇室，包括元昊本人都曾在这里顶礼膜拜，这个大平台和石梯也都派上了用场。”唐风侃侃而谈。

“你说元昊也曾在这里顶礼膜拜？”韩江忽然反问唐风。

“对啊！这是皇家寺院，本来就是给皇室礼佛用的。”

“呵呵，可我怎么觉得这尊大佛塑造的就是元昊本人啊！他总不会自己跪自己吧？”韩江笑道。

“你的意思是，大佛是按照元昊的相貌雕凿的？”唐风有些震惊。

“别扯了，这大佛都风化成这样了，面目根本就看不清楚，再说你知道元昊长啥样啊？”徐仁宇跳出来反驳韩江。

“是啊！这哪能看出来是按照元昊的相貌雕凿的？”叶莲娜也不解。

“韩江的话提醒了我，不是没有这种可能。”唐风思考了一会儿，解释道，“中国古代帝王们在开凿石窟，特别是开凿大佛时，都会按照自己的容貌来雕凿大佛，像云冈石窟的‘昙曜五窟’，就是按照北魏五位皇帝的容貌雕凿的；龙门石窟的‘卢舍那大佛’则是根据武则天的容貌开凿的。帝王都希望自己变成佛的化身，让天下人膜拜，所以元昊雕凿这尊大佛时，也很有可能是按照自己的相貌开凿的。”

“唐风讲的是一方面，但我不是从这方面看出来的。”韩江笑道。

“哦？那你如何看出来的？”唐风不解韩江其意。

韩江笑笑：“因为昨天我刚见过这个形象。”

韩江的话，一下点醒了唐风：“你是说那幅岩画？！”

“对，岩画中间的那个人，你说是元昊的形象，我今天看出这尊大佛的时候就觉得这佛像似曾相识。”

“如果这尊大佛真是按照元昊的容貌雕凿的，那么它就有了三层含义：一是佛像；二是为了满足党项人对贺兰山的原始崇拜；三是元昊将自己和神的形象融合，以达到让党项人永远祭拜他的目的。”唐风说道。

“也就是说党项人在这里既是拜佛，也是祭拜山神，还在祭拜元昊。”叶莲娜终于听明白了。

“想想看吧，那是个多么壮观的场景！旭日初升，就像今天这样，元昊化作佛的形象，和贺兰山结为一体，看着无数党项人跪拜在这个大平台上。”

韩江的话音刚落，突然从山上又崩落了一些碎石。

2

这次滚落的碎石比以往几次都要多，一块较大的碎石速度很快，直直地向唐风冲来。唐风赶忙闪身，险些摔倒。

那块大石正巧滚到悬崖边停了下来。待碎石停住，唐风再回身看大佛，发现大佛的耳朵竟然缺了一块。

韩江也注意到了，刚才大佛的耳朵还在，怎么这会儿没了？难道刚才滚落的那块岩石就是大佛的耳朵？

唐风和韩江几乎同时奔到了悬崖边，搬起那块岩石，又抬头仰视大佛，对比大佛的面部，最后确认这块岩石确实就是大佛耳朵的耳垂部分。“这尊大佛再不加固维修，我看坚持不了多久了。”唐风道。

“那是以后的事。看看这块岩石能给我们带来什么蛛丝马迹。”说着，韩江把这块有三个篮球大的岩石抱起来，翻看了一遍。“还真有蛛丝马迹留下来了。”韩江看似平静，话语中却透着兴奋。

唐风也看到了，在岩石的侧面出现了一行赭红色的西夏文，字不大，分为上、下两个部分。他翻译了那一行西夏文，上面一部分是五个字——“昊王真身耳”。

“这么快就验证了我们刚才的推断，这尊大佛就是按照元昊的相貌塑造的。”唐风兴奋地说。

“昊王真身，那这个‘耳’是什么意思？”韩江不明白。

“‘耳’就是耳朵的意思啊。”

“废话，我的意思是为什么要写在这上面？”

“这么大的工程肯定有很多工匠同时开凿，所以古时工匠们常常在自己负责的地方标明位置。比如，这个地方是大佛的耳部，写上这样的话，工匠们就都知道了自己负责的位置，可以很多人同时开凿了。”

“看来那会儿就已经有工程管理了。那下面这几个字呢？”韩江又问。

“下面就是昨天咱们见到的那两个西夏文字。”

“上寺？”

"嗯，就是'上寺'。"

"这地方又出现'上寺'，代表什么？"

"不知道，不过这里和我们昨天看到的一样，在'上寺'的旁边应该还有一道横线。"

"横线？"韩江一惊。

"你看这里。"果然，在唐风的指引下，韩江发现岩石侧面'上寺'旁，又出现了一道横线。只不过岩石在中间断裂了，这道横线比昨天看到的那条短了一截。

"上寺？"韩江抬头又向大佛望去，突然他眼前一亮，"唐风，你还记得昨天看到的那幅岩画吗？"

"岩画？"

"当时你解释了岩画上的内容，却不明白岩画上为什么将'佛国'和'人间'倒过来，画在元昊的眼睛里，我想这大概就是破解谜题的密码。"韩江大胆地推测。

唐风似乎明白了韩江的意思。他抬头看了看佛像，惊喜道："好像在平台东侧有条阶梯能爬到大佛上面去。"

"我们早该注意到的。你看，从东侧即大佛的左臂开始往上，在左臂的侧面有一条很不起眼的石梯，一直可以爬到大佛的肩膀上，然后……你看见了吗？"

唐风顺着韩江的指点发现，就在大佛刚才崩落的耳垂后面，石壁上显现出一条石梯。这条石梯沿着大佛耳朵的轮廓一直通往大佛的头顶……

3

"没什么好犹豫的了，抄家伙上吧！"韩江已经迫不及待了。

"但没看到下面有石梯啊？我们怎么爬到大佛的肩膀上去？"唐风问。

"肯定是被东边那些树给挡住了。既然从大佛的左臂一直到头顶都有石梯，那左臂下面也一定会有通道。"韩江十分自信地说。

众人加快了步伐，很快来到了大平台的最东端。这里生长着一小片松树，昨天唐风和韩江也曾经检查过这里，以为没有路继续往东通行，便掉头回去了。

可今天当两人钻进茂密的松林时，却意外地发现松林中隐约有条小路，只不过这条小路不是通往东侧悬崖，而是蜿蜒向上的。

"看来这就是上大佛的路。"韩江判断。

"昨天咱们怎么没发现呢？"唐风有些懊恼。

"昨天我们连大佛都没发现，怎么可能想到这里有条上山的小路。"

韩江说着跟在唐风后面钻进了松林，这是一片生长在悬崖边的不大的松林。众人在转过一道弯后，韩江突然叫住了唐风："停下。"

“干吗？”唐风不解其意。

韩江疾走两步，拉过唐风道：“你看，脚印！”

众人这才发现，就在这条小径上，竟然出现了一串清晰的脚印。韩江迅速对这一串脚印做出了判断：“这是一个人留下来的。”

“就一个？”

“没发现有第二个人的。看尺码应该是个男人。”

“这人会不会就是在林子里留下标记的那个人？”唐风问。

“很有可能。”

“史蒂芬？！”唐风又想到了惨死在山下的芬妮。

“看来这家伙已经先我们一步，找到了大佛。”叶莲娜道。

“也先我们一步发现了大佛的秘密。否则没人会走这条山崖边的崎岖小路。”韩江说道。

“史蒂芬会一个人行动？这不符合他一贯的作风啊？”唐风摇摇头。

“别管那么多，大家多加小心，继续前进。”

韩江嘱咐完，走在了最前面，唐风紧随其后。很快，他们走出了小松林，一条更加崎岖陡峭的石梯出现在众人面前。

崎岖陡峭的石梯在大佛的左臂侧面，众人手脚并用，鱼贯登上石梯。石梯异常狭窄，只有 30cm 宽，每个人都要尽量侧着身，将身体贴紧岩壁，才能通行。

“怪不得我们在下面没发现这条石梯，这么窄！不知道除了建造大佛的工匠，还会有什么人走过？”唐风走得是心惊肉跳。

“上面的风景倒是不错。”韩江答非所问地突然冒出来一句。

“你还有这闲心！”

“这叫乐观！”

韩江走在前面异常艰险，既要小心脚下，又要提防着上面那个神秘人物的突然出现。他的心一直悬着，直到他们平安地到达了大佛的左肩上。

韩江长出一口气，望了望山下的美景，又抬头看看大佛的头部。站在这个位置，只能从侧面看大佛的头部了，不过这倒让他们更加清晰地窥见了大佛的构造。

韩江发现大佛的肩部堆积了大堆碎石，还有一些浮土。即便浮土甚少，竟然也有几棵歪脖树生长其上。

唐风拾起一块石块仔细观察：“当年的工程，似乎真的并没有完成就停止了。”

“何以见得？”

“你看这是一块堆放在这儿的构件，并没有使用过。”唐风指给众人看。

“从没有使用过？奇怪！”

众人在此处稍事休息后，又沿着大佛左耳的边缘轮廓往上攀爬。这里也开凿了一条狭窄的石梯，又是一段艰难的攀爬。正午时分，韩江第一个爬上了大佛的顶端。

4

大佛的头顶与后面高耸的北峰被一片松林隔了开来。众人在大佛头顶转了一圈，毫无收获。

“你让我们费半天劲爬上来，结果这里什么也没有啊？”徐仁宇问韩江。

韩江也有些失望，不过他真正的目标并不在这儿。唐风明白韩江的用意，问：“你是怀疑大佛的眼睛吧？”

“不错！我相信那幅岩画绝对隐藏着开启谜底的钥匙。”韩江坚定自己的判断。

“可我实在看不出大佛的眼睛能有什么惊人的发现。”唐风还是有些疑惑。

“好吧，这苦活累活脏活都我一个人包了，你们几个待在上面，我下去看看。”韩江说着就往自己腰上绑绳子。

韩江绑好了绳子，一副大义凛然的样子。“再见了，同志们！”说罢，韩江来到了大佛头顶的前部，这里已经开始向下倾斜，刚才大家谁也没敢走到这里。

“等等！”唐风突然一声叫喊，差点儿把韩江吓倒。

“你乱喊什么？”韩江斥道。

“看！”唐风俯下身，在他们脚边又出现了那个清晰的脚印。韩江也忙蹲下查看，果然，还是刚才那个脚印。

“看来那个神秘人又先我们一步到了，他也破解了大佛的密码。”韩江的心头顿时阴沉下来。

唐风又往西搜索，那儿的脚印更加清晰、密集。待他爬到大佛右眼上方的时候，发现这儿的脚印最密集，甚至有些凌乱。

“看来那人是从这里下去的。”韩江推断道。

“嗯，你看。”两人又往西走了几步，一颗铆钉赫然出现在他俩面前。粗大的铆钉深深地扎进了大佛头部的岩石中，显得那么扎眼。

“毫无疑问，他是从这里下去的。”唐风道。

“嗯，这是大佛右眼的位置。你还记得昨天咱们在下面看到的那几棵歪脖子树吗？”韩江提示唐风。

“歪脖子树？”

“刚才在下面时，我仔细看过了，那几棵歪脖子树就是在大佛右眼的位置。你昨天不是惊叹光秃秃的崖壁上怎么会长出几棵树吗？现在我可以很有把握地告诉你，因为大佛眼睛里面是空的！”韩江推测。

“空的？”唐风虽然猜到了韩江的用意，但对于他这个大胆的推测还是很惊讶。

“是的，正因为大佛眼睛里面是空的，所以才给那几棵歪脖子树带来了生长的土壤和养分。”韩江说。

“这太神奇了。难道……难道里面就放着我们要找的玉插屏？”唐风有些兴奋。

韩江听到玉插屏时又沉默了，半晌才说：“如果是那样，可就不妙了，有人捷足先登了！”

“这到底是个什么人？神龙见首不见尾！如果他在大佛的眼睛里找到了玉插屏，又是从哪儿走的呢？还有，这里发现了铆钉，可是绳子呢？”唐风一连串的问题。

“先别管那么多了，下去看了再说。”

唐风不好再说什么，只得准备帮韩江下去。“就用这个铆钉吗？”唐风问。

韩江试了试那颗铆钉，还是摇了摇头：“不行！虽然这颗铆钉看上去很坚固，但这里的地质构造太脆弱了，保险起见，还是另外打一个。”

众人一起动手，很快固定好一个铆钉。韩江将绳子缠绕在铆钉上，又将绳子一头抛给其他人，让他们在上面拽好。

韩江将绳子另一头紧紧绑在自己身上，然后一下子滑了下去。绳子一点点被放下，他慢慢地来到了大佛的右眼处——昊王的眼睛。他近距离地仔细观察大佛的右眼，没什么特别之处，在这里既没有发现文字，也没有什么暗记。这……难道自己推断错了？韩江开始怀疑起自己的推断。不，不可能！那幅奇怪的岩画不停地出现在他的脑海中，昊王的眼睛一定有问题！

他探出右手使劲推了推面前的石壁，也就是大佛的右眼，石壁纹丝不动，没有任何反应。时间一分一秒地过去，韩江依然无法来证明自己的推断。他更加失望，但是岩画上的图案，还有神秘的脚印、石梯、铆钉……这些东西不断在他脑海中出现。

上面传来唐风的声音，韩江知道自己已经在这里待得太久了，他决定来最后一搏。只见他双腿蹬离了崖壁，飘在半空中，然后使出浑身气力，借助绳子的摆动，径直向大佛的右眼撞去。就在一瞬间，电光火石，一声巨响过后，昊王的右眼被韩江用身体硬生生地撞开了。

5

黑幽幽的洞口惊现在韩江面前。他急切地想要闯入这个未知的世界，但理智告诉他还不能这样做。“把我拉上去！”他冲上面喊道。

众人一起使劲，很快把韩江拉了上来。他顾不得身上的疼痛，兴奋地嚷道：“昊……昊王的眼睛……开了，昊王的眼睛被我撞开了。”

“什么？里面有什么？”唐风迫不及待地问。

“不知道！里面比我想象得要大！我现在只看到一个幽深的洞口。”

“太神奇了！昊王的眼睛真的隐藏着密码！”唐风说。

“不是密码，是黑洞，一个神奇的洞口！”韩江稍稍平复了一下自己激动的心情，“我们要组织人下去！”

“那当然少不了我！”唐风自告奋勇。

“带上我吧！也许我对你们有帮助。”马卡罗夫也想下去。

众人商量一番，最后韩江决定唐风、马卡罗夫和自己三个人进去，叶莲娜和徐仁宇留在上面接应。

韩江安排好一切就要下去，但唐风忽然想起了什么：“大佛的右眼可以打开，那左眼呢？”

“左眼？！”谁也没有想过这个问题，大家发现了铆钉，就很自然地认为那个神秘人是从大佛的右眼下去的。

韩江想了想道：“不，应该就是右眼。”

“难道就凭一个铆钉？”唐风反问。

“不要忘了那幅岩画中昊王的眼睛。在岩画中，昊王的右眼是佛国，左眼是人间，我们要找的那个东西肯定是在佛国里。”韩江推断。

韩江的说法似乎有些道理，唐风还在思索，韩江补充道：“如果右眼这个洞口走不通，咱们还可以去试左眼。既然右眼已经打开了，咱们总是要进去看一看的。”

唐风不再说什么。于是，唐风、韩江和马卡罗夫三个人依次降到了大佛右眼的位置，钻进了那个黑幽幽的洞口。

借着射进洞口的阳光，唐风查看了这个洞口。洞壁上布满了凿痕，很显然这是人工开凿的洞穴。即便是天然洞穴，也是后人修整过的，而且洞壁光滑，可见当初是精心开凿的。

韩江在前，马卡罗夫紧随其后，唐风断后，三人小心翼翼地往里面走了十余步。拱券型的通道十分平整，唐风不禁感叹：“不愧是皇家工程啊，当年就能把这里开凿得如此平整。”

谁料，唐风的话音刚落，突然他们身后传来一阵巨响，紧接着通道内就陷入了一片黑暗。

“唐风你干什么？石门怎么关上了？”韩江在前面叫开了。

“我……我……什么也没干啊！”此时的唐风活像一个受了老师批评的满腹委屈的小学生。

“你什么都没干，怎么石门自己关上了？”韩江怒气冲冲地质问。

“我真的什么都没干，我就是感叹了一句这通道修得好，然后……然后石门就关上了。”唐风一脸无辜。

“你说你瞎感叹个什么劲儿，这下好了，咱们被关在里面了。”韩江已经打开电筒，一缕强光刺破了无尽的黑暗。

韩江拿着电筒回到石门的后面，仔细检查周围的石壁。平整的石壁上什么也没有，除了石壁还是石壁，四周全是石头。韩江使劲用拳头敲打石门边的石壁，可是什么反应都没有。

“妈的，这昊王睁眼闭眼也太没规律了！”韩江余气未消，又冲唐风嚷道，“你那句话太给力了，跟他妈‘芝麻开门’一样，你有本事再说一遍，让门开开。”

唐风无言以对，马卡罗夫只好劝两人：“好在叶莲娜和徐博士在外面，不用担心。我们还是继续往前探路要紧。”

韩江不再说什么，挥挥手就要重新上路，可这次唐风说什么也不愿垫后了。韩江又怒了：“说你两句还来劲了。好！你要走前面，那你就在前面，如果遇到妖魔鬼怪，我看你怎么对付！”

于是，这二位赌气着对调了位置，唐风走在了前面，三个人继续往前。唐风默默记着脚下的步数，还在石壁上刻了菱形标记。大约走出二百步后，三人终于走出了狭窄的甬道，来到了一个厅堂。这个厅堂不大，只有二十余平方米，呈正方形，厅堂内空无一物。韩江兴趣不大，扫视了一圈便要离开。唐风却发现在这个正方形厅堂的两侧各有一个壁龛，他大概测算了一下，道：“这两个壁龛是用来放置煤油灯的。虽然我们现在才走了一小段，但已经可以看出这个山中工程规模之浩大，建造之精细。”

“行了，快点赶路。”韩江催促道。

在这个正方形厅堂的后面有一个同来时的甬道一模一样的洞口，除此之外，别无他路。唐风一头钻进了这个洞口。让他大感意外的是，这个洞口内并不是像刚才那样平整的甬道，而是一条一直向上延伸的石梯。

6

三人开始攀爬石梯。开始时石梯还算平缓，每隔九级台阶就有一个平台，可是越往前走，石梯越是陡峭，台阶中的平台也没了。更让唐风诧异的是，原本平整的洞壁也不见了，石梯两边的洞壁显得十分粗糙，好像根本没有经过打磨。

悠长的山中石梯上，三人喘着粗气，只顾往上攀爬。唐风不知道这石梯通往哪里，看地势，是在往山上爬。此刻，他们正身处北峰之中。

唐风正在胡乱猜想，脚下的石梯却又起了变化，一直向上延伸的石梯开始向下延伸，韩江和马卡罗夫也注意到了这一变化。韩江叫住唐风：“先休息一会儿，这是怎么回事？往上爬了这么久，又开始向下走？”

唐风望望前方，幽深的石梯竟是一路往下延伸，太不可思议了！“我感觉我们在山里面转圈。”他喘着粗气说。

“你们注意到没有，从我们发现那个铆钉之后，就再没有发现那个神秘人的任何痕迹，那人就像消失了一样！”心思缜密的马卡罗夫忽然说道。

韩江也是一惊：“是的，这一路我查看了洞壁，没有任何标记，那个三角形标记也没有再出现。”

“我想这不正常。在林子里怕迷路要做标记，在这地方，应该更需要标记。”马卡罗夫说。

“算了吧，我们这一路进来，也没遇到岔路，哪还需要标记？还是赶紧往前走吧！”唐风催促道。

没办法，三人继续向前。下降的石梯大约有五六十级，当唐风的双脚重新站在平地上时，他发现自己来到了一条宽大的甬道当中。甬道的石壁也不够平整，但上面可以看到清晰的凿痕。

“这说明什么？”韩江有些不解。

“说明这里也经过人工打磨，但修筑标准比不上刚开始那一段。”唐风推断道。

三人顺着这条宽大的甬道前行，很快难题来了。唐风感到甬道明显是弯曲的，好在还没有出现岔路。

“不要出现岔路！不要出现岔路！岔路是浮云！浮云！”唐风口中念念有词。不知是他的祷告起了作用，还是命运的本来安排，他们并没有遇到岔路。三个人就这样一直在这条宽大的甬道里前进，直到前方出现了一面光滑而坚固的石壁。

7

三个人慢慢地走到了巨大的石壁前。“这是怎么回事？难道就这么结束了？”韩江喊出了声，他的声音在甬道内嗡嗡作响，传来了巨大的回声。

“不！不可能！这里什么都没有，这么宏大的工程难道就在这里戛然而止了？”唐风也难以接受这个现实。

“我们试着推一下这面石壁吧！”关键时刻，还是马卡罗夫沉着冷静。

于是三人在石壁前一字排开，鼓足全身力气，一起推面前这面石壁。但几番用力下来，三人早已精疲力竭，而石壁却纹丝没动。

“这石壁难道真的就是尽头？”马卡罗夫也开始失去信心。

韩江查看了一遍面前的石壁，但没发现什么端倪。唐风失望地瘫坐在石壁下，喃喃自语道：“也许我们一开始就错了，一开始就错了！”

“你说什么呢？什么一开始就错了？”韩江质问唐风。

“我是说我们不该贸然地从昊王的右眼进来。既然当年元昊不惜人力物力，修造了这么宏大的工程，他一定不会允许外人随便闯入。”

“那你的意思……”

“我的意思是应该去试一下昊王的左眼，看看左眼后面是什么再说！”唐风表达了自己的不满。

“你现在说这些还有什么用！”韩江没好气地说。

“我也在想，也许我们真的不该贸然进来。刚才在这条宽大的甬道内，我也仔细查看了，再没有出现那个神秘人的标记。”马卡罗夫的话语里也充满懊悔。

“既然如此，那我们就顺原路返回。我们不是一路都留了记号吗，先回去，再去探昊王的左眼，我倒要看看元昊的眼睛后面到底隐藏了多少秘密！”韩江还在嘴硬。

三人合计了一番，也只能如此。唐风重新振作了一下精神，开始顺原路返回，他按照自己来时所做的标记往回走。但就是这条宽大的甬道，三个人走了半个多小时，还是没有看到甬道尽头的石梯。

“不对！我们肯定走错了。”韩江停住了脚步，“我估算过，从石梯下来，进入这条宽大的甬道，一直走到那面石壁，顶多用了二十分钟。可我们现在已经走了半个多小时，竟然还在这条甬道里。我们肯定迷路了！”

“这……这怎么可能？这条甬道里没见岔路啊！”唐风也觉得不对劲了。

“你一路做的标记呢？”韩江质问唐风。

唐风四下望去，疾走两步，指着一侧岩壁上的菱形标记说：“喏！这就是我一路做的标记，我就是按照标记指示走的。”

“确实有些奇怪，我一路都在观察唐风留下来的标记，我们确实是一直按照标记在走，可就是走不出去。”马卡罗夫也晕了。

“一定是哪儿出了问题！唐风，你好好想想，这石壁上的菱形标记是你刻的吗？不要又出现林子里的情况！”韩江怒道。

唐风举着电筒连续查看了石壁上的几个菱形标记：“没错，这些都是我刻的，不可能认错。”

“那谁能告诉我这是怎么回事？”韩江暴躁起来。

“韩！冷静！不管到什么时候，都不要丢掉一个特工的基本素养。”马卡罗夫是三个人中唯一还算冷静的人，最起码从表面上看是如此。

待韩江平静下来，马卡罗夫提议道：“我看这样吧，咱们就按照唐风所留的标记再往前走走，试试看。”

也只能如此，三人继续沿着甬道向前走。五分钟后，他们终于来到了甬道的尽头，但是出现在他们面前的并不是那条石梯，而是那堵无法逾越的巨大石壁。

第八章 身陷绝境

1

当唐风、韩江、马卡罗夫三人再次面对这巨大的石壁时，全都茫然无措。

“我们怎么又回到了这里？”唐风的声音中带着恐慌。

“我们难道在这甬道内转了一个圈？”韩江也是一阵惊慌。

“不，这怎么可能？”唐风不敢相信。

“那就是甬道内有两块一模一样的石壁？但……不像啊！”韩江自己就否定了自己的推断。

“不可能是两块石壁，我们是朝着回去的方向走的，按理应该离那块石壁越来越远才对！”唐风推断道。

“可事实是我们又回到了这里！”

“你们注意到没有，我们在这条甬道内看似是按一条直线前行，但这条甬道实际上是有弧度的。”马卡罗夫忽然说。

“嗯，我也注意到了。可我认为这个弧度并不大，还不足以让我们在里面转圈。”唐风用电筒又照了照身后的宽大甬道。

“也许……也许我们的估计是错误的呢？”马卡罗夫疑惑地说。

“你的意思，这个甬道的弧度大大超过了我们所看到的，以致我们在里面绕起了圈？”唐风反问马卡罗夫。

马卡罗夫道：“我只是怀疑有这种可能。”

“如果真的是那样，那也应该可以看到我们来时的石梯，或者有条岔路才对！”唐风反驳了马卡罗夫的推断。

“所以我也无法确定在这个甬道里究竟发生了什么。”

“好了，现在说什么都晚了，我可不想被困死在这里。没有别的办法，只有继续找出路。”韩江无奈地说道。

三人只得又折返回去，向着石壁相反的方向前进。他们这次行走得异常缓慢，三只电筒几乎照遍了整个洞壁，寻找着任何可能有用的蛛丝马迹。

“千万要注意甬道上有没有洞口，那里可能就是让我们转错的岔路。”韩江提醒大家。

三个人带着一万分的小心，艰难地在甬道内摸索。但是一个多小时后，他们竟然又回到了甬道尽头的那面石壁前。

2

三个人又一次面对这面巨大的石壁时，都惊呆了。

“这……”唐风感觉自己快要崩溃了。

“看来我们从进入昊王的右眼开始，就进入了一个巨大的迷宫中！”韩江嘴里喃喃自语。

“不！是从我们踏进贺兰山那一刻起，就已经进入了一个巨大的迷宫。神秘的客店、让人迷失的树林、芬妮的死、巨大的兀鹫、若隐若现的巨幅岩画，还有那个神秘人留下的种种痕迹，再加上现在这个深山玄宫，所有这一切都像是一个巨大的迷宫，让我们深陷其中。”唐风回想起了进山以来的一幕幕情景。

韩江和马卡罗夫也陷入了沉思。“这一切难道都是昊王当年安排的吗？”巨大的恐惧笼罩着韩江，让他也开始怀疑，这一切都是命运的安排。

“我不相信这完全是几百年前古人的安排，我们一定落入了一个圈套。”唐风突然说道。

“圈套？！”韩江和马卡罗夫都是一惊。虽然他们也想到了这一层，可当唐风说出“圈套”这个词的时候，心里还是一沉。

“想想看吧，为什么自我们从大佛的右眼进来后，就再也看不见那个神秘人的标记了？”

“为什么？”韩江和马卡罗夫其实已经想到了答案。

“只有一种解释，那个神秘人没有进入这个迷宫。他故意在大佛头顶留下铆钉，引诱我们进入这个迷宫！”

“这……这太不思议了。”马卡罗夫道。

“是不可思议，但这也许就是事实。”唐风顿了一下，开始解释起他的阴谋论，“我总觉得这次我们来贺兰山，从一开始我们的老对手就捷足先登了。这一点从客店东屋的神秘人物，芬妮的死，到林子里的三角形标记，还有大佛头顶的铆钉，都可以证明。”

“这些我也看出来了，所以才着急犯了错。”韩江开始后悔自己贸然进入大佛的右眼。

“但是，这次我们对手的行动，似乎又与以往有很大的不同。”唐风进一步解释道，“首先，芬妮的死就很可疑。芬妮一向和史蒂芬形影不离，她的死很自然地让我们联想到史蒂芬也来了；还有那个一直只闻其声、未见其人的斯捷奇金，他们之间是什么关系？芬妮又为何而死？”

“我原来认为他们应该是一伙的。”韩江道。

“我之前也是这么认为的，但现在我觉得似乎并不这么简单。如果我们是被人骗进来的，也就是说我的那个阴谋论成立的话，那我们这个对手就太不简单了。”

“你是说大佛右眼上的铆钉是那个神秘人故意留下的？就是为了引诱我们进来，然后将我们困死在这里？”韩江惊道。

“要是这样，那叶莲娜和徐博士在外面也是凶多吉少。”马卡罗夫不禁为叶莲娜担心起来。

“还有，以往史蒂芬给我们的印象是有勇无谋，而这个神秘人要高明许多，不但事事算在我们前面，而且我怀疑芬妮就是这个神秘人干掉的！”唐风进一步推断。

“芬妮是我们的对手，这个神秘人杀了芬妮到底是在帮我们，还是要害我们？”韩江有些糊涂了。

“我一直以为我们的对手远不是一股简单的势力，他们很强大，而且很复杂。”唐风推断道。

“可是我们的速度已经够快了，他们怎么还会在我们前面赶到这里呢？就算我们内部有内鬼，他们的速度也不会这么快吧？”韩江百思不得其解。

唐风思忖片刻，道：“也许问题还是出在那张藏宝图上。”

“就是我们在客店里见到的那张藏宝图？”

“嗯，那张藏宝图上的红圈和我们现在所处的位置非常接近，因此我怀疑那个所谓的红圈其实就是这里——大佛的内部，只不过我们找错了入口。”唐风忽然打开了思路，一切似乎豁然开朗了。

“你这就有些夸张了，那张藏宝图上没有多少信息，根本不能确定那个红圈就是这里。”

“如果东屋住的那个人和芬妮的死有关，你就不会这样想了。单独一张所谓的藏宝图并不足为奇，但是和芬妮的死，以及我们现在的遭遇联系在一起，还不够清晰吗？”唐风开始感觉呼吸有些困难，只好压低了声音。

韩江沉吟起来，他也开始认同唐风的推断：“看来，我们从一开始就忽略了许多重要的东西。”

“那张藏宝图上一定还有被我们忽视的信息！”唐风道。

韩江一听就想找他拍的那张照片，却被唐风阻止了："当初我们没找出来，现在我们被困在这里，找到还有什么用？"

是啊，现在说什么都晚了。三人精疲力竭，绝望地靠在了岩壁上……

3

一条漆黑深邃的甬道内，马卡罗夫举着火把独自在其中前行。他不知道这条甬道通向何方，也不知道自己为何来到这里，是来探寻失落的文明，还是为了得到昊王的宝藏？

他就这样不停地向前行进着，突然，前方闪出一个白色的幽灵，挡住了他的去路！他惊恐万分，向后退了两步，靠在石壁上，这才重新站定。他重新打量对面这个白色的幽灵，嘴里不禁喃喃喊出了"米沙"这个名字。

幽灵米沙看看马卡罗夫，用低沉沙哑的声音对他说："跟我来。"说罢，米沙转身继续向甬道深处走去。马卡罗夫不知米沙何意，只见米沙步履轻盈，快步向幽深漆黑的甬道深处走去，他只得在后面紧紧追赶。可是米沙越来越快，马卡罗夫用尽全力，仍无法跟上米沙的步伐。他想喊住米沙，他张大了嘴，喉咙里却发不出声音来……终于，米沙在转过一道弯后，不见了。

米沙永远地消失在漆黑的甬道中，四周又恢复了平静。马卡罗夫停住脚步，静静地注视着周围。这是甬道的尽头，前面再没有路了，四周尽是黑色的岩壁。米沙呢？怎么转眼就不见了？马卡罗夫狐疑着来到甬道的尽头，他用火把照亮了整面岩壁，忽然发现甬道尽头的岩壁上有些奇怪的线条，还有些许残留的颜色。他凑近岩壁，在火把的照射下，他猛地睁大了眼睛，他……他又看见了那个可怕的图案……

"不！——不！"马卡罗夫大喊一声，惊醒过来。唐风和韩江赶忙扶起他。

"怎么了？老马！"两人关切地询问。

马卡罗夫坐了起来，这才发现自己刚才竟然靠在岩壁上睡着了。"做了一个噩梦！"他想使自己快速平静下来，于是轻描淡写地说道。

可是，当马卡罗夫又回忆起梦中的情景时，他的心猛地被揪了起来。他站起身，盯着周围黑色的岩壁出神。唐风和韩江不知道他要干什么。忽然，只见马卡罗夫拿着电筒向后退了十余步，然后转过身，用电筒照射面前这面巨大的石壁。

"老马，你在干吗？"韩江不解。

"这块石壁出现在了我的噩梦中。"马卡罗夫聚精会神地看着眼前这面石壁，但是电筒发出的光线还是太微弱了。

"石壁和你的噩梦有什么关系？我看你肯定是累坏了……"韩江安慰他。

"不！"马卡罗夫打断韩江的话，"你们难道不觉得这块石壁有些奇怪吗？"

“奇怪？是奇怪呀，硬生生挡住了我们的去路。”韩江没好气地说。

“我说的不是这个……”

“你是不是觉得这面石壁比周围的岩壁要平整许多。”唐风看出了一些端倪。

“嗯，唐风你说得对，刚才我们只顾找出路，没有仔细看这面石壁……要是能有火把就……”马卡罗夫说到这儿忽然没了声音。唐风注意到，就在一瞬间，马卡罗夫猛地睁大了双眼。

4

“老马，你发现了什么？”唐风立即追问。

“你们看，石壁上是不是有画？”马卡罗夫的声音有些颤抖。

“有画？”唐风和韩江同时将电筒对准了面前的石壁。

在三只电筒的照射下，巨大的石壁上隐约现出了一些不规则的线条。唐风慢慢移动着手中的电筒，随着光线移动，只见线条弯弯曲曲地在石壁上盘旋……

这是什么？石壁上究竟画的是什么？线条的长度远远超过了唐风的估计，难道这线条画满了整面石壁？如果这是一幅岩画，那将是一幅多么巨大的画作！唐风心中预感到这又将是一个惊人的发现。

为了看清楚石壁上的线条，唐风不由自主地向后退去，又退出了十步，才站住。韩江和马卡罗夫也往后退。三人这时都瞪大了眼睛。

“是一幅巨型岩画！”唐风叫出了声。

“岩画都是画在崖壁上的，怎么会出现在这么幽深的洞穴中？”韩江也认出了面前这幅用赭红色线条勾勒出的巨幅岩画。

“在这么深的洞中，作这么巨幅的岩画，恰恰说明这里是重要所在！”唐风说出了自己的推断。

“也许是吧，可我还是没看明白。这画画的是什么？”韩江问。

“画的像是一头狼，狼身上立着一只鹰，也许不是鹰，是兀鹫吧！”唐风看出了画的内容。

“什么？狼身上立一只鹰？！”韩江马上联想到了黑衣人身上反复出现的刺青。

“对！和我们的对手身上的那个刺青图案几乎一模一样。”唐风也想到了那个反复出现的刺青。

两人说话间，马卡罗夫一直没有言语。唐风转头向马卡罗夫看去，发现他怔怔地伫立在石壁前，眼中竟写满了恐惧。“老马，你怎么了？”唐风问道。

“怎……怎么……会是这样……”马卡罗夫用俄语喃喃自语着。

“老马，你是不是见过这个图案？”韩江忽然想起了在石瀑洞中，马卡罗夫见到黑衣人身上的刺青时的奇怪反应。

唐风也想起了马卡罗夫见到黑衣人身上的刺青时的反应。两人都盯着他，期待他能给他们解开疑团。但马卡罗夫沉默不语，像是陷入了更深的回忆。

韩江无奈，只得转向唐风："你看这岩画是西夏时期的吗？"

唐风走近石壁，伸出右手，轻轻触摸到了那神秘的线条。刹那间，一阵奇怪的感觉袭遍全身，他本能地缩回了手："很奇怪，按这幅岩画的风格应该是西夏时期的，但岩画表面的线条，却不是我们之前看到的那种赭红色。"

韩江也伸出手摸了摸石壁上的线条，然后仔细观察，说道："嗯，颜色好像要鲜艳一些，更接近于鲜红色，但可能是年代久远，所以才不是那么鲜艳了。不过，西夏时不会用这种颜色创作岩画吗？"

"不好说……"唐风继续顺着岩画的线条往下看，他的手指轻轻地触摸在这些古老的线条上，突然他的手指停止了移动，"你看这里。"韩江顺着唐风手指的地方，发现原本单一的线条在那里出现了两道线条。

"这怎么了？"韩江不明白唐风的意思。

唐风仔细观察了一会儿，道："这就解释了我刚才的疑问。你看线条在这里突然变成了两道，其实是画了两次，下面这道线条的颜色就是我们看到的赭红色。"

韩江发现这里果然出现了两道线条，一条是赭红色的，另一条是鲜红色的。唐风又继续解释道："赭红色的线条更古老，应该是西夏时期画的；而覆盖在赭红色线条上的鲜红色线条，则是后人用朱砂又重新涂抹了一遍，所以才有了我们看见的这样一幅岩画。"

"也就是说有人在西夏原画的基础上又画了一遍。"

"准确地说，是又描了一遍。"

"这是什么人干的？为什么要这么做？"

"我也想不通，谁会这么做呢？在这深山的洞窟中，似乎根本没有这个必要。"唐风摇了摇头。

5

两人研究了半天这幅让马卡罗夫恐惧的岩画，回头再看他，似乎脸色好了一些。唐风走过去，问道："老马，究竟怎么了？为什么看到这幅岩画你会这么紧张？"

马卡罗夫缓缓走到岩画近前，瘫坐在地上，道："韩江，你说得不错，那次我在七色锦海的石瀑洞里见到黑衣人身上出现这个图案的刺青时，就感到惊诧。后来，叶莲娜在彼得堡被击毙的几个黑衣人身上也看到了这样的刺青，更让我惊诧。这说明和我们对抗的这些人都来自于一个神秘的组织，这个组织以此图案为标志，而且从成员身上都刺上同样的刺青来看，这是个非常严密的组织。”

“嗯，我们在这个组织的其他几个人身上也发现了同样的刺青，由此断定，我们的对手确实是个很严密的组织。”韩江顿了一下，又道，“可是我不明白，你为什么看到这个刺青会如此惊恐？”

“因为我曾经见过这个图案的刺青，刚才还在噩梦中梦见了这个可怕的图案。”马卡罗夫道。

“你见过？在这之前？！”

“对！在几十年前。你们还记得我对你们提到的那次蒙古之行吗？”

“当然，前进基地，布尔坚科……”马卡罗夫的思绪又回到了戈壁滩上的前进基地，那是他第一次见到这个奇怪的符号……

炎热的夏季，一场沙尘暴过后，暴怒的戈壁滩重新安静下来，空气中还弥漫着细小的尘土。马卡罗夫推开基地的铁门，吐了吐满嘴的尘土。

“戈壁滩上的夏天和严冬一样难熬！”身后响起了布尔坚科的声音。

“是啊！不知道这样的日子何时才是头。”

“忍耐，我们还需要忍耐。”布尔坚科说了一句不疼不痒的话之后，便朝基地外走去。

这个时候，马卡罗夫只愿待在屋子里，什么也不做，但责任心还是促使他在基地里巡视了一遍，查看了一番受损情况。

还好！没什么重要设备损坏，马卡罗夫慢悠悠地朝基地外的几个铁皮房子走去。他和布尔坚科来到基地后，又先后在基地外围设了几个铁皮房子，用于警戒值班，有时也用于训练。特别是在基地东面，布尔坚科搭起了好几栋铁皮房子，说是作为训练基地。马卡罗夫也没过问，甚至在训练基地建成后，他都没有去过几次。

马卡罗夫慢悠悠地踱到了东边那几栋新建的铁皮屋外，他也不知道今天自己怎么有兴致顶着烈日来到这里。这几栋铁皮屋外，不知何时还加装了一圈铁丝网，铁丝网围绕着几栋铁皮屋，只留了一道口子，方便进出。

马卡罗夫走进了铁丝网，不禁冷笑了一声，心说这里也不安排岗哨，设这圈铁丝网又有何用？

他来到了一间较大的铁皮屋前，这是一间办公室，布尔坚科常带人在这里训练。突然，屋内传来一声惨叫，令马卡罗夫不寒而栗。他本能地掏出了手枪，紧张地来到门边。

没等马卡罗夫推门，门突然开了，布尔坚科满头大汗地走了出来。“刚才怎么回事？”马卡罗夫问。

布尔坚科不自然地笑笑：“没什么，学员们在做一个小游戏。”

“小游戏？”马卡罗夫疑惑地推开门走进屋，就见几个学员赤裸着上身，正按着另一个瘦弱的学员。为首的李国文手里正拿着一把最小号的军用匕首，站在旁边；而那个瘦弱的学员后颈处，早已皮开肉绽，血肉模糊。

“你们这是干什么？”马卡罗夫见状，厉声质问道。

李国文显然没有心理准备，有些心虚：“不，没……没什么，我们只是在玩一个小游戏。”

马卡罗夫刚想发作，布尔坚科在身后捅了一下他。他不便发作，只好跟着布尔坚科走了出来。

回到基地，没等马卡罗夫开口，布尔坚科干笑了两声，道：“你久在城里坐办公室，不太了解下面的难处，要想训练好这些人，不用点非常手段是不行的。我今天对他们狠一点，其实是为了他们好，省得他们执行任务时不顶用，那样不但坏了我们的事，他们也要倒霉。”

“可你这样做，经过上级批准了吗？”

“别犯傻了，这种小事，上面从来都是睁一只眼闭一只眼。上面有上面的想法，下面有下面的办法。”布尔坚科振振有词。

马卡罗夫也知道在克格勃内部有体罚的情况，这不是他能改变的。听了布尔坚科的解释，他也只好摇摇头作罢。

6

一周时间过去了，基地内一切正常，马卡罗夫的生活仍然像往常一样平淡无奇。这天，他觉得有些头晕，便来到基地的医务室，想找基地里唯一的军医给开点药。

走进医务室，外屋没人，于是马卡罗夫走进里屋。这里放着两张床，他看见其中一张床上躺着一个人，军医戴着口罩，正拿着剪刀和医用钳子给那人拆线。

马卡罗夫和军医打了个招呼，就想到外屋去等，可他一转身，却发现躺在床上的那人竟是一周前被布尔坚科体罚的那个学员。

他停住了脚步，怔怔地站在一旁，看着军医给那人拆线。军医很快拆完了线，马卡罗夫看见那人的后颈处红肿高大，但让他惊诧的是，在那人红肿的伤口上，出现了一个清晰的图案，是一只鹰立于狼身之上。难道这个图案就是布尔坚科和李国文那天拿军用匕首在这人身上留下的杰作？他想到这里，浑身不禁一颤。

马卡罗夫正在诧异，突然门开了，李国文走了进来。两人看到对方时都是一怔。马卡罗夫一把将李国文拉出了医务室，厉声质问他：“那个学员身上的伤口是你的杰作？”

李国文傻笑了两声：“呵呵，算是吧。”

“你们就这么对待他？”

“那只是一个小小的惩罚而已。”

“小小的惩罚？你身上有吗？”

李国文没想到马卡罗夫这么问，愣了一下：“我……”

“这都是布尔坚科同志让你们干的？”马卡罗夫追问。

“嗯，是他的命令。”

“那你告诉我，那个图案是什么意思？”

“图案？！”

“就是那个鹰，还有狼！”

“哦！那个图案没啥意思，是布尔坚科同志叫我那么做的，他说是一个古老部落的图腾。”李国文很镇定地说。

“古老部落？什么部落？”

李国文摇摇头：“我不知道，布尔坚科同志说是在基地附近的山谷中看到的。”

“哪条山谷？”马卡罗夫头脑中迅速搜索起附近的地形，但他想不出基地附近哪儿有什么山谷。

“我也没去过，所以不知道那条山谷的具体方位。不过，布尔坚科同志好像提到过，那条山谷离基地挺远的，已经非常接近边境了。”李国文回答得倒还干脆。

马卡罗夫内心犹豫了一下，最后还是问出了心中最大的疑问：“如果是刺青，为什么要用这么残忍的方法呢？据我所知，现在刺青有很文明的方法。”

李国文耸耸肩，解释道：“您知道，我们这里条件简陋，再说军队里又不允许文身，所以哪来专门的设备？还有就是……”

“还有什么？”

“还有……”李国文支吾不语。

“快说！”马卡罗夫有些恼怒。

“还有……您最好去问布尔坚科同志，我能说的已经都说了。”李国文忽然挺直了身体，十分坚定地对马卡罗夫说道。

马卡罗夫有些惊愕，没想到面前这个中国人会这样回答自己，只得冲李国文无奈地挥挥手。李国文对他行了个军礼，然后走进医务室，架走了那个学员。

7

马卡罗夫看着两人离去的背影，这才想起来自己的正事，于是又回到医务室。拿完了药，他问军医：“刚才那人的伤重吗？”

“本来不算重，不过现在才送来，伤口化脓，再加上那人的身体本来就不好，所以现在还不好说，要再观察几天。如果几天后伤口还不能愈合，我建议将这人转到伊尔库茨克的医院去治疗。”

马卡罗夫没想到这么严重，犹豫了一下，才又问道：“你看到那个图案了吗？”

“图案？嗯，看到了。”军医轻描淡写地回答。

“那代表什么？”

“代表什么？我只管治病，那个图案代表什么我可不知道。不过……”军医似乎想起了什么，欲言又止。

“不过什么？”马卡罗夫追问。

“不过，这个图案我曾经见过。”

“哦？”马卡罗夫来了精神。

“以前有个学员也是这种情况，被抬来，请我处理。当时那人的情况比这人要惨，不但伤口发炎化脓，而且整个人都昏迷不醒，发着高烧。”军医回忆着。

“后来呢？那个学员怎么样了？”马卡罗夫身为基地司令，却对这些事一无所知，不觉恼怒。

“后来的事我也不太清楚，我给那学员做了处理后，就再没见过那人。”军医无能为力地耸耸肩。

“你还记得他的名字吗？”

“来这里的学员只有一个编号，我们都不知道他们的名字。”军医摇摇头。

马卡罗夫这才想起来，在基地内部，学员之间、教官和学员之间只以编号称呼，所以很多学员他若不去查档案，也不知道他们叫什么。就比如刚才被李国文架走的那个学员，马卡罗夫只是觉得眼熟，却叫不上他的名字。这也是当初布尔坚科制定的纪律。

“那他的编号呢，你应该记得吧？”马卡罗夫还不死心。

军医仍是无能为力地耸耸肩：“布尔坚科同志制定的纪律是，学员来这里看病不留病历，所有处方都要经过他过目。所以我只管看病开药，其他的事我一概不知。”

“上次那个学员是什么时候被抬来的？这你总该记得吧？”

军医翻着眼睛，想了一会儿，道：“大概是七八个月前吧！”

看来从军医这里是问不出什么了，马卡罗夫起身告辞。回到宿舍，不见布尔坚科，他无力地躺在床上，睡也睡不着，只能盯着天花板发呆。七八个月前的那个学员？古老的部落图腾？马卡罗夫想着那个图案，咀嚼着李国文的话……觉得也许自己该做些什么，想到这里，他“噌”一声从床上蹦了起来。

马卡罗夫来到布尔坚科的房间。本来这里只是一间卧室，但因为这间屋子比马卡罗夫那间大一些，于是这里除了是布尔坚科的卧室外，还是整个基地的“机要室”。基地重要的档案文件，备用的枪支弹药都存放在这里。

马卡罗夫扫了一眼布尔坚科的房间，床上的被单叠得整整齐齐，整个房间一尘不染。这是布尔坚科一贯的作风，即便在这异国他乡的戈壁荒滩，布尔坚科依然保持着军人的严谨。马卡罗夫瞥了一眼书桌旁的大铁皮柜，这里面存放着基地的重要档案文件，还有备用的枪支弹药。这个铁皮柜的钥匙只有布尔坚科和他有，平时他很少打开它，所以这铁皮柜基本上就是布尔坚科在负责。

马卡罗夫已经记不清自己上次打开这个铁皮柜是什么时候了，好像是一个月前，放进去一份文件……

8

马卡罗夫掏出自己的钥匙，打开了铁皮柜。铁皮柜很大，占据了整面墙，里面分为上、中、下三层，上层存放的是基地重要的档案文件，中层和下层存放的则是备用枪支弹药。

上层里面还有一个小保险柜，存放的是基地的经费和账本。马卡罗夫用另一把钥匙小心翼翼地打开了上层的柜子，里面整齐地码放着几沓花花绿绿的钞票，分别是卢布、美元、人民币和蒙古货币图格里克。这鬼地方没有银行，一切都得靠现金说话。马卡罗夫刚来基地时，有段时间老是担心有老鼠钻进柜子里，把这些钞票都给啃了，那就彻底歇菜了。不过后来逐渐放下了心，因为在这个不长草的鬼地方，他连一只老鼠都没看见过。

马卡罗夫一向对钱没有什么概念，基地的账目也是布尔坚科一手管理的。他大概看了一下存钱的柜子，觉得钱还挺多，账本也都在，就放下了心。

马卡罗夫锁上存钱的柜子，又查看了中层和下层柜子里的武器弹药。除了基地里的克格勃人员，学员们一律不配发武器，只有训练时，才由教官来布尔坚科这里领取武器和弹药。这是当初他和布尔坚科一起定下的规矩。

一排 AK-47 突击步枪整齐地摆放在下层柜子中，马卡罗夫清点了一下，一共 27 支，少了 9 支。他翻了一下登记簿，布尔坚科训练学员，拿走了 9 支 AK-47，还有弹药一箱。他又查看了中层，36 支 TT-33 手枪，4 支散弹枪，3 支狙击步枪，2 挺轻机枪，1 挺重机枪，还有 4 支专门用来训练特工的微型间谍手枪，都在柜子里，无一缺少。另有 12 箱子弹，两箱手雷，也都在柜子里。

马卡罗夫的视线又回到了上层柜子中，那里还有许多档案文件，他找到了一盒档案，取了出来。这是学员登记的表格，他在表格上查阅基地学员的情况。看着看着，突然，他的眼睛猛地睁大了，发现在其中一个学员情况的备注栏里赫然写着：该学员在训练中，企图逃离基地，被当场击毙。

马卡罗夫认得出来，这是布尔坚科的笔迹。有学员企图逃离基地，被击毙！马卡罗夫竟没有印象，他极力回忆着，慢慢地，慢慢地……在马卡罗夫的记忆深处似乎泛起了一点碎片。七八个月前，布尔坚科似乎曾对自己提到过，有个学员训练时不按规定训练，被同伴开枪打伤了。

当时，马卡罗夫曾问过布尔坚科该如何处理，布尔坚科说由他负责处理，不用马卡罗夫管。马卡罗夫便没再过问这事，布尔坚科后来还曾主动对马卡罗夫提到，那个学员被送回伊尔库茨克的医院，然后就从基地除名了。

可是……可是这档案里的记载却与布尔坚科所说的不一样。被当场击毙？！不，不可能。如果被当场击毙，应该会有人报告他。虽然他不太管事，但基地如果发生了这么大的事，是不可能瞒过他的。

按照布尔坚科的说法，那学员有不轨企图，被打伤。若是发生这样的事，他也应该知道啊？马卡罗夫的目光再次聚焦到布尔坚科的笔迹上，他盯着布尔坚科书写的日期，正是七个多月前！再联想到军医对自己提到的那个被抬来的学员，他的心头疑云重重，又从备注一栏往前看，身高、体重，此人的各项指标都登记在案，但唯独缺了姓名一栏。姓名之前的一栏是编号，此人的编号是 A711209。

9

“A711209 号已经除名了。”马卡罗夫正在疑惑的时候，身后传来了布尔坚科浑厚的声音。

马卡罗夫浑身一震，忙转身望去。布尔坚科左臂下抱着 4 支 AK–47 步枪，右臂下抱着 5 支 AK–47 步枪，正满头大汗地站在屋门口。

“你……又去训练了？”马卡罗夫不知该说什么。

布尔坚科倒是很淡定，将 9 支 AK–47 依次放回到铁皮柜子中，然后擦了一把脸上的汗，指着桌上的档案说道：“我就知道你会来找这个。”

“既然你知道我要来找这个，不如我们就谈谈这个 A711209 号学员。”马卡罗夫尽量使自己保持镇定。

“没什么好说的。既然由我来负责训练，那就得按照我的方法来，谁也不能违反我制定的规矩，就是这样。”布尔坚科一副满不在乎的样子。

“我现在有点明白你为什么被降职委派到这里来了。”马卡罗夫盯着布尔坚科肩上的军衔，若有所思。

布尔坚科听马卡罗夫这么说，非但没发怒，反而笑了笑：“请相信我，只有用我的方法训练出来的学员，才能完成他们将要完成的任务。否则，他们什么也不是。”

“那你能告诉我这个 A711209 号学员的下落吗？你之前对我说有个学员受伤了，被送到了伊尔库茨克的医院，然后除名了。但是我查遍整个档案，所有学员当中，被除名的只有这一个人，而你在档案中写的是……”

"我写的是，该学员在训练中，企图逃离基地，被当场击毙。"布尔坚科突然打断了马卡罗夫的话，斩钉截铁地说。

马卡罗夫怔了一下："究竟哪个才是实情呢？你能告诉我吗？"

"当然可以告诉你，你才是基地的司令嘛！"布尔坚科拿起这份档案，看了看，然后严肃地说，"马卡罗夫同志，你应该明白，基地所发生的事，一切都以档案的记载为准。"

马卡罗夫并不相信 A711209 号学员的情况真如档案记载的那么简单："不，我要知道的是实情。我想我有权知道实情。"马卡罗夫提高了嗓音。

"好吧！让我来告诉你。亲爱的伊万，你先冷静一下。"布尔坚科见马卡罗夫态度坚决，马上缓和了语气。

"我可以冷静，但如果我不知道实情，很难保证不将情况反映给总部，让总部派人来调查这事。"马卡罗夫也缓和了语气，但话中却带着威胁。

布尔坚科苦笑了两声，拍拍马卡罗夫的肩膀，道："其实，你口中所谓的实情，你还是少知道一些比较好。像你这样，之前一直在列宁格勒坐办公室的，根本不了解我们这些在基层干事的人。"

"也许我之前是不了解，不过我现在很有兴趣了解一下你，特别是你的训练手段。"马卡罗夫咬住这事不松口。

布尔坚科无奈地耸耸肩："好吧，我告诉你，这些学员可不像我们，他们头脑中已经没有国家、民族、荣誉这些概念。我们所要做的就是把他们训练成一部机器，一部冷血无情、运算精密，又为我们所用的机器。那么，我们首先就要击溃他们心中的心理防线，抹去他们过去的记忆。这些人虽然大都是亡命之徒，但心中还残留着杂念，我需要通过一种方法来剔除他们心中的杂念。"

"就是在他们身上动刀？"

"那只是一个小小的办法。我有一整套的方法，让这些学员们彻底忘记自己的过去，放弃自己的尊严，抹去自己的情感。只有当他们做到这一切后，才能成为真正强大的机器。"布尔坚科说到这里时显得很激动，他稍稍平复了一下自己的情绪，又继续说道，"至于这个 A711209 号，是这帮学员中最不听话的一个。究其原因，就是我之前说的，他的头脑中还残留着许多杂念，他还想回到过去，还想寻找一种田园牧歌式的正常生活。我告诫过他，既然来到这里，头脑中就不要再想那么多，执行我们的任务是他唯一要做的事。可是 A711209 号并没有听从我的告诫，头脑里依旧充满了不合时宜的杂念，所以我让李国文他们教训一下他。"

马卡罗夫从布尔坚科的话中已经嚼出了一些味道："也就是说，真实的情况既不是你对我说的误伤送医，也不是档案里写的企图逃离，当场击毙，而是被李国文他们折磨死了。"

“他们太不小心了，当然这事也不能怪李国文他们，因为这是必要的手段。至于报告里写的‘企图逃离，当场击毙’，无疑是对上面最好的解释。”

马卡罗夫低头沉思了片刻：“为什么档案里没有 A711209 的姓名？”

“因为这人不肯说，怎么问都不肯说，所以我们至今不知道他的真实姓名。”布尔坚科无奈地耸耸肩。

“那这样的人，你为什么又要把他留在基地呢？”马卡罗夫不解。

布尔坚科叹了口气，道：“因为我以为我能训练好他，但结果我错了，这家伙的骨头确实很硬。”

“A711209 号现在人呢？”

“已经处理了。被埋在了基地外。”

“埋在了什么地方？”

“离基地很远的一处山谷中，我和李国文去埋的。”

“我想去看看。”马卡罗夫现在只想确定 A711209 号的生死。

“那处山谷离基地很远。那家伙死时的症状很像瘟疫，所以我和李国文把他埋到了很远的地方。”

“不管多远，我都要去看一下，否则……我很难认同你的训练方法。”马卡罗夫话中带话。布尔坚科刚要开口，马卡罗夫又道，“不要说你不记得那地方了，我说了不管多远，我都要去看一下。看过了，我就当什么事都没发生过。”

布尔坚科无奈地撇撇嘴：“好吧，等有时间的时候我来安排。”

“对了！还有那个图案，那个图案代表什么？你为什么要用那个图案？”马卡罗夫忽然又想起了那个奇怪的图案。

“没什么，那只是一个古老部落的图腾。我看见了，就用了那个图案。”

“古老部落的图腾？你在哪里看见的？”

“就在基地附近，有机会我带你去看。”

马卡罗夫若有所思地点了点头，两人最终还是在友好的气氛中结束了这次不太友好的谈话。

……

第九章 古老的图腾

1

唐风和韩江听完了马卡罗夫的叙述，惊诧万分。

“这么说来，这个图案早就出现了？”唐风迫不及待地问。

“至少我在几十年前就见过了。”马卡罗夫道。

“怪不得你见到那些黑衣人身上的刺青时如此紧张！”韩江道。

“是啊！我完全不能理解怎么几十年后，这些训练有素的黑衣人身上会有这样的刺青。”马卡罗夫摇着头说。

“那些一直和我们为敌的神秘组织的成员身上都有这种刺青，难道你们训练的那些学员身上也都有这个图案的刺青吗？”唐风问马卡罗夫。

“这……”马卡罗夫迟疑了一下，然后缓缓说道，“不！我不敢确定，不过我后来又见到了那个图案。那是一段无比痛苦和恐惧的记忆……”

一连过了两周，布尔坚科都没有兑现对马卡罗夫的诺言。马卡罗夫表面镇定，心里却一直在盘算着 A711209 号学员和那个神秘的图案。

马卡罗夫并不催促布尔坚科，他倒要看看布尔坚科最终怎么收场。并且，他心中早已打定主意，如果布尔坚科不能给他满意的答复，他就要把这件事捅到上面去。

这天中午，吃过午饭，马卡罗夫待在屋子里，想睡个午觉。但这酷暑季节，闷热的铁皮房子如同蒸笼，电风扇吹出来的热风，根本没法让人入眠。

突然，布尔坚科走了进来，用皮带敲了敲马卡罗夫的床板：“既然睡不着，不如出去走走。”

“出去？走走？”马卡罗夫望着窗外被太阳炙烤的戈壁滩，一阵头晕，“有什么好走的？周围都是戈壁滩，连片树荫都没有。”

“你不是很关心那个 A711209 吗？”布尔坚科平淡地说。

马卡罗夫一听，蹭地从床上跳了起来："你是说带我去找 A711209？"

"还有那个神秘的图案。"

"哦？"

"我上次忘了告诉你了。我们把 A711209 号就埋在了我看见那个神秘图案的山谷里。"

"什么？山谷？"马卡罗夫想起李国文曾跟他提过一个山谷，"不对啊！你说你是和李国文一起去埋的？可我在询问李国文神秘图案时，他说他也没去过那个山谷，看来他骗了我。"

布尔坚科笑起来："这事你别怪李国文。他跟我去的时候，我没告诉他那里有什么神秘图案，也没跟他提山谷的名字，所以他并不知道。这恰恰就是我欣赏李国文的地方，不该问的不问，守口如瓶，办事可靠。"

"那山谷叫什么名字？"

"野狼谷！"

"野狼谷？"马卡罗夫不知道为什么，当他从布尔坚科口中听到"野狼谷"这个名字时，浑身猛地颤了一下。

"我也是从附近一个上了年纪的老牧民口中听说这个名字的。"

"那里有很多野狼？"

"不！我不知道。我去的时候倒没看见野狼，不过那里绝对是个险恶的地方。听那个老牧民讲，所有进入谷内的人或者牲畜都有去无回，就连飞鸟都不敢从野狼谷上空飞过。"

"这么可怕？"

"老牧民说野狼谷里居住着魔鬼，发出的一阵阵嚎叫吓得人肝胆俱裂。总之，在老牧民口中，野狼谷就是不能涉足的人间禁地，关于它的恐怖传说，那个老牧民能说上三天三夜。"布尔坚科描绘着从老牧民口中听来的种种可怕传说。

"野狼谷这么可怕？你和李国文不是进去过吗，真有那么可怕？"马卡罗夫并不相信，他以为那些都是布尔坚科为了不让自己去野狼谷而编出来的瞎话。

"我和李国文是去过，而且我还不止一次去过，但我们也只是在谷口附近转了转，很快就返回了。"

"你们见到那些可怕的东西了？"

"我们没见到，不过，我们在谷口往谷内望时，看到了满地的白骨。而且……而且那里确实没有人烟，没有牲畜，甚至连飞鸟都没看见。"

"你们可都是训练有素的特工，就没再往山谷里面去？"

"就算我们胆子再大，带足了装备，也走不过去。"

"为什么？"

“因为山谷中间就是国境线，如果你能穿过山谷，就进入了中国境内。”

“原来如此。你这么一说，我更想到这个野狼谷去看看了。”

马卡罗夫和布尔坚科这就准备出发。布尔坚科穿戴整齐，收拾停当，却见马卡罗夫穿了件短袖军常服，便冷笑道：“别穿这种短袖的，小心野狼谷的太阳把你晒掉两层皮！”

“有那么夸张吗？”马卡罗夫这才发现布尔坚科穿了一套沙漠迷彩，把全身裹得严严实实，密不透风。

“你要是不想把小命丢在野狼谷，就按我说的做。”布尔坚科用一种不容置疑的口气说。

马卡罗夫只好也穿上沙漠迷彩，带上手枪。正要出发，却见布尔坚科从铁皮柜子里抬出了一支狙击步枪，又拿了一支 AK-47 扔给马卡罗夫，叮嘱道：“拿着这个，万一遇到危险，手枪靠不住。”

“我们又不是上战场，需要这样吗？”马卡罗夫还是觉得布尔坚科小题大做了。

“我告诉你，你就把那里当成是战场，如果没遇到危险，那就看看能不能打到点野味，我们也该改善一下生活了。”说着，布尔坚科又往自己身上装了 4 支手雷。

再看两人，一个提着狙击步枪，腰里塞着手雷；一个扛着突击步枪，身上挂满子弹，活脱脱美国大片里准备上战场拼杀的兰博。两人跳上一辆军用吉普，布尔坚科驾车，驶出了基地，冲向戈壁滩深处。

2

火辣的太阳炙烤着一望无垠的戈壁滩，吉普车在戈壁滩上划出了一道漂亮的弧线，一路向西，向着戈壁滩深处驶去。

翻过了一座小山丘，马卡罗夫感觉这里的地势不再像基地附近那么平坦，大大小小的土丘不断出现。布尔坚科把车驶上一座土丘，又冲下一座土丘，一路上都是没完没了的土丘。布尔坚科车技娴熟，面对这些土丘，仍然把吉普车开得飞快。这已经不是那辆老掉牙的吉普了，否则照布尔坚科这么开，早就车毁人亡了。

“我怎么从来没来过这里？”马卡罗夫一开口，就吃了满嘴的沙砾。

“你整天待在基地里，当然没到过这里！”布尔坚科把车速逐渐降了下来。

“你带学员来这里训练过？”

“来过。二十公里负重拉练。”

“二十公里负重拉练？在这里？真有你的！”

“看见前面那座大土丘了吗？”

马卡罗夫注意到前方，一座高大的土丘横亘在他们面前：“看到了，这土丘真像是一道山脉，又高又长。”

“它不是山脉，就是沙丘，会移动的沙丘。”

“移动的沙丘？”

“我带学员们拉练，从没逾越过这座沙丘，因为越过这座沙丘就是危险地带了。”布尔坚科的车速越来越慢。

“危险地带？你是说前面就是野狼谷？”

“不！还没到野狼谷。你知道，中蒙边境很多都是荒无人烟的地方，也从未真正完成过勘界。”

“你的意思是，那边就是中国军队的防区？”

“翻过这座土丘，一直到野狼谷的区域，准确地说应该是中间地带，或者叫作‘缓冲区’。双方都主张这块区域属于自己，但在实际操作中，各自的武装力量从不进入这个区域。”布尔坚科介绍道。

“那也就是‘无人区’喽？”

“嗯，所以我把这个区域统称为‘危险地带’。这个区域没有人，反倒是野兽生存的好地方；再说，这里气候恶劣，也是各种奇怪现象出现的地方。除了这些危险外，更需要提防的是在‘无人区’中遇到人。”

“在‘无人区’中遇到人？”马卡罗夫感到后背一凉。在这酷热难耐的地方，他竟然感到了一丝寒意。

说罢，马卡罗夫忽然觉得吉普车又飞了起来，布尔坚科加速冲上了面前的大土丘，然后翻过土丘一直向下冲去。马卡罗夫紧紧抓住车上的扶手，剧烈的颠簸让他胃里翻江倒海。这时他才发现，原来土丘后的坡度要比前面陡峭许多。

又经过五分钟的颠簸，吉普车终于停在了一片平地上。一切都归为平静，没有发动机的轰鸣，没有人，没有动物，也没有风。荒凉的戈壁滩上万籁俱静，看不到一丝生命的迹象。马卡罗夫忽然觉得，他们似乎来到了另一个星球。

3

“我们还在地球上吗？”马卡罗夫面对眼前的景物喃喃自语。

“当然。我确定我们坐的不是月球车。”布尔坚科也幽默了一把。

“万一我们在这里遇到了中国军队怎么办？”马卡罗夫忧心忡忡地问。

布尔坚科想了想，道：“这是个问题，不过，一般中国那边的边防军是不会跑到这里来的。”

“还是小心点吧！”马卡罗夫把 AK-47 的子弹顶上了膛。

布尔坚科重新发动吉普车，向西驶去。一路上，他们没有看见一个人影，甚至连一只动物都没有。“看来你打猎的计划要落空了！”马卡罗夫道。

“无所谓！我正好也对野狼谷感兴趣，想再来看看。”布尔坚科一脸轻松。

“这里既然荒无人烟，又哪来的部落留下奇怪的图案呢？”马卡罗夫望着前方一望无垠的戈壁出神。

“那个老牧民对我说过，这里在古代曾经也是一片水草丰美的地方，有一个很强大的部落在这里生存。”

“你相信吗？”

“谁知道呢？也许后来天气发生变化，这里才逐渐干涸的吧！”

“然后部落迁走了，文明没落了。这都是老套路了。”

“看来你不相信那些传说啊？”

“你让我见到了我才会相信。”

“好吧！我会让你见到的。快了！”

布尔坚科加快了车速，马卡罗夫忽然想起了什么：“关于那个 A711209，我还是有一点不太明白。他既然心存杂念，不愿为我们效力，又为什么要越境跑过来呢？”

布尔坚科轻轻哼了一声：“中国人，就是想法太复杂。谁知道呢？早知道这家伙这么脆弱，我当初也就不留他了，把他直接送监狱去。”

“按你的意思，你还都是为他们好了？”

“那是。他们这些人不加入我们，就会在监狱度过下半生。换了你，你会怎么选择呢？”

“我……”马卡罗夫从没有想过这个问题。

就在马卡罗夫还在胡思乱想的时候，前方的地形又起了变化，一片红色的山脉出现在他们前方。

“那是什么？”马卡罗夫有些惊愕地望着远处的红色山脉。

“我们就要到了。”布尔坚科嘴里喃喃道。

“野狼谷？”

“嗯，野狼谷就隐藏在那片红色的山脉中。”

说话间，吉普车已经驶到了红色山脉下。山脉下出现了许多大大小小的碎石块，布尔坚科娴熟地打着方向盘，绕过了地面上的碎石块。马卡罗夫也不知道布尔坚科是怎么走的路线，很快，他们的车就拐进两座土山之间。

4

两边是红色的山脉，谷底却是细密的黄沙。这么奇怪的景色，让马卡罗夫有了一种恍如隔世的感觉。

布尔坚科将吉普开到一块巨石下，便跳下了车："前面车就进不去了，我们只能从这里步行进入了。"

"步行？要走多远？"马卡罗夫也跳下了车。

"那得看你要走多远。如果你要穿过野狼谷，我没走过，不知道要多远，我最远也只往里面走过二十分钟的路程。"

"二十分钟路程？那是多远？"

"只有两三公里吧！"

"二十分钟，你只走了两三公里？"

"怎么？你觉得你二十分钟能走多远？"

马卡罗夫摇摇头："我不知道。"

"记住我的话吧，每一步都要小心。这两三公里仅仅是野狼谷的谷口，再往里，我根本不敢进去。"

"有这么玄吗？"在马卡罗夫心里，布尔坚科一向是无所不能的主儿。

布尔坚科不再说话，两人扛着武器，缓步向野狼谷走去。山谷内一片死寂，只有两人的脚步声。马卡罗夫向两边张望，并没发现野狼谷有何神奇之处。两边山势平缓，脚下的沙地可能是过去河床干涸后留下的，踩在上面很是柔软。

布尔坚科走在前面。马卡罗夫心中按照布尔坚科所说的路程和时间判断着二十分钟能走的路程。他们已经走了十分钟，没有任何特殊情况，一切都很正常。

突然，走在前面的布尔坚科停住了脚步。马卡罗夫赶忙跟了上去，问："怎么了吗？"

布尔坚科看看马卡罗夫，然后缓缓地抬起右脚。马卡罗夫这才发现，在布尔坚科的右脚下，有一节长条形的东西，已经被他踩断成了几节。

马卡罗夫拿起其中一节，只一眼，就让他心里顿时一紧，"人骨！是人的肋骨！"他将这节骨头递给布尔坚科。

布尔坚科瞄了一眼，便把那节骨头扔了，道："这不算什么，越往前面走，骨头越多。"

马卡罗夫这时才真正感觉到了野狼谷的可怕。两人继续往前走，果然，越来越多的白骨出现，有动物的，有人的。他们几乎每前进一步，都会踩到这些白骨上。

"我开始相信那些牧民的传说了。"马卡罗夫盯着满地的白骨说。

"你早该相信了。"

"这都是什么年代的骨头？"

"有古代的，也有近代的。这不是我们的专业，应该让政府组织科考队，来考察一下。"

"科考队？！"马卡罗夫听到这个词时，心中忽然升起了一种异样的感觉。他想到了在中国的那次科考，那里的地形和这里的地形很像，也许这里和中国那边的沙漠戈壁都是连在一起的！他胡思乱想起来。

5

二十分钟的路程很快就到了，布尔坚科停下了脚步，马卡罗夫吃惊地望着面前的景象。前方的白骨几乎堆成了一堵墙，他们根本没法下脚，只能就此打住。

“我最远就走到这里，前面很难过去了。”布尔坚科指着前面的累累白骨说。

“也许从旁边的红土山可以翻过去。”马卡罗夫望着两边并不高的红色山脉。

“算了，翻过去也没用。我估计再往前走五六公里，就是国境线了；再说，翻过去也许有更可怕的景象等着我们呢！”

马卡罗夫点点头，忽然想到了正事：“你说在这里发现的古老图腾呢？”

“呵呵，你还没看见吗？这里哪儿都是！”布尔坚科笑道。

“哪儿都是？！”马卡罗夫一惊，向两侧山崖望去。果然，他在右侧的红色崖壁上看见了一个巨大的图案，不知是什么做的白色颜料，在整面红色岩壁上绘制了一匹狼，又在狼身上画了一只展翅的雄鹰。

不知为何，当马卡罗夫看到崖壁上那个图案时，后背又升起了一股凉气，但是更让他惊恐的还在后面。就见布尔坚科弯腰随手拾起了一个山羊头骨，递给他，说道：“还有这儿。”

“这儿？”马卡罗夫疑惑地接过山羊头骨，他的眼睛猛地睁大了。在山羊头骨正中，那个神秘图案赫然在上。虽然经过多年的风沙吹打，但山羊头骨上的图案依旧清晰醒目。那是一种奇怪的暗红色，很像野狼谷两边红土山的颜色。

马卡罗夫正在诧异时，布尔坚科又递给他一个牛头骨，同样在牛头骨的正中出现了这个神秘符号；紧接着，布尔坚科又拾起了一个马头骨，同样在马头骨的正中也刻着这个神秘的符号。最后，布尔坚科递给马卡罗夫的是一个人头骨。马卡罗夫双手有些颤抖地接过这个人头骨，头骨眉心正中的位置依然是这个神秘的图案。这个神秘的图案是那么醒目，那么刺眼。

“你现在相信我说的了吧！”

“这个头骨像是有几百年历史了。”马卡罗夫判断着。

“不错！这里的大部分骨头，我看都有几百年历史了，特别是这种刻了古老图腾的骨头。”

“你说这都是什么人留下来的？难道真是野狼谷中的魔鬼吃了这些人和动物，又刻下这个神秘的图案？”

“呵呵，我们是唯物主义者，当然不信鬼神那一套。你知道成吉思汗吗？”布尔坚科忽然问道。

“当然知道！欧亚大陆的征服者。”

“你知道成吉思汗在远征欧洲后，死在了哪里吗？”

马卡罗夫摇摇头，他对东方的历史并不怎么了解。不过，就在一瞬间，他的脑海中忽然闪过了一个熟悉而又陌生的面孔——梁云杰！马卡罗夫忽然想起来，在科考队，梁云杰曾经跟他说过西夏的历史：“哦！我好像有点印象，成吉思汗最后是死在了西夏。”

“对！国境线那边的土地就是几百年前西夏的国土，国境线以北则是蒙古高原，而我们现在所在的这条野狼谷，当时就正好位于西夏和蒙古之间。”

“你的意思，当时成吉思汗攻打西夏，就是从野狼谷进军的？”马卡罗夫惊道。

“我不是历史学家，这个我说不好，但我推测，很有可能成吉思汗的大军和西夏人在这里展开过激战。”

“所以这堆积如山的白骨都是当年激战之后留下来的？”

“我是这样想的。但谁知道呢？东方对于我们西方人来说，总是很神秘。”布尔坚科扔掉了手中的骨头。

“可是这些头骨上的神秘图案又是怎么回事呢？”

“可能是当地部落的一种神秘仪式吧！”

马卡罗夫小心翼翼地放下手中的人头骨，然后向后退了两步。他不知道自己为什么会向后退却，也许是出于对面前这些勇士的敬畏。

布尔坚科转身想往回走，马卡罗夫忽然拉住他：“那个 A711209 号呢？”

“别着急！你马上就能见到他了。”说着，布尔坚科就领着马卡罗夫走上了左侧的小土丘。

6

马卡罗夫跟着布尔坚科登上了左侧的小土丘。不大一会儿，马卡罗夫发现土丘上竟然插着一把长枪，枪尖朝下，深深地插进了沙丘。他惊奇地拔出长枪，仔细打量。

“这儿怎么会有一把 AK-47？”

“你看仔细了，这可不是 AK-47。”

马卡罗夫一愣，布尔坚科解释道：“这支枪是很像 AK-47，不过准确地说，这是一支中国产的 56 式半自动步枪。”

马卡罗夫这时也注意到了手中的枪与 AK-47 的差别：“这里怎么会有中国的枪？难道有中国军队来过这里？”

“也许有吧，就像我们今天来到这里一样。”

"不！你不是说野狼谷无人能够穿越吗？"

"也许他们是从别的地方穿越了边境线，然后到达这里。"布尔坚科推测道。

"他们为什么到这里来？难道也像我们，出于好奇心？为什么又丢下了这枪？看这枪，还没有怎么腐蚀，也许就是最近遗留下来的！"马卡罗夫说着，本能地紧张起来，他环视四周，却并没有发现异常。

"别紧张，你要知道这地方常年无雨，所以任何东西的腐蚀速度都会比别的地方慢，而且是很慢很慢。"布尔坚科解释道。

"A711209 号呢？"

"就在你脚下。"

"啊！"马卡罗夫惊得向后退了一步。

"我和李国文埋了他，正巧在谷里捡到了这支枪，就把枪立在这里，留了个记号。"布尔坚科说道。

马卡罗夫从背包里拿出带来的小型工兵铲，准备将脚下的沙丘挖开来看看，以确定 A711209 确实被埋在了这里。

但就在这时，布尔坚科却喊道："等等！在你开挖之前，我有两件事要提醒你。"

马卡罗夫抬头看着布尔坚科，说道："说吧！"

"第一，你在确认 A711209 号确实埋在这里后，不准再提这件事，也不准让基地其他人知道，更不能向上面告我的状。"布尔坚科说这话的时候异常坚定，完全是命令的口气。

马卡罗夫想想自己要替布尔坚科隐瞒这件事，不免觉得有些懊恼，早知这样，真不如不管这事！但事已至此，看布尔坚科的样子，如果自己不答应，恐怕……想到这里，马卡罗夫点了点头："好吧！我答应你。二呢？"

布尔坚科见马卡罗夫答应了自己，脸上露出一丝奇怪的笑容，说道："二嘛！不要怪我没提醒你，这里常年干旱无雨，人的尸体可能多年不腐。虽然 A711209 已经埋下去半年多了，但他会变成什么恐怖模样，我也说不好，你最好有个心理准备。"

"谢谢你的提醒。尤里，咱们都是特工，还怕见到死尸吗？"马卡罗夫似乎已经做好了心理准备。

工兵铲只挖了几下，马卡罗夫便在沙砾中发现了一些破碎的衣物。他仔细辨认，确认这些破碎的衣物就是学员们穿的制服。再往下挖，很快一具没有完全腐烂的干尸出现在了马卡罗夫眼前。

虽然做好了充足的心理准备，但当马卡罗夫亲眼见到那具恐怖的干尸时，胃里还是忍不住翻江倒海了一番，最后哇地一声，竟将中午吃的食物全吐了出来。

7

布尔坚科赶忙扶起马卡罗夫。马卡罗夫摆摆手，又看了一眼那具恐怖的干尸，空洞洞的眼眶，脸上已经没了脸皮，被晒干的肉干枯地纠结在一起，干尸的后颈处出现了一个深深的洞。马卡罗夫在洞周围那片还没有完全腐烂的皮肤上，依稀又看见了那个神秘的图案，他心里猛地一沉，再不敢多看这干尸一眼。

“我早提醒过你，你非要看。”布尔坚科扶起马卡罗夫，话语中带着一丝轻蔑。

马卡罗夫没理布尔坚科，跌跌撞撞地朝土丘下走去。身后，布尔坚科草草地将干尸重新埋了，赶忙跟上马卡罗夫。

两人又回到野狼谷中。马卡罗夫站在谷底怅然若失，他回头又看了看那堆积如小山一般的白骨，无奈地摇摇头。忽然，从野狼谷里升腾起一阵雾气，那雾气从野狼谷深处，飘飘然往谷口这边飘来。马卡罗夫吃惊地望着正向自己飘来的白雾：“这……这么干燥的地方怎么会有雾？！”

布尔坚科也惊恐地盯着野狼谷深处：“我来过几趟，从未见过这……这白雾。”

随着白雾的推进，谷底似乎传来了人喊马鸣的声响，布尔坚科的手本能地掏出了身上的手雷。那白雾越来越近，人喊马鸣的声响也越来越大，马卡罗夫和布尔坚科不由自主地往后退去。

布尔坚科抛出了两颗手雷，两声巨响过后，他对马卡罗夫大喊道：“快跑！”

两人拔腿便跑，飞奔出了谷口，再回身望去时，白雾消退了，人喊马鸣声也没有了。两人靠在吉普车旁，大口喘着粗气。他俩不知道是手雷炸退了妖魔鬼怪，还是刚才只是他们的幻觉，两人恍恍惚惚地回到了基地。

……

“我回到基地后就大病了一场，经常做噩梦，梦中老是出现那具恐怖的干尸和这个奇怪的图案。不过说来也怪，我离开基地后，就再没有梦到过这些恐怖的景象。我以为我已经把那些恐怖的往事忘记了，可没想到，现在噩梦又回来了。”马卡罗夫终于说完了他在野狼谷的恐怖遭遇。

韩江的眉头纠结在了一起：“古老的图腾？难道这个是党项人的图腾？”

“也许是吧，所以我们在这里又看到了这个令我不安的图案。”马卡罗夫道。

“听你这么一说，你那个同事布尔坚科倒是很有问题啊！”韩江道。

“你是说他在不听话的学员身上刺这个图案？”

“是啊！残忍不残忍，咱们先不论，他为什么要刺这个图案？难道仅仅是在野狼谷中见到那个图案，就心血来潮？”韩江反问道。

“当时我也想过这个问题，听了他的解释后我就没往深处想，但后来遇到那些身上有这个图案刺青的黑衣人时，让我不得不重新思考这个问题。”

“我是不是可以这么推测，当初，你们训练的那些成员的身上也都有这样的刺青？这是一种符号，一个秘密团体的标志？说不定就是你们克格勃搞的一个秘密团体！”韩江大胆地推测。

“什么？你是说那些学员身上都有这样的刺青？”马卡罗夫感到震惊，“秘密团体？！不，这不可能，如果是克格勃搞的，我不可能不知道。”

“总之，我认为这很重要。我忽然觉得你刚才所说的情况，和叶莲娜之前调查的斯捷奇金、布雷宁等人有着某种内在联系！”韩江继续推断。

“自从斯捷奇金越狱、布雷宁被烧死后，我也想过这个问题，现在可以肯定，克格勃内部一定有问题。但是这个问题我们很难再从当年的当事人那里调查清楚，伊萨科夫死在了阿富汗，布尔坚科坠机而亡，布雷宁也被烧死了，还有许多其他的当事人也都不在了。”

“还有斯捷奇金，看来要解开克格勃内部的谜团，只能找到这个斯捷奇金了！”韩江说到这儿，踢了一脚一直沉默不语的唐风，“嘿，想什么呢？一直不说话。”

唐风这才缓过神来：“刚才听老马讲述野狼谷的经历，我忽然想到了一个问题，这个野狼谷是不是就是我们一直要找的瀚海宓城？”

唐风的话让马卡罗夫眼前一亮。唐风接着说：“之前，老马跟我们说过科考队的情况，梁云杰也说过一些情况。从他们的描述看，最后科考队失踪的地方，和这次老马说的野狼谷有很多相似之处。”

“是的，当时我见到野狼谷时，就觉得那地方有一种似曾相识的感觉。不过，我可以明确地告诉你，当年科考队绝对没有到过野狼谷。因为我对科考队失踪前最后几天的记忆太深刻了，我们虽然进入了巴丹吉林沙漠深处，但可以肯定，我们没有来到野狼谷。”

“不管怎样，野狼谷也一定与西夏有关，与科考队的失踪也很有关系。”唐风坚持自己的判断。

“和西夏有关不假，不过是不是所谓的瀚海宓城，是不是科考队当年遇难的地方，这还很难确定。”马卡罗夫表示了异议。

“行了！你们俩别说这没用的了，那是以后的事，咱们现在还被困在这里呢！”韩江打断了唐风和马卡罗夫的讨论。

三人又都陷入了可怕的沉默。

第十章 绝命逃亡

1

一阵沉默后，韩江忽然又问马卡罗夫：“你在基地看到了那个神秘图案，后来呢？布尔坚科死了，其他那些学员呢？”

“韩！这正是我要对你说的真正让我感到害怕的事。”马卡罗夫面色沉重。

“哦？还有更让你感到害怕的？”韩江和唐风感到吃惊。

“你们还记得我在彼得堡火车站遇到的那个老头吗？”马卡罗夫反问道。

“记得。你说那人是你在克格勃的同事。”唐风说。

“嗯，那人就是后来来前进基地接替我的中校，他叫谢德林。”

“哦？看来此人知道不少情况！”韩江道。

“我在去前进基地之前，曾经和谢德林共事过一段时间，所以我俩也算老相识了。但自从谢德林接手前进基地后，我就再没和他见过面，所以之后关于前进基地的事我就一无所知了。直到在彼得堡偶遇，他才告诉我，前进基地后来出事了！”

“出事了？”唐风和韩江都是一惊。

“就像我到中国参加那次科考改变了我的命运一样，基地后来发生的事也改变了谢德林的命运。因为基地出事了，谢德林被撤职审查，最后被勒令提前退役，这才有了后来成功的商人谢德林。”

“我不关心这个谢德林的命运，前进基地后来究竟发生了什么？”韩江迫不及待地追问。

“韩，别着急，后来我让叶莲娜又去找过谢德林，询问了许多细节，让我好好想想，我……我该从哪儿讲起呢？”此刻，一块块记忆的碎片以及谢德林的叙述在马卡罗夫脑中不断交织、碰撞。最后，一幅血腥可怕的画卷慢慢地在马卡罗夫脑中汇集、展现开来……

布尔坚科死后，上面派来的调查组很快便认定布尔坚科死于飞机失事。处理完布尔坚科的后事，马卡罗夫接到总部的命令，总部将派一名中校来接替布尔坚科的职位。马卡罗夫不知道这位谢德林是不是自己曾经共事过的那位谢德林，因为他所认识的那位谢德林还只是一位少校。

这天，马卡罗夫拉上基地的尼古拉中尉，驾车来到基地外的一处直升机降落场，等待新派来的中校。马卡罗夫看看天，难得的风和日丽，于是感叹："尼古拉，这位谢德林中校比我幸运啊！我来到基地的那天，沙尘暴害得我们只能降落在十几公里外的降落场。也许我和布尔坚科的噩运从那时就开始了。"

"是啊！当时是我去接你们的。中校同志，恕我直言，您怎么也迷信起来了？我看您以前不是这样啊！是不是因为布尔坚科同志的死？"尼古拉中尉问。

"也许是吧！反正人在这地方待久了，就会感叹世事无常了。"马卡罗夫叹道。

两人正说着，远处吹来一阵大风，一架米 -8 直升机从北方飞来。马卡罗夫和尼古拉赶忙捂住口鼻，侧身躲在吉普车后面。待到直升机降落停稳，两人才从吉普车后钻了出来。

直升机舱门打开了，谢德林中校出现在马卡罗夫面前时，马卡罗夫才确定这就是他所认识的那位谢德林。两人紧紧拥抱后，马卡罗夫笑道："没想到能在这里见到你，我接到命令的时候，还在想谢德林怎么成中校了？原来你是高升了。"

"什么高升！总部那帮人如果不给我破格升一级，谁愿意来这鬼地方！"谢德林抱怨道。

"看来你也不白来啊！"

"破格晋升当然是好事，可如果像布尔坚科那样，把小命丢在这荒滩戈壁，那就不划算了！"谢德林中校的算盘打得挺精明。

"哎！没想到布尔坚科竟然……其实，他很快就能调回去了，人生无常啊！"马卡罗夫叹道。

谢德林和尼古拉中尉打过招呼后，三人一起回到了基地。谢德林被安排住在布尔坚科原来的房间里。

2

这天夜里，马卡罗夫简要地向谢德林介绍了基地的情况，然后将布尔坚科原来掌管的钥匙交给了他，并打开那个铁皮柜子，与他一起查点了基地的经费和武器弹药。

马卡罗夫查点时很认真，而谢德林却是一副玩世不恭的态度。待马卡罗夫查点完毕，谢德林笑道："伊万，你做事还是这么认真。"

"不！我比起布尔坚科来差远了。"马卡罗夫自谦道。

“做事认真没有错，不过有时要分一下地方，就像布尔坚科，在这地方再卖力也没人看得见，结果还把小命搭进去了。”

马卡罗夫虽然和布尔坚科发生过不快，不过他还是不能认同别人这么评价布尔坚科，特别是在布尔坚科死后。他没理会谢德林，仍然认真地查验了一遍保险柜和铁皮柜是否锁好。

谢德林忽然又笑道：“伊万，我这次从总部来，听到不少消息。我这里有一个好消息和一个坏消息要告诉你，你想先听哪一个？”

马卡罗夫知道谢德林一向是个消息灵通的人士：“那就先听坏消息吧！”

谢德林耸了耸肩：“其实这个坏消息，对你来说却是个好消息，对我也是……”

“那你就先说好消息吧！”马卡罗夫对上面的消息并不怎么感兴趣。

“好消息是你很快就会被调走了。”

“哦？”马卡罗夫一怔，“这确实是个好消息。不过你的消息来源可靠吗？”

“绝对可靠！半年之内，你的调令肯定下来，也许用不了半年。”谢德林信誓旦旦地说。

“你就这么肯定？”马卡罗夫将信将疑。

“当然，而且你很可能今年就能晋升上校。你看我给你带来了多么好的消息。”

“上面想好派谁来接替我了吗？要知道，如果不是布尔坚科的死，你也不会被派到这里来。按理我和布尔坚科差不多都该调回去了，但就是没人愿意来接替我们，所以才……”马卡罗夫已经被大漠的风沙打磨得很淡定了。

“接替你的人？你放心吧，也许永远不会有接替你的人了。”

“你这话什么意思？”马卡罗夫疑惑地看着谢德林。

“这就是我要对你说的那个坏消息，我在总部听说上面已经有意撤销这个前进基地了。”

“什么？撤销基地？！”马卡罗夫吃惊不小，“那些学员眼看就要完成训练，怎么撤销了？不准备把他们派到中国去了？那我们这几年的心血不都白费了？”

“呵呵。”谢德林笑了起来，“伊万，我以前就对你说过，多关心一点政治。在政治家眼中，我们都只不过是一颗棋子而已，需要用你的时候就把你派上去，不需要的时候就把你撤下来。”

“也就是说，我们这颗棋子现在没用了？”

“最终结局怎么样，现在还不好说，上面还在观察形势。现在的国际形势和前几年相比，已经发生了很大变化，中国的国内局势逐渐稳定，上层已经流露出要改善与中国关系的意思。所以安德罗波夫同志可能永远不会再起用我们这颗棋子了。”

“当初就是他派我来这里的。”马卡罗夫嘴里喃喃道，虽然能回家让他感到高兴，但撤销基地却让他感觉自己和布尔坚科几年的心血都付诸东流了。

“所以我估摸着上面不会再派人来基地了，你调走后，就由我来结束这里的一切。真希望这一天早点到来。”

“结束这一切？怎么结束？”

“我估计基地会被撤销，这些学员会被送到监狱去，就这样。”

“送回监狱？！”马卡罗夫心里一颤，又动了恻隐之心。

“是啊！这些人本来就是危险分子，再加上这几年的训练，更是危险，所以一定要把他们送回监狱去。”

马卡罗夫早就想到，对于这些学员来说，要么被派遣到中国去凶多吉少，要么被重新关起来，布尔坚科一开始对他们的许诺不过只是一纸空文。不过当他从谢德林口中听到这个结局时，又不免有些伤感。

“我今天说的这些话，你可要保密，千万不能透露给那些学员，否则咱俩可就要倒霉了。”谢德林叮嘱马卡罗夫。

马卡罗夫点点头。他当然知道，如果他俩说的这些话传到学员耳朵里去，将会是什么后果。

3

第二天，马卡罗夫介绍谢德林和全体学员见面。他特别给谢德林介绍了李国文：“这是我们这里资历最老，也是训练成绩最好的学员。”

谢德林微笑着破例和李国文握了握手，说了句：“我记住你了。”

谢德林确实记住了李国文。当马卡罗夫调走后，谢德林干脆将训练学员的重任都交给了李国文，因为他已经得到了准确的消息，基地很快就会被撤销。

谢德林望着窗外继续坚持训练的学员们，内心里焦急地盼望着撤销前进基地的那纸命令。自从马卡罗夫走后，基地就再没增添过任何装备，经费也越来越少，已经逐步降到了过去的一半，可是那纸命令却迟迟不见下来。

就这样在等待中又过去了两年。直到深秋时节的一天，戈壁滩上难得飘起了雪花，谢德林终于盼来了那纸撤销前进基地的命令。兴奋之余，他又被深深的忧虑包围：按照上面的命令，要将全部 48 名学员押解到伊尔库茨克的监狱，然后他们才能结束在前进基地的任务。

自从马卡罗夫走后，谢德林就搬到了马卡罗夫的房间，因为他总觉得布尔坚科的房间晦气。布尔坚科似乎总是阴魂不散，让他噩梦连连。

此刻，谢德林已经为“结束这一切”准备了两周时间，他虽然望着窗外纷纷飘落的雪花，思绪却早就飞回了莫斯科。“是该结束这一切了！”谢德林喃喃自语道。

突然，屋外传来了敲门声，谢德林打开门，发现来人是尼古拉中尉。谢德林把尼古拉让进屋内，又探出头看了看屋外，基地内白雪皑皑，一片死寂。见没有任何异常，谢德林才关上门，回到屋里。

“那些学员有什么异常吗？”谢德林问尼古拉。

“没有。一切正常。”

“那最好。我现在正式通知你，咱们明天行动。”谢德林板起了脸，正色道。

“明天？时间是不是有点紧？”尼古拉有些迟疑。

“夜长梦多。既然要行动，就快刀斩乱麻。”谢德林顿了一下，说出了他的安排，“我是这样安排的。明天一早我们将学员们集中起来，分成六个小队开会，趁着开会的时候，从伊尔库茨克来的特种部队会将基地全部围住，并占据所有要害岗位；然后我就对全部学员宣布撤销基地的命令，宣读完命令，就将他们按六个小队分别押上六架直升机，飞往伊尔库茨克。在这个过程中，胆敢有人反抗，格杀勿论。记住！胆敢有人反抗，格杀勿论！”

谢德林说完了他的计划，尼古拉想了想，说：“计划是挺好，不过我担心……”

“担心什么？”

“担心我们的人手不够！”

“呵呵！”谢德林笑了，“你的担心是多余的，伊尔库茨克过来的特种部队有一个连，再加上基地内的人员，对付那些没有武器的学员，我想是绰绰有余的。”谢德林看上去很自信。

“就怕……就怕那帮家伙鱼死网破，做困兽之斗，他们可都是布尔坚科训练出来的高手啊！”尼古拉中尉看上去信心明显不足。

“咱们的特种部队也都是高手，有什么好担心的！好了，就这么办，你赶紧回去准备一下。”谢德林主意已定。

送走尼古拉，谢德林一边喝着咖啡，一边又将自己的计划从头到尾想了一遍。确定无误后，他感到一阵困意袭来，便倒在床上，沉沉睡去。

4

凌晨时分，谢德林忽然被一阵枪声惊醒。他猛地坐起来，揉揉太阳穴，觉得大脑昏沉沉的。自己怎么会睡得这么死？

谢德林还在狐疑，屋外的枪声却越来越密集，紧接着传来一阵急促的敲门声。谢德林一惊，心马上悬到了嗓子眼。他从枕头下抽出手枪，打开保险，跳下床来到窗边，往门外看看，却看不清屋外的情形。他又来到门后，质问道：“谁？”

“是我！尼古拉！”

谢德林听出是尼古拉的声音，忙打开了门。尼古拉跌跌撞撞，连滚带爬地奔进了屋：“谢德林同志，不……不好了，那帮学员暴动了！”

“什么？暴动！”谢德林惊得一屁股坐在了地上。

就在这时，“砰……砰”两颗流弹打在铁皮做的屋门上，迸出了闪亮的火星。

尼古拉赶忙冲屋外回击，随后一把将屋门关上。

“是谁泄露了消息？”谢德林猜测，学员们肯定是听到了什么。

“您快想办法吧！不然，咱们可都交待在这里了！”尼古拉喊道。

这时，不断有子弹打在屋外的铁皮上，尼古拉想开枪回击，可接连扣了几下扳机才发现，枪里没子弹了。尼古拉扔掉手中的枪，对谢德林喊道：“咱们快跑吧！”

谢德林没有搭理尼古拉，他突然猛地站了起来，脚步有些趔趄地走到布尔坚科的房间内，双手颤抖地掏出铁皮柜子的钥匙。马卡罗夫和布尔坚科的钥匙都在，他也不知是用哪一把钥匙捅开了铁皮柜子。尼古拉跟了进来，当两人看到柜子里的情形时，全都惊呆了。

“我说他们哪来的武器，还有重机枪，原来柜子里的武器全被他们偷去了！”尼古拉绝望地喊道。

谢德林失神地望着已经空空如也的柜子，中层和下层的武器弹药全没了，上层的档案文件也不见了。他又颤抖着打开保险柜，保险柜中的钞票也都不翼而飞。他怎么也想不起来，柜子里的这些东西是什么时候丢失的。昨天自己还打开柜子清点过物品，都完好无缺，难道是自己刚才睡觉的时候？可是钥匙就放在自己枕头下……

“快走吧！再不走，咱们就玩完了。这帮人都是高手，又有了武器……”说着，尼古拉拉着谢德林奔出了铁皮屋。他们不敢恋战，更别说去平定这场暴动了。两人冒着不时擦身而过的流弹，一路狂奔。戈壁滩上刚下过雪，两人也辨不清方向，只是不停地在雪地里奔跑。一次次滑倒在雪地里，又一次次爬起来，直到看见东方破晓，两人才瘫倒在雪地上。

两人大口喘着粗气，一夜的奔跑已经耗尽了他俩的体力。谢德林躺在雪地里，忽然感觉大地在微微颤动，远处的地平线上，两个黑点正在向自己靠近。难道是那帮学员追了过来？谢德林强撑身体想站起来，可是又倒了下去。他筋疲力尽，已经放弃了求生，只是静静地躺在雪地上，看着那两个黑点慢慢靠近……

5

谢德林醒来的时候，已经是当天下午。他发现自己正躺在一个军营里，这是苏军驻扎在蒙古的一个军营，他和尼古拉被两辆巡逻的装甲车给救了。

两名军官向他询问情况，谢德林只亮明了自己的身份，却不肯说出究竟发生了什么。一来前进基地是机密，二来这样的家丑不可外扬。

谢德林既不敢说，也不敢向上面报告，他只求军官送他和尼古拉回前进基地。夜幕降临前，他和尼古拉被送回了前进基地。他发现这里已经被来前进基地执行押送任务的一百多名特种兵控制了。

谢德林好说歹说，才说服特种部队的指挥官先不向总部报告这里发生的事，晚两天再由他向总部报告。

谢德林和尼古拉失魂落魄地查看现场。昨夜在岗哨上值班的两名士兵，被硬生生拧断了脖子；营房内，有四五名刚拿起武器的士兵，被重机枪射出的 12.7mm 子弹打成了筛子，血肉模糊；基地内，东倒西歪地倒着其他几名军官和士兵，还有一些被手雷炸碎的尸体残片，惨不忍睹。谢德林心惊胆战地推开一扇门，一股血腥味和药味交织着冲进他的鼻孔。他认出这是基地的医务室，只见军医脸朝下倒在桌子上，殷红的鲜血淌满了桌面，已经凝固在一起。

“被拧断了脖子，又被捅了一刀，直刺心脏。”尼古拉查看了军医的尸体。

“拧断脖子？”

“嗯，和岗哨上的士兵是一样的手法。”

“为什么是这样？先不开枪，干掉岗哨上的士兵，这好理解，为什么他们也用这个手法杀了军医？如果是已经打起来了，完全可以用子弹。”

尼古拉想了想：“也许那些学员是先潜入了军医这里。”

“先潜入？他们要干什么？”谢德林马上想到了什么，他摸了摸桌面上的鲜血，“血已经凝固，看样子军医的死亡时间要比其他人早。”

谢德林又翻找了医务室的药柜：“安眠药都不见了。”

谢德林开始明白为什么昨夜自己睡得那么沉。全部现场查看下来，竟没有一具学员的尸体。气急败坏的谢德林明白这次闯下了大祸，如果不能把所有逃跑的学员抓回来，自己不但要被撤职查办，还要上军事法庭。他一下子从即将回家的兴奋中，跌落到了谷底。

谢德林明白他只有两天时间，必须在两天内将所有逃跑的学员抓回来。而他不敢声张，能动员的力量只有他和尼古拉，还有这一个连的特种部队。

谢德林和特种部队的指挥官商定，认为现在大雪封冻，此地人烟稀少，那些逃跑的学员肯定走不远，用直升机在空中找，应该可以找到那些学员。于是，本来准备用来押送学员的直升机，开始在这被大雪覆盖的茫茫戈壁上寻找那 48 名逃走的学员。

6

两天搜寻下来，谢德林几乎搜遍了基地附近的每一寸土地，但连一个学员的人影都没看见。谢德林无比郁闷，难道这些学员都会飞吗？在这荒无人烟的戈壁滩上，他们能走多远？基地原本有四辆吉普车和两辆卡车，卡车和两辆吉普都在交火中被毁，只有两辆完好的吉普被开走了，两辆吉普坐不下那么多人，而且吉普所携带的油料也十分有限，他们怎么走得脱？可是到现在，直升机也没能找到那两辆吉普车。

就在谢德林百思不得其解时，尼古拉跌跌撞撞地闯了进来："不好了，中校！"

"怎么了？"谢德林大惊失色。

"伊尔库茨克的一家警察局被……被人血洗了！"

"什么？伊尔库茨克！你什么意思？"没等尼古拉回答，谢德林马上明白了他的意思，"……你的意思是，那批学员血洗了警察局？"

"您觉得这个时候能血洗警察局的，还会有谁呢？"

"可是……可是这里距伊尔库茨克有千里之遥，两天时间，他们怎么能……"谢德林不肯相信，他决定亲自去看看。

谢德林和尼古拉乘直升机，很快飞到了伊尔库茨克的那家警察局。一进大门，谢德林就几乎可以判定，制造这个"杰作"的一定是那些学员。

当地克格勃的负责人向谢德林介绍："当晚值班的 11 名警察全部殒命，而且都是一枪毙命。凶手手段残忍，枪法极准，用的是 TT-33 手枪。枪杀完警察后，这伙人抢走了警察局的枪支和现金。"

TT-33 手枪，这不正是基地丢失的那批手枪吗？他们已经有了那么多武器和弹药，又来抢警察局，他们要干什么？难道要装备一支部队？想到这里，谢德林浑身战栗，赶忙扶住身旁的墙壁，却突然发现自己的手触到了一抹红色。是血！他惊得往后退了两步，靠在一张桌子旁。再定睛一看，这才发现，在雪白的墙壁上出现了一个用鲜血画出的图案——一匹狼身上立着一只振翅欲飞的雄鹰。

这……这是什么？这伙人的标志？谢德林被这用鲜血绘制的图案惊呆了，久久不语。那位克格勃的负责人指着墙面道："这伙人还留下了这个！真是太猖狂了，公然和我们为敌。"

谢德林晃晃脑袋，尽量使自己保持镇定。他知道这事再也瞒不住了，这伙人既然敢在伊尔库茨克血洗警察局，肯定就敢去莫斯科，去列宁格勒，闹出更大的动静。谢德林想到了军事法庭，想到了监狱。他不想自己的后半生在监狱里度过，他不敢再想下去……

谢德林开始懊悔自己和这帮学员，不，是和这帮魔鬼相处了两年多的时间，竟然严重低估了他们的实力。布尔坚科！谢德林不知道为什么突然想起了布尔坚科，这个疯子究竟是怎么训练出这帮魔鬼的？

谢德林快要崩溃了。他快速判断了一下形势，自己的力量远远不够，自己需要更强大的支援。现场所有人都在盯着谢德林，不知道他为什么如此失态。谢德林最后缓缓地从嘴里蹦出了一句话："我要和安德罗波夫同志通话。"

当地克格勃的负责人很快替他接通了克格勃主席安德罗波夫的电话。

7

谢德林向安德罗波夫简要报告了基地发生的暴动。一阵令人窒息的沉默后，电话那头传来了安德罗波夫的臭骂声，谢德林只能默默听着。安德罗波夫对于他现在才来汇报的行为大为不满，但骂完谢德林之后，安德罗波夫的语气又缓和了下来："现在我命令你，谢德林同志，立即带人把那些逃跑的学员一个不剩地抓回来，少一个都不行！对于负隅顽抗的可以当场击毙。现在只有你还算熟悉了解那些家伙，所以你务必要完成任务。只要你能把这些家伙抓回来，或者击毙，你的过错我可以既往不咎。否则再任由他们闹下去，不光是你要上军事法庭，恐怕我也要受牵连，我们克格勃更会颜面扫地！"

"是！我一定把那些家伙抓回来。"谢德林在电话这头向上级保证，但他心里却没有一点底气。

"另外，我现在授权你可以调动西伯利亚和远东所有的克格勃力量。"

"包括军衔比我高的？"

"所有人，包括将军，只要你把那些家伙抓住。还有一点，你也要牢记，一定要注意保密。"

听安德罗波夫这么一说，谢德林心里总算找到了一丝底气。他忽然想到了一个人："主席同志，我想让马卡罗夫同志和我一起行动，毕竟他了解这帮学员……"

电话那头的安德罗波夫沉吟了一会儿，才又缓缓说道："你的建议我会考虑的，你现在赶紧行动吧。"

通完了电话，谢德林重新振作精神。他和尼古拉，以及当地克格勃的负责人仔细分析了形势，认为这帮学员闯下如此大祸，肯定不敢在苏联境内久留，他们一定会找机会逃离苏联。南边的中国防守严密，他们多半不会去；往西走是莫斯科，那边已经加强了戒备，而且路途遥远，要经过苏联广袤的腹地，这些学员也多半不会去那里冒险；北边是北极圈，更不可能逃脱；他们最有可能逃跑的方向是往东走，在港口登船逃走。

"那么，往东最大的港口就是海参崴（俄罗斯称符拉迪沃斯托克，本书内统一称为海参崴），所以我们要加强对海参崴的监控，防止他们劫持船只逃走！"谢德林分析完，又叮嘱道，"同时也要加强其他几个方向的戒备。"

谢德林和尼古拉开完会，便带着一支特种部队赶往了海参崴。没过两天，谢德林就得到了令他振奋的情报，当地克格勃人员在一个废弃的仓库里发现了两辆军用吉普车。同时，警察局报告，市内发现了两辆在伊尔库茨克被盗的车辆。

谢德林到仓库查看了那两辆军用吉普，果然就是基地内被劫走的那两辆吉普。看来自己的推断是成立的，这帮学员逃到了海参崴，准备从这里乘船逃往海外。

一阵兴奋过后，是更大的紧张，谢德林已经领教了那些学员的身手，自己这些人马能否抓住那些魔鬼，他心里没底。

谢德林在所有港口都安插了便衣，甚至大部分船上都有他的线人，但是他还不能完全掌控那些外国船只。于是，谢德林特别加强了对停靠在港内的外国船只的监控。

可是半个多月过去了，那帮学员却像人间蒸发了一样，没有一点消息。他们既没有继续作案，也没有准确消息证明这帮人已经离开了海参崴。谢德林不得不怀疑，那伙学员是不是早已经逃离了海参崴。直到有一天，一艘飘着星条旗的美国货轮驶进海参崴港，又燃起了谢德林的希望。

8

为了防止这帮学员混在上岸的外国船员中逃离海参崴，克格勃指示当地港口，只给了这艘名叫“乔伊斯”的美国货轮四个登岸名额。

在浓浓的雨雾中，“乔伊斯”号货轮的船长和另外三名船员撑着伞上了岸。从他们的双脚一踏上苏联国土，就已经被谢德林的人牢牢监控了。

夜幕降临前，在码头监控的特工向谢德林报告，看见船长和两名船员回到了船上，少了一名船员。谢德林正在疑惑，另一头的特工向他报告：“那个船员一个人去了郊外一座废弃的工厂。”

谢德林眼前一亮，有门儿！他一面命令那头的特工继续监视，一面调集特种部队和大批特工兵分几路，秘密潜入废弃工厂周边。

谢德林一下车，一个负责监视废弃工厂的特工就兴奋地向他报告：“我们看见了那伙人，那伙人就在这个废弃的工厂里。”

“你确定？”谢德林又惊又喜，没想到自己这么多天的守候，终于有了回报。

“确定。但他们都有武器，很危险。”

“四周都包围住了？”

“三层包围圈，工厂四周被团团围住了，不过……”

“不过什么？”

“这个工厂有一面临海。”

“临海？”谢德林心里一沉。

“但那面全是几十米高的悬崖峭壁。”

“这就好。另外，请海警部队配合我们行动。”

谢德林拔出了手枪，看看四周，特工、警察、特种部队，足有四五百号人，又在这么个偏僻的地方，正好动手，天赐良机啊！

想到这儿，谢德林不再犹豫，正欲强攻，那名特工却提醒他："那个美国人还在里面，我们如果强攻……"

谢德林也犹豫起来，他可不想闹出国际纠纷。于是，他一面命令收紧包围圈，做好战斗准备，一面用高音喇叭向里面喊话："里面的人，你们已经被包围了，赶快出来投降！"

废弃工厂内没有一丝动静。雨越下越大，谢德林又连喊了三遍，仍然没有一丝回音。他决定不等了，正准备下令强攻。突然，工厂围墙上的小门开了，一个穿着海员制服的男人走了出来。那人用熟练的俄语冲谢德林喊道："不要开枪！我是美国人。"

"把双手抱在脑后，走过来。"谢德林冲那美国人喊道。

那个美国海员双手抱在脑后，一步步走到了谢德林面前。谢德林板着脸，大声呵斥道："护照！"

美国海员在七八支枪口的注视下，小心翼翼地从口袋中掏出了护照。谢德林接过护照，瞥了一眼，嘴里喃喃念出了护照上的姓名——"沃伦·怀特。"谢德林对比了一下照片，质问道，"你这么晚跑到这里来，和这伙危险分子在一起，想干什么？"

"没干什么，我只是受朋友之托，来见这些人，然后你们就到了。"怀特有些惊慌地解释。

谢德林没有继续问下去，他现在只想抓到那帮学员，这比审问这个怀特更重要。"把他带下去！"谢德林命令道。

怀特被带下去后，谢德林已经没有了任何顾忌，他猛地一挥手，特种部队和特工们手中的长枪短炮就一起向这座废弃的工厂倾泻过去。可是面对如此猛烈的炮火，工厂内竟没有一丝抵抗，谢德林大感诧异，难道……他不敢想下去，忙命令特种部队的装甲车冲进工厂。几辆装甲车一下就撞塌了工厂的围墙冲了进去，紧接着就是对工厂内废弃的厂房一顿猛射，可是厂房内依旧没有一丝抵抗。

谢德林愈发疑惑，他命令特种部队停止攻击，自己带着特工向废弃的厂房一步步逼近。

9

就在谢德林和特工们离那座废弃的厂房只有十来米的时候，突然，从厂房中射出了密集的子弹，甚至还抛出了几颗手雷。

谢德林身边的特工猝不及防，纷纷倒下。谢德林慌忙趴在地上，流弹不停地从他头顶飞过，竟然完全压制了他们的火力。谢德林心惊肉跳，这伙学员一直等到自己逼近才开枪，心理素质远在特工们之上。

好在谢德林人多势众，特别是特种部队的重武器派上了用场。谢德林且战且退，退到安全地带后再不敢贸然出击。他命令特种部队用最猛烈的火力，将这厂房夷为平地！

然而，这废弃的厂房出乎意料地坚固，猛攻了十多分钟，千疮百孔的厂房依然屹立在那里！谢德林决定改变打法，命令装甲车集中火力，攻击厂房的几个关键部位。又是一阵猛攻后，厂房终于坍塌下来。

雨雾中升腾起尘埃，砖瓦碎石乱飞，砸在地上，也砸在装甲车的钢板上……不等尘埃散去，谢德林便下令全线压上，缩小包围圈。谢德林以为，这下躲在厂房中的学员应该已死大半，又失去了屏障，胜利就在眼前。但就在残垣断壁间，反击的火力依然强大。

谢德林已经没有了其他的选择，他命令必须在天黑之前，完全肃清这伙危险分子。废弃的厂房很大，虽然已经坍塌，但谢德林的人在每一个残垣断壁前都遭到了猛烈的阻击。

十多分钟后，谢德林换上一支轻机枪，并亲手击毙了一名学员。这时候，他们基本上肃清了厂房废墟上的学员。此时，绵绵细雨已经变成了瓢泼大雨。谢德林顾不得雨大，他看看残垣断壁间留下的尸体，竟然发现大部分是自己的人，只有二十余具尸体属于那些学员。

“中校同志，那伙学员往海边上的悬崖逃去了。”尼古拉大声报告。

“追！”谢德林咬着牙吼道。

谢德林带着人很快逼近了悬崖，包围圈越缩越小，最后将那余下的十几名学员围在了悬崖上。

黑色的悬崖下就是暴怒的大海。今天是个糟糕的天气，狂风卷着巨浪，不停地拍打在悬崖下的岩壁上。

枪声停了，谢德林透过重重雨雾已经认出，正对着自己的那个人就是李国文。李国文也在盯着谢德林，眼睛里充满血丝，身上好几处枪伤，正在往外汩汩地冒着鲜血。谢德林惊异于李国文的毅力，这家伙受了重伤，竟然还端着枪直挺挺地站着。

“李国文，你们很了不起，竟然杀了我们这么多人。”谢德林将自己隐藏在一块岩石之后，冲李国文喊道。

李国文依旧一动不动，站在原地。他冷笑了两声，喊道：“承蒙夸奖，这都是拜你们所赐。”

“是啊！布尔坚科是个好老师。”

“哼，可惜他死了。”

“所以你们谁也不怕了，没人能镇得住你们了。”

“这都是你们逼的。若不是你们要解散基地，把我们送回监狱，也不至于会有今天！”李国文带着一丝绝望吼道。

“你们是怎么知道基地要被撤销，你们要被送回监狱的？”

“哼，不要忘了我们现在也是特工，而且很可能是比你们还要优秀的特工。我记得布尔坚科曾经说过，一个优秀的特工，当他要得到一样东西的时候，世上没有什么可以阻挡他。”

“你们就是他按照这个标准训练出来的，对吧？”

“当然，你是不会理解我们在戈壁滩上所吃的那些苦的。”

“你能告诉我，你们这是要去哪里吗？”谢德林想套出点话。

“去很远的地方，很远很远的地方，离开这里，过另一种生活。”李国文的话语依然滴水不漏。

“你们指望靠那个美国人，就能离开这里？告诉你吧，他们早就在我们的监控之中了。”

“哈哈，我们不指望任何人。布尔坚科还对我们说过，一个优秀的特工，在绝境中不能相信任何人。”

“不要嘴硬了，今天我倒要看看你们如何走得掉！”

李国文没有回答，只是一阵狂笑。那笑声和暴怒的大海的浪涛声交织在一起，竟让谢德林浑身一颤。

“现在，你们已经无路可逃了，不如早点放下武器投降！我可以保证你们的生命安全。”

“你保证？恐怕你自己的小命都保不住了！”说完，李国文又是一阵狂笑。

谢德林恼羞成怒，他从岩石后面站出来，举枪就准备向李国文射击。可他却惊异地发现，李国文和那十几名学员都扔掉了手中的枪，齐刷刷地站成了两排。谢德林举着枪，诧异地看着他们，那些学员身上几乎都带着伤。怎么？他们支持不住，要投降了？！他虽然这么想着，却不敢有半点懈怠，手指依然紧紧扣在扳机上。

只见那些学员整齐地后退，一步，两步，三步……后面就是悬崖了，他们要干什么？谢德林满脸疑惑地盯着面前的那些学员，忽然想到了一种可能——他们要跳崖！

“命令谢德林同志立即带人把那些逃跑的学员一个不剩地抓回来，少一个都不行！对于负隅顽抗的可以当场击毙。”克格勃主席安德罗波夫的命令突然在谢德林耳边响起，他立即毫不犹豫地扣动了扳机，不能放跑一个！

谢德林的枪声就是命令，几乎同时，一百多支枪同时喷出火舌。那些已经没有了武器的学员在跳下悬崖的瞬间，都被打成了筛子……

第十一章 石壁后的世界

1

狂风卷起巨浪，猛烈地拍打着悬崖下的崖壁，暴怒的大海吞噬了一切。等谢德林带人奔到悬崖边时，悬崖上除了留下一大摊血迹，竟没有留下一具尸体。

谢德林怔怔地望着悬崖下黑压压的大海，任由海风卷着冰冷的雨水吹打在自己的脸上。

“悬崖下全是暗礁岩石，那些家伙又都身负重伤，不是摔死，也肯定被淹死了。”尼古拉走到了谢德林身后。

谢德林这才缓过神来，他命令道：“立即通知海警部队，让他们在海上搜寻那些家伙的尸体，务必要搜到。”

“另外……”谢德林又命令，“加强监控进出港口的船只，特别是国外的船只，决不允许他们的船上出现多余的人。记住，有必要时，可以登船检查。”

谢德林吩咐完，失魂落魄地捡起一支AK-47步枪，这是刚才李国文手中握的枪。他卸下弹匣，发现弹匣里面已经没有子弹，又捡起另一支枪，同样没有子弹。

谢德林把空弹匣扔给尼古拉，叹了一口气，说：“他们打完了所有的子弹，然后才选择自杀。”

“当初，布尔坚科就是这么训练他们的。”尼古拉倒还算平静。

“哦！你跟我说说布尔坚科，他是怎么培养出这帮疯子来的。”虽然他和尼古拉在一起已经两年多了，但很少聊起布尔坚科。

“从哪儿说起呢？您问布尔坚科是怎么培养出这帮疯子的，我可以告诉你，能培养出疯子的人，他自己肯定也是个疯子。”

“当初我还不信，现在……现在我相信了。”

“就说他对这帮学员的毅力和胆量的训练，是极其残酷的。他经常会组织学员们玩一种‘死亡冒险游戏’。”

“死亡冒险游戏？”

“对，他先让这些学员抽签，抽中的学员会被蒙上眼睛，带到离基地很远的一个山谷中，然后把那学员扔在山谷里，并规定他不去接那学员，学员就不得离开那个山谷。据说那个山谷里非常可怕，鬼哭狼嚎，没有任何可以用的食物和水源。学员最少要在里面待一个晚上，有时要待上几天几夜，布尔坚科才会去接他们回来。”

“那些学员难道不会逃走吗？”

“不会！因为周围全是茫茫的戈壁，学员又是被蒙着眼睛带到那里的，如果他们离开那个山谷，最后也是死。所以那些学员只能老老实实地待在山谷里，忍受酷暑、寒冷、恐惧、饥饿、孤独、绝望，而只有他——布尔坚科才是他们的救星。在山谷中的学员只能眼巴巴地等待布尔坚科出现，他们才能得救。”

“竟然还有这么残酷的训练手段，这样既训练了学员的忍耐力和胆量，又让他们对布尔坚科产生绝对的依赖。”谢德林听了尼古拉的叙述，感觉自己的心脏好像被人抓了一下，那么难受。

“所以，当布尔坚科死后，这些学员，不，应该是这群野狼，就再没有人能约束他们了。”

“你去过那个山谷吗？”

“没有。那山谷很可怕，我可不愿意去。再说，布尔坚科说那里有危险，也从未叫我们去过，每次都是他自己去的。据说，有时……有时他也会整夜待在山谷里，监视那些学员，看他们在山谷中的表现。”

“这个疯子！”谢德林恶狠狠地说，“现在却给我们带来这么大的麻烦。”

谢德林走下悬崖，看着满地的残肢断腿，不禁悲从心中起。他没想到会付出这么大的代价，即便那些家伙都死了，恐怕安德罗波夫同志震怒之下，也饶不了自己。

谢德林看看表，已是晚上七时。天早就黑了，海警那边没有消息，港口也没有消息传来。他无所适从，忽然想到，要想挽救自己，也许还有一个人可以帮忙。

2

克格勃分局内，谢德林刚换掉淋湿的衣服，尼古拉就进来报告：“海警那边说今天海面上浪太大，即便他们出海搜寻也搜不到什么。”

“放屁！借口，都是借口！”谢德林破口大骂。

“不过今天海面上的浪是挺大的。”

“我不管浪大不大，你告诉他们，必须捞起那些学员，活要见人，死要见尸，这是安德罗波夫同志的命令。”谢德林稍稍冷静了一下，又道，“还有，你可以去动员那些渔船，让他们用渔网捞，捞到那些家伙的尸体的人，都有奖励。”

谢德林吩咐完，顾不上吃饭，急匆匆地赶到了审讯室。他急于想从那个叫“怀特”的美国人口中得到他感兴趣的东西。

怀特被带进了审讯室，显然待在这里的几个小时让他感觉很糟。他一见到谢德林，就大声叫嚷：“你们这是侵犯人权，我要叫我的律师！”

“你的律师？你的律师在美国呢！”谢德林冷笑道。

“你们不能这样对待我，我是美国公民。”怀特的态度依旧很强硬。

“容我提醒你，这里可不是美国。”谢德林顿了一下，掏出自己的证件在怀特面前晃了一下，“而且我要提醒你，我们可不是警察，认识这上面的徽章吗？”

怀特眯着眼睛看了看，摇摇头：“不认识。”

“克格勃，听说过吧？”

怀特听到“克格勃”这个词时，身子微微一震，这一切没能逃过谢德林的眼睛。

“克格勃，我听说过。”怀特平静地说。

“听说过就好。你要明白，一般的案件可轮不到我们来管，只有最重要的重大案件，我们才会出手。明白了吗？”

“我不明白我犯了什么案子，还是重大案子？”怀特一脸无辜。

“那我就告诉你，今天下午跟你接头的都是些最危险的恐怖分子，所以……”

“所以你们怀疑我？”

“难道你不值得怀疑吗？和你一起上岸的船员都回到了船上，为什么只有你去了那个废弃工厂？”谢德林呵斥道。

“我已经说过了，我是受一个朋友委托，去那里见那伙人的。我也不认识那些人，就是你所说的恐怖分子。”怀特情绪又激动起来。

“好吧，我相信你不认识那些人。那我们就来说说你所谓的这个朋友，他是什么人？”谢德林换了话题。

“其实我也不知道他是什么人！”

“你不知道你朋友的名字？”谢德林脸上挂着一丝冷笑。

“他说他叫马丁，美国人，是另一艘油轮上的二副。我跟他是在日本横滨港认识的，当时我俩一起在酒吧里喝酒，就这么认识了。”

“接着说。”

“我和这个马丁聊得很投机，他听说我们的船要到海参崴来，就给了我 5000 美元，让我帮他办一件事。”

“让你帮这些人偷渡？那你们未免想得太天真了。”

“不！他没让我帮那些人偷渡。一来我只是普通船员，没有本事说服船长；二来那些人太多，目标太大，不可能把他们都带上船。我开始也以为马丁想让我帮他们偷渡，但他只让我把一封信交给那些人。”

“一封信？什么内容？”

“我没看，怎么会知道！”

“妈的！”谢德林骂道，这封信肯定已经随李国文葬身鱼腹了，“难道整件事就这么简单？”谢德林用怀疑的眼光逼视着怀特。

“就这么简单，别的我什么也不知道。”怀特显得愈加无辜。

“你认为我会相信你吗？”

“为什么不相信我呢？”

“你不觉得你编的这个故事漏洞太多了吗？”

“编的故事？我说的可都是事实啊！”怀特急了。

“事实？那我问你，按你所说，你和那个马丁，还有这帮恐怖分子并不认识，你又怎么知道那些人藏身在海边的废弃工厂？”

“是马丁告诉我的！”怀特很平静地回答。

“不可能！这伙人并没有和外界，特别是和国外通信的手段，那个马丁又怎么会知道他们藏身在海边的废弃工厂中？”

“也许是你们漏掉了什么呢？”

谢德林快速地在大脑中将他们这一路的行动回忆了一遍，特别是这些天在海参崴的经历，最后他确信，那些学员是不可能和外界有任何联系的，更别说和国外发生联系了。

“我们监控了这些天从海参崴打出的所有国际长途，特别是打往日本的，那伙恐怖分子根本不可能和在横滨的马丁发生任何联系！”谢德林斩钉截铁地说道。

怀特耸了耸肩：“那我就不知道了。马丁给了我地址，叫我到海边那座废弃的工厂找到你们所谓的恐怖分子。事情就是这样，我只是个传话的。”

谢德林见在怀特身上再也问不出什么有价值的内容，只好命人先将怀特押下去，然后迅速命令尼古拉：“去查一下，‘乔伊斯’号在到海参崴之前是不是在日本横滨停靠过。”

尼古拉很快就查出了结果：“查过了，‘乔伊斯’号在来海参崴之前，确实曾在日本横滨停靠过，而且还因为机械故障，在横滨停靠了有三周的时间。”

“三周的时间，这确实为怀特结识那个神秘的马丁留下了充裕的时间，可是又怎么解释怀特能直接找到那个废弃的工厂呢？”谢德林还是想不通，他越想越觉得这个怀特身上一定还隐藏着什么。

3

接下来的两天，天气逐渐好转，海警部队和渔民陆续从海里打捞起几具尸体，尸体都被送到了克格勃。谢德林详细检查了所有打捞上来的尸体，皆是千疮百孔，身上除了弹孔，还有因为跳崖造成的多处骨折，一具具尸体皆惨不忍睹。

从海里捞上来的尸体，加上工厂废墟里的尸体，全都被冷冻在冰库里。谢德林又等了一周，再没有尸体被打捞上来。谢德林清点了冰库里的尸体，总共 41 具，还是少了 7 具尸体。他想对比花名册，搞清楚每具尸体的准确身份，但是从海里捞上来的那十来具尸体因为海水浸泡，整个都胀了起来，已经很难辨认出原本的相貌。

尼古拉在一旁安慰谢德林："没找到的 7 个人肯定也死了，中了那么多枪，又从悬崖上跳下去，再加上那天的巨浪，谁能幸存下来？能找到 41 具尸体，已经很不简单了。"

"可惜你我这么想不管用，要上面也这么想才行。"谢德林无奈地叹了口气。

"这事要怪只能怪布尔坚科，当初都是这个疯子，否则怎么会有今天！"

"行了，你骂一个死人有什么用！现在也只能如此了。不过，我很想确认一下那个李国文的尸体。"

"从海里捞出来的尸体都辨认不出来了。但是，我觉得这具尸体应该就是李国文的。"尼古拉忽然指着一具临时编号为 Ф026 的尸体说。

"何以见得？"

"首先从外形上看，这具尸体和李国文身材相仿，虽然面部已经很难辨认，不过还是能看出一些端倪。而且这具尸体打捞上来时，身上的衣服也和李国文跳崖前穿的是一样的。"

"就凭这些？"

"还有，让我断定这具尸体就是李国文的重要特征是这里。"说着，尼古拉戴上手套，将李国文的身体翻了过来。谢德林惊异地发现，在这具尸体的后背上竟有一幅巨大的文身，几乎占据了整个后背。虽然因为海水的浸泡，文身的图案已经模糊了，不过谢德林还是依稀认出了那幅图案——一只展翅欲飞的雄鹰，立在一匹冲天嚎叫的狼身上。

"这是什么？"谢德林惊道。

"据我所知，李国文后背就有这么一个巨大的文身，所以我敢断定这具尸体就是李国文的。"尼古拉十分肯定地说。

谢德林盯着这具已经开始腐烂的尸体看了好一会儿，直到胃里一阵恶心，才缓缓地将白布盖上。至此，他对打捞到全部学员的尸体已经不再抱希望了。

又过了一天，"乔伊斯"号在没能等回怀特的情况下，缓缓驶出了海参崴港。而这些天在克格勃严密的监视下，每一艘进出海参崴港的船只都经过了详细的检查，并没有发现任何有价值的线索。

难道那些学员真的都死了吗？谢德林心中的疑团依然困扰着他。他知道，到了这步田地，已经很难再有所进展，损失了这么多人，还没有将所有学员抓回来，看来自己离倒霉不远了。谢德林不甘心，想来想去，只有从那个美国人怀特身上也许还能打开突破口。

4

谢德林将最后一丝希望寄托在了怀特身上。可是当他再次提审怀特时，怀特却十分不配合，除了谢德林已经掌握的情况，一句有价值的也问不出来。

正在谢德林和怀特对峙之时，尼古拉忽然走了进来，示意谢德林出去一下。谢德林跟着尼古拉出来，尼古拉小声说："总部来人了！"

总部来人了？谢德林心里咯噔一下，他担心的事就要变成现实了。

"来的是什么人？"谢德林紧张地问道。

"来人的军衔还没你高，是一名少校，看上去很年轻。"

"就一个人？"

"还有他的助手。"

"少校？居然派一个少校来处置我？"谢德林心里颇不服气。

谢德林跟着尼古拉穿过长长的走廊，来到一间会议室门前。谢德林紧张地理了理衣服，他希望来的人是自己认识的老同事。他忽然想起了马卡罗夫，但他知道，门后的人不可能是马卡罗夫。

谢德林走进会议室，一个年轻军官站了起来。他不认识面前的这个年轻军官，那人敬完军礼，然后伸出了结实的右手。谢德林想，如果是来处置自己的，应该不是这个态度，于是心里稍稍平静了一下，也伸出了右手。

两人握手的时候，那人自我介绍："尼古拉·德米特米耶维奇·斯捷诺夫，不过大家最近送了我个绰号——斯捷奇金，你也可以这么称呼我。"

来人很爽朗，不是那种板着面孔的官僚，这让谢德林又松了口气。他微笑着开始和斯捷奇金套近乎："我以前在总部时，怎么没见过你？"

"哦！我刚刚被调到总部第二总局，所以在总部是个生面孔。"

第二总局？谢德林知道克格勃第二总局是反间谍部门，这个案子和第二总局有关系吗？就在谢德林胡思乱想的时候，斯捷奇金开门见山、直截了当地说："这次总部派我来，主要是为了那个被你们扣住的美国人。"

"沃伦·怀特？！"谢德林一惊，他正因这个怀特而感到头疼。

“对，就是这个怀特。总部的意见是，这个怀特是美国公民，咱们不能一直这样扣着。虽然我知道你们正在执行重要任务，我不干涉你们的公务，但这个怀特我们必须赶紧给出结论。如果有问题，他是间谍，就把他名正言顺地抓起来，这样美国人问起来，我们也好回复他们。如果没问题，就尽早把人放了。”

“所以总部派你来审查这个怀特？”

“不，不是在这里。我现在就要提走这个怀特。”斯捷奇金突然变了腔调，用几乎是命令的口气说道。

“提走怀特？”谢德林刚刚还将最后挽救自己的希望放在怀特身上，现在这个斯捷奇金少校就要提走怀特。

但谢德林又毫无办法阻止斯捷奇金，因为斯捷奇金拿出了总部的命令。

“可是这个怀特对我们现在的任务很重要。”谢德林做了最后的争取。

“不！他已经不重要了，至少对您——谢德林同志已经不重要了。据我所知，总部已经决定终止你们的行动了。”

“什么？那……那我会怎么样？”

“这个我就不知道了，听说总部很快会派人来和你一起结束你们的行动。”斯捷奇金脸上依旧带着笑容。

眼睁睁看着斯捷奇金和他的助手带走了怀特，谢德林彻底绝望了。接下来的时间，他只能等待，等待命运对他的惩罚。

……

5

“基地后来竟然发生了这么可怕的事情！”唐风听完马卡罗夫的叙述，喃喃自语道。

“那么后来呢？”韩江问马卡罗夫。

“后来？后来总部有人替谢德林说了话，他总算是没上军事法庭，但被降级使用。没过几年，他因为又犯了点小错，便被勒令提前退役了。”

“不，我不是问你谢德林，我是关心斯捷奇金，这个可怕的斯捷奇金竟然搅和了进来。他们后来呢？那个美国人怀特呢？”韩江追问。

“是啊！我也没想到这里面竟然还有斯捷奇金。”马卡罗夫感叹。

“这不就对上了吗，前进基地的事和斯捷奇金他们对上了。我越听这事，越觉得这里面有文章。”韩江道。

“是啊！问题越来越复杂了。”唐风也感叹。

“据谢德林说，后来斯捷奇金也因为这个事受了处分。”

“他怎么会受处分？难道斯捷奇金和前进基地的暴动有关系吗？”唐风不解。

“因为那个美国人跑了！”

“跑了？！看来谢德林怀疑得没错，这个怀特肯定有问题。”韩江道。

“斯捷奇金和他的助手押着怀特回莫斯科，他们本来是要直接坐飞机返回莫斯科的，但飞机在中途出了故障，降落在伊尔库茨克，于是他们只好转乘火车回莫斯科。结果就在火车上出了事。一天早上，当列车员打开他们的包厢大门时，发现斯捷奇金的那个助手被人拧断了脖子，斯捷奇金也负了伤，而那个怀特则不见了。”马卡罗夫说出了整个事件最后的结局。

“看来这里面有猫腻。如果那个怀特真的有问题，斯捷奇金很可能是故意放走了怀特。”韩江推断。

“现在看来，这种可能性很大。”马卡罗夫道。

“整个事件就这么结束了？”唐风不无失望地反问马卡罗夫。

“是啊！整个事件到这里就陷入了僵局，所有线索都断了。学员们的尸体被火化了，谢德林和斯捷奇金受到了处分，死难者得到了抚恤，所有关于这件事的档案都被列为克格勃的最高机密，永远尘封。若不是我偶遇谢德林，基地后来的事，恐怕再无人知道。”

“之前的事虽然结束了，但老马提供的这些情况，却为我们今天解开谜题提供了重要的线索。这个神秘图案的来历、野狼谷、基地学员最后的下场，还有斯捷奇金的出现，都对我们破解谜团至关重要。”唐风说道。

“是啊！我也是这么想的。这个图案的反复出现，让我联想到了当年的前进基地和整个事件的关系。”马卡罗夫表示同意。

“布尔坚科训练的这支队伍很可疑，我们现在所面对的敌人应该和这支队伍存在着某种联系。比如，我们在林子里遭遇的那个神秘三角形标记，老马曾说过那是布尔坚科要求学员们那么画的。”唐风联想到了眼前的事。

“不错，正因为这些新的发现，特别是现在面对的这面石壁，让我不得不重新反思这一切。这个图案按照布尔坚科所说，是一个古老部落的图腾，我在野狼谷里见过它。几十年后，竟然又在这里见到了它，真是宿命啊！”马卡罗夫发出一声长叹。

“不！我不相信这里是死路，绝对不可能在一条死路前绘制这样一幅巨大的壁画，这里面一定蕴藏着我们不知道的隐情。”韩江忽然跳了起来。

“你想到了什么？”唐风问。

“仔细寻找石壁和石壁周边，每一寸岩石，甚至包括洞顶，都要找一遍。我就不相信这里会是你我的死地！”韩江恨恨地说道。

死地？！韩江用的这个词让唐风和马卡罗夫心里都是一紧，难道这里真的就是自己的死地吗？

6

三人又开始仔细查看面前这面绝壁，一寸岩壁也不放过。唐风拿枪托一点点敲打石壁和石壁周围的岩壁，可是什么发现都没有。

唐风失望地向后退，在离石壁约有十米远的地方站定，借着电筒的光亮又一次仔细打量巨大的石壁。许久，唐风喃喃自语："下面都看过了，问题一定在上面。"

"什么意思？"韩江反问唐风。

"你刚才不是说洞顶也不要放过吗，可我们根本爬不到上面去。"

"是啊，咱们能够到的地方都检查过了。"马卡罗夫道。

三人一起仰头查看洞顶。洞顶凹凸不平，看上去并没有经过人工打磨。

"洞顶都没有经过人工打磨，不可能有问题吧？"韩江猜测着。

唐风也看不出端倪："按理说是这样，可问题出在哪里呢？"

"也许我们还是要在这幅画上寻找答案。"马卡罗夫忽然说。

唐风和韩江一听，都是一惊，两人将目光又投回石壁上的古老图腾。

"老马，你想到了什么？"唐风问。

"没什么特别的，我的想法很简单。我推断，如果这里有什么机关，一定和这幅画有关，否则为什么要在这面石壁上绘制这幅巨大的岩画？"马卡罗夫说出了自己的观点。

"嗯，老马说得有理！"韩江肯定道。

"但我们也盯了这幅画老半天了，看不出什么来啊？"唐风疑惑地盯着面前石壁上的图案。

"别急，一定有我们忽略的东西。"马卡罗夫极力使众人保持镇定。

三人又开始一点一点地仔细查看这幅巨大的岩画。这次，三人没有分头查看，而是将三支电筒聚到一点，一起查看着石壁上这些红色或赭红色的线条。

线条不断向上延伸，电筒射出的光柱一直顺着线条照到了雄鹰高高振起的翅膀上，那是整幅画最高的地方。然后，电筒的光柱开始顺着雄鹰的翅膀向前向下移动。当照到雄鹰头部的时候，马卡罗夫和韩江的电筒射出的光束继续沿着线条往下移动，可是唐风的电筒射出的光柱却停在了雄鹰的头部……

"唐风，你发现了什么？"韩江问。

"你们看雄鹰的眼睛！"三支电筒再次聚焦在一点。

"雄鹰的眼睛处似乎有点突起。"马卡罗夫疑惑地说。

"不知是天然的，还是人为的。"唐风还看不出端倪。

"眼睛那里一定有问题。"韩江晃了晃手中的电筒，"没什么好说的，上去看了才知道。"

“怎么上去？石壁这么高。”

韩江看看唐风，又看看马卡罗夫道：“这样吧，我就当回人梯。唐风，你踩着我的肩膀上去。”

“也只好如此，我就勉为其难了！”

“靠！你踩我，你还勉为其难？！”韩江怒了。

“我在上面也很危险啊，万一那鹰眼里射出什么暗器，首先倒霉的是我！”唐风辩驳道。

“行了，别废话了，快点上！”

说完，韩江蹲下来，唐风在马卡罗夫的搀扶下，踩着韩江的肩膀，颤巍巍地升到了石壁上雄鹰的位置。这幅岩画确实太大了，即便踩在韩江的肩膀上，唐风的头也只到雄鹰的脖颈处。他颤抖地探出右手，慢慢地，当他的手终于触碰到雄鹰的眼睛时，一阵刺骨的寒意瞬间袭遍了全身。唐风微微一抖，缩回了右手，险些从韩江肩上跌落下来，好在马卡罗夫及时扶住了他。“你怎么了？”马卡罗夫关切地问。

“不知道！我刚一碰到雄鹰的眼睛，就感到一阵寒流从指尖侵入了身体。”

“得了吧！还西伯利亚寒流呢！你给我快点，老子快坚持不住了！”韩江在下面抱怨道。

唐风只得又伸出右手，再次触到了雄鹰的眼睛。他一点点摸索着，果然，雄鹰的眼睛比周围突出来一块，摸上去冷冰冰、湿漉漉的，而周围的石壁是干燥的，也没那么冰冷。唐风狐疑着，用手使劲摁了摁雄鹰的眼睛，没有任何反应。他心里一沉，看来自己错了，这里并没有什么机关。那这突起又是什么？

唐风用手摸索着雄鹰的眼睛，上面的灯光太昏暗，只能凭感觉来判断雄鹰眼睛的模样。忽然，他觉得雄鹰眼睛突出的部分和周围似乎有些缝隙。唐风觉得有希望，又使劲摁了摁，还是没有反应，于是他转而用手去抠那个突出的部分。没想到，他猛一用力，身体竟失去了平衡，向后倾倒下来。

7

就在身体失去平衡的刹那，唐风一把拽下了雄鹰的眼睛。他不知道那是什么东西，只感觉四周天昏地暗，一片黑暗。

好在马卡罗夫再次反应及时，用自己的身体托住了唐风，唐风这才没有直直地摔在岩石上。

“你把老子踩个半死，就这么掉下来了？”韩江揉着酸痛的肩膀问。

“你这个人梯一点都不稳，还好意思说！”唐风站起来，手里还死死攥着“雄鹰的眼睛”。

就在这时，石洞深处传来一声巨响。

“妈的，你动什么东西了！要地震啦？”韩江叫了起来。

唐风惊恐地望着四周，但是周围很快又归于死一般的沉寂。许久，唐风才觉察出手里的异样感觉，那东西仍然是冰冷冰冷的。他慢慢地展开右手，惊奇地发现，自己的右手中竟握着一块绿色的石头。

“这是什么？玉吗？”马卡罗夫问。

“刚才从下面看，没见是玉啊？”韩江不解。

唐风仔细观察了一番，道：“这是一块绿松石。”

“绿松石？”

“嗯，雄鹰的眼睛里镶嵌的是一块绿松石。不过这块绿松石有点奇怪，拿在手里怎么这么凉？”

“先别管这破石头了，再看看狼的眼睛里面有什么。”韩江道。

三人又一起把电筒对准了狼眼。赭红色的线条清晰地勾勒出狼眼，可是狼眼里却空空如也，什么都没有。唐风疑惑地用手摸索着狼眼的位置：“狼眼的位置似乎微微有些凹陷，难道这里原来也有块绿松石？”

“唐风，这石头是干吗用的？难道只是为了装饰？”马卡罗夫问。

“现在看来，不仅仅是装饰，刚才那声巨响一定是我手里这块绿松石引发的。”唐风又看了一眼手中的绿松石。

“好了，别废话了，看看雄鹰眼睛的位置还有什么机关。”韩江催促唐风。

“这回谁上？”唐风反问韩江。

“你不顶用，这次我上！”

“我可顶不住你！”

“我们俩一起来吧！”这时，传来马卡罗夫坚定的声音。

韩江看看马卡罗夫：“好吧！老马，那就辛苦你了。”

“你还跟我客气什么！”马卡罗夫摆摆手，满不在乎的样子。

韩江直到最后一刻，还在担心马卡罗夫的肩膀能否撑得住自己，但当他被抬起来的时候，他知道自己的担心是多余的。马卡罗夫的肩膀就像磐石一样坚固，韩江的脚踩在上面，如履平地。

韩江伸手去摸雄鹰的眼睛，那个位置已经凹下去了一块，他感到自己的指尖有些湿润，便使出浑身气力，猛地摁了下去。雄鹰的眼睛又往下凹了些，紧接着，那个奇怪的巨响再次想起，而且连续响了好几声，韩江赶忙跳了下来。

三人面面相觑，不知道到底触动了什么机关。

“你摁下去了？”唐风问。

“反正是摁动了，这下应该有反应了。”

韩江话音刚落，大家就听到一阵流水的声音。三人不约而同地将电筒对准了雄鹰眼睛的位置，只见从雄鹰的眼睛处流出了涓涓细流。

“妈呀！你摁什么了，居然摁出了水！”唐风惊叫起来。

“我怎么知道！”韩江吼道。

此时，那个洞口流出的水量越来越大，涓涓细流逐渐变成了喷涌而出的洪水！

“完了，完了，咱们这下要被淹死在这洞里了！我这辈子可都让你给毁了！”唐风一边往后退去，一边绝望地叫嚷。

“你以为我愿意死在这里？！”

“反正我到了阴曹地府变成厉鬼，也不会放过你的，都是你害的！”

“就怕你连这洞都出不去，还去阴曹地府？”

两人边退边扯着嗓子对骂！

马卡罗夫听不下去了：“够了！你们俩还想不想活命？”

“想！”两人异口同声地回答。

“想活命就听我的。快找到石壁上能够固定的地方，石壁后面看来有水，要防止水一下子冲过来，把我们冲走！”

“石壁后面难道是地下河吗？”唐风又想起了七色锦海石瀑洞里壮观的地下河。

“这怎么可能？石瀑洞那是在地下，咱们现在可是在山里！”韩江冲唐风喊道。

“我不知道石壁后面是什么，快按我说的做！”马卡罗夫用命令的口气说。

三人边后撤，边寻找岩壁上可以固定的地方。马卡罗夫将绳子绑在自己身上，又递给韩江和唐风。三人刚把绳子绑好，栓成了一条线上的蚂蚱，雄鹰眼睛的位置突然停止了出水！再看地上的积水，已经没过了三人的小腿肚。

“水怎么停了？”唐风疑惑地盯着雄鹰的眼睛。

唐风的话音刚落，石壁后面便传来了更大的响动。几声巨响后，唐风突然惊奇地发现，他们面前的石壁缓缓开启了。随着石壁一点一点地向上翻起，唐风惊呆了，他看见了石壁后面的世界。那是一片混沌黑暗的世界，洪水从黑暗世界里喷流而出，以横扫千军之势，扫荡石洞内的一切尘埃。

8

唐风想喊句“洪水，快跑”，但还没等他喊完，一个浪头就向他劈头盖脸地打过来。唐风顿时就觉得四周一片漆黑，震耳欲聋的响声让他的耳朵什么也听不见了。

在这狭窄的空间里，洪水的爆发力是惊人的。黑暗中，唐风被洪水冲出去了十多米远。就在他以为自己要被洪水裹挟而去的时候，他发现自己被另一股强大力量死死拽住了……也不知过了多久，水势减缓下来，唐风冒出头，终于嗅到一丝新鲜空气。

也就在这一瞬间，他听见了韩江的声音：“唐风，快拽住旁边的石壁。”

唐风摸索着身旁突出的石壁，总算是找到了一块。他死死抓住突出的石壁，双脚终于踩在了地面上。他探出脑袋，大口呼吸着新鲜空气，脑袋慢慢清醒过来。他在这新鲜的空气中嗅出了不一样的气息，他知道这是石壁后的空气。

唐风用手往自己背包里摸，好在石壁被洪水冲开前，他将电筒塞进了背包中。这会儿他又掏出了电筒，这是一种特种部队专用的防水电筒，即便在水中使用，光线也可射出数米远。

唐风将电筒举过头顶，往前方照去。在漆黑的世界里，他看见了韩江的脑袋，韩江的旁边是马卡罗夫。他这时明白了，刚才那股拽住自己的强大力量正是韩江和马卡罗夫。

“别瞎照了！你没事吧？”韩江斥道。

“我没事！你们呢？”

“我还好，老马有点虚弱，刚才多亏他先拽住了我，否则现在哪有你的小命！”

“出去之后，我一定要请老马吃饭！”

“得了吧！先看看咱们怎么出去吧！”

唐风将电筒举得更高，一直往前方照去。巨大的石壁被洪水的力量整个掀了过来，透过石壁和水的缝隙，几尊巨大的雕像若隐若现。那是什么？恍惚间，唐风看见了石壁后的世界。

第十二章 深山玄宫

1

也不知过了多久，洞中的洪水缓缓退去，但残留的水依然没过了三人的膝盖。唐风被洪水冲得最远，这会儿见水已退去，他便拽着腰间的绳子，一点一点地向韩江和马卡罗夫靠拢。

唐风走到韩江和马卡罗夫身边，发现马卡罗夫虽无大碍，却是满脸疲惫，毕竟是上了岁数的人了。

“老马，你可要挺住！”唐风给马卡罗夫吃了两颗提神的药。

“放心吧，我还死不了！”马卡罗夫摆摆手。

韩江用电筒向前面照了半天，说：“石壁总算是打开了，咱们得赶紧往前走，至少找个温暖的地方。我可不想穿着湿衣服在这里等死。”

“谁说我们要死了！”唐风不满地嚷嚷。

“甭废话！我刚才看到石壁后面隐约出现了一些石雕。”韩江道。

“我也看见了。”

“那会是什么？”

“谁知道呢！”

“会不会是所谓的‘上寺’？”

“上寺？你不是认为外面那个大平台就是上寺遗址吗？”

“可那里什么都没有，而这里却……”

“也许是新的发现。”

说着，三人蹚着浑浊的水，一步步再次来到石壁前。马卡罗夫摸着石壁，不禁感叹：“这需要多大的能量，才能将这面石壁抬起！”

“不依靠人力的情况下，自然界中也只有洪水具备如此大的能量。”唐风道。

“这难道也是党项人的杰作？我现在越来越不明白了，下寺的遗址、佛塔都好理解，可是这里的大佛和巨大的迷宫又是为了什么？党项人为什么要建造这些东西？”韩江面露不解。

“也许这一切是本来就有的呢？”唐风推测道。

“什么意思？什么叫本来就有？”

“人类的历史就是认识自然、改造自然的过程，但是在认识自然后，人类往往会采取不同的方式改造自然。有人改天换地，再造山河；有人则对自然稍加利用，便可达到改造之目的。”

“你的意思是，这山里本来就有这座复杂的迷宫，后来经过了党项人的改造？”

唐风没有回答韩江的问题，因为他已经率先穿过了石壁，看到了眼前令他震撼的一幕。他觉察出了脚下的变化，石壁后的地势逐渐抬高。随着地势的抬高，脚下的水位越来越低，最后当他被眼前的景象震惊，无法挪动步伐时，脚下的水位已经下降到了脚踝。

2

唐风、韩江、马卡罗夫三人将电筒聚在一起，也无法照亮这巨大的山中玄宫。他们首先看到的是前方的一座桥。唐风看不清那是石块垒砌的，还是木制的，抑或是天然形成的！

在正对他们的桥头，伫立着两个巨大的石雕武士像。唐风仔细观察这两尊石雕武士像，和下寺佛塔处的石雕武士像一模一样，只是这里的石雕武士像体型更大。

唐风蹲下来查看桥面。他惊奇地发现，桥面并不是木制的，也不是石块或砖头垒砌的，而是黑色的岩石，除了桥头伫立的两尊石雕，几乎看不出这座桥有任何人工雕凿的痕迹。唐风暗暗吃惊，难道这座桥真的是自然天成？

天然石桥突兀地横跨在黑暗的山涧上，四周依旧是漆黑一片。唐风看不见周围的空间，电筒的光柱射出十几米远，仍然停留在桥面上。

“这座石桥有多长？石桥那边会是什么地方？”唐风的声音有些颤抖。

“我更关心石桥下面是什么。”韩江道。

“石桥下面？应该是条河吧！”唐风胡乱说道。

“没听见水声啊！”

说话间三人已经登上了石桥。唐风发现石桥两边没有护栏，真的只是一座天然的石桥。三人小心翼翼地往前走。走了二十余步，唐风忽然发现桥面竟然越来越窄。他停住了脚步，仔细观察。在电筒光柱的照射下，他仍然没有看到石桥的尽头，而自己所在位置的桥面竟然已经只有不到两米宽了，并且前方的桥面仍然在变窄。

“这石桥不会走着走着突然就没了吧？”唐风的声音没有底气，但在空旷的黑暗中传来巨大的回响。

韩江用电筒照了照前方的桥面，说：“再往前探探吧！”他的声音也有些底气不足。

三人又往前走了二十余步，桥面已经窄到只剩一米左右。唐风用电筒往石桥下照去，没有水声，没有光亮，除了黑暗，他竟然什么都没看到。“这下面难道真的深不见底？”唐风的声音在颤抖。

“小心前方……”韩江用电筒向四周照去，电筒打出的光柱刺进厚厚的黑幕，又被这无边无际的黑暗吞没了。但当他顺着桥面往前照去时，突然惊奇地发现，在电筒能够照射到的最远处，桥面竟然窄得只能容一个人通过。

唐风和马卡罗夫也看到了前方那段异常狭窄的桥面，他们想看清这段狭窄桥面下是什么样子，可是电筒的光柱却只能照射到那里。“如果后面的桥面更窄，或者干脆断了，我们就不值得再往前了。”唐风道。

“不值得？不往前走，你难道还要退回去？”韩江反问。

“不管怎么样，再往前走二十步，至少能看清那段狭窄桥面后面的情形。”马卡罗夫道。

“我只怕十步之后，我们看到的桥面更窄！”唐风忧心忡忡地说。

“你胆小就到后面去，我走前面！”韩江斥道。

“你叫我到前面我就到前面，叫我站后面我就站后面？太没面子了！不就是二十步吗？你看我敢不敢过去！”

唐风被韩江一激，顿时来了斗志，一步，两步，三步……一直到第十七步，他忽然停下了脚步。

“你怎么不走了？”韩江在后面问。

“你走前面！”唐风的声音都不对了。

“我就说你不行，让我走前面！”韩江走到唐风身后，距离唐风两步远的地方，见唐风一动不动地堵在前面，催促道，“你倒是动啊！”

“你……你看前面！”唐风说着缓缓地侧过身来。

韩江发现就在唐风前方，桥面已经窄到只能容一人侧身通过，更可怕的是谁也不知道桥下是什么。除了桥面，其他空间全是黑暗。

“那你撤回来，让我走前面。”韩江命令道。

“我……我回不来了……”唐风想往回撤，却挪不动脚。

3

唐风的双腿不住地颤抖着，根本无法转身撤回来。他侧着身体，只好又往前挪了一小步，几乎已经接近了石桥最窄的地方。他想转过来，看一看前方的桥面，可心有余而力不足。唐风心脏狂跳，不自觉地用电筒往脚下照去。结果还没等他看清什么，电筒竟从手里滑落下去。他一惊，险些失去平衡，跌落黑暗的深渊。

唐风保持住了平衡，许久，也没有听到电筒跌落谷底的回声，他的心也随着电筒坠入了黑暗的深渊。

韩江和马卡罗夫见唐风那里突然全黑了，都是一惊，两人赶忙用电筒去照唐风，发现唐风还在，才稍稍放下心来。“你怎么了？不要吓我们？”韩江喊道。

“吓……吓你？这到底是谁吓……谁？”唐风的声音都拖出了哭腔。

“你站着别动！”韩江说着，也侧过身往前挪了两步，走到唐风身旁，举着电筒往前面照了照，“前面桥面好像变宽了。”

“真的？”唐风不敢相信。

“真的！你再往前走两步，就过去了！”韩江其实也不能肯定桥面变宽。

韩江的“望梅止渴”倒还有效，唐风终于重新鼓起勇气，侧身向前迈了几步，脚下的桥面果然比刚才宽一些了。

韩江和马卡罗夫也跟了过来。这时，不知哪来的一阵阴风，让唐风浑身一激灵，总算使他从刚才极度的惊恐中缓过来。

“看来我们已经走过了最窄的一段。”韩江往前又走了几步，电筒的光柱已经可以照到前方的桥面了。

“前方的桥面不但变宽了，而且呈下坡状，看来我们已经走到了桥的另一边！”马卡罗夫有些兴奋。

韩江从包里拿出一个备用的电筒递给唐风：“再掉下去可就没了！”说完，他一马当先，大踏步向前走去。没过多久，又有两尊石雕武士像出现在三人眼前。

两尊石雕武士像一左一右分立在桥头，与桥另一边的武士像一模一样。三人用电筒扫了一遍前方，前面出现了数个不规则的洞口。唐风推断说：“我们一定要选准方向，既然我们打开了石壁，又通过石桥走到这里，那么就一定会有路通往外面。”

“也许是通往我们要去的地方。”韩江道。

“可是应该走哪条路呢？看上去这几条路都没经过人工开凿，像是天然形成的。”马卡罗夫道。

“真怕再陷入一个迷魂阵……”韩江想起之前如迷宫般交织的甬道，依旧心悸。

韩江和马卡罗夫在盘算走哪条路时，唐风却转过身，盯着桥头两侧的石雕武士像出神。韩江一扭头道：“唐风，你看什么呢？咱们赶紧想个办法走啊！”

“你们看，左边这尊武士像和另外三尊不太一样。”唐风突然说。

韩江和马卡罗夫心里一惊，难道又像下寺佛塔东北角的武士像那样暗含玄机？但韩江盯着两尊武士像看了半天，愣是没看出来：“哪里不一样？”

“是啊！哪里不一样？”马卡罗夫也没看出来。

“这尊武士像不像下寺佛塔东北角的武士像那么明显能看出不一样，你们注意到这尊武士像的眼睛了吗？”唐风指着左侧的武士像。

“又是眼睛？”韩江现在一看到眼睛就有些头疼。

果然，韩江和马卡罗夫发现，右侧武士像的双眼虎目圆睁，直视前方。而左侧这尊武士像的眼睛很奇怪，虽然眼珠仍在眼眶中间，却总给人感觉是在盯着左前方。

“这是怎么回事？这尊武士像的眼睛是很奇怪，可走近看，他的眼珠明明是和右侧的武士像一样在眼眶中间啊！”韩江不解。

“这就是西夏工匠技艺高超的地方，眼珠同样刻在眼眶中间，但只需略施小计，将眼珠雕凿得厚薄不一，就给人一种特殊的感觉。”唐风解释道。

韩江又盯着武士像看了一会儿，果然，左侧武士像的眼珠厚薄不一，给人一种武士正在看左前方的感觉。“当年工匠费那么大劲儿，把武士雕成这个样子，一定是有目的的吧？”韩江推测。

“所以我才让你们注意左侧武士像的不同。”

“你确信桥那头的两尊武士像没有问题吗？”

“我仔细看过，只有左侧这尊武士像的眼睛有特殊之处。把武士像的眼睛雕成这样，一定是有所指，不够细心或不知内情的人就不会发现。”唐风道。

“那我们该往左前方走喽！”说着，韩江用电筒往左前方照去，果然显现出一条向前延伸的甬道。

4

唐风、韩江和马卡罗夫商定，按照左侧那尊武士像的指示，走左前方那条甬道。唐风率先钻进了这条甬道。这条甬道和之前那条如迷宫般复杂的甬道几乎一模一样，看不到多少人工打磨的痕迹，却又分明可以嗅到古人曾经走过的气息。

唐风的这份嗅觉，韩江和马卡罗夫是没有的，他俩只能跟着唐风穿行于这条甬道中。但三人心里却都有一份担心，不知道这条甬道会将他们带向何方。

十多分钟后，唐风重新拾回了在石桥上跌入深渊的那份自信，因为一座暗红色的大门已经出现在了他们前方。

三人在距大门二十步远时，停下了脚步。“总算没有迷路！”韩江长出一口气。

“幸亏唐风看出了武士像的秘密。”马卡罗夫也感叹了一句。

“你们先别高兴，门后面还不知道是什么呢。”唐风极力使自己保持镇定，但他的心却狂跳不止。

唐风径直向那暗红色的大门走去。“小心暗器！”韩江在后面提醒了一句。

"行了！不用怕，就算古人留下了暗器，这么多年也早就失灵了！"唐风看上去颇有几分把握，"我看你是盗墓小说看多了，还真以为古墓里都有暗箭伤人？再说，这是古墓吗？这也不是古墓啊！"唐风说着已经来到了暗红色的大门前。

韩江和马卡罗夫小心翼翼地跟了上来，韩江还紧张地拔出了枪。这会儿唐风倒来了精神："瞧你紧张的，不就是一扇门吗？"

"有备无患……再说我怎么觉得这扇门这么像陵墓里面地宫的大门？"韩江道。

唐风用手摸了摸面前的大门，一层厚厚的灰尘，让原本鲜红色的大门变成了暗红色。他抹去灰尘，发现这扇大门外面其实涂抹了一层朱砂，他还在门板上发现了少许金色的物质。

唐风将这些金色的物质放到电筒下观察。突然，他猛地睁大了眼睛，惊叫道："好尊贵的大门！"

"这是什么？"

"金漆！"

"什么？"

"这是一座金漆大门。我简直不敢想象这座大门在它刚建好时的模样。朱砂上面又涂了一层金漆，若不是这么多年金漆剥落了，那在这黑暗的甬道中，我们面前将是一座何等壮观的大门！"唐风发出由衷的感叹。

"这座门原来是金光灿灿的？"韩江不敢相信。

"嗯，就是那样。你们想想，这座大门得有多辉煌，多尊贵！"

马卡罗夫还没听太懂："唐风，你是说这是座金门？"

"不是金门，不过也差不多！"

"哦！上帝，那这门里面会是什么？"马卡罗夫也惊叹了。

"不知道，但是当年这里一定是西夏一处重要的地方。"唐风推断。

"先别急着进去，得检查仔细，确定没危险再进。"韩江还没忘了暗器那茬儿。

三人后退了两步，重新打量起面前这座尊贵的金漆大门。唐风发现大门两边是由巨石垒砌而成的石壁，原本未经打磨的岩壁在大门两侧戛然而止了。里面难道是用巨石垒砌的山中玄宫吗？唐风不敢再想下去，但可以肯定，门里面一定别有一番天地，他已经迫不及待地想推开这座神奇的大门了。

5

韩江检查了一番，没见有暗器机关，不无失望地说："这么牛的大门竟然不配点暗器机关，太不给力了！"

"你好像很愿意来点暗器。"唐风笑道。

“我劝你还是小心点，门外没有，门内更得小心！”韩江叮嘱道。

唐风根本不听韩江的，扒着门缝就往里面窥探，里面黑洞洞的，不见一丝光亮。他的心里忽然泛起了一个疑问：“你们说，如果我们一开始走错了路，那么害我们的人应该先我们一步进入这里啊，可怎么里面一点动静都没有？”

“也许里面并不是那个神秘人要找的地方。”韩江胡乱推测。

“你是说咱们误打误撞，碰上了这座山中玄宫？”

“我不知道，只有进去了才能搞清是怎么回事！你看咱们怎么打开这座门？”

唐风又用电筒往门缝内照射，光柱刺破了玄宫尘封千年的黑暗，隐约可见一些雕像，还有巨石垒砌的墙壁。

唐风使劲推了推面前的金漆大门，大门往里凹陷进去，但门外锈迹斑斑的铁锁却还在坚守岗位，发挥着作用。唐风没推开门，再次观察了门后的情况，然后很自信地说道：“这门后面没有自来石，只要破坏了这铁锁，就可以打开大门了。”

“这好办，咱拿手啊！”说着，韩江又掏出一根回形针，扳直，捅进了锁孔。可是这次韩江却栽了大跟头，他用回形针在锁孔里鼓捣了半天，也没能把门锁打开：“我靠！哥今天要栽在这上面了。”

唐风故意站在一旁看笑话：“你倒是快点啊，你竟然连古人的锁都鼓捣不开！”

“废话！我怎么知道。我什么锁都开过，就是没开过古代的锁。再复杂的保险柜，只要给我时间，没有我开不了的！”

“好！那我们就给你时间。”

唐风又看着韩江鼓捣了五六分钟，还是没能打开大门上的锁。

“古人的锁构造都是很简单的，你到底能不能打开？”唐风催促着。

“妈的！这是谁设计的锁？根本不对路子嘛！”

“别找理由了，不行就换人吧！”

“那你来！”韩江气急败坏地吼道。

“我来就我来！”唐风扒拉开韩江。

韩江还从不知道唐风有开锁的技巧，他倒要看看，唐风如何打开这把西夏的锁。可让韩江大跌眼镜的一幕出现了，只见唐风拔出了他的九二式手枪，直接对着大门上的锁就是一枪。一阵火星闪过，锁被打断了。

韩江没想到唐风来这一招，被子弹蹦出的火星吓了一跳：“你好歹也算是个学者，竟然破坏文物？”

“这锁已经锈死了，你是不可能鼓捣开的。”唐风道。

“废话！用枪我也会！”韩江气得鼻子都要冒烟了。

“可惜你没想到，或者干脆就是笨！至于说破坏文物，这也是事情紧急，若是平时，也是拿锯子一点点锯断。”

唐风说完，伸出双臂，使劲一推面前的金漆大门。“吱呀”一声，大门开了，唐风惊讶于几百年后这座大门的门轴竟还如此完好。

三个人又走进了一个黑暗的世界，紧张和兴奋伴随着众人不断加速的心跳。唐风率先在巨石垒砌的石壁上发现了放置油灯蜡烛的凹槽：“你们看这些凹槽，和我们在黑头石室看到的狼头状凹槽一模一样。”

“看来这的确是西夏时期建造的。”韩江拿出了携带的蜡烛，一一在那些凹槽中摆上点亮的蜡烛，很快，整座巨石宫殿都被照亮了。

6

在幽幽的烛光下，唐风环视四周，他发现这是一个有些奇怪、不规则的石室，或者应该叫它“石殿”。石殿约有两三百米的空间，在石殿的两面各有一座大门，另一面却是一条宽阔的甬道，还有一面是一个黑漆漆的洞口。

在这里，他们只能依靠唯一的工具——指南针来辨别方位。

根据指南针的指示，他们刚才打开的那座大门是石殿的西门。和西门相对，在东面还有一座大门。从外形上看，这座大门与西面的金漆木门没有什么两样，大小、尺寸、式样几乎一模一样，几乎可以断定，这两座大门是同时制造的。

唐风先走到东面的大门后面，推了推门，门很紧，不像刚才的西门那样，一推就露出了很大的门缝。他借着细小的门缝往外望去，一片漆黑，看不见任何东西，也看不清东门的门锁。看来这座门从没有人打开过。然后他又沿着石壁走到南面，这里有一个黑漆漆的洞口。他用电筒向洞内照射，漆黑的甬道望不到头。

“这外面的石壁没有经过打磨。”唐风判断着。

“嗯，和我们之前走的甬道基本一样。”韩江肯定了唐风的判断。

“这里会不会是通向桥头的另外一条通道？”马卡罗夫猜测。

“很有这种可能！不过……”唐风欲言又止。

“不过什么？”韩江问。

“我忽然想到了大佛的左眼。”唐风轻声回答。

“你的意思，这里就是通往大佛左眼的通道？”韩江有些吃惊。

唐风没有回答，又仔细查看洞口的情形。和刚才西门外面的情形一样，在洞口两边出现了巨石垒砌的石壁，只是这里没有金漆大门。想到这儿，唐风说道：“这里似乎也曾经有过一座大门，和西门、东门一样的金漆大门。”

“哦！何以见得？”马卡罗夫问。

“首先，这洞口和我们进来的西门形制相同；其次，东面、西面都有门，南面怎么说也不该这么敞着吧？当然我还需要更直接的证据。”唐风说着一指洞口一侧的凹槽，“看，这里应该就是原来安放门轴的地方！”

果然，韩江和马卡罗夫在洞口另一边也发现了安放门轴的凹槽。唐风又趴在地上，用电筒一点一点地搜索起来。

“你在找什么？”韩江不解。

“我在找金漆，或者朱砂的痕迹。”

但让唐风失望的是，他找了半天，一丁点金漆和朱砂的痕迹都没有发现。难道这里从一开始就是这么敞着的，没有门？不可能，凹槽和洞口的巨石石壁都说明这里曾经应该有座大门。

唐风陷入了沉思，马卡罗夫却突然说：“假设我们从一开始就走错了路，正确的道路是大佛的左眼，而左眼的甬道又是通向这里的，那么这里原有的大门会不会被那个神秘人捷足先登破坏了？”

马卡罗夫的话，让唐风心里一惊。韩江倒很镇定：“我刚才一直在观察这里有没有那个神秘人留下的标记，但很遗憾，没有。”

“如果有，那也就证实我的推断了。”马卡罗夫道。

“不！”唐风突然叫了一声，“我认为这里原来是有一座和西门、东门一样的金漆大门，但绝不是被那个神秘人破坏掉的。”

“哦！何以见得呢？”

“很简单，如果是最近破坏的，应该会留下痕迹，哪怕他把整座大门都破坏了，也应该有痕迹。而这里很干净，显然不可能是那个神秘人所为。”唐风判断道。

马卡罗夫点点头：“你说的有道理，但这里的门呢？”

“只有两种可能，这里要么从一开始就没有门，要么就是在很早以前被破坏了。我个人倾向于后者。”

“嗯，很有可能是这样。”韩江点点头，“应该早有人进来过了，所以这座石殿内什么也没留下。”

“那我们岂不是白跑一趟了吗？”马卡罗夫一脸失望。

三人陷入了一阵沉默。唐风走回石殿的中央，抬头观望，石殿顶上雕凿着精美的莲花：“这难道就是传说中的上寺？”

“现在看来确实如此。”韩江道。

“这浩大的工程是为了什么，这里原来究竟存放着什么？”

“也许是堆积如山的金银珠宝，也许是佛教经典，谁知道呢？你只有去问第一个进入这里的人了。”韩江撇撇嘴，又往北走了几步，前面就是那条宽阔的甬道。

“你注意到这条甬道了吗？”唐风忽然问韩江。

“看到了，像是一条未完工的甬道，所以就不需要建大门了。”韩江答道。

“也许……这条甬道不像我们想的那么简单。”唐风忽然冒出这样一句话。

第十三章 包金铜门

1

韩江望着北面宽阔的甬道。甬道似乎没有开凿完，只有不到十米深，甬道内还堆积着许多碎石，甚至还有两柄生锈的铁锨。

“你没发现吗？这甬道比我们走过的甬道都要宽大。”唐风在一旁提醒韩江。

“就凭这个说这条甬道不简单吗？”

“不！更重要的是那些碎石！”

“碎石？”韩江不解。

唐风领着韩江、马卡罗夫，三人走进这条宽大的甬道，一直来到甬道尽头。三人小心翼翼地又向前挪动了几步，唐风脚尖触到了一块椭圆形的碎石。他用电筒向四周照去，经过人工精心打磨的石壁，几乎与石殿内的墙壁无异；再看前方，挡住他们去路的并非石壁，而是堆积如山的碎石块。

唐风从地上捡起一块石块，端详了一下，说：“这些石块看上去不是普通的碎石，而是经过仔细打磨的圆形或椭圆形石块。”

韩江点点头：“似乎是经过打磨，不过这仍然不能改变这是一条死胡同的事实。”

“对于我们来说是死胡同，不过对于这条甬道来说，可不是死胡同。从四周的情形判断，甬道还是向前延伸的，只是我们现在被这些石块挡住了去路。”

“你是说这条甬道没有完，石块后面还在延伸？”韩江惊道。

“这些石块后面会有什么？”马卡罗夫问。

“不知道，也许后面还是一堵石壁，那这条甬道真的就是条死胡同了。如果是这样，那这些石块就只是些随意丢弃的建筑材料。”唐风推断说。

“可我看不像。如果这堆石块后面就是面石壁，那为什么还要往北开凿呢？北面的形制与东、南、西三面都不同，肯定是当初刻意为之。”韩江也觉察出石块后面的玄机。

“我也是这么想的，所以说这堆石块后面一定大有文章。”

唐风说着看了看韩江，请示道：“你看我们现在应该怎么办？”

“你的意思呢？”

“愚公移山呗！”

“你疯了？你知道这些石块有多少？现在根本看不到后面还有多少石块！”

唐风的倔劲儿上来了，韩江也拦不住。就见唐风挽上袖子，抡起胳膊就开始搬面前的石块，他将搬下来的石块一块一块地沿着甬道的石壁码放整齐。很快，甬道两边便形成了两堵石墙。

韩江和马卡罗夫也只好帮唐风一起搬。唐风爬到了石堆上面，很快从上面扒开了一道口子。又搬了一会儿，他站在石堆上面，突然兴奋地冲韩江和马卡罗夫喊道：“这……这后面不是石块，已经可以看到后面了。”

“后面是什么？”韩江在下面问。

唐风在石堆上，好长时间没有回音……

“你到底看到了什么？”韩江又问。

“看不太清，好像……好像又是一道门……”唐风犹豫地说。

“门？！”韩江和马卡罗夫一惊。

“别管那么多，先把石头搬开。”唐风喊道。

好在这堆石块并不算太多，三人用了半个多小时便将石块搬去了大半。虽然底下的石块还没清理干净，但他们已经看见了奇迹——一座真正的金门惊现在他们面前。

2

“这是什么？”韩江惊得目瞪口呆。

“真正的金门！”马卡罗夫也惊得合不上嘴。

唐风倒还算镇定，他戴着手套拂去金门上的灰土，仔细观察后发现，大门上有些地方的金皮脱落了，露出了绿色的铜锈。他笑了：“这还算不上是一座真正的金门。”

“那是什么？”

“包金铜门。外面包着一层金，里面是铜做的。”

“那也够牛的了！”韩江道。

“是啊！比另外几座金漆木门要尊贵得多！”唐风看着眼前这座包金铜门，不禁惊叹道，“想不到在这幽深的甬道里，竟有一座如此尊贵的大门。如果我没看错，这是座制作精巧的大铜门，铜门外面包着一层金皮，又在金皮上作了画。只是这么多年过去了，我们现在已经很难看到这座大门的全貌。不过，我们仍然可以想象得出，当年这座包金铜门在这幽深的甬道内是何等的熠熠生辉、光彩夺目。”

“这里为何要建这样一座尊贵的包金铜门呢？”马卡罗夫问。

“这就要去问元昊了。不过我们可以试想一下，这大门都如此尊贵了，那么在大门后面一定有更惊人、更重要的东西。”唐风难掩心中的兴奋。

“可这大门前为什么堆了这么多石块？”韩江不解。

“这就好比那些陵墓地宫前的封门石，也更加凸显出大门后面空间的重要性。”唐风道。

“那还等什么，快点把剩下的石头都搬开！”韩江兴奋地喊道。

“等等……我忽然想到一个问题，如果很早以前就有人进来了，为什么没有打开这座包金铜门？”唐风忽然想到了这个关键问题。

“管他呢？也许他们根本没有发现石块后面还有这么一座牛掰的大门！咱们打开这座门，就什么都清楚了。”韩江难掩兴奋。

不知是兴奋，还是恐惧，也许更是对大门后未知世界的期待，三人加快了搬石块的速度。

还有最下面的一些石块。当唐风搬起一块巨大的石块时，整个人突然僵住了，眼睛死死地注视着石块下的地方。韩江看见唐风的模样也是一怔。他用电筒照向唐风眼睛死死盯着的地方，然后浑身一颤，赶忙蹲下来，又搬开了两块碎石，一截白骨惊现在他们面前。

韩江缓缓站起身：“是一截白骨！人的肋骨！”

“不！是一具。”唐风缓慢地说道。

“一具？”众人大骇。

唐风没接韩江的话，俯下身快速搬开了那截白骨旁的石块。随着每块碎石被搬开，越来越多的白骨惊现在他们的眼前。

唐风还在用力搬石块，韩江却制止了他：“等等。”

唐风不知韩江何意，但还是停了下来。只见韩江从包中翻出来一把刷子和几个证物袋，然后小心翼翼地蹲下来，用刷子一点一点地清理干净白骨上的灰土。

唐风见韩江这么认真，禁不住笑着说：“哎！你这么认真，还指望在这骨头上提取到指纹？”

“那是痴心妄想。下面你按我吩咐的做，我叫你搬哪块石头，你就搬哪块石头。”韩江用命令的口气说。

“遵命！”唐风无奈地摇摇头。

唐风按照韩江的吩咐，轻手轻脚地将门前最后那点碎石搬开，所有的白骨全都呈现在了他们面前。

韩江用数码相机给尸骨照了两张照片，唐风疑惑道：“竟然是半具尸骨？”

韩江照完相，收起相机，长出一口气："不！是一具，一具完整的尸骨。"

"可我们只看到半具尸骨啊！好像是这人的上半身。"唐风大惑不解。

"你再仔细看看，那人是有下半身的。"韩江提示唐风。

唐风拿过韩江手中的电筒，又朝门前的那具尸骨照去，从头到脚，一点一点，头骨、胸骨、肋骨、盆骨……到盆骨这儿，就没了。唐风也不知为何，此刻心脏狂跳不止。他又向前走了半步，突然，他瞪大了眼睛，手中的电筒差点摔落在地上。他看见——他看见面前这具尸骨的下半身被夹在了沉重的包金铜门里面。

"这……这太……"唐风惊惧万分，眼前仿佛出现了死者临死前，被夹在门缝中痛苦挣扎的恐怖一幕。

"看明白了吧？"韩江平静地问。

"这人是被大门夹死的？！"唐风惊道。

"他是怎么死的，现在还不能确定。但从死者临死前这痛苦的姿势可以想象，死者一定是在门后遇到了什么可怕的事情，才不顾一切地向门外逃生，结果还是被这沉重的大门夹住了。"韩江大胆地推断。

"上帝保佑这个不幸的人！"马卡罗夫面对这副死状奇特的白骨，竟然少有地在胸前画起了十字。

"门后面究竟有什么可怕的东西？"唐风的话语有些颤抖，已经完全没了刚才的底气。

"是啊！门后面会有什么呢？"韩江也显得底气不足。

但唐风被巨大的好奇心驱动，还是不由自主地伸出双手，想推开面前的包金铜门。可唐风还没使上劲，韩江突然吼道："等等！"

唐风猛地把手缩了回来："你乱喊什么？"

韩江也不搭理唐风，来到包金铜门跟前，用手轻轻抬起大门两侧的鎏金铜铺首。端详了半天，忽然问唐风："这个东西你看出什么特殊之处没有？"

"这不就是一对铺首吗？也就是大门环。古时候大户人家的门前都会有这么一对门环。"

"不！我不是问你这个。你看见门环上这半截绳子了吗？"韩江轻轻拿起左侧门环上已经有些腐朽的半截绳子。

唐风这才注意到左侧门环上居然还有半截绳子。他拿起来看了看："这绳子看上去有年头了，不过……"

"不过什么？"

"不过这种绳子绝不是西夏时期的。那时候不会有这种绳子，这种绳子的历史应该在近百年之内。"唐风说出了自己的判断。

"嗯，我也是这样想的。"韩江道。

“这说明在近百年之内有人来过这里，但绝不可能是那个神秘人。”马卡罗夫补充道。

“别管那么多了，先进去再说！”唐风又准备拿枪开锁，不过这次却发现，这扇包金铜门居然没有上锁……唐风、韩江和马卡罗夫惊诧地互相看看，怔了好一会儿，才缓过神来。唐风和韩江一人一边站定，怀着满腹疑云一起用力，这座看似沉重的包金铜门就被轻轻地推开了。

3

三人小心翼翼地走进了包金铜门后面，用电筒向前照去，四周是打磨平整的宽大甬道。三人顺着这条甬道向前走了三十余步，便出了甬道，又来到了一座石殿中。

唐风忽然觉得前面的地面上泛着一些奇异的光泽，忙用电筒照射。“是水！前面竟然有一个水塘？”唐风惊呼道。

“太不可思议了，这深山玄宫里，竟然还会有水塘？”韩江也很吃惊。

可马卡罗夫却幽幽地说：“那不是水塘，里面也不是水。”

“哦？”唐风和韩江一齐看着马卡罗夫。

“那是水银。”马卡罗夫肯定地说。

“水银！”韩江一惊。

“玄宫里的水银池！”唐风马上想到了中国古代典籍里记载过的，关于帝王陵墓里放置水银的情形。这……这……难道就是史书上记载的“水银池”？他也是第一次见到。

“水银有剧毒，大家要小心。”马卡罗夫告诫两人。

唐风用电筒照遍了整个石殿，前面只有这个水银池，没有别的路可以绕过它。

“这……这怎么办？咱们过不去啊？”他问道。

马卡罗夫和韩江也在观察。三人手中的电筒射出的光柱最后都汇集到了水银池北岸，一段阶梯从水银池北岸向上延伸，直达北岸的高台之上……

唐风看不清高台之上的情形，面前只有这个水银池，只有越过这个水银池，他们才有可能登上北岸的高台。唐风看看韩江，韩江看看马卡罗夫，谁也没有办法越过水银池。小小的水银池竟成了他们不可逾越的天堑。

三人面面相觑，毫无办法。韩江还算镇定，他又掏出几支蜡烛，在他们身旁石壁上的凹槽里放上了点燃的蜡烛，甬道内也放上两支。他刚做完这一切，忽然感觉脚下踢到了一个什么东西。借着烛光，他发现在甬道左侧的边上躺着一块长条木板。

韩江眼前一亮：“甬道里怎么会出现这样一块木板？”

唐风马上想到了缘由：“我们太傻了！当初肯定也有人要通过，肯定也要借助工具才能通过。这木板不就是为水银池准备的吗？真是天无绝人之路啊！”

“要小心，这木板看上去可有些年头了，万一……”韩江没再说下去，但三人脑中都闪现出在水银池上一脚踩空的可怕景象。

马卡罗夫蹲下来仔细查看这块长条形木板。许久，他微微点了点头：“这木板虽然上了年头，但承受一个人的重量应该没问题。咱们一个一个地过。”

“不！咱们必须留一个人在这里，以防不测。”韩江提议。

“嗯，两个人过去，一个人留在这里。”唐风也同意。

韩江有心让马卡罗夫留在这边，但马卡罗夫执意要过去。韩江转念一想，在这鬼地方，哪里都不安全。于是，他同意让马卡罗夫和唐风过去，自己留在这里殿后。

架好木板，不长不短，正好够水银池的长度，看来确实是专为通过水银池准备的。唐风第一个跳上了木板。木板只有 30cm 宽，再加上年代久远，唐风走在上面摇摇晃晃，犹如走在独木桥上。

唐风展开双臂，尽量使自己的身体保持平衡，他不敢往脚下看，但又不得不看。看着那满满一池子水银，唐风一阵头晕，身体一晃，险些失去平衡。好在他及时蹲了下来，重新保持住平衡。

唐风慢慢地重新站起来，继续向前。三十四步了，唐风牢牢记住了他在木板上的每一个步伐。终于，唐风看到了胜利的北岸，但他不敢纵身一跃，还是用小步一步一步挪到了北岸。

马卡罗夫也很顺利地走了过来，唐风和他对视一眼，又不约而同地朝北岸的高台望去。那里会有什么？西夏王朝的宝藏？还是他们苦苦追寻的第三块玉插屏？

4

通往高台之上的阶梯正好可供两人并行，唐风和马卡罗夫并排走上了阶梯，共十四层。当唐风的脚踏上最后一层阶梯的时候，他不禁浑身一颤。因为借着电筒的灯光，他隐约看见了让他十分震撼的景象。

一座规模宏大的佛台展现在他们面前，七尊高大的佛像在佛台上一字排开，蔚为壮观。再看佛像旁边，多尊菩萨、罗汉环列四周。这个景象让唐风瞬间想到了西天灵山，难道这里就是西天极乐世界？

唐风极力使自己保持镇静。只一眼他便能判断，这些都是西夏风格的佛像。不用问，这里仍是昊王的杰作。但更让唐风和马卡罗夫震撼的景象，并不止于此。

唐风用电筒往佛像后照了照，他发现佛台后面仍然没有到头，黑漆漆的，像是还有巨大的空间。唐风和马卡罗夫转到佛台后面，两人惊奇地发现，佛台后面的石壁上又出现了一个形制规整的洞口。

唐风刚要迈步，脚下忽然传来一声清脆的金属响动。他忙用电筒朝自己脚下照去，在细细的浮土中，隐约出现了两枚硬币一样的东西。他弯腰拾起那两枚“硬币”，只看了一眼，便失声道：“果然有人来过这里！”

“怎么？你发现了什么？”马卡罗夫问。

“老马你看，这是民国时期的银元，我们管这种银元叫‘袁大头’。”唐风把银元递给马卡罗夫。

马卡罗夫看了看：“也就是说民国时，就有人来过这里。”

“看来确实如此。包金铜门门环上的绳子、门缝中的尸骨，还有石殿南面那扇不见踪影的大门，这一切都说明在我们之前就有人来过这里。但这些人又比我们要早得多，这两枚银元基本上将进入这里的那伙人定格在民国时期。”唐风推断。

马卡罗夫沉吟了一会儿，说：“唐风，你这么一说，我忽然想到了我们在七色锦海的石瀑洞里发现的那两具骸骨。”

唐风眼前猛地一亮，惊道：“是啊！当时我们在石瀑洞里还发现了一些军火和工具，都是民国时期的，所以就判断那两具骸骨也属于民国时期。”

“后来七色锦海的大喇嘛曾对我们提到过 20 世纪 40 年代，曾有四个人进入七色锦海，寻找阿尼玛卿雪山的那块玉插屏。为首的那个人自称是国民政府保密局上校。”马卡罗夫回忆道。

“老马，你要不提这茬儿，我都忘了。大喇嘛确实提到过闯入七色锦海的四个人，后来大喇嘛的族人设计将四个人骗进了石瀑洞中……今天我们在黑鹫寺山里又发现了民国时期的遗物和尸骨。难道……难道在民国时，曾经也有一伙人为了玉插屏的秘密，展开过一场血雨腥风的争夺？”

“一场延续了百年的争夺！”马卡罗夫喃喃自语。

“也许这场争夺从未停止过！”唐风叹道。

马卡罗夫没说什么，用电筒对四周照了一圈。突然，他指着中间那尊大佛的后背喊道：“唐风，你看，这里有字。”

唐风跃上佛台，用电筒照射佛像后背，一行竖写的西夏文显现在佛像后背。唐风仔细辨认，慢慢读出了声：“戒——台——上——寺——中——殿——吉——位……”

“唐风，这是什么意思？”

“看来这里就是我们寻找的上寺！”唐风的言语中带着一丝激动。

“想不到党项人竟然在山里面开凿了一座这么宏大的寺院！”马卡罗夫再一次惊叹地环视四周。

“更重要的是，这句话透露出我们现在所在的位置。这里是上寺的中殿，那么也就是说，前面我们看到的那座石殿是前殿，同时还告诉我们，后面应该有后殿。”唐风越说越激动。

“唐风，我知道，在中国的建筑文化中，往往后面的恰恰是最重要的。对吗？”马卡罗夫问。

“不全是，但一般陵墓地宫是这样。”唐风脱口而出。

等唐风说完，两人都怔住了。陵墓地宫？难道他们所在的地方是一座西夏王陵？可是唐风很快又否定了这个想法，西夏王陵都在贺兰山下，怎么会出现在这里呢？

“那咱们快点去后殿看看吧！”马卡罗夫指着他面前的那个洞口催促唐风。

后殿？面前这个洞口难道就是通往后殿的通道？后殿里面会有什么？一连串的疑问不断在唐风脑海中闪过。他跳下佛台，对这没完没了的漆黑洞口已经麻木，现在只想尽快摆脱黑暗。钻进这里，是进入光明的世界，还是更深的黑暗？

5

唐风和马卡罗夫义无反顾地钻进了这个通往后殿的洞口。两人在漆黑的甬道中前行了五十余步，还没见到甬道的尽头。唐风不禁心里起疑：“按理连接中殿和后殿的甬道不该这么长啊？”

“是啊，前殿到中殿的甬道就不长。”马卡罗夫也感到奇怪。

“老马，你发现没有，这条甬道没有前面那条甬道宽，但是又很规整，明显是人工打磨过的。”

“是有些奇怪。如果我们的推测是合理的，后殿最重要，那么通往后殿的甬道应该更宽，后殿的大门也应该更尊贵、更高级，说不定会是一座纯金大门。”

“纯金大门？”唐风一怔，随即笑道，“老马，你可真能想，你知道打造一座纯金大门，要花多少黄金吗？如果前方真有一座纯金大门等着我们，那我们之前见到的金漆大门和包金铜门就都是浮云了。金漆和包金虽然也用黄金，但比起纯金来说，都是很少量的黄金。我想，要是西夏真能用黄金打造一座那样的大门，基本上也就耗尽西夏国库里所有的黄金了。”

“我只是按照中国的等级制度推测的。”

“但愿我们能见到你推测的纯金大门！”

唐风话音刚落，忽然发现甬道似乎到头了。他不敢相信自己的眼睛，但他的眼睛并没有欺骗他，电筒射出的光柱已经照在了一面由巨石垒砌的石壁上。

“这是怎么回事？”马卡罗夫也看到了。

“怪不得这甬道不像前面的甬道宽大，原来是个死胡同！”唐风失望地叫道。

“不可能啊！刚才那尊佛像后面明明写着那是中殿，中殿后面应该还有后殿啊！”马卡罗夫也不能接受这个事实。

说话间，两人并没有停下脚步，快速走到了甬道的尽头，果然没路。唐风失望地举着电筒向四周望去，这里并没有希望中的纯金大门，有的只是和前殿、中殿一模一样的石块，严丝合缝。这到底是怎么回事？真的没有后殿吗？

不！不可能，没有后殿为什么要开凿这条长长的甬道？唐风不相信这里就是甬道的尽头。他用电筒在石壁上一点一点地搜索着……突然，他发现在甬道的左侧，石壁上出现了一个拱券型的砖砌痕迹；再仔细查看，这拱券型的砖砌痕迹内，堆砌着一些不规则的巨石。唐风数了数，一共是六块，在其中两块巨石上，他看到了“牛鼻眼”，而在“牛鼻眼”中还残存着两根绳子，一直拖到了地上。

“这是什么？”马卡罗夫也看到了左侧石壁上的不同之处。

“问题就出在这里。”唐风轻轻呼了口气，又道，“这里原来是个券门，门内用巨石封闭，堵住了这道券门。”

“那这道券门后面会是什么？”

“也许就是你说的纯金大门吧！”唐风笑道。

“你看这巨石上有字，还挺多！”马卡罗夫指着其中一块巨石说。

唐风也看到了巨石上的文字，他很快辨认出了那一行西夏文字——“戒台上寺，今上潜龙之地，当详加保护。今奉皇帝陛下旨，封闭戒台上寺宫殿，拆毁栈道，永绝外人窥伺。𬎆都五年十二月。”

“这段话是什么意思？”马卡罗夫不解。

“最后这个年号，是西夏第二代皇帝谅祚的年号。这段文字的表面意思是说，戒台上寺是谅祚的潜龙之地。为了保护这里，谅祚下旨封闭了上寺的宫殿，并拆毁了通往这里的栈道。”唐风解释道。

“潜龙之地是什么意思？”马卡罗夫听得有些糊涂。

“皇帝是真龙天子，那么皇帝在没有当上皇帝前就是‘潜龙’。于是，中国古代将皇帝登基前所居住的地方叫做潜龙之地，也可泛指所有出过皇帝的地方。”唐风进一步解释道。

“我好像想起来了。你以前曾说过，元昊和没藏皇后是在戒台寺幽会，然后才有了谅祚的。”

“对！不过那时没藏氏还不是皇后，她当时只是一个出家的尼姑，所以他俩才在寺庙里偷偷幽会。”

“难道就是这里，我们现在所在的地方？”

“按照这段记载，这里就是元昊和没藏皇后幽会的地方，而且说得非常明确，是戒台上寺，并不是我们在山下看到的那处遗址。”

“这里果然够幽静的，不过如果住在这山洞里，也够奇怪的！”

“是啊！我也不明白，难道元昊和没藏皇后是在这山洞中幽会？”马卡罗夫的一句话让唐风似有所悟。

6

马卡罗夫盯着巨石上的西夏文，又问唐风："我更不明白的是，既然这里是谅祚的潜龙之地，需要详加保护，那为什么要封闭宫殿、拆毁栈道呢？这不是破坏吗？"

唐风笑笑，解释道："老马，这你就有所不知了。不要小看这段记载，里面蕴含的信息量非常大。这巨石上的刻字只是冠冕堂皇的官方文字，像是一纸封条，但仔细推敲，却大有名堂。还是这个年号，奲都五年！如果我没记错的话，这一年，也就是谅祚下令封闭戒台上寺宫殿、拆毁栈道的那一年，正是谅祚诛杀他舅舅没藏讹庞，摆脱没藏家族控制后开始亲政的那一年，而也正是在那一年，没藏家族彻底失势。"

"嗯，这段历史大喇嘛曾经说过。大喇嘛他们的家族就来自于没藏家族。"

"那么，谅祚为什么要在他刚刚亲政的时候，就匆匆下令封闭这里？我推测这里面显然有他不可告人的秘密。什么秘密？想想冬宫里的那尊佛像，科兹洛夫在黑水城大佛塔里发现的佛像。如果佛像里的头骨真的就是没藏皇后，那可就正应了季莫申的推断，是谅祚最后逼死了他的母亲。这也就可以理解谅祚封闭这座宫殿的意图。他刚刚亲政，为了巩固自己的统治，急需清除母亲和没藏家族对王朝的影响，所以把自己的母亲放逐到了边远的黑水城；又找了个冠冕堂皇的理由，封闭了被没藏家族视为福地的戒台上寺。"

"果然是个狼性十足的民族。当年元昊也是因为和卫慕家族的权力争夺，而逼死了自己的母亲卫慕氏，他的儿子谅祚几十年之后又重复了他当年做过的事。"马卡罗夫叹道。

"不光是元昊和谅祚，这样的事在王朝以后的历史上不断地发生。"唐风停了一下，又继续说，"由此我还可以推断出，山上的大佛和这里的宫殿很可能是在没藏家族控制朝政的时候修建的。"

"哦？难道不是元昊在世的时候？"

"黑鹫寺，也就是所谓的戒台寺，在元昊时代应该就有了，所以没藏皇后才会在这里出家，又在这里和元昊幽会，生下谅祚。但那时的黑鹫寺应该不会有今天我们看到的这么大，这么宏伟。这一切应该是在元昊死后，没藏家族以纪念元昊为名，大规模修建的。要知道，在没藏氏被元昊看中前，没藏家族只是个不大的家族，在西夏的众多名门望族中并不显赫。没藏家族之所以有后来的权势，都是因为元昊爱上了没藏皇后。没藏家族得势后，一定觉得这地方就是他们家族的福地，才借着纪念元昊大兴土木，实则是为了加强没藏家族的统治。"唐风解释了一大通。

"名为元昊，实为没藏？"马卡罗夫还在回味唐风的话。

“这样也就完全可以解释谅祚亲政之后下的命令。这里虽然是他诞生的地方，但更是没藏家族发迹的福地，谅祚痛恨没藏家族专权，也就不会喜欢这里。但没藏家族是以纪念元昊为名大兴土木、修筑戒台寺的，所以谅祚不好直接拆毁这里，只能以保护为名，封闭起来，以绝外人窥伺。”

“这段文字还提到了栈道。”马卡罗夫敏感地觉察出了什么。

“对！提到了拆毁栈道。”

“也就是说，山外面原来应该有条栈道。可是上寺在这山里面，‘拆毁栈道，永绝外人窥伺’又何必呢？”

“这确实是个问题。栈道……”唐风想了半天，还是不明白这个栈道所指何处。

7

唐风和马卡罗夫都不明白巨石题记里的“栈道”所指何处。最后马卡罗夫摇摇头：“算了，我们还是想想眼前的吧！我们现在该怎么办？”

“看到那两个牛鼻眼了吗？”唐风一指那两块凿有牛鼻眼的巨石。

“看到了，还有那两根绳子。看上去在我们之前已经有人捷足先登了，至少是企图搬开这些巨石。”

“不错！这牛鼻眼不可能是当年党项人所凿，一定是后人为了进入这里面，才在巨石上开凿出了牛鼻眼，以便穿上绳子往外拉动这几块巨石。”

马卡罗夫拾起那两根绳子，看了看，又扯了扯：“和包金铜门铜环上的绳子一模一样，看来是一伙人所为。”

“也许和中殿那两枚银元的主人也是同一伙人。”唐风摸了摸面前的巨石，又道，“你注意到没有，这六块巨石的摆放顺序也被人换过了。”

“哦？这么说那伙人已经搬开这些巨石进到了里面。可是，他们为什么又要把门封上呢？”

“也许里面也隐藏了那伙人的秘密。”

“那伙人的秘密？”马卡罗夫不解。

“不过他们也为我们提供了方便，如果没有这两个牛鼻眼，我们一时半会儿可进不到里面去！”

“你的意思是，我们也把巨石拽出来？”

“试试看吧！”说着，唐风就拿过栓在中间那块巨石牛鼻眼中的绳子，使劲拽了拽，巨石竟然跟着动了一下，“有门儿，这巨石没我想象得沉重。”

“咱俩一起用力，就能把它拽出来了。”马卡罗夫卷起袖子就要上。

“老马，你身体行吗？如果不行，你把韩江叫进来。”唐风有些担心马卡罗夫的身子骨。

“别小看人，这石块咱俩就能拽出来！”马卡罗夫颇不服老。

唐风只得将绳子分给马卡罗夫一段。唐风在前，马卡罗夫在后，两人一起用力，巨石又被往外拖出了一些；稍稍休息，再一起使劲，巨石又被拖出来一截。如此几番，巨石已经被拖出来一米多。

应该快了，唐风想着，和马卡罗夫再一次一起用力，“轰——”的一声，伴随着厚厚的尘土，这块巨石被全部拖了出来。

唐风只觉得口鼻之中一股土腥味，四周满是尘土。幸亏马卡罗夫反应迅速，拉着唐风赶忙往甬道外退去。

退到甬道稍宽处，两人大口喘息，半晌，待甬道内的尘土散去，两人才重新回到甬道尽头。六块巨石少了一块，露出了一个只容一人爬行的洞口。唐风用电筒往洞里面照去，深深的寒意迅速向他袭来，他不禁浑身一颤，往后退了一步。

唐风和马卡罗夫商定，再搬开另一块凿有牛鼻眼的巨石，把洞口扩大些。于是，两人如法炮制，又将第二块巨石拖了出来。这次唐风有了经验，总算少吃了些灰。

两块巨石被搬出，一个可容一人通过的洞口出现在两人面前。

阵阵阴风从洞内袭来。

“看来里面的空间还挺大！”唐风推测道。

“和这条甬道一样的结构。”马卡罗夫用电筒照了照洞内。

唐风慢慢地走进券门里面的世界，马卡罗夫也跟了进来。唐风发现里面这条甬道是直的，和外面的甬道呈 90° 角。他又判断了一下方位，确信这是一条往西的甬道。

第十四章 光明神殿

1

往西去的甬道还在延伸。

“等等，唐风！”身后传来马卡罗夫的声音，“按照中国建筑的传统，前殿、中殿、后殿应该在一条中轴线上，可这条甬道却往西延伸，这正常吗？”

“不正常，这条甬道也不正常！”唐风道。

“是啊！中殿和后殿之间居然会有这么长的甬道！”马卡罗夫摇着头。

两人说话间，唐风没注意脚下，一个趔趄险些摔倒，马卡罗夫也被吓了一跳。两人重新站稳，唐风赶忙用电筒向脚下照去，地面上出现了一截突出的石块。顺着地面突出的石块，他将电筒的光柱移向了两旁的石壁，两旁石壁上都在相同位置显现出一条凹槽。

“这里原来有道门。”唐风推断道。

“门？现在怎么什么都没有了？”

“地面的门槛还在，门也许被之前进来的人拆了。”唐风想了想，又道，“甭管门去了哪里，这里出现门说明这里应该距后殿不远了。”

“对！不然没必要在这里设一道门。”

两人迈过门槛，唐风感到自己的心脏又狂跳起来。这道消失的门后面会是后殿吗？那里会有玉插屏吗？他不觉加快了脚步。二十余步后，唐风忽觉自己来到了一个宽阔的所在，拿电筒照了照，前面却又出现了一堵墙。

唐风左右看看，又仰头望去，忽然明白了，自己前面应该是一面“照壁墙”。马卡罗夫也在奇怪，但唐风并不解释，领着马卡罗夫转过了“照壁墙”。“照壁墙”后面豁然开朗，唐风借着微弱的光柱，已经感到这是一个巨大的空间。

唐风和马卡罗夫分别在石壁上的凹槽内点燃了蜡烛，巨大的石殿终于在两人面前显露出真容。唐风这才发现，所谓的“照壁墙”并不是什么墙，而是一尊高大佛像的后背。再看整个后殿，另三面正中也都各有一尊高大的佛像。

整个后殿呈正方形，每边都在逐级向下，层层收缩。最后在后殿正中的位置收缩成一个正方形的水池，一汪死水泛着绿光。唐风无法判断那是水池，抑或是又一个水银池。

“太……壮观了！”马卡罗夫惊得目瞪口呆。

“是啊！后殿果然比前面两个殿都要大。”

唐风迅速判定了他们所在的方位，是位于东面的佛像旁。既然这尊佛像后面是个甬道，那么另外三个方向上的佛像后面是不是也有甬道呢？唐风心里想着，脚步已经向南侧那尊佛像走去。

马卡罗夫跟在后面，马上明白了唐风的意思：“如果每个佛像后面都有一条甬道，那……那我就要疯了！”

“我也会疯的！”唐风很快转到了南面的佛像后面，仔细查看，发现每一块巨石都严丝合缝，坚固无比，“看来这里并没有甬道。”

唐风又迅速转到西面的佛像后面，这里的石壁同样严丝合缝，壁垒森严。北面佛像后面也没有发现异常。他不禁疑惑起来：“这算什么大门，这么宏大的后殿应该有一座宏伟的大门才配得上啊！怎么什么门都没有？我们从佛像后面直接钻了进来。”

“是啊！我还以为会有一座纯金大门呢！”马卡罗夫不无遗憾地说。

唐风在大殿的四角都点燃了蜡烛，整个后殿被照亮了。他发现在大殿正中的顶上雕刻着一个巨大的莲花，在莲花中间的位置显现出了四个苍劲有力的大字，同样是西夏文。唐风仰视殿顶，慢慢地读出了这四个大字：“光——明——大——殿。”

2

整个光明大殿都被烛光照亮，虽然光线仍然很昏暗，但足以让唐风看清大殿内的一切。这时他发现，在四尊大佛周围，有许多倾倒在地的佛像，还有许多已经残缺不全的佛像。

“这是怎么回事？”唐风俯下身，拾起断裂成小块的佛像。

“看起来这里曾经遭到过破坏。”马卡罗夫推测道。

“是谁要毁坏这么精美的佛像？想想看吧，原来这些佛像分立在四尊大佛周围，何等壮观！西方灵山也不过如此！”唐风感叹道。

“一定是和这里的主人有深仇大恨的人。”

“难道是谅祚？”唐风嘴里喃喃自语。

很快，唐风发现在西面佛像身下，一堆佛像碎块中有一块石碑屹立其中，很是扎眼。他走过去，拂去石碑上的灰尘，慢慢读出了石碑上的西夏文：“没藏氏专权，倾轧朝臣，独断专行，目无君父，朕深恨之；朕母淫乱不法，包庇族人，朕深怨之。今朕奈长生天庇佑，得以亲政，当攘除奸凶，重振朝纲。不因私情而废公论，不因慈孝而枉律法……封闭石殿，拆毁栈道，永绝没藏氏及奸人之望。”

中间有几个字，唐风实在看不清，但就是这一段文字，足以让他心惊肉跳了，一段西夏王朝的秘史慢慢展现在他的眼前。

“看来我的推断是对的，谅祚果然是因为痛恨没藏家族专权，才封闭了石殿，拆毁了栈道。不用问，砸毁这些佛像的也是谅祚。”唐风说道。

“是啊！是什么使一个儿子对母亲有这么大的怨恨？又是什么让谅祚在他母亲死后，还要在石碑上刻上对自己母亲的诅咒？”马卡罗夫摇着头说。

“‘朕深恨之’‘朕深怨之’！‘不因私情而废公论，不因慈孝而枉律法’！真可谓字字惊心啊！”唐风重复着石碑上的刻字。

“可是这四尊大的佛像为什么没被毁坏呢？”马卡罗夫问。

“也许是这四尊大佛太大，一时毁坏不了吧！”唐风胡乱猜测。

唐风对这几尊大佛已不感兴趣，因为他忽然发现，后殿正中的水池里似乎泛出了一些异样的光亮。

马卡罗夫也注意到了水池里的变化。两人走下四五级台阶，在离水面还有四级台阶的时候，唐风就惊呆了。他停下脚步，转头望望马卡罗夫。马卡罗夫也惊得目瞪口呆，望着唐风……

“这……这就……就是昊王的宝藏吗？”唐风问。

“我想是的，这就是昊王的宝藏。”

正方形的池子里，一汪死水泛着绿光，但时不时闪出的金光，还是让唐风和马卡罗夫一时无法睁眼。

唐风挡着自己的眼睛，小心翼翼地又向下走了三级台阶，来到了池子边缘。他被眼前的景象深深震撼了，池子里有着堆积如小山一般的金锭、银锭、银币，还有各式各样的奇珍异宝。唐风无法抑制自己激动的心情，竟向这一汪死水伸出了手……

3

“小心，唐风！”马卡罗夫忽然叫道。

唐风这才醒过神来，忙抽回自己的手，激动得有些语无伦次地说：“这……太，竟……竟然是满满一池子的珍宝。”

“唐风，清醒一下。这里如果是昊王的宝藏，在我们之前进来的那伙人为什么没拿走它们？”马卡罗夫依旧训练有素地保持着清醒的大脑。

“是啊！”唐风听了马卡罗夫的话，警醒过来，“老马，幸亏你提醒。从前面的遗迹看，那伙人应该已经到过光明大殿，可却没有拿走这些珍宝。这……这池子里会不会是水银，所以那帮人才没拿走这些宝藏？”唐风忽然想到了之前的一池水银。

马卡罗夫蹲下身，紧贴着池边仔细观察，最后摇了摇头，道：“不像是水银，这就是一汪死水。”

“那又如何解释之前闯进来的那伙人？”唐风感到思绪更乱了。

“这……”马卡罗夫也无法回答这个问题。

唐风壮着胆子，探出身，趴在池子边。望着池子边厚厚的绿苔，他一阵眼晕，真想看透这重重迷雾，直刺池底。但是他看不到池底的模样，因为上面是堆积如山的珠宝和浑浊的绿水。

“我真怕池子里突然跳出来一只怪物，瞬间把我吃掉！”马卡罗夫的话，让唐风猛地一惊。

唐风转身一看，马卡罗夫也趴在池子边，正在观察池子里的动静。

“老马，你何出此言？”唐风不解地望着马卡罗夫。

马卡罗夫从池子边爬了起来，靠在池边的台阶上，缓缓说道：“因为我就曾经遇到过一个会吃人的池子。”

“哦？会吃人的池子？”唐风心里猛地一沉。

“对！一个会吃人的池子，或者叫作水泡子。”马卡罗夫十分肯定地说。

“吃人的水泡子？这世上真有这样的事吗？又是你在克格勃的经历？”

“嗯，我一切的离奇鬼怪遭遇都拜克格勃所赐！”

“老马，你在克格勃的经历也太离奇了吧！可以写本书了。”

“我也想过，不过很多经历都还属于没有解密的档案。就比如我遭遇的那个吃人的水泡子，就是我在前进基地遇到的。”马卡罗夫的语气出奇地淡定。

“又是前进基地？！”唐风惊愕，“基地的事你不都说完了吗？怎么还有这样离奇的遭遇。”

“前进基地的离奇遭遇多了，比起在科考队的那次离奇遭遇，前进基地的离奇经历更持久、更多！那是布尔坚科带我去野狼谷之后发生的一件事，当时基地内水源短缺……”马卡罗夫又回忆起了在前进基地的一段往事。

4

从野狼谷回来没多久，马卡罗夫又遭遇了一件棘手的事。在沙漠戈壁上生存最重要的是水源，可这次偏偏水源成了前进基地的大问题。

布尔坚科走进马卡罗夫的房间，少有地抱怨道：“咱们的水源快不行了。”

“什么叫快不行了？”马卡罗夫不明白他的意思。

“快不行了就是快断水了！你难道没觉察出来，这几天我们喝的水的质量明显下降了。虽然经过了消毒，但水浑浊不堪，里面还有细小的泥沙。”

“我注意到了水质的变化，不过以前也有过这种情况，还不至于断水吧！”马卡罗夫将信将疑。

“在我们来之前，基地的用水就是用基地外那口大的水井。这几年，基地增加了这么多人，也没有发现新的水源，那口水井早已不堪重负。刚才我去查看过了，这口水井肯定坚持不了多久了，再不找到新的水源，咱们可真的要断水了。”

“竟然这么严重了？这口水井还能坚持多久？”马卡罗夫有些吃惊。

“顶多坚持一个月。”布尔坚科盯着马卡罗夫许久，又说道，“我早就跟你建议过，赶紧再打一口水井，可你总是说基地经费紧张，够用就不打新的了。这下好了，火烧眉毛了！”

马卡罗夫自知理亏，也不好说什么，心里开始后悔一开始没听布尔坚科的，“那眼下我们该怎么办？”

“现在就是现打井，恐怕一个月时间也来不及了。这里的地质条件你也不是不知道，极为干旱，不是说打得深就能打出水来的。”

“我明白这里地质结构很复杂，不是哪里都能打出水。所以，要是一个月内打不出水，我们该怎么办？”马卡罗夫有些慌了。

“是啊！基地这么多人，如果没水，咱们也就无法在这里坚持了。”布尔坚科说到这儿，想了想又道，“不过也不是没办法，在井没打出来之前，咱们可以让后方给我们派直升机运水，不过……”

“不过什么？”

“不过这样花的钱可就多了。我大概估算了一下，咱们基地一天需要的水，至少得用两个架次的米 -8 直升机运送。如果两个月才能打出水来，那么一共就需要 120 个架次的直升机运输。你算算，光这直升机的油钱就要多少？这样运来的水，可精贵啊！”布尔坚科给马卡罗夫算了一笔触目惊心的账。

马卡罗夫低沉不语。布尔坚科又说道：“这还是最乐观的算法，如果两个月打不出水来，又如果在送水途中遭遇什么意外，这样送水的成本可就不可估量了。”

布尔坚科的话，让马卡罗夫心里一惊一跳的。马卡罗夫心里很清楚，如果真像布尔坚科所说的那样，那自己也就离被撤职查办不远了。

“那就没有别的办法了？”马卡罗夫带着恳求的语气问。

布尔坚科耸了耸肩，“很遗憾，我实在想不出还有什么好的办法。”

布尔坚科嘴上虽然说没办法，但马卡罗夫心里很清楚，布尔坚科一定有办法，他只是需要自己恳求他，算是对上次 A711209 的事一次小小的报复，或是平衡。

“我想你一定会有办法的。”马卡罗夫恳求道。

布尔坚科盯着屋顶，想了想，道：“办法嘛，也不是没有，不过也是个碰运气的活儿。”

“碰运气……”马卡罗夫马上想到了他的意思，“你的办法是出去寻找水源？”

“咱们可以一面让后方派人过来打井，一面在基地附近寻找临时水源。”

“咱们来了之后，也在附近寻找过水源，可连丁点水沫都没见到！”马卡罗夫对布尔坚科的办法表示失望。

“我们之前都是在基地附近寻找水源，没超过方圆十公里，还有许多地方没去。这次我们要扩大勘察范围，以基地为中心，直径五十公里内的地区都要找。”

“直径五十公里？那么远，就是找到了水源，也要靠车运到基地来，使用成本还是太高。”马卡罗夫对布尔坚科的方法没有信心。

“这不是暂时的嘛！等水井打好了，我们也就不需要了，再说咱们说不定不用走多远，就能发现水源。”

马卡罗夫想了一个晚上，最后实在没有别的好办法，只能采取布尔坚科的办法。他一面请后方派人在基地附近寻找水源打井，一面派出基地内的人员，在基地周围方圆三十公里内寻找临时水源。

5

三十公里是马卡罗夫定的。一周下来，果然不出布尔坚科所料，所有出去寻找水源的人员都回来报告说没有发现水源。

“怎么样，我早跟你说过，基地附近方圆三十公里内，你甭想找到水源。”布尔坚科的语气中带着一丝幸灾乐祸。

“行了，布尔坚科同志，咱们别兜圈子了，这附近你比我熟悉，到底有没有水源？”马卡罗夫有些急了。

“实话跟你说吧，方圆三十公里之内，倒是有一处水源。”眼见马卡罗夫着急了，布尔坚科改变了语气。

“你为什么不早说！”马卡罗夫有些生气。

“因为这处水源很难使用。”布尔坚科却不紧不慢。

“什么叫很难使用？”马卡罗夫质问道。

“因为那处水源靠近野狼谷。”

“野狼谷？！”马卡罗夫立马没了声音。

“或者说那处水源就在野狼谷！”布尔坚科又补充道。

许久，马卡罗夫像是下了很大的决心，正色道：“不管在哪里，先去看看。”

马卡罗夫执意要去，布尔坚科只好开车带着他又来到了野狼谷附近。不过，这次布尔坚科并没有把他带到上次那条堆满累累白骨的红色山谷，而是来到了另一个奇怪的山谷里。

马卡罗夫发现这里很开阔，根本不像是一个山谷，两边的山脉也很低矮，但看不到山脉后面。车子开进来没多久，马卡罗夫就发现柔软的沙地里出现了点点绿色，越往谷里去，出现的绿色也越多。

“这是哪里？好像不是我们上次来的野狼谷。”马卡罗夫大声问布尔坚科。

布尔坚科并不急于回答，而是将车开到一片宽阔的绿草地上，停好了车，这才回答马卡罗夫的问题：“我听那个上了年纪的老牧民说，所谓野狼谷，其实并不是指某一个具体的山谷，而是指这一片红色山脉中隐藏的许多条大大小小的山谷。”

“原来是这个意思！怪不得你上次说的是成吉思汗的大军从野狼谷奔袭西夏，若是上次那么一个小山谷，怎能容下成吉思汗的大军？那么荒芜可怕的山谷，又怎能有人畜行走？”马卡罗夫道。

“不！你错了，老牧民说成吉思汗的大军就是从上次你看到的那个狭长山谷通过的。而且你不要因为咱们今天来的这个山谷看上去风景不错，还有绿色植物，就以为这里没有危险。那老牧民对我说过，这附近每一个山谷都有危险。”布尔坚科告诫马卡罗夫。

“每一个山谷都有危险？”马卡罗夫有些吃惊。

“对！每一个山谷都有危险，所以我才一直没对你提过这处水源。你要知道，一个人在茫茫沙海里突然遇到水源，首先不应该高兴，而是应该小心，应该搞清楚为什么茫茫沙海中，别的地方没有水源，而这里却有。”

“就比如这里？”

“对！这里的几个山谷我都来过。别的山谷中一丁点绿色都没有，唯有这个山谷有大片的植物，这很不寻常。”

“所以你就怀疑这里的水不能用？！不管怎样，要相信科学。我们可以带点水样回去，请专家检测。”马卡罗夫看着满地的绿色，似乎很有信心能在这里找到水源。

“好吧！你就让你的科学来检测吧！咱们走。”布尔坚科跳下车。

马卡罗夫也跳下了车，他发现脚下的植物，除了芨芨草、肉苁蓉、狼毒花外，还有一种他叫不上名字的绿色植物。这种植物不高，但生命力却很顽强，紧紧地抓着地面，铺满了整个山谷。

马卡罗夫脚踩在这不知名的绿色植物上，跟着布尔坚科往前走。他感觉他们脚下的地势似乎高了起来，没过多久，他们就翻过了一个小沙丘。沙丘下面，在一些芦苇的掩映下，一个水泡子出现在两人面前。

6

马卡罗夫兴奋地奔到水泡子近前，扒开芦苇俯下身，刚想用手去捧泡子里的水，布尔坚科便在身后大叫道："小心！"

马卡罗夫猛地抽回了手，回头望着布尔坚科。布尔坚科整个人背着阳光，隐没在阴影当中。"你看看你身旁。"布尔坚科的话让马卡罗夫感到一阵寒意。

马卡罗夫赶忙向身旁望去，发现就在自己身旁的芦苇丛中，一堆白骨赫然在目。"这……"马卡罗夫辨认出这是一头牛的骸骨。紧接着，他又在水泡子边的芦苇丛中发现了更多的白骨，有牛的，有羊的，还有他叫不上名字的大型哺乳动物的尸骨。当然，更让马卡罗夫感到恐惧的是两具人类的骸骨。

"这里怎么有这么多尸骨？"马卡罗夫的声音中透着惊骇。

"所以我叫你小心！"

"难道这水有毒？这些人畜在喝了水之后就永远倒在了岸边？"

"有没有毒我不知道，不过这确实是一个吃人的水泡子！你看，我们在这条山谷中并没有发现尸骨，所有的尸骨都出现在水泡子边上，也许水泡子里面还有尸骨，这说明什么？"布尔坚科推测着。

马卡罗夫探身往水里面望了望，果然，在不算清澈的水面下，隐约又现出了一堆散落的白骨。他看不出这是人的骨头，还是动物的骨头，只觉得一阵眼晕，突然有天旋地转之感。马卡罗夫暗道不好，想要撤回去，身体却不自觉地往前栽倒。就在他失去平衡的一刹那，一只有力的大手拉住了他。他瘫倒在岸边，大口喘着粗气。他知道，刚才拉住自己的正是布尔坚科。

"这水……水泡子果然很凶险！"马卡罗夫喘着粗气说。

"我没骗你吧，要么这水有问题，要么这水泡子有问题，说不定里面住着什么怪兽呢！"

"怪兽？"马卡罗夫望着这不大的水面，只当布尔坚科又在说笑。

布尔坚科见马卡罗夫不信，便解释道："那个老牧民还对我说过，这个水泡子里住着一头凶狠残暴的怪兽，专食过往人畜。不过，这头怪兽不会跑上来袭击人畜，它只吃那些忍不住口渴，来水泡子边上喝水的人畜。"

"你别再吓我了，这么小的泡子，怎么可能住得下怪兽？"

"我不知道，这都是那个老牧民告诉我的。我开始也不相信，但那老牧民说，这水泡子虽然不大，但却很深，深不见底，一直和离这里很远的大湖相连。"布尔坚科说得有鼻子有眼，不由马卡罗夫不信。

马卡罗夫重新站起来，望着平静的水面，估量了一下，这水泡子的水至少够基地上下用两个月的。马卡罗夫心里虽然害怕，但还是不甘心。他再次小心翼翼地探出身子，向水泡子底下望去。又是一阵天旋地转，他承受不了了，再一次瘫坐在岸边的芦苇上。他开始相信老牧民的话了。

休息了好一阵子，马卡罗夫才恢复过来。他不敢再向那个水泡子多望一眼，生怕那头怪兽突然钻出水面，将自己拖入泥潭。

“这……这里就没有其他水源了吗？”半天，马卡罗夫才又问道。

布尔坚科望着水泡子前方，许久，摇了摇头，“前面我没去过，因为那边就是国境线了。到目前为止，我在这方圆几十公里内，只发现了这么一个水泡子。也许前面还会有，但对我们来说，已经没有意义了。”

“对！已经没有意义了。”马卡罗夫嘴里念叨着，和布尔坚科又返回到车上。车启动的时候，马卡罗夫失望地又回头望了一眼那个小沙丘，已经看不到那个吃人的水泡子了。

7

马卡罗夫回忆完那个吃人的水泡子，身体不自觉地往后靠下去。突然，他身子一歪，整个人像是陷了进去。“唐风，这有机关！”马卡罗夫叫道。

唐风也听到了一声沉闷的响动，当他看见马卡罗夫陷进去时，本能地伸手去拽马卡罗夫，但却没能拉住。眼见马卡罗夫越陷越深，唐风不知所措。而就在此时，马卡罗夫身后的巨石向内陷进去一截后，便停了下来。

马卡罗夫看着唐风，唐风也看着他，两人又不约而同地望望周围和大殿顶部。他们不知道将有什么噩运要降临，也不知道下一步该做什么。

时间仿佛凝固了，整个大殿内寂静无声。马卡罗夫还靠在陷进去的石块上，他不敢随便乱动，生怕又触动什么可怕的机关。

唐风示意马卡罗夫慢慢地站起来。马卡罗夫判断了一番形势，然后慢慢地直起腰。身后那块巨石没有变化，仍然凹陷在石阶里，马卡罗夫稍稍镇定下来。他迅速地站了起来，走到唐风身边，才敢回头查看那块凹进去的巨石：“这是怎么回事？石阶也会凹进去？”

“一定是你刚才触动了什么机关！”唐风说。

“我们该怎么办？”

“我也不知道！”唐风想了想，决定还是要冒险看看这究竟是怎么回事。他壮着胆子来到那块凹进去的石阶边，用脚又试了试两边的石阶。石阶坚如磐石，纹丝不动。上下同样位置的石阶，也是如此。

“看来这确实是一处机关！”唐风坚信了自己的判断。

“可什么也没发生啊？”马卡罗夫估计，从自己触动机关到现在，已经七八分钟过去了。

“难道是因为时代久远，机关失灵了？”唐风也觉得奇怪。

唐风后退了一步，仔细观察他们所在的位置，是西面池边的第二层石阶，凹进去的石阶正位于这一层中间偏右的位置。

“奇怪，这既不是顶角，也不是中间位置……”唐风狐疑着。

“如果从右边看过去，凹陷的石阶大约是在三分之一处。”马卡罗夫凭借专业素养作了精准的判断。

“三分之一处？”唐风的大脑飞快地转了一下，随即大喊道，“我明白了！”

说完唐风转身向北侧石阶疾步走去，马卡罗夫跟在后面，追着问：“唐风，你明白什么了？”

“黄金分割位！这个凹进去的位置正好是黄金分割位！”唐风的喊声震得整个大殿嗡嗡作响。

“黄金分割位？！上帝，党项人也懂黄金分割位？”马卡罗夫不敢相信。

唐风来到了北侧石阶相同的位置，查看了一番，他确信自己的判断应该是正确的。他伸出双手使劲一推，传来一声沉闷的响声，面前的石块果然凹陷进去了。

北侧的那一截石阶虽然凹陷了进去，但大殿内依然没有什么变化。唐风和马卡罗夫又来到东侧石阶的相同位置，如法炮制，情况与前两处一模一样。

最后，当他们来到南侧石阶的相同位置时，两人都犹豫起来，这很有可能是最后一处触发机关的石阶。

两人犹豫了许久，马卡罗夫才道：“还是我来吧！”

唐风没有坚持，他已经做好了面对任何意外的心理准备，但同时也被不可名状的恐惧包围着。出于对未知世界的恐惧，他本能地拔出了枪。

马卡罗夫双臂用力，南侧石阶上的石块凹陷了进去，仍然没有什么变化……但就在唐风和马卡罗夫大惑不解、面面相觑的时候，不知从哪儿传来了一阵巨大的响动。紧接着，唐风和马卡罗夫注意到，他们面前的池子起了变化。

第十五章 石台上的盟誓

1

池子里的一汪死水开始沸腾起来，冒着细小的水泡不停地翻滚。唐风和马卡罗夫惊恐地望着池子里的变化，不由得向后退去。

又是一声巨大的响动，唐风发现池子里的水位开始降低。紧接着，原本沉在池底的金银珠宝慢慢浮出了水面。

直到那堆积如山的宝藏清晰地出现在两人面前，唐风这才发现，原来所有的金银珠宝都堆放在一个正方形的石台之上。石台和池壁之间留有半米宽的缝隙，原本满满一池的水，都排进了这缝隙中。

“这太……太不可思议了！”马卡罗夫惊呼。

“这难道就是那张藏宝图上所标示的宝藏？”唐风想到了在客店东屋看到的那张藏宝图。

唐风对这些金银珠宝并不感兴趣，他需要找到的是那块玉插屏。待石台升到和自己所在的石阶平行的位置，便停了下来。

唐风观察了一会儿，确信应该没有危险，便一个箭步跳上了石台，马卡罗夫也跟着跳上了石台。

两人置身于堆积如山的金银珠宝之间，根本没有地方落脚。唐风怔怔地看着眼前的宝藏，突然，他发现有些不对劲儿。他从宝山之中捧起了一件瓷器，这是一件五彩花鸟玉壶瓶。多年的学术积累，让他一眼便判断出，手上这件瓷瓶应该是清朝乾隆年间烧制的瓷瓶。放下瓷瓶，唐风又拿起一件铜炉，铜炉底下有名款，明确无误地写着“宣德年制”。

唐风已经看出了一些端倪，他摇着头放下了铜炉，对马卡罗夫道：“真是太奇怪了，这些宝藏并不是西夏的。”

“哦？你怎么看出来的？”马卡罗夫惊愕。

“刚才我拿的那件五彩花鸟玉壶瓶是清朝乾隆年间的，西夏是不会有五彩瓷器的；那件铜炉是明朝宣德年间的，也不是西夏的。这里的金银珠宝根本就没有西夏时期的，不少是明清时期的，更多的金银都是民国时期的。”说着，唐风随手从宝藏中拿起几件项链首饰，“而且都是些民间之物，根本无法与帝王皇家的珠宝相比。”

马卡罗夫弯腰也拾起几枚银元和金币看了看，叹道：“这也就可以解释我们在中殿发现的那两枚银元了。”

“嗯，中殿里发现的那两枚银元和这里的宝藏应该是一个来路。”唐风判断道。

“唐风，这……我就搞不懂了！黑鹭寺的一切，不论是佛像还是建筑，都显示这是西夏时期的遗迹，可是在这里怎么会出现民国的宝藏？”

“这确实很奇怪，我也想不通。从金银珠宝的特征看，这应该是民国时期才存放在这里的；再从甬道内遗留的木板、绳子看，进入这里的人应该也是民国时期的。”

“会是什么人呢？还有，原来这里存放着什么呢？”

“是啊！这里难道就没有西夏时期遗留的文物吗？”唐风想着，开始认真地清理起面前堆积如一座小山的金银珠宝。可是他把所有金银珠宝查看了一遍，仍然没见到一件西夏时期的遗物，更不见他们苦苦寻找的玉插屏。

2

唐风有些累了，就地坐在了金银珠宝间，道：“我靠！这难道是命运对我的捉弄？千辛万苦、突破重重危险来到这里，发现了宝藏，却并不是自己想找的东西！这些宝藏的主人到底是谁？”

唐风感觉这些宝藏的主人似乎和自己开了一个天大的玩笑。他正在懊恼，马卡罗夫却有了新的发现：“唐风你看，这石台上好像有字，像是汉字。”

唐风在自己身旁也发现了文字，两人将堆在石台上的金银珠宝挪开，吃惊地发现，石台上竟刻满了文字，而且都是繁体汉字。

“像是一篇文章。”唐风说。

“这也许就是民国时期进入这里的那伙人刻的。”马卡罗夫道。

唐风仔细辨认，一点一点地读出了刻在石台上的文字——

黑喇嘛无道，不听忠言，果有此败，马鬃山不保，敦煌天杰英名不在。我等弟兄今在此面对佛祖、上天盟誓：精诚团结，共襄大事，杀黑喇嘛，重整河山，定要寻到那座消失的西夏古城，同享荣华富贵。日月昭昭，此心可鉴，若有违背誓言者，定死不赦。

盟誓人：马远

唐风终于辨认完了这段半文半白的文字，最后盟誓人“马远”后面似乎还有九个字，但已经模糊不清，无法辨识。

“后面这几个字应该都是盟誓人的名字，可是都被有意抹去了，只剩下了这个马远。”唐风告诉马卡罗夫。

“这篇盟誓里提到了黑喇嘛！”马卡罗夫想到了在七色锦海时，大喇嘛对他们提到过的那个人。

唐风也想到了：“在七色锦海时，大喇嘛曾经提到过，民国时期，在西北一带有一个赫赫有名的大土匪丹毕坚赞，人们都称那人为‘黑喇嘛’。传说正是这个黑喇嘛得到了那块存放在敦煌的玉插屏。”

“对！这盟誓里提到了‘敦煌’。我之前查过一些关于黑喇嘛的资料。黑喇嘛本是蒙古人，在蒙古爆发革命后，他逃到了中国境内，以抢劫为生，与蒙古当局为敌。他当时以马鬃山为根据地，活动于敦煌、酒泉一带，所以他很有可能得到了在敦煌的那块玉插屏。”

“黑喇嘛后来成了中蒙两国的祸害。蒙古政府在苏联的帮助下，派出特工长途奔袭马鬃山，出其不意地杀死黑喇嘛，还割下了他的人头。据说他的人头现在还存放在彼得堡。”

“是有这么一说！不过，这篇盟誓里透露出来的信息似乎和我们已经知道的不同。”马卡罗夫疑惑地盯着石台上的繁体汉字，“盟誓是繁体汉字，又提到黑喇嘛，那么我们就可以断定，这篇盟誓刻于 20 世纪 20 年代中期到 20 世纪 40 年代，最迟不会晚于 20 世纪 50 年代。再结合石殿中的遗迹和宝藏判断，应该更接近于早期，也就是 20 世纪 20 年代后期，或 20 世纪 30 年代。”

唐风听了马卡罗夫的推断，点点头：“老马，你接着说，有什么不同？”

“盟誓中两次提到了黑喇嘛，第一次说黑喇嘛无道，第二次说要杀了黑喇嘛。按照字面意思理解，似乎是盟誓的这伙人杀了黑喇嘛，这和我们已知的情况不符。”

“嗯，一直传说是蒙古和苏联特工杀了黑喇嘛，还有人头为证。但也有传说是黑喇嘛逃过了追杀，带着那富可敌国的宝藏去了谁也不知道的地方。”唐风说道。

“如果这篇民国时期的盟誓是真实的，那么被蒙古和苏联特工杀掉的那个人就是个冒牌货。”

“可我们怎么判断写这篇盟誓的人就是可靠的呢？”

“我现在更倾向于相信这篇盟誓透露的信息。因为这是第一手资料，这点我们可以从字里行间看出来，所以我宁愿相信这篇盟誓的内容。”

“嗯，从盟誓的内容上，盟誓的人应该就是当事人。可是这又是伙什么人呢？”唐风不解。

马卡罗夫的思路倒开阔了许多：“唐风，你看看这些金银珠宝，也可以猜到盟誓的是什么人了。”

“你的意思，盟誓的人就是这些宝藏的主人，那么他们最有可能是——黑喇嘛的人。只有黑喇嘛，或者黑喇嘛的手下，才可能在民国时期聚集这么大的一笔财富！”唐风想了想，又道，“民国时期，西北一带一直流传着黑喇嘛宝藏的传说。据说黑喇嘛通过抢劫过往商旅，一度积累了富可敌国的财富，后来这些财富也随着黑喇嘛的神秘消失，永远消失了。”

“不错！盟誓里第一次提到黑喇嘛，其实就是第二次提到‘杀黑喇嘛’的理由。‘黑喇嘛无道’，这个‘无道’，指的并不是黑喇嘛杀人越货、无恶不作，它真实的意思应该是这些盟誓人抱怨黑喇嘛‘不听忠言’；更深层的含意，就是这伙人怨恨黑喇嘛。”

“看来，当时在黑喇嘛的队伍里已经有了一股反他的势力！”唐风暗暗吃惊。

3

一股反黑喇嘛的势力？马卡罗夫肯定了唐风的判断：“嗯，我想也是这样。‘黑喇嘛无道，不听忠言’的后果，就是‘果有此败，马鬃山不保，敦煌天杰英名不在’。‘果有此败’我想指的就是蒙古和苏联特工偷袭黑喇嘛那一战。”

“只能是这个意思。那么后面他们立誓‘杀黑喇嘛’，也就说黑喇嘛在遭到蒙古和苏联特工偷袭的那一战中并没有死。但是，后来一切关于黑喇嘛的消息全都断了，从那一战后，世人再没听说过黑喇嘛。”

“以黑喇嘛的个性，他是不会甘于沉默的。他后来之所以再没有露面，只能有一个解释，就是——他确实死了。”

“按你这么说，黑喇嘛在马鬃山一战后，应该没多久就死了。”

马卡罗夫点点头：“一定是这样。马鬃山之战后，黑喇嘛和他的一些部众逃了出来，他们最有可能的去处会是哪里呢？”

“肯定是这里。从当时的形势来看，北面的蒙古，黑喇嘛是回不去的；西面的新疆，督军杨增新对黑喇嘛防守甚严；南面的青海是荒芜之地；只有往东，躲进贺兰山里。而且这里山高林密，还有这处石殿可以躲藏。”

“不！唐风，黑喇嘛当时一定是仓皇而逃，不可能携带太多的东西。而且黑喇嘛一定是在之前就已经发现了这里，为了防患于未然，将自己积攒的金银珠宝都存放在了这里。马鬃山一战后，黑喇嘛和他的同伙首先想到的藏身之所，应该就是这里。”马卡罗夫的解释似乎更为合理。

“那我和韩江在客店发现的那张民国时期藏宝图，应该指的就是这里喽！”

“那已经不重要了。重要的是黑喇嘛是怎么找到这里的？”

“是……是玉插屏！”唐风一惊，“可是他的那块玉插屏上不应该有贺兰山的信息啊！”

“对！但是我想黑喇嘛已经知道了玉插屏的秘密，所以他也在寻找其余几块玉插屏。只是以他的能力，并没有找到！这点从这篇盟誓当中也可以看出，‘精诚团结，共襄大事，杀黑喇嘛，重整河山，定要寻到那座消失的西夏古城，同享荣华富贵’。‘大事’指的是什么？后面还说了‘定要寻到那座消失的西夏古城’！”

“瀚海宓城？”唐风惊道。

“不错，正是在寻找玉插屏的过程中，黑喇嘛很可能无意中发现了黑鹫寺上寺的这些山中石殿。”

“那贺兰山的玉插屏呢？”

“这也正是我最关心的，但是这里看样子是不会有了！”

“老马，我忽然想到了那个被夹死在包金铜门中的人，会不会就是黑喇嘛？”唐风突然说道。

“被夹死的黑喇嘛……”马卡罗夫喃喃自语，像是陷入了沉思，许久，才又说道，“那具尸骨是不是黑喇嘛，还不好说。不过，从我们进入这座山中玄宫，只发现了这一具尸骨来看，我也认为那具尸骨很可能就是黑喇嘛！”

“黑喇嘛死得可够惨的。看来这伙人杀他不但是因为对他不满，也是为了找到瀚海宓城。”

“或者说，他们对黑喇嘛的不满就是来自于玉插屏背后的秘密。”马卡罗夫平静地说。

“这些人已经拥有了这么多的宝藏，还不满足？”

“唐风，这段盟誓最大的疑问还不止于此！”马卡罗夫提醒唐风。

“哦？还有什么？”

“那九个被有意抹去的字！”马卡罗夫斩钉截铁地说。

“我也注意到了，那九个字并不是自然湮没的，而是被人有意抹去的，只有‘马远’两个字没被抹去。”

“按照中国人的习惯，九个汉字应该是三四个人的姓名，加上这个‘马远’，也就是这四个或五个人杀了黑喇嘛，立下了这个誓言。可是后来又不知什么原因，将那几个人的名字抹去了。”

“四五个人？！这几个人跟着黑喇嘛逃过追杀，一直逃到这里，然后又因为某种原因，这四五个人杀了黑喇嘛。这些人杀了黑喇嘛后，并没有享用这里的宝藏，而是去寻找剩余的玉插屏，但是最后没有人再回到这里。难道这些人都死了吗？”唐风推测了一遍曾经发生在这里的事情的全部过程。

“至少在七色锦海，这些人曾经留下了蛛丝马迹！”马卡罗夫提醒唐风。

“对！大喇嘛提到当年突然出现了四个不速之客，那伙人正是四个人！”唐风惊道，但很快便又自我否定了，“可我记得大喇嘛说得很清楚，那四个不速之客中为首的是一个四五十岁的中年男人，另外三个，一个是三十多岁模样，另两个很年轻，看上去只有二十岁出头。如果石台上的盟誓刻于马鬃山之战后不久，那也就是 20 世纪 20 年代末，最迟是 20 世纪 30 年代初，而四个不速之客闯入七色锦海是 20 世纪 40 年代末。如此算来，那两个年轻人绝不可能是参加盟誓的人，那个三十多岁模样的也不一定是参加盟誓的人。”

马卡罗夫琢磨了很久，也没想明白这个问题。

“糟了！咱们只顾在这里找宝藏了，韩江还在外面呢！”唐风忽然惊道。

两人突然想到了韩江，也不知道他在外面怎么样了。谁也没料到水银池后面竟有如此广阔的空间，和如此令人震惊的发现。

4

唐风和马卡罗夫没有拿走任何一件珍宝，便赶忙顺原路返回。一切似乎都很正常，两人很快便回到了中殿。唐风快步走下阶梯，他以为韩江仍旧会站在水银池对岸，等待着他们。可是等他俩来到水银池北岸时，却不见韩江的踪迹。而更让他们惊讶的是，那块架在水银池上的木板竟然也不翼而飞了。

“我靠！这……韩江竟然临阵脱逃了？”

“韩江一定遇到了什么意外！”马卡罗夫迅速作出了判断。

“啊呀！韩江不会是掉到水银池里了吧！”唐风迅速把事情想到了另一个极端。他站在水银池边往池底观看，没有什么异常。

“那个神秘人！”马卡罗夫小心地说。

“神秘人？”唐风惊呼。

“韩江的身手，一般人是很难制伏他的，除非他受到了偷袭！”马卡罗夫推测。

“行了！别管韩江了，他命硬，死不了的！现在赶紧想想我们该怎么回去吧！”唐风心烦意乱。

唐风和马卡罗夫一时都慌了阵脚。不过，马卡罗夫还是很快镇定下来：“唐风，你想想，当初西夏建造这里时，绝不可能架块木板过水银池吧！”

“是啊！也许过去这上面有座桥，后来被谅祚下令给毁了！他不是不希望有人进入这里面吗？”唐风胡乱猜测。

“被谅祚给毁了？除非是木桥，可我看这水银池边根本没有架设木桥的痕迹！”马卡罗夫查看后说。

“那就是石桥！”唐风胡乱说道。

“石桥？”马卡罗夫脑中跳出了一系列的画面，他猛地想到了什么，赶忙在水银池北岸的石壁上摸索起来。

“老马，你在干什么？你以为这里还会有机关？”唐风反问道。

“为什么不会呢？”马卡罗夫看上去信心很足。

水银池北岸的石壁均由不规则的六边形石块垒砌而成，马卡罗夫一块块试过来，突然，其中一块石块被他摁了下去。

唐风也是一惊，他发现被马卡罗夫摁下去的那块石块比其他六边形石块都要规整。当马卡罗夫将石块摁到最里面时，水银池中有了变化。

一阵不大的翻涌，六个六边形的石墩从水银池中慢慢冒了出来，正好在水银池上架设了一座石桥。

唐风走近池边，看见那六边形的石墩呈荷花状。正所谓“步步莲花”，这是佛教中吉祥的寓意。唐风顾不了许多，率先踏上了第一座石墩，紧接着是第二座，第三座……当他的双脚重新站在水银池南岸的时候，终于轻吁了一口气。马卡罗夫也跟着来到了水银池南岸。

两人不敢懈怠，也不敢呼叫韩江的名字。他们默契地都拔出了手枪，那个神秘人也许就在包金铜门外面……

5

唐风和马卡罗夫走过宽大的甬道，里面堆放着那些椭圆形石块，和他们过来的时候没有两样，包金铜门上的那两根绳子也还在，那块架在水银池上的木板又被放回了甬道左侧。唐风抬脚就要穿过包金铜门，却被马卡罗夫一把拉住。马卡罗夫指了指脚下，唐风发现在脚下的浮土上出现了一些凌乱的鞋印。

唐风蹲下身查看这些凌乱的鞋印，却发现地面上的鞋印竟然都是他和韩江，还有马卡罗夫留下来的，并没有出现第四个人的鞋印。

马卡罗夫也很疑惑，两人回到前殿中，这里空无一人。韩江竟然消失了？！唐风看看他们来时打开的西门，又看看南面已经敞开的洞口，并没发现什么异常，再看原本紧闭的东门，竟然虚掩着……

“东门被打开了！”唐风小声惊道。

“地上韩江的鞋印也一直延伸到了这里。”马卡罗夫发现韩江的鞋印最后消失在了东门前。

两人对视一眼，本能地打开了手枪的保险，侧身来到东门旁。他们不知道韩江到底遭遇了什么，怎么会擅离职守，跑进了东门里。东边这座金漆大门后面又是什么？按照西门外的设计，东门外应该会是一条甬道。这条甬道会有多长，韩江竟然一去不复回？

唐风冲马卡罗夫做了个手势，意思是他来开门，马卡罗夫掩护。马卡罗夫点点头，唐风用右手慢慢地拉门，“吱呀——”一声，前殿东面的金漆木门被拉开了。外面果然是一条漆黑幽深的甬道，并没有人拿枪对着自己，唐风稍稍松了一口气。

唐风一侧身走进了门外的甬道，马卡罗夫也跟了进来。唐风打开电筒，照了照这条甬道，和他们来时的甬道没有两样，洞壁经过人工打磨，但并不是很平整。他往前走了几步，就发现他们脚下的路似乎在往高处去。又走了几步，前方出现了一道弯。拐过弯，唐风用电筒一照，发现坡度竟然猛地陡峭起来。

唐风心里起疑，刚要迈腿往前走，脚下突然被什么东西绊了一下。他一惊，本能地把枪对准了脚下，可就在这时，他发现下面也有一个枪口正在对着自己。

“谁？！”唐风一惊，猛地后退了一步，靠在石壁上，手中的电筒也摔落在地。

“不要慌！小子！”是韩江的声音。

唐风忙拾起电筒，向对面的人照去，只见韩江有气无力地瘫坐在石壁下。这时，韩江已经放下了手中的枪。

“你怎么跑这里睡觉来了？擅离职守，害得我们差点回不来！”唐风埋怨道。

“唐风，韩江好像受伤了！”马卡罗夫已经看出了韩江的虚弱。

“你究竟怎么跑到这里来的？”唐风也看出韩江好像不对劲儿，他们说了几句话，韩江也没有吱声。

唐风把韩江扶了起来。韩江使劲晃了晃脑袋，后脑勺剧痛无比：“我见你……你们迟迟不回来，便瞎琢磨水……水银池的机关，果然被我发现了水银池的机关。就在这时，我听……听到了一声枪响，我判断出枪声来……来自于前殿那边，我跑……跑到前殿，又听见几声枪响，我听出……枪声来自于这条甬道里，于……于是，我就跟了进来。刚走到这里，我……我感到后脑勺一阵剧痛，眼前一黑，就……就什么都不知道了，现在后脑勺还痛……”

听完韩江断断续续的讲述，唐风倒笑了：“别装了，以你的身体，就算被人偷袭十次，也不至于这样啊！快起来吧！”

“不！这……这次不一样，我也曾被人偷袭过，但从……从没像这次这么严重！”韩江极力回忆着遇袭的那一瞬间。

“你被拍脑残啦！这次又能怎么样？”唐风不信，以为韩江在装。

马卡罗夫检查了韩江的伤口，后脑勺出现了大块的淤血。“这次确实很严重，袭击韩江的人下手既准又狠！”马卡罗夫凭着多年的经验判断道。

“你看清楚那个人了吗？”唐风问。

“那么快，我……根本没反应过来！”韩江回答。

“那也就是说，你也不知道这家伙往哪边去了？”唐风失望地说。

“袭击韩江的人应该就是那个神秘人！”马卡罗夫忽然说道。

“神秘人？你怎么能肯定？”唐风不解。

马卡罗夫往前走了两步，站在石壁边，指着石壁上一个醒目的三角形标记：“看！这个标记又出现了！”

“果然是那个神秘人！”唐风也辨认出了，石壁上的标记和他在林子里见到的一模一样。虽然面对的是坚硬的石壁，但这个三角形标记依旧分成了三笔，用力刻划在石壁上，以至于标记边缘的石壁被整个剥落下来。

6

三人对已有的线索分析了一番，认为那个神秘人又沿着这条甬道往前走了。于是，唐风和马卡罗夫搀扶着还没缓过劲来的韩江，三人开始艰难地往前探寻。

“枪声？你听到了几声枪响？”唐风问韩江。

“至少有三枪，也可能有四五枪！有几枪是连续射击，隔得又远，分不清了！”韩江极力回忆着。

“是一支枪连续射击，还是多支枪混战？”马卡罗夫敏锐地问。

韩江一怔，他想了想：“似乎不止一支枪！但我也不敢肯定。”

“难道除了神秘人，还有其他人？”唐风说着，不由自主地摸了摸自己的枪。

三人又沉默下来。因为韩江很虚弱，所以三人走得很慢。唐风发现这条甬道的地势一直在抬高，而且似乎在不断地转弯。他查看着周围的石壁，一方面是查看神秘人留下来的标记，另一方面是担心出现岔路和新的洞口。他可不想再在这幽深的甬道内迷路。

唐风默默记着他们所走的距离，离韩江出事的地方已经走了百余步了，甬道看上去还在延伸。每隔二十余步，唐风就会在石壁上看见那个醒目的三角形标记，这说明那个神秘人也是从这里走的，也说明危险正在一步步向他们逼近。

当唐风在石壁上发现第八个三角形标记的时候，他忽然在脚下发现了一摊血：“你们看，这里有血！”

马卡罗夫查看了血迹：“是人的血，看上去就是刚刚留下的。”

唐风又在地上发现了弹壳，他找到了两枚，马卡罗夫也找到了两枚。韩江和马卡罗夫合计了一下，便发现了端倪：“这是两支不同的手枪射出的弹壳！”

“那就是说，这里至少有两个人发生了枪击？”唐风反问。

“差不多！”马卡罗夫道。

韩江和马卡罗夫用电筒照遍了附近的岩壁，只有那一摊血迹。“两支枪的子弹，只留下了一个人的血迹，看来另一个人应该没事！”韩江判断道。

再往前走，血迹滴滴答答地不断出现，而石壁上的三角形标记却消失了。唐风不禁狐疑起来："难道神秘人遭到了攻击？"

"看上去并没有伤到要害，这人还在往前走！"韩江道。

"这究竟是怎么回事？除了那个神秘人，还有谁？看上去受伤的人应该伤得也不轻，为什么还要拼命往前走……"

唐风正说着呢，韩江一把捂住了他的嘴。他这才发现甬道似乎到了尽头，前方出现了一个洞口。洞口外是什么，他还没看清，韩江就关了他的电筒。

7

三人凭着感觉，摸黑走出了甬道。这里并没有一丝光亮，仍旧是一处黑暗的空间。唐风还感觉不出这里是多大的空间，他想打开电筒，可他的手上却被韩江孔武有力的大手压着。他在黑暗中听到了两个动静，那是韩江和马卡罗夫打开手枪保险的声音。韩江的手慢慢地离开了唐风的电筒。

唐风心领神会，也打开了手枪的保险，一手握枪，另一只手放在了电筒的开关上。一阵沉默后，韩江和马卡罗夫几乎同时打开了电筒，也几乎同时将电筒的光柱对准了左前方。

唐风也忙推开电筒的开关，将电筒照向左前方。三只电筒射出的强光汇聚一处，刺破了这个黑暗的空间。唐风发现这是个不大的石室，而在他们的左前方，有一个人正仰面躺在地上。

"史蒂芬！"唐风、韩江和马卡罗夫几乎同时认出了躺在地上的那个人。

三人小心翼翼地走到史蒂芬跟前。史蒂芬面色惨白，左臂上有个弹孔，正汩汩地往外冒着殷红的血。

"他看上去很虚弱！"马卡罗夫说道。

"看来这一路的血都是史蒂芬的！"韩江很快想到了山下客店中惨死的芬妮。

马卡罗夫从自己背包里拿出了一些药片，给史蒂芬灌下，又扯了一段纱布，给他包扎了伤口。三人一边等待史蒂芬苏醒，一边观察起他们所在的这个石室。

唐风判断了一下方位，他们走进来的甬道口位于西面。在石室的东面，他惊奇地发现，和通往后殿的甬道一样，石壁上出现了一个拱券型的门。只不过这道门似乎被整块巨石封堵了，根本看不到曾经被打开过的痕迹。

唐风伸出双手，使出全身力气推了推券门，没有任何动静。他想，既然门推不开，一定有机关，于是在门四周寻找。找着找着，唐风在门楣处发现了几个字："你们看，这里有字，是西夏文。"

韩江和马卡罗夫也看向了这道券门。

“写的什么？”韩江问。

“戒——台——上——寺——藏——经——楼？”唐风慢慢翻译出了门楣上的西夏文。他怀疑是不是自己翻译错了，又仔细看了一遍，确实是这几个字。

“藏经楼？”唐风首先表示不解，“这山里怎么会建藏经楼？真是不可思议！”

韩江和马卡罗夫也不明白。“不管它，先打开这道门，不就什么都知道了！”韩江似乎恢复了些力气。

于是，三人一起用力，使劲推这道券门，可是这扇石门却纹丝不动，坚若磐石。

“你……们别费劲了！这门……是推不开的！”三人身后忽然传来一个声音。

第十六章 阴影中的将军

1

唐风、韩江和马卡罗夫听闻身后传来的声音都是一惊，回身观瞧，发现是史蒂芬已经苏醒过来，正强撑着虚弱的身体坐了起来。

“老朋友，咱们又见面了！”韩江笑道，“不过你这次的情况好像不太妙！”

“是啊！从我……我第一次见到你们，就知……知道咱们是有缘的人。”史蒂芬脸上也强撑着笑容。

“你怎么会到这里来的？”韩江一眨眼就变了脸，以一副审问者的姿态站在史蒂芬面前。

“你们能来得，我……我为什么就不能来？”史蒂芬脸上依旧保持着微笑。

“刚才在甬道里袭击我的人，就是你吧？”韩江故意问道。

“你觉得可能是我吗？”史蒂芬并不正面回答韩江的问题。

“好吧，那咱们换个方式问，袭击你的人又是谁？”韩江正色道。

“我……我说我也不认识那个人，你信吗？”史蒂芬反问。

“那要听听你的理由。”

“没有理由，我能告诉你的就是，劝你们快……快离开这里，这是为你们好！”史蒂芬吃力地说道。

“谢谢你的关心！但我们不需要。”

“那……那我就没什么可说的了！”史蒂芬耸了耸肩，然后闭上眼，无力地靠在身后的岩壁上。

“芬妮，你总不会告诉我你也不认识吧！”韩江忽然提到了芬妮。

史蒂芬的身体猛地颤了一下，但他咬了咬嘴唇，什么都没说。

“据我所知，你跟芬妮是有感情的，而且感情还非常好！我说得没错吧！”韩江停下来看着史蒂芬，发现他的身体又颤了一下，“说吧，芬妮是被谁害死的？你要知道，现在只有我们能帮你抓住杀害芬妮的凶手。”

史蒂芬还是不说话，但韩江已经看出，他内心的防线正在松动，故而接着说：“我们知道你并不是真正的幕后黑手，你只是一个走私艺术品的，根本没那么大的能耐！你难道不想为芬妮报仇吗？”

“别说了！”史蒂芬猛地吼了一声，打断了韩江的话。大家发现，两行泪水从史蒂芬的脸颊上缓缓淌下来。

一阵沉默后，史蒂芬又道：“好吧！我……我可以把我知道的都告诉你们。你们想知道什么？”

“先回答我前面的问题，袭击你的人是谁？”韩江缓和了一下语气。

“他好像是个俄国人，但……但我不知道他的名字。”史蒂芬说。

“斯捷奇金？”韩江和唐风马上想到了斯捷奇金。

“那……那人很厉害，我之前从没见过他。”

“杀害芬妮的也是这个人？”韩江问。

“嗯！就是这个人。”

“他为什么要杀害芬妮，又打伤你？”

“都是为了那块玉……玉插屏。”

“玉插屏？好吧，咱们来说说最重要的吧！你的老板是谁？”韩江决定不再绕弯子，直奔主题。

“这……”史蒂芬犹豫起来，沉吟了许久，才终于下定了决心，缓缓说道，“这都是宿命，宿命啊！一切都要从我们家族的命运说起……”

2

美国华盛顿州西雅图市郊的一条乡间公路上，史蒂芬和芬妮正驾驶着他们用不义之财买来的红色法拉利跑车。他们刚刚在欧洲大干了一票，这一票足够他俩和他们的队伍享受一段时日了。

可是，正在驾驶法拉利的史蒂芬却高兴不起来，因为他刚刚得到了一个不好的消息，父亲马昌国病重，很可能就是这几天的事了。

不知不觉，那家坐落在湖边的不起眼的养老院已经出现在他眼前。史蒂芬驶进停车场，将车停好，跳下车，皱着眉注视着夕阳余晖中宁静的养老院。父亲一直坚持住在这家偏僻的养老院。他也曾多次建议父亲换一家条件好的离城近一些的养老院，可是父亲却坚持不干。

来到养老院门口，芬妮紧紧握了一下史蒂芬的手。史蒂芬感受到了芬妮的温暖。

他从小就没有什么亲人，和父亲相依为命，但是上中学后，父亲将他送到了寄宿学校，执意搬到荒凉的郊外养老院。史蒂芬不理解父亲的用意，甚至为此怨恨过父亲。有很长一段时间，史蒂芬都陷在深深的孤独当中。直到芬妮的出现，才让史蒂芬那颗冰冷的心感到了一缕久违的阳光。

父亲和芬妮是史蒂芬在这世上仅存的亲人了，现在父亲马上就要离自己而去，史蒂芬不禁黯然神伤。不知不觉，他已经来到了圣乔治湖滨养老院 202 房间的门口。恰在此时，一个护工急匆匆地从房间内跑出来，202 房间的房门虚掩着。史蒂芬朝里望去，只见床上躺着一个双目紧闭的老人，老人手臂上插着输液管，似乎已经奄奄一息。史蒂芬一眼便认出，这就是自己的父亲——马昌国。没想到半年没见，父亲竟已如此苍老。

突然，床上的马昌国睁开双眼，从床上坐了起来，然后歇斯底里地拔掉手臂上的输液管，狂喊乱叫："魔鬼！……太可怕了！……死亡绿洲！……魔鬼！……血咒……该死的血咒！……不要靠近我！……该死的恶魔！……"英语夹杂着中文，马昌国发了疯似的喊叫着，引来了隔壁的几位老人围观。

史蒂芬和芬妮赶忙冲了进去。"父亲，父亲，是我，是我，我是史蒂芬，我来看你了！"史蒂芬极力想使父亲安静下来，可是父亲却像根本不认识他，依旧发疯似的胡乱叫喊着。

"快，请让一下，病人需要急救。"护工和两位医生冲进了房间，"先生，请你先出去一下，我们要抢救病人。"

"我是病人的儿子。"

"不！先生，我们不管您是谁，请先出去等候，我们需要抢救病人。"护士坚持要史蒂芬离开。

史蒂芬很不情愿地被芬妮拉出了 202 房间。"父亲怎么会变成了这样？"史蒂芬痛苦地把头埋进了芬妮的怀里。

医生、护士忙了好一阵，总算把马昌国从死亡边缘拉了回来。

3

午夜时分，圣乔治湖滨养老院 202 房间，马昌国的病情有所稳定，已经在床上沉沉睡去。忽然，202 房间的门开了，两个黑影闪了进来。

那两个黑影没有开灯，而是慢慢地走到床边。他们摘去墨镜，静静地看着躺在床上的马昌国。今晚的月光特别明亮，月光照在两个黑影脸上，这两个黑影正是史蒂芬和芬妮。

月光也洒在老人的脸上，老人双目紧闭，眼窝深陷，头发灰白，细密的皱纹布满脸颊，呼吸略有些紧促。史蒂芬和芬妮在床边注视良久……突然，床上的马昌国睁开了双眼，眼中闪出一道寒光，威严而冷酷，直逼站在床旁的两人。两人微微一怔，显然吃惊不小。

“你们来啦！”床上的马昌国开口了。

史蒂芬坐到床边，“是的，我们来看您了。”

马昌国干笑了两声：“这也许是最后的见面了。”

“不！您的身体不会有问题，我们可以请最好的大夫……”

不等史蒂芬说完，马昌国打断了他：“史蒂芬，不要难过。我的身体我最清楚，那么多大风大浪我都闯过来了，面对死亡，我已经没有任何恐惧，上帝会保佑我的。”

此时，月光映在史蒂芬的脸上，两滴泪水顺着他瘦削的脸颊滑落下来。马昌国吃力地小声呵斥道：“史蒂芬，不要流泪，你一定要理解为父的一片苦心，你现在趴到床下去！”

趴到床下去？史蒂芬不明白父亲的意思，他疑惑地看着父亲。

“趴到床下去，你会看到一个盒子。”马昌国严厉地催促儿子，他知道自己已经时日无多。

史蒂芬趴到大床下。“你往床板上看，那个盒子就绑在床板下。”马昌国指挥着史蒂芬。史蒂芬朝床板上看去，在床板下的隐蔽处，果然绑着一个黑色塑料袋包裹的长方形盒子。史蒂芬慢慢挪动着身体，直到他的手可以够着那个盒子了。他扯去绑在外面的胶带，费力地将盒子取了出来。

马昌国看到史蒂芬手里捧着的盒子，眼睛一亮，迸发出难以抑制的光芒。史蒂芬想撕去盒子外面的黑色塑料袋，马昌国却摆了摆手，“等你离开这里再拆。”

“这里面装的是什么？”史蒂芬好奇地问。

马昌国皱紧了眉头，吃力地说：“等你拆开来看的时候就知道了，里面还有我给你的一封信，你要仔细看。这个东西……这个东西是我们马家的祖传之物，你爷爷为了这个东西，丢了性命；我为了这个东西，背井离乡，来到美国。这么多年来，美国人想得到这个东西，中国台湾的人不但想要这东西，还想除掉我。所以我只能装疯卖傻，东躲西藏，才苟延残喘到今天。现在我把这个东西交给你，你一定要小心，因为……”马昌国突然呼吸急促起来，喘着粗气，表情极其痛苦。

史蒂芬赶紧倒了一杯水，帮助马昌国把两粒药服下去。马昌国稍稍平静后，接着说：“因为从你拿到这件东西开始，危险就会一步步向你逼近……你……千万要小心……”马昌国又开始剧烈地喘息起来。史蒂芬注意到，父亲的眼睛这时不再看着自己，而是痴痴地盯着前方……突然，马昌国指着前方的墙壁，痛苦地大叫起来，“你是谁？……魔鬼！……死亡绿洲！……魔鬼！……不要靠近我！……该死的恶魔！……可怕的血咒！”随即，马昌国的瞳孔开始急速放大。史蒂芬极力想让父亲冷静下来，可是父亲虽已病入膏肓，却仍然力大无穷，不管他怎么努力，都无济于事。史蒂芬知道，父亲被压抑得太久了，这次他是真的疯了。

马昌国的号叫惊醒了其他人，值班护工打开了走廊里的灯。就在马昌国看到亮光的一刹那，他眼中最后的那点光芒消失了，然后重重地仰倒在枕头上。马昌国升入了天国——那里没有魔鬼，上帝会保佑他。

4

马昌国死了，医生和护工忙了大半夜，直到旭日初升。史蒂芬抱着父亲留给自己的盒子，独自坐在沙发上出神。芬妮替他打理好了一切，走过来轻声安慰他：“史蒂芬，别难过了，我们下一步怎么办？”

“看看这盒子里是什么东西！”史蒂芬说着就要拆开父亲留给他的盒子。

“等等！你父亲说让我们离开这里再打开盒子！”芬妮提醒史蒂芬。

史蒂芬犹豫了一下，还是推开了芬妮的手：“父亲说，我祖父是为了这个东西死的，他也是为了这个才背井离乡东躲西藏的，我倒要看看这是什么？！”

史蒂芬不听芬妮劝阻，执意撕去了盒子外的黑色塑料袋，一个古色古香的紫檀盒子出现在他的面前。凭着多年的经验，他一眼便断定，这是个有年头的紫檀盒子。这么漂亮的紫檀盒子自己还是第一次见到，盒子就已经如此尊贵，盒子里的东西……史蒂芬想到这里，迫不及待地打开了盒子。可是紫檀盒子里还有一层锦盒，锦盒上用火漆封着。他刚想去拆那火漆，忽然发现在锦盒上面放着一封信。信封上没有字，信封口也没封，显然这就是父亲留给自己的信。

史蒂芬双手颤抖着，打开了这封父亲的绝笔信。信里并没有什么遗嘱，而是马昌国写的一段历史，一段马氏家族的历史。

吾儿：

当你看到为父这封信的时候，父亲已经离开了你，也离开了这个世界。父亲没有什么遗产，只有这个盒子里的东西可以留给你，但这也同时把巨大的危险留给了你。我犹豫再三，曾想永远毁掉盒子里的东西，但最终还是下不了这个决心。

盒子里的东西是我们马家的传家之宝。你爷爷曾为了这个宝物，丢了性命；为父又背井离乡，东躲西藏几十年。在你小时候我就把你送到寄宿学校，然后隐姓埋名，躲到这荒凉的养老院，也是因为这个东西。

说到这个东西，就要从你爷爷开始说起。史蒂芬，我从来没有跟你提到过你的爷爷，现在是时候告诉你了。你的爷爷名叫马远，宁夏人氏，本是一个读书人。可是生在那个乱世，军阀混战，天灾人祸，民不聊生，不要说出头之日，就是温饱也做不到。一次，你爷爷出门谋生，却被一伙强盗掠去，来到了一个叫马鬃山的地方。强盗见你爷爷识文断字，颇有谋划，便收留了他。于是，你爷爷就这样不情愿地落草成了土匪。

后来，你爷爷弄清了这伙土匪的底细，这伙土匪的头子就是当时在中国西北名震一时的黑喇嘛。他们抢劫商旅，杀人越货，无恶不作。你爷爷因为有文化，也有头脑，慢慢地在土匪中有了一些威望，黑喇嘛有事也常与他商量。渐渐地，你爷爷在黑喇嘛的队伍里成了一个颇有影响力的人物。

一次，黑喇嘛抢劫了敦煌附近的一家客店，住店的旅客中，有个专门盗掘贩卖文物的家伙。从这人的行李中，搜出了一件宝贝，就是锦盒之中的物件。据那人讲，他曾参加过俄罗斯探险家科兹洛夫的探险队，盗掘过黑水城的古物。这次的宝物是他在敦煌莫高窟的一个石窟内发现的，并告诉了你爷爷他们这件宝贝的秘密。我想来想去，还是决定不告诉你这个秘密，因为一旦你知道了这个秘密，只能给你带来灾祸。请你理解为父的苦心……

你爷爷和黑喇嘛知道了这件宝物的秘密后，便起了邪心，一心想破解这个秘密，得到惊人的财富。后来蒙古和苏联特工突袭马鬃山，要灭掉黑喇嘛。危急时刻，你爷爷帮助黑喇嘛脱了身。他们仅剩几个人，一直逃到了贺兰山中。再后来，剩下的几人都对黑喇嘛不满，于是你爷爷和其他几人在得到了黑喇嘛的宝藏和这件宝物后，将黑喇嘛杀死在了贺兰山中。

黑喇嘛死后，你爷爷带着几个弟兄混进了军阀马鸿逵的队伍；再后来，你爷爷又进入军统，直到后来的保密局。你爷爷虽然从土匪变成了保密局的军官，但是他仍然恋恋不忘那件宝物背后的秘密，他的足迹遍布西北各地。最后，你爷爷领着刚刚二十出头的我，还有另外两个弟兄，来到了一个叫七色锦海的地方。那真是一个美丽的地方，但同时又是一个可怕的地方。你爷爷和另一个弟兄就死在了那里的山洞中，再也没能回来，而我侥幸逃了出来。

之后，我仍然为保密局服务。不知为何，我也像你爷爷一样，在胸中燃起了破解那件宝物秘密的想法。国民政府败退台湾时，我自愿留了下来，一直隐姓埋名潜伏在西北一带。直到后来发生了一件可怕的事，我才放弃了破解宝物秘密的想法，只身逃亡。我远走青藏高原，翻越喜马拉雅山，从印度乘船，在海上漂泊了半个多月，才来到美国。就这样，我一直隐姓埋名、东躲西藏，免了许多的灾祸，苟延残喘到今日。

就写到这里吧，父亲已经没有力气了。史蒂芬，你一定要记住为父的忠告。你拿到这件宝物之后，一定不要试图去破解上面的秘密。你要将这件宝物收好，永远不要示人。

还有一件事，前几天为父让你们去北京参加那场拍卖会是个巨大的错误，你们一定要小心，希望为父一时的头脑发热，还不至于害了你们！

马昌国绝笔

5

史蒂芬读完父亲留给自己的信，泪眼模糊。芬妮见外面已经天色大亮，走廊里的人渐渐多了起来，忙劝道："咱们还是快离开这里吧。"

史蒂芬缓过神来，警觉地看了看周围，又到走廊上观察了一会儿，才回到屋中说："芬妮，这里确实不能久留，说不定这里已经被FBI和警察监控了。我们的一举一动，都会引起他们的注意，我们得带着盒子赶紧离开。"

"是的，史蒂芬，这次从中国回来，我的感觉就很不好，似乎周围总有一双眼睛在盯着我们。"

史蒂芬点点头。于是，芬妮打开随身带着的小包，开始了一番精心的装扮……

史蒂芬装扮成了坐轮椅的老人，而芬妮则成了一位身穿制服的护工。芬妮推着史蒂芬往外走，穿过长长的走廊，一切似乎都很正常。但是在养老院的一楼大厅里，芬妮性感的身材和中指上那枚外形奇特的祖母绿戒指，还是暴露了他们。

史蒂芬感觉四周有无数双眼睛正在盯着自己，他感到窒息，想尽快离开这里。他紧紧抱住怀里的那个盒子，那是父亲留给他唯一的遗物。他不知道周围那些眼睛是在盯着自己，还是在盯着自己怀里的盒子。他忽然又想起了父亲临终前的忠告：当你得到这件宝物的时候，危险就会一步步向你逼近。

史蒂芬轻轻咳了两声，芬妮心领神会，加快了步伐。轮椅越推越快，芬妮的步伐也越来越凌乱。史蒂芬坐在轮椅上，微闭着双目，看上去有气无力，但他却在注视着周围的一举一动。芬妮的速度显然让大厅内的眼睛有些不安，史蒂芬感到危险正在一步步向自己逼近。当芬妮将轮椅推出大厅时，史蒂芬已经可以确信，他们被人盯上了。他决定不再等待，猛地从轮椅上站了起来，拉起芬妮就往停车场跑。

史蒂芬和芬妮的举动，显然超出了那些眼睛的意料，养老院前一阵骚动。待史蒂芬和芬妮跳上法拉利驶出停车场的时候，两辆银灰色的切诺基才追了出来。

就在史蒂芬以为能甩掉后面的切诺基的时候，令他意想不到的一幕出现了，一架OH-58D"基奥瓦勇士"直升机，不知何时从地平线下升了出来。史蒂芬心里一慌，再看后面，那两辆切诺基也跟了上来。

6

很快，史蒂芬和芬妮驾驶着红色法拉利驶上了州际公路，他们一路向西狂奔，想甩掉后面的切诺基。可他们的一切努力似乎都是徒劳，后面的两辆切诺基始终紧紧尾随，无论史蒂芬如何努力，都无法甩掉他们。在他们经过一座大桥时，几名正在路边休息的巡警被眼前这一幕怔住了，两辆警车随后也加入了这场追逐。一时间，公路上警笛大作。而空中，那架 OH-58D“基奥瓦勇士”直升机更是几次飞跃红色法拉利，甚至悬停在离他们头顶很近的上空。

史蒂芬和芬妮仰头已经可以看到直升机上举着 M-4 突击步枪的壮汉了。史蒂芬一皱眉，恶狠狠地对芬妮说：“既然他们要跟我们玩，那我们就陪他们玩到底。”

芬妮点点头，回身从后面的包中抽出了一支卡利科 M-950 式 9mm 冲锋枪，举枪便向空中的直升机射击。直升机上的人猝不及防，“哒！哒！哒！”一排子弹射中了直升机柔软的机腹，在机腹上开了几个小洞。直升机剧烈晃动了一下，不敢恋战，迅速拉升。逃过一劫的直升机很快还以颜色。史蒂芬将车速加到了最大，在公路上左右摇摆，躲过了 M-4 突击步枪的一次次射击。

“得想个办法，甩掉他们！”芬妮冲史蒂芬大声喊道。

史蒂芬眉头紧锁，一声不吭，他在想着一切可以甩掉追兵的办法。突然，他发现前方公路旁出现了一条岔路，这条岔路通向一大片茂密的树林。看到这些，史蒂芬已经打定了主意。

“坐好！”史蒂芬对芬妮嘱咐完，正好来到岔路口。史蒂芬猛打方向盘，红色法拉利驶上了岔路。两辆尾随而至的切诺基没想到史蒂芬来了这一手，手忙脚乱中也猛打方向盘，拐向岔路；等后面的警车赶到时，法拉利和切诺基早已不见了踪影。

在茂密的树林中，岔路很快驶到了尽头。Shit！史蒂芬猛拍着方向盘咒骂道，他怎么也没想到这竟是条死路。原本，史蒂芬希望借助这片树林，摆脱追兵和空中的直升机，没想到竟使自己陷入了绝境。他已经可以听到后面切诺基的声音了。万般无奈之下，史蒂芬背上那个装着神秘盒子的背包，拉着芬妮跳下车，一头钻进了茂密的树林。

两人在树林里毫无方向地狂奔了几英里，仍没有甩掉后面的追兵。“哒！哒！哒！”身后又传来了枪声，史蒂芬本能地举枪还击。双方就这样边跑边还击，且战且退。怎奈追兵人多势众，他们很快打光了子弹。史蒂芬和芬妮扔掉枪械，继续向前狂奔。就在两人筋疲力尽的时候，一条大河出现在他们面前，拦住了去路。

史蒂芬和芬妮喘着粗气，看看眼前的大河，又回头望望就要逼近的追兵。“看来，这里就是你我的葬身之地了！父亲，恕孩儿不孝，不能照看我们马家的传家之宝了。”史蒂芬嘴里喃喃自语。

芬妮知道，史蒂芬虽然从小在美国长大，也起了个美国名字，却深受中国传统文化的影响，她完全能理解史蒂芬对父亲的感情。芬妮宽慰史蒂芬说：“也许，我们可以游过这条河。”

史蒂芬努力恢复着理智，他观察了河面，这段河面虽宽却很平静：“也许……也许真的可以游过去？”

求生的本能让史蒂芬和芬妮没有时间多想，两人鼓起勇气慢慢走进了河水……当他俩游到河中时，岸上的追兵也到了，七八支长枪短炮一起向水面射击。史蒂芬和芬妮已经游远，密集的子弹只在水面溅起水花，并没有伤到两人。

一切都还算顺利，史蒂芬和芬妮游过了大河。可就在他俩以为成功脱险之时，耳畔却传来了直升机巨大的轰鸣声。两人从水中刚一冒头，几支黑黝黝的枪口便对准了他俩……

费尽气力，史蒂芬和芬妮最终还是没能逃出追捕。两人精疲力竭地瘫倒在岸上，史蒂芬大口地喘着粗气，看看这些神秘的追兵，绝望地冲他们吼道："你们是什么人？为什么要抓我们？"

一个戴着墨镜，像是这群人的头目的人冷笑两声，对史蒂芬道："为什么要抓你？因为将军想要见你！"

"将军？我不认识什么将军！"史蒂芬头脑中快速搜索着这个所谓的"将军"，可他实在想不起来，自己以前也根本不认识什么将军。

那人并不回答史蒂芬的问题，而是接着说："将军为了见你，当然还有你的父亲，已经等待了太久太久。你的父亲太狡猾了，他让我们耗费了太多时间。但是你父亲再狡猾，也逃不过我们的手掌。好了，你想知道的，都去问将军吧！"

说完这番话，那人再不言语，史蒂芬和芬妮被押上了直升机。直升机缓缓飞出这片树林，很快消失在远方……

7

"原来你就是马远的后代！"听完史蒂芬的回忆，唐风惊呼。

"怪不得前殿南面的门没了，应该早在民国时就被黑喇嘛和马远他们拆除了！"马卡罗夫道。

"还有通往中殿包金铜门中的尸骨，这么看来肯定就是黑喇嘛的了。"韩江不敢想象那些人是如何将黑喇嘛活活夹死在门缝里的。

"史蒂芬，按你这么说，你们家族一直保存着敦煌的那件玉插屏？"唐风问。

"是的，四……四块玉插屏，在西夏的四个方位。北……北面黑水城的那块被科兹洛夫探险队带到了彼得堡，西面敦煌的那……那块玉插屏一直在我们马家手上，南面阿尼玛卿雪山那块被……被你们得到了，现……现在只剩下东面贺……贺兰山中的这块。"史蒂芬慢慢说道。

"你们没发现贺兰山那件玉插屏吗？"唐风关切地问。

史蒂芬吃力地摇摇头："我还……还不知道那件玉插屏放在什么地方，但应……应该就在这一带。"

"我们找遍了黑鹫寺，黑喇嘛的宝藏也找到了，可就是没见到玉插屏！"唐风困惑地说。

“也许……也许那件玉插屏就在券门外……”史蒂芬吃力地指了指券门。

唐风又推了推券门，依旧坚若磐石，纹丝不动。

“别推了，外面肯定被……被人堵上了。”史蒂芬有气无力地说。

韩江示意唐风回来，然后又问史蒂芬：“从你刚才的叙述中看，你们马家和将军并不是一路人，可后来你又为什么效忠于将军了呢？”

史蒂芬的身子又剧烈晃动了一下，沉默好一阵，才又慢慢说道：“那……那都是迫不得已。”

当史蒂芬和芬妮被摘去头罩时，他们已经置身于几百公里外的一处荒漠中。史蒂芬心里暗自揣测：这是伙什么人？看上去像是联邦调查局的特工，他们难道是为文物走私的事抓我们？他惴惴不安地等待着命运的安排。可是，他和芬妮在这里并没有等来命运的安排。他们被关押了一天后，又被戴上黑色头罩，押上了飞机。

“这不是直升机，是一架固定翼飞机，庞巴迪公司生产的六十座支线客机。不过这架飞机经过了改装，现在是一架私人客机。”史蒂芬虽然被戴上了头罩，但凭着他多年闯荡世界的经验，很快判断出了他们所处的环境。

“他们这是要把我们送到哪里？”芬妮小声问史蒂芬。

“不知道，也许是去见他们所说的那个将军！”史蒂芬答道。

史蒂芬话音刚落，负责押送他们的人便大声呵斥：“不要说话！”

史蒂芬闻听此言，猛地一惊，随即他反问那人：“你们和昨天抓我们的那帮人不是一伙人？！”

史蒂芬的话让包括芬妮在内的所有人都很惊诧。那人不再言语，机舱内死一般寂静，只有史蒂芬小声对芬妮说：“他们和追我们的那伙人绝对不是一路的！”

“你是怎么知道的？”芬妮反问。

“那伙人多半是联邦特工，这伙人我不知道，我无法判断。”

“把他们分开，把他们的嘴也给封上！”那个为首的人吼道。史蒂芬被人用胶带封上了嘴，芬妮也离他而去，可是他还在极力分辨着、判断着。这是伙什么人？要把自己带向何处？

飞机已经飞了至少五个小时，史蒂芬心里越来越没底。五个小时，这完全可以离开美国了。飞机还在空中飞行，史蒂芬无法判别飞机的航向，他感到了此生从未有过的压抑和紧张……

8

大约六小时后，飞机终于开始降落。飞机稳稳地停在停机坪上，史蒂芬和芬妮被押了下来。一下飞机，史蒂芬就感到一股热浪将自己包围，强烈的阳光炙烤着他的身体。他快速判断着，这应该是到了某个热带地区，是加勒比海的小岛，还是南太平洋上的小岛？

史蒂芬和芬妮再次被摘去头罩时，两人发现他们正置身于一间很大的黑室当中，这里冷气十足，与外面的炎炎烈日形成了巨大的反差。芬妮显然一时不能适应这种反差，连打了三个喷嚏。就在她打完第三个喷嚏时，他们头顶的灯亮了，但是这盏灯仅仅能够照亮他们所在的地方，黑室的其他地方依然一团漆黑。巨大的好奇心促使两人迈开脚步，向前走去。就在这时，黑室深处的阴影中传来了一个苍老而沙哑的声音：“你们好，欢迎你们来到这里！”

这突如其来的恐怖声音吓得两人停下了脚步。史蒂芬极力想通过这人的言语判断出有用的信息，但是他没有得到任何有价值的线索。这人说的是英语，纯正的美式英语，没有一丁点口音。许久，史蒂芬才壮着胆子问：“这是哪里？你又是什么人？为什么将我们带到这里来？”

那个声音再次响起：“史蒂芬，你的问题太多了。你不用知道这是哪里，我是什么人，你也不用知道。你们可以称呼我为‘将军’！我喜欢这个称呼！至于，我为什么把你们带到这里来，你们很快就会知道的！”

“将军？你怎么知道我的名字！”史蒂芬惊问。

“呵呵！我当然知道你的名字，我还知道这位漂亮的小姐叫芬妮。你们不用惊讶，你们所从事的国际艺术品走私生意，使得你们不但在你们的行业里，也在国际刑警组织和许多国家警方的视线中大名远扬。据我所知，你们的生意做得很大，积累了巨额的财富，但是，你们却忽略了危险的存在。”

“危险？你是说警方？”

“是的，如果不是我把你们请到这里来，你们恐怕将要在监狱中度过你们的下半辈子了！”将军说着，发出了两声冷笑。

“这么说，你把我们绑到这里，我们还应该感谢你喽？”史蒂芬轻蔑地反问。

“不错！你可以这么认为。不过我要纠正你一个错误，不是我把你们‘绑’到这里来，是‘请’！是把你们‘请’到这来！”将军用沙哑的声音强调。

“好吧！就算是‘请’！那你把我们请来，究竟想干什么？”

“合作！当然，你也可以理解成为我工作！”将军特别加重了语气。

“合作？可我连你们是什么人都不知道，怎么合作？”史蒂芬问。

“你们很快就会知道的。现在让我先来看看你父亲留给你的最后一封信。”说着，史蒂芬看见，在黑暗的阴影边缘，一张长条桌上，放着一个紫檀盒子。他认出，那正是父亲临终前交给自己的那个盒子。只见阴影中伸出一只戴着黑手套的手，抓过紫檀盒子，将其拖进了阴影中。

史蒂芬听到了打开盒盖和翻动信纸的声音。将军在看信，可是黑暗中他怎么看得见呢？史蒂芬望望芬妮，芬妮也冲他摇了摇头。

黑室中静得能听到每个人的呼吸。史蒂芬听到了自己的呼吸，也听到了芬妮因紧张而略显紧促的呼吸，可却完全听不到那个人的呼吸。将军还在这间黑室中吗？

过了很久，阴影中终于又传来了将军那沙哑的声音："你父亲真是死不瞑目啊。"

"是啊！父亲刚死，我们马家的宝物就被你们抢去，他当然死不瞑目！"史蒂芬低吼道。

"不！你还没明白你父亲的意思，你父亲不是为了这个死不瞑目！"

"那是为什么？"史蒂芬的情绪激动起来。

"不要着急，史蒂芬！我先问你，你知道这个盒子里装的是什么东西吗？"将军没有回答史蒂芬的问题。

"不！不知道，我从未打开过，父亲只告诉我是一件宝物。"

"对！一件非常珍贵的来自中国西夏王朝的珍宝——嵌珠宝缠莲纹玉插屏。"将军直接说出了盒中之物的名字。

"什么？玉插屏！我前几天在北京的一次拍卖会上见到过，最后被一个老头以千万人民币的价钱买走了。这件东西怎么……怎么会出现在我父亲那里？不！这不可能！"史蒂芬不敢相信这一切。

"没什么不可能的。你们马家的这块玉插屏，并不是你在拍卖会上见到的那块玉插屏！"

"什么？将军你也参加了那场拍卖会？！"史蒂芬感到震惊。

"不！没有！我实话对你说了吧，玉插屏不止一块，它一共有四块，你父亲手上一直珍藏着一块。这四块玉插屏隐藏着一个关于西夏王朝宝藏的惊天秘密！我希望能和你合作，得到那笔富可敌国的财富！"将军终于说出了他的真实目的。

9

史蒂芬还是没有理出头绪。他和芬妮去拍卖会上竞拍那块西夏玉插屏是他父亲的主意，他自己对这件珍宝一无所知，至少在见到将军之前是这样。

史蒂芬考虑良久，才反问将军："我想知道这一切究竟是怎么回事？"

"一切？"将军笑了，那笑声让史蒂芬感到毛骨悚然。笑罢，将军才又说道，"史蒂芬，'一切'未免太多了。几个家族，几代人，甚至一个王朝的恩怨情仇，怎么能说得过来。"

"好吧，将军，那就说说你是怎么找到我的。"史蒂芬极力让自己在将军面前保持镇定。

短暂的沉默后，将军开口了："我不得不承认，这是一个艰难的过程，我……我找你父亲，已经找得太久了。几十年来，我一直在寻找你的父亲，我几乎动用了我所有的力量去寻找他，可是他像人间蒸发了一样，无影无踪。他太狡猾了，有几次我已经可以找到他了，但是每次，他都在最后时刻逃出了我的视线。否则……否则我不会等到现在。这么多年，我已经浪费了太多太多的时间，有时我甚至不得不怀疑你父亲是不是还在人世，但是我相信他不是一个普通的人，绝不会那么无声无息地就离开这世间，因为他还不甘心！"

"为什么？我看不出我苍老的父亲还有什么非分之想！"史蒂芬问。

"史蒂芬，不要急，听我慢慢讲。如果你父亲没有非分之想，我今天也许就见不到你了。几十年的漫长等待，终于出现了一个机会。就在前不久，我得到了四块玉插屏中的一块，于是我策划了一个一石二鸟……不！是一石多鸟的计划，其中'一鸟'就是你的父亲马昌国。果然，几十年后你父亲还是不甘心，他上钩了，派你去中国参加那场拍卖会。虽然你并没有公开露面，而是通过电话委托参与竞拍，但我们的人还是通过这位漂亮的芬妮小姐，顺藤摸瓜找到了你，然后继续顺藤摸……"将军说到这儿，冷笑了两声。

史蒂芬这时总算明白了自己是如何暴露的，也明白了父亲绝笔信最后那句，"前几天为父让你们去北京参加那场拍卖会是个巨大的错误"的真实意思。

现在后悔已经晚了，史蒂芬开始理解父亲的良苦用心。他咬了咬牙，反问将军："那你现在想把我们怎样？"

将军又是一阵冷笑："史蒂芬，不要恨我。你父亲虽然在这封信中说，不希望你卷进玉插屏的争夺中来，但是事已至此，你应该换个思路来想这个问题了。想想吧，你父亲这一生何尝不想破解玉插屏的秘密。还有你爷爷，你们马家已经有两代人为此努力，甚至献出了生命，你为什么要半途而弃呢？史蒂芬，和我一起找到四块玉插屏，得到那笔富可敌国的财富吧！单靠你自己的力量是不可能成功的，只有跟我合作，你才有可能实现你们马家几代人的夙愿。"

史蒂芬沉默不语，他在思考将军所说的话。

将军见他不语，又说道："你想想，仅仅一块玉插屏就价值千万人民币，那么，那笔富可敌国的财富又会有多少？我不敢想象！但我现在就可以向你保证，你会得到属于你的那份的，到那时，你的下半生会过上亿万富翁的生活。你永远不用再像现在这样提心吊胆，还随时可能被警察送进大牢。好好考虑我的提议吧！"

"可是我还是不明白，你为什么会选择我？你已经得到了我们马家的那块玉插屏，可以一枪杀了我。"史蒂芬反问。

将军在阴影中发出了两声冷笑，笑毕，才又缓缓说道："史蒂芬，你的为什么太多了，这样不利于我们的合作。不过，这个问题我可以回答你。我之所以选择你，原因有四。一，因为你是马昌国的儿子。”

“等等，将军，我想知道你以前和我父亲见过面吗？”

“应该算是见过吧！”将军沉默了一会儿，给出了一个模棱两可的回答。

史蒂芬还想问什么，但将军打断他继续说道：“二，得你父亲真传，你对文物艺术品颇有研究，特别是来自东方的文物；还有三，你曾经在空降兵部队服役，身手很好，这两点我都很欣赏。”

“多谢夸奖！”史蒂芬一直希望自己在将军面前表现得不卑不亢。

“当然最重要的是第四点，因为你所从事的行当！你长期从事国际艺术品走私，在这方面人脉极广，手下还有一支队伍。”

“你连我手下这支队伍……都知道了？”史蒂芬暗暗吃惊。

“当然知道。我在跟一个人打交道之前，会尽可能全面地了解这个人，这是我多年养成的习惯。关于你的一切，我都了如指掌！你的那支队伍我也很清楚，只不过用我的眼光看，你的那支队伍装备太差，训练水平也不行。如果让我来培训你的队伍，我保证会让它实力倍增！”将军狞笑道。

笑毕，将军又接着说：“还有，正因为你所从事的这个行当，你正被国际刑警组织调查，还有很多国家想抓你，所以面对我的提议，你是没有选择余地的，你只有老老实实地跟我合作，才有出路。否则，我只要把你往警察那边一送，你和这位漂亮小姐的下半辈子，可能就要在监狱里度过了！我会尊重你的选择，如果你不愿意和我合作，那么请同时告诉我，你想去哪个国家的监狱度过你的下半生，我会让你如愿以偿。你可要想清楚，是美国？还是中国？或者是哪个中东国家？哈！哈！”将军在黑室的阴影中发出了一阵骇人的狂笑，这笑声让史蒂芬和芬妮全身的汗毛都竖了起来。史蒂芬知道，此时他已经没有了选择的余地。

……

第十七章 秘密基地

1

唐风、韩江和马卡罗夫听完史蒂芬的叙述，都吃惊不小。

“原来拍卖会是将军设的一个局！”唐风惊道。

“这样就可以解释王凯的所作所为了。他是将军的人，所以这个局被放在了华宝。”韩江的思路顿时开阔起来。

“可是另一方势力呢？既不是史蒂芬，也不是将军，我们之前曾经分析过，拍卖会上还有一股势力，齐宁是感受到来自两方面的压力才自杀的。一方是王凯，代表将军，另一方呢？”唐风敏锐地觉察出问题。

“难道就是梁云杰？”唐风的问题让韩江刚刚开阔的思路又堵塞了，他下意识地转头看了看马卡罗夫。

“韩！你看我干吗？你又怀疑是我们？”马卡罗夫叫了起来。

“我没怀疑你。也许就是梁云杰。梁云杰给齐宁出了大价钱，齐宁经受不住诱惑，拿了梁云杰的钱，又无法向王凯和将军交代，所以只好自杀！”韩江见马卡罗夫怒了，赶忙给马卡罗夫降火。

唐风见韩江这副模样，苦笑了一下，“不过，还是有很多问题没搞清楚，比如梁云杰的死。”

韩江经唐风这一提醒，又问史蒂芬：“对！这是个重要的问题。谁杀了梁云杰？是你杀的吗？”

“不！梁……梁云杰是将军派人杀的。他说……说梁云杰很重要，他自己派人解决，所……所以我就没参与。”史蒂芬道。

“你的人身上也有刺青吗？”马卡罗夫忽然问。

“刺青？”史蒂芬愣了一下，但他显然很快就明白了马卡罗夫的意思，“不！没有。很遗憾，我的队伍在香港就被打光了。”

“怪不得从羌寨开始我们对手的实力显著增强了！”韩江回忆着。

“不错！那是将军的队伍，将军的队伍确实很厉害。至于那个刺青……”史蒂芬又陷入了深深的回忆之中。

2

史蒂芬的人马在香港几乎损失殆尽，当他失魂落魄地逃到将军的船上时，一个瘦高的男人接见了他。史蒂芬盯着坐在沙发里的白种男人，头发灰白，眼窝深陷，戴着眼镜，文质彬彬。他判断不出这人的具体年龄，但他想，这人至少应该在五十岁以上了。这个男人如果放在美国任何一所大学里，都是一个标准的教授形象。

那男人也在盯着史蒂芬。史蒂芬被他盯毛了，先开口问道：“你就是将军？”

男人很绅士地笑了笑：“不！你是见不到将军的。”

“那你是谁？”

“你可以叫我教授，也可以叫我怀特！”

怀特？教授？怀特教授……史蒂芬在脑海中搜索着关于这个怀特教授的信息。

“将军对我这次的行动很失望吧？”史蒂芬故作轻松地说。

那个自称怀特的人耸了耸肩：“是的，是有那么点失望，不过……这也都在他的预料之中。”

“预料之中？将军知道这次我会失败！”

“将军当然希望你能成功，但对你手下那些人，将军可没什么期待。”怀特点燃了一支雪茄。

“我的人都完了，现在我对你们似乎已经没有价值了！你们打算怎么处置我和芬妮？”史蒂芬强装镇定。

“恰恰相反。我刚才说了，将军对你的人本来就不抱希望，这次你的人完了，反而有助于你和我们合作。至少，你不会再像之前那么狂傲，可以乖乖地接受我们的安排了。”怀特的语气听起来十分自信。

史蒂芬开始明白，自己的资本已经没了，再也没有资格和将军讨价还价了，今后自己和芬妮的命运只能听从将军的安排了。

这时，那个怀特又开口了：“史蒂芬，我知道你心里面在想什么，你不用紧张。跟你说实话吧，其实将军很欣赏你。要知道将军已经老了，他很想找一个像你这样的接班人。”

“像我一样的接班人？”史蒂芬心里一惊。

“不错，将军不希望他精心培养的队伍在他百年之后土崩瓦解，他需要一个能力强、头脑聪明，又死心塌地为组织服务的年轻领导人。”

“组织？你们是什么组织？”

“一个古老的组织，一个历史比中情局、FBI的历史都要悠久的组织。”说着，那个叫怀特的男人解开自己的衬衫，史蒂芬惊奇地发现，在怀特的后背上有一幅文身——一匹野狼引颈嚎叫，而在狼身上立着一只雄鹰。

史蒂芬浑身一颤，“这……这……”他忽然想到了什么。

“史蒂芬，我想你并不是第一次看到这个文身了，你父亲的身上也有一个这样的文身。”怀特慢悠悠地系上衬衫的扣子。

“父亲……”史蒂芬想起自己小时候和父亲洗澡的时候，在父亲的后背确实看到过一个这样的文身，只不过比怀特身上的要小，小得多。

“怎么样？想起了吗？”

“嗯，想起来了。可我父亲怎么会和你们是一伙的？”史蒂芬大惑不解。

“你父亲一定对你讲过黑喇嘛的故事吧？”怀特反问。

“父亲在临终前的绝笔信上提到过这个人。”

“当年，黑喇嘛为了让手下对自己绝对忠诚，也是联系的需要，在所有手下身上都刺上了这样的文身。那时可不像现在这么文明，全是用匕首和针刺上去的。据说这个图案来自西夏王朝一个神秘部落的图腾，那个部落的人相信，在婴儿身上刺上这个文身，可以让婴儿拥有狼和鹰的力量，像狼和鹰一样强壮、狡黠、勇敢、无畏。”怀特解释道。

“所以我爷爷和我父亲的身上都有这样的文身。”史蒂芬有些明白了。

“说到你爷爷，他是一个了不起的人物。他杀死了黑喇嘛，成为我们组织历史上的第二位领袖，可是后来你爷爷壮志未酬，在去川西时失踪了。”

“不！我父亲说，爷爷是死在了那里。”

“将军也是看了你父亲给你的信才知道的。你爷爷的失踪和其后的一系列事件，使我们的组织遭受了巨大打击，一度停止了所有活动。直到将军重新振作，我们的组织才在今天恢复了元气，并大大加强了组织的力量，将我们组织的触角延伸到了世界各地，成员也实现了国际化。”怀特一脸自豪。

“原来是这样！”史蒂芬有点明白了，“可我父亲为什么要躲着你们呢？”

怀特笑了笑：“那是因为他对将军的误解。还有就是他害怕了、胆怯了，忘了当初的誓言。”

“誓言？”

“是的！现在，史蒂芬你就要重温当年的誓言！”怀特说着站了起来。

“重温誓言？！”史蒂芬惊讶地看着怀特，他身后又来了四个彪形大汉。

“史蒂芬，还有这位漂亮的小姐，你们跟他们去，他们会很好地对待你们……”

怀特慢悠悠地说。

“你们要干什么？”史蒂芬激动地叫起来。两个大汉见史蒂芬不老实，上去把他架了起来。

另外两个大汉押着芬妮，将他们带到了船舱底部的一间密室。这里只有两张床，其他什么都没有。壮汉把他们分别绑在两张床上，便退出了密室。密室的灯光逐渐暗了下来，史蒂芬惊恐地向四周张望，他不知道接下来将要发生什么可怕的事情。

3

密室的门开了，怀特走了进来，他的装束和刚才大不相同。史蒂芬不知道怀特身上穿的是什么衣服，总之，是一件他从未见过的怪异服饰。

怀特站在史蒂芬和芬妮面前，双眼微闭，嘴里开始念念有词。史蒂芬极力想听清他嘴里在念叨什么，可什么也听不懂。他说的既不是英语，也不是中文。

史蒂芬只觉得怀特的嘴越动越快，语速也越来越快。他瞪着一双惊恐的眼睛看着怀特，似乎怀特嘴里蹦出来的不是语言，而是可怕的咒语。史蒂芬受不了了，他想挣脱绑在身上的皮带，却动弹不得。直到最后，他和芬妮都慢慢地合上了眼睛……

等史蒂芬苏醒过来，他发现自己和芬妮还被关在这间密室中，身上的皮带已经解开了。船在剧烈摇晃着，一阵剧烈的颠簸，史蒂芬和芬妮都滚到了床下，史蒂芬忙去搀扶芬妮，却见芬妮的身上不知何时多出了一个文身，就是之前见到的那个可怕的图案。

史蒂芬明白了，忙查看自己身上，惊异地发现在自己后背也出现了一幅巨大的文身，一样可怕的图案，却比芬妮身上的要大出许多！

芬妮的手温柔地触到了史蒂芬的后背，史蒂芬浑身一颤。他猛地转过身搂住芬妮，见她眼中露出一丝恐惧，忙安慰她：“别担心，一切都会过去的。”

一切都会过去的。史蒂芬和芬妮在密室中又颠簸了一天一夜，期间除了进来送饭的人，没有其他人进来过。

终于，怀特走了进来。“怎么样？睡得好吗？”怀特一脸微笑。

“不好！”史蒂芬怒道。

“别生气，等咱们到地方了，你很快就会理解我们的一片苦心了！”怀特笑着回头冲两个大汉点了点头。

史蒂芬不知道他要干什么，本能地向后退了一步。

“别紧张，史蒂芬，咱们这里有个小规矩，你暂时还不能破了这个规矩。”怀特解释道。

“规矩？！”史蒂芬还在诧异，那两个大汉已经上来给他和芬妮蒙上了双眼。

史蒂芬和芬妮被带上岸，然后登上了一架直升机。直升机飞了十多分钟后，稳稳地降落，停到了地面上。

当史蒂芬的双脚触到地面时，他已经判断出这里就是上次将军接见他的地方。史蒂芬和芬妮被摘去眼罩，两人适应了一会儿，才看清周围的环境。这里是群山环抱中的一处直升机停机坪，不远处是一个平静的湖，湖边坐落着一排房子。而在湖的另一边则是一个巨大的训练场，各种障碍物、训练器材，凡是训练特种部队的玩意，这里竟然都有。

史蒂芬暗暗吃惊，这是什么地方？像是一处秘密基地。天气很热，坐船能够到达。史蒂芬根据两次到达这里的经验迅速判断着，但最后他只能推断出这是某个位于热带的岛，仍然无法判断出这里的具体方位。

史蒂芬和芬妮又被带进了上次见到将军的那间密室，两人紧张地注视着那片阴影。他们无法确定那里是否有人，将军是不是已经坐在阴影里注视着他俩……

4

密室内没有一丝声响，史蒂芬可以清晰地听到自己的心跳。

过了许久，阴影中终于传来了将军的声音，还是那个有些嘶哑的苍老的声音："史蒂芬，很高兴又见到了你！"

虽然早有心理准备，但史蒂芬还是感到震惊。他没有听到任何的脚步声、开门声和呼吸声，难道将军刚才一直躲在阴影中观察着他俩？

"不！我并不高兴。既然是合作，那为什么这么对待我，似乎对我很不信任！"史蒂芬不满地说道。

"史蒂芬，你多虑了！"将军笑了起来，"几乎所有人来到这里，都要被蒙上眼睛。要知道，我们所从事的是世界上最危险的事业，所以我们不得不处处小心谨慎。"

"可在船上，那个怀特已经让我加入了你们的组织，还在我身上……"

"史蒂芬，你应该说'我们的组织'！"将军打断了史蒂芬。

"那我们应该是自己人了！我想应该以诚相待。"

"以诚相待，呵呵！这世上充满了罪恶和尔虞我诈，以诚相待的人我也见过，可是现在已经不多了！"

"好吧，我可以原谅你们的粗鲁无礼。那么，这次你把我们请到这里来，又想要干什么？"

"既然你已经加入了我们的组织，就要参加我们的训练。"将军顿了一下，又道，"我想怀特已经对你说了，我正在物色接班人选。本来我是有个接班人的，我培养了他很多年，可是后来却发生了变故，所以我现在要重新选定一位接班人，你是候选人之一。”

“候选人？这么说，我还有竞争对手？”

“当然！”

阴影深处传来两声清脆的掌声，紧接着，史蒂芬身后的门开了，怀特和另一个年轻人走了进来。

“你们可以互相认识一下！”将军说道。

“我叫季莫申！”那个年轻人向史蒂芬伸出了右手。

史蒂芬礼节性地和季莫申握了握手。这时，将军又开口了：“在北京拍卖的那块玉插屏，就是季莫申的功劳。他和我有一样的理想，并且已经为我们的组织服务了很长时间，但我对季莫申仍有不满意的地方。总的来说，你们俩各有优缺点，所以在你们两个人中间选定一个接班人并不是件容易的事。”

史蒂芬有些明白了，事已至此，他忽然觉得按照将军给他划的道儿走下去，也许是个不错的选择。过去那种担惊受怕的日子已经让他厌倦了，他想给芬妮一个好的稳定的生活，不想再像以前那样没完没了地打打杀杀。不管什么组织不组织，用将军的力量干完这一票，也许就可以让自己结束过去那样的生活了。

想着想着，一幅崭新的画卷在史蒂芬面前徐徐展开……这时的他早将父亲的忠告抛到了九霄云外，他决定死心塌地为将军效力，他想要和这个季莫申竞争一下接班人的位置了。

将军轻轻咳了两声，接着说：“下面就全看你们的表现了，具体的安排，怀特会告诉你们的。”将军说完就没了声音，阴影里完全安静了下来。史蒂芬看见季莫申和怀特毕恭毕敬地看着那片阴影，觉得有些好笑，可是不敢笑出声来。

几分钟后，史蒂芬听到了一阵轻微的响动，密室里露出了一丝光亮。紧接着，这光亮越来越多，越来越亮。史蒂芬发现，原来是密室的窗帘被缓缓打开了。

5

厚厚的窗帘全部被拉开了，温暖的阳光照射进来。史蒂芬这才看明白，所谓的密室原来是一间很大的会议室。

会议室紧靠着湖边，风景很美，史蒂芬被眼前的景色迷住了。突然，窗外传来一阵猛烈的射击声，史蒂芬本能地想掏枪，这才想起来自己在船上就被缴了械。

怀特突然出现在史蒂芬身后，拍了拍他的肩膀说：“别紧张，史蒂芬，放松，这只是我们的队伍在训练。”

“像特种部队一样的训练？”史蒂芬透过宽大的窗户，看见了湖对面的训练场上，几十个黑衣人正在训练，有的在练习擒拿格斗，有的在练习对抗射击。

“对，某种程度上比特种部队还要严格的训练！”怀特道。

“为什么要进行这么严格的训练？”史蒂芬不解。

“因为我们将要面对十分复杂的环境，面对远超出你想象的危险。”

“我在空降兵部队待过，依我的眼光看，你们的训练水准确实很高。可我还是不明白，我们将要面对怎样的危险，难道是比美国特种部队还要危险吗？”

“史蒂芬，我现在很难用几句话对你描述我们将要面对的危险，以后你会慢慢知道的。”怀特停了一下，转身坐下来，“史蒂芬，你虽然在美军空降兵部队服过役，但是不要把美军的傲慢带到这里来。你要知道，这世界上比美军厉害的队伍还有不少，比如我们的对手。”

“你是说我在香港碰到的那些人？”

“对！不过他们只是危险的一部分。”怀特示意史蒂芬等人坐下来。

待众人坐定，怀特打开一个厚厚的档案袋，从中拿出一沓文件，对众人说：“下面我们就来研究一下我们的对手！”

史蒂芬从怀特手中接过文件。在这些文件中，他看到了唐风、韩江、赵永、罗中平、梁云杰、梁涌泉、梁媛、叶莲娜、马卡罗夫等人的照片和基本资料。

“这些人都记住！以后你们少不了和他们打交道！”怀特提醒众人。

史蒂芬的记忆力很好，他快速地翻完了这些资料，疑惑道：“这个老 K 的人员并不齐整啊！韩江既然是老K的头儿，为什么仅仅是 K2？ K1 又是什么人？”

怀特耸耸肩：“我也发现了这个问题。但我们只掌握了这么多情报，如果你们想知道更多，就只有靠你们自己了。”

“资料中提到了梁云杰和马卡罗夫参加科考队的事，我……”史蒂芬忽然想到了父亲临终前不断地呼喊着“死亡绿洲”“魔鬼”……难道父亲也和当年的科考队有关？

“史蒂芬，你想说什么？”怀特问。

“我父亲曾在临终前，不断地大喊‘死亡绿洲’‘魔鬼’什么的。而且我父亲在信里说，国民政府败退台湾后，他曾为了破解玉插屏的秘密，主动潜伏在大陆。也就是说，父亲 20 世纪 50 年代很可能一直生活在中国内地。他会不会和那次中苏联合科考队有关？”史蒂芬说出了心里的疑惑。

史蒂芬的话让怀特和季莫申沉默下来。许久，季莫申忽然开口问：“史蒂芬，你父亲对你具体说过 20 世纪 50 年代他在中国内地的生活吗？”

“没有。我父亲从来不对我讲过去的事，只是在临终前给我的信中简要地提到了过去的事。”

“好了！这个问题咱们留到以后再讨论，现在先说眼前的事。史蒂芬，看完了这些人的资料，你应该明白我刚才所说的危险了。看看我们的对手，实力不弱吧！而且这还只是你们所面对的部分危险。”怀特严肃地说。

"是的！从香港的情况和这些资料看，咱们的对手确实实力不俗，不过这倒让我放心了。"

"哦？"怀特不解其意。

"这说明我手下那批人显然不是他们的对手，我输了并不丢脸！下面就看将军训练的队伍了，我相信如果这支队伍让我率领，一定可以战胜我们的对手。"

"好！将军要的就是你这句话！"怀特击掌说道。

"那么，我们下一步的行动呢？"这时，连史蒂芬自己都感到奇怪，自己竟然如此急迫地想去中国，去找到那个传说中的西夏古城。

怀特打开了一幅地图，指着地图上一处位置说："下一步我们的目标就是这里——川西北的群山，据说这里生活着最后的党项人部落。你们要赶在唐风、韩江他们之前，找到这个党项人部落，他们手中应该有一块玉插屏。"

"你给我多少人？"

"随便你挑！而且咱们已经有人在那里埋伏下来了。如果你们发现了老K的人，就把他们诱到这里的羌寨，将他们统统消灭在羌寨中。"

"那事不宜迟，咱们现在就应该出发。"史蒂芬这时开始理解，爷爷和父亲为什么一生都难以割舍那件珍宝，现在自己也深陷其中，不能自拔了。

"等等！史蒂芬，不要性急，在你带领人马出发前，你还要参加训练。"

"参加训练？"史蒂芬不解，"难道我还不够格吗？"

"当然不是，我和将军都很看好你。不过，你要让下面的人信服你。从明天开始，你和芬妮就像普通士兵一样，去和我们的队伍一起训练，在他们面前展示出你的实力，大家自然会服气的！"

史蒂芬没想到会这么复杂。他沉思了一会儿，说："好吧！那就这么定了！"

"史蒂芬，记住，你要真正成为我们中的一员这一点，比训练本身更重要。"怀特最后不忘告诫史蒂芬。

6

第二天起，史蒂芬和芬妮便以普通士兵的身份加入了训练。史蒂芬从空降兵部队退役后，一直保持着很高的状态，从没降低对自己的要求，再加上过去在部队里学习的技能，很快他就从众人当中脱颖而出。

在和这些黑衣人的接触中，史蒂芬逐渐了解到了他们的出身。这些人虽然来自世界各地，但大都有着相似的经历：在部队服役，然后触犯法律，身犯重罪！是将军用各种手段，将他们带到了这里。这些走投无路的亡命之徒无不对将军死心塌地、誓死效忠，既为了报将军的救命之恩，也被将军许诺的美好未来所打动。

几周的训练结束后，一天下午，怀特来到了训练场上，对众人宣布了史蒂芬的任命，甚至还给史蒂芬颁发了一枚勋章。史蒂芬觉得自己似乎又回到了部队的生活，他望着眼前这些杀气腾腾的家伙，忽然有了一种时空错位的感觉。

史蒂芬心里不知该喜，还是该忧。不过一想到将军那个美妙的许诺，他就激动起来，即便找不到西夏王朝的宝藏，如果真能得到这支队伍，那也可以干出几桩惊天大案来。想到这里，史蒂芬不由自主地左顾右盼起来。他在找寻季莫申，想看看季莫申的表情。季莫申是他唯一的竞争对手，可是他在人群中却没看见季莫申的身影。

"原来是这样，我说那些黑衣人怎么如此厉害！"韩江听完史蒂芬的叙述，大吃一惊。

"他们居然还有我们的资料！"唐风也感到惊诧，"而且最早建立这个神秘组织的竟然是黑喇嘛！怪不得我们在石壁上见到了那个图案！"

"我明白了，图案上的两条线条，早的那条是西夏时期的，朱红色的那条很可能是黑喇嘛画的！"韩江道。

"这……这里面居然也出现了一个怀特……"马卡罗夫喃喃自语道。

"是啊！这个怀特是不是就是当年那个被谢德林抓住的怀特？"唐风惊道。

"不，不可能吧！叫怀特的美国人多了！而且，那人也不一定就真叫怀特，说不定只是个代号，说给史蒂芬听的！"韩江摇了摇头。

"怀特会不会和将军就是同一个人！"马卡罗夫忽然想到。

"我也曾……曾怀疑过，但以……以我的观察，他……们应该不是一个人。"史蒂芬道。

"你知道当年的前进基地吗？"马卡罗夫忽然问史蒂芬。

史蒂芬不解地看着马卡罗夫。

"或者说，你听怀特和将军提到过前进基地吗？"马卡罗夫又问。

"什么前……前进基地，我从……从未听到过！"史蒂芬一头雾水。

"这就怪了，将军的队伍也有那样的刺青，一样训练有素！"马卡罗夫的大脑急速运转着，他在捕捉着每一个细节，希望将史蒂芬所说的秘密基地和当年的前进基地联系在一起。

可是，他实在想不通当年的前进基地和将军的秘密基地有什么必然的联系，除了身上的文身和那自称"怀特"的美国人，两者似乎并没有联系。但是马卡罗夫多年养成的职业敏感又提醒着他，这里面一定有着什么联系，只是……只是自己还没有发现。

"谢德林不是说，当年的学员全都死了吗？"唐风宽慰马卡罗夫，他知道马卡罗夫在担心什么。

"可是最终谢德林并没有找到所有学员的尸体！"马卡罗夫有些沮丧。

“你是怀疑将军的队伍和当年的学员有关？”韩江反问。

“不！我不知道。总之，这里面有太多的疑团需要解开。”马卡罗夫陷入了深深的矛盾当中。

沉默了一阵，韩江忽然提到：“你们注意到了吗？史蒂芬说到了季莫申。”

“怎么？”唐风也注意到了。

“将军说，想在史蒂芬和季莫申中选一个，成为他的接班人。而现在季莫申已死，那么史蒂芬就应该是理所当然的接班人喽？！”韩江说这话时盯着史蒂芬，语气中带着一丝调侃。

史蒂芬一听韩江这话，立马急了，他想要说话，却剧烈地咳了两声。直到他平静下来，才又重新开口：“韩江，你就……就不用激我了，我其实是上当受骗了，什么接……接班人都是放屁。也……也许季莫申有资格，但绝……绝不可能是我，我却天真地相信了。我现……现在开始理解所……所谓的血咒了，玉插屏的魔力实在是太大了……它让人丧失心志，失去理智……无法判断是非！”

“好了，你现在明白并不算晚。不过我就不明白了，你说季莫申有资格，你就没有资格？难道将军从一开始就是骗你的？”韩江不解。

“对！他从……从一开始就是骗我的，不过我很……很晚才知道。那是我从彼得堡回来后……”史蒂芬又开始了一段痛苦的回忆。

7

从冰天雪地的彼得堡回到温暖的秘密基地，九死一生，可史蒂芬并没有感到轻松。他又一次失败了，他不知道将军还有没有耐心接受自己又一次的失败，特别是这次，季莫申死了，这让史蒂芬惊惧不已。

通过在彼得堡和季莫申一段时间的相处，他知道季莫申是将军的爱将，心思缜密，学识渊博，特别是对西夏历史和文化的了解鲜有人及。季莫申唯一欠缺的可能就是他不善武力，但这并不妨碍季莫申在将军心目中的地位。

史蒂芬心中惴惴不安，季莫申死了，而他却逃了回来，将军会怎么想？史蒂芬胡思乱想着，和芬妮又被带进了秘密基地的密室中。

这一次，史蒂芬和芬妮都觉察出了阴影中有人，因为那人在剧烈地喘息着。史蒂芬不知道这是什么情况，也不敢问，他毕恭毕敬地站在原地，等待着阴影中传来将军的声音。

“史蒂芬，这次你让我非常失望，真的非常失望！”将军的话语十分严厉。

史蒂芬的心脏随着将军的话狂跳，他不知道自己为什么会如此敬畏这个从未见过面的“将军”。他也是见过大世面的人，可在将军的威严面前，他的那点自尊却是一文不值。他明显感觉到了将军态度的转变，与前几次相比，这次要严厉了许多，看来这次失败，确实让将军伤筋动骨了！

“将军，请您原谅，我们本来可以取得成功，但是就差那么一点点！”史蒂芬极力为自己辩解。

“行了！我不想再听你的理由，这次我们不但损失了几个好兄弟，还永远失去了季莫申。要知道，季莫申对我们来说，是非常重要的。”

史蒂芬知道将军一定会提到季莫申，他也不辩解，只好忍着，听将军训斥。

将军停了一会儿，又严厉地说道：“失去了季莫申，就好比失去了我的左膀右臂。他精通那么多种文字，特别是古文字，现在没了他，你让我们如何继续我们的事业！你行吗？”

面对将军的质问，史蒂芬实在憋不住了，反驳道：“将军，请允许我说一句实话，其实这次失败最大的问题恰恰出在季莫申身上。”

“哦？”将军对于史蒂芬竟敢反驳自己，显然有些吃惊。

“是季莫申让米沙在他的眼皮底下又活了这么多年，最后还发现了我们的秘密，并帮助唐风和韩江他们取得了胜利。如果当初季莫申能够聪明点，让米沙永远消失，也许就不会有我们今天的失败！”史蒂芬的心脏仍然在狂跳，但他极力维持表面上装出的镇定。

史蒂芬的反驳竟然让将军哑了火。阴影中长时间沉默，以至于史蒂芬又开始怀疑，将军还在不在那里。突然，将军又开口了：“史蒂芬，你要明白，只有我才有资格评判季莫申。我们现在说的并不是季莫申的过失，而是你的问题。”

“我承认我的失误，但请您再给我一次机会，我一定不会再让您失望！”史蒂芬恳求道。

阴影里又是长时间的沉默，三分钟后，将军才开口：“好吧！我可以再原谅你一次，不过下次行动，我要给你派个帮手。”

“帮手？”史蒂芬忽然有种如芒在背的感觉，他马上明白了将军的用意。

这次，将军并没有击掌，史蒂芬身后的门就开了，一个光头男人走了进来。史蒂芬又往门外看了看，他没有看见怀特，只有这个家伙进来了。

史蒂芬再一次打量这个男人，白人，光头，穿着一件大号迷彩服，似乎和怀特差不多岁数，看上去很瘦弱，但两眼却炯炯有神。

“嘿！我是史蒂芬！”史蒂芬主动伸出手来示好，可是那人并未理睬，他只好无趣地收回了手。

“你可以称呼这位先生‘光头’。”将军又在阴影中说道。

光头？史蒂芬知道身旁这个家伙绝非等闲之辈，如此不雅地称呼他，是否会引起此人的不快？他掉转脸看看那人，光头也转头看了看他，对他露出一丝难看的笑容，算是和史蒂芬打过了招呼。

“可是我们之间应该如何协调行动呢？”史蒂芬不明白和这个光头在一起，具体该如何行动。

“你只管干你的，不用主动和光头联系，在必要的时候，他会出现以帮助你完成任务！”将军虽然这么说，可史蒂芬依然觉得这个光头是个大麻烦。

8

没过多久，史蒂芬和芬妮就接到了将军的指令，下一个目的地是贺兰山。

史蒂芬开始着手准备去贺兰山的装备，一边准备，一边问芬妮：“最近，你在这里见过那个怀特吗？”

“没有！从这次回到这里，就没见过怀特！”芬妮也感到有些奇怪。

“那个光头，你打听到什么？”史蒂芬又问。

“那家伙这段时间时常在基地训练，但从不和人说话。我几次试图和他说话，他都没有理我！不过……”

“不过什么？”

“不过有一次我听见他说了一句脏话，是用俄语说的！”

“哦？这么说他是俄国人！”史蒂芬又想起了他在彼得堡经历的一切。

“但我只听到那么一句，别的就什么都不知道了！”芬妮无奈地耸耸肩。

史蒂芬收拾停当，正坐在沙发里休息，忽然瞥见了床下的一个破旧皮箱。这是上次怀特给他们拎来的，说是他父亲在养老院的遗物，同时送来的还有父亲临终前写给自己的那封信。

史蒂芬从床下拖出皮箱，掸了掸上面的灰尘，打开来。怀特送来这个皮箱后，史蒂芬曾经查看过一遍，箱内都是一些普通的衣物，并没有什么特殊的东西。这也正常，怀特送来的皮箱，肯定已经被他们翻了个底朝天！

史蒂芬随手将那些旧衣服扔了出来，翻着翻着，忽然在皮箱底下发现了一些异样。隔着皮箱底部的隔层，他隐约在隔层下看到了一些奇怪的印迹，像是一张图……

“芬妮，拿把剪刀来！”

史蒂芬用剪刀小心翼翼地将隔层剪开。翻过来，隔层下果然有东西，只见那里缝着三张图，三张藏宝图！

史蒂芬惊奇地发现，这竟然是黑喇嘛的藏宝图。第一张是通往贺兰山藏宝地的路线，第二张是黑鹫寺的平面图，第三张上虽然什么都没标记，却弯弯曲曲地画满了线条。史蒂芬一时还看不明白第三张图的意思。

史蒂芬在第二张图的背面，又发现了父亲的一段笔迹：

吾儿，若遇急难之时、事不可解之时，你可按此三张图找到黑喇嘛遗留的宝藏。当年你爷爷杀死黑喇嘛得到了他的宝藏，并将这些宝藏藏在了黑鹫寺的深山玄宫中，并作图以记之。后我等在七色锦海身遭大难，我只身逃脱，原藏宝图已失，为父便据记忆又作图三张，恐有不准确之处，故一直未展示于你。切记，若非急难之时、事不可解之时，不要前往，切记！谨记！

史蒂芬看完这段文字，将图递给了芬妮。“黑喇嘛的宝藏！”芬妮惊呼。

“若非急难之时、事不可解之时，不要前往！”史蒂芬嘴里不停地喃喃自语，突然，他猛一拍头，“现在就是我急难之时、事不可解之时。”

“史蒂芬，你想去找黑喇嘛的宝藏？”芬妮问。

“为什么不呢？我们从彼得堡回来后，你难道没看出来将军态度的转变。特别是季莫申的死，让将军很难过。我现在越来越感觉到，当初什么接班人的鬼话都是用来哄骗我们为他卖命的！季莫申有可能是将军接班人的人选，但绝不是我们！”史蒂芬满腔愤怒，但头脑却渐渐清晰起来。

“所以你打算借这次去贺兰山找那块玉插屏之机，找到黑喇嘛的宝藏？”

“对！然后我们也不要什么玉插屏了，从此摆脱将军的控制，隐姓埋名，远走高飞！”史蒂芬越说越激动。他见芬妮还在犹豫，一把抓起她的右手，“你看，我父亲送你的这枚祖母绿戒指，当时我就觉得这戒指有些怪异，不像是现代工艺，现在看来，这枚戒指很有可能就是父亲从黑喇嘛宝藏中带出来的。”

芬妮看着手上的祖母绿戒指，心思也活络起来，最后两人商定下来，只等贺兰山之行的到来。

9

史蒂芬回忆完这段，口鼻中开始不断地往外喷血，唐风和马卡罗夫赶忙帮他止血。忙活了大半天，史蒂芬才算止住了流血，但他的身体已经虚弱不堪。

“你就是住在客店东屋的人？”韩江问。

“是的！这次我……我没有多带人来，只有我和芬妮。我们开……开始以客店为依托，按图进山探寻……”

“可为什么我们只在你的房间发现了一张藏宝图？”唐风不解。

“因为你……你们发现那张藏宝图时，我们已……已经基本确定了黑鹫寺的范围，所……所以那张图就没用了……”

“怪不得！那另外两张藏宝图就在你身上？”唐风追问。

“现……现在已经不在了！那个光……光头在客店附近出现了，他不知怎……怎么知道了我的计划。芬……芬妮为了保护我，在和光头的搏斗中被那家伙杀害了。我逃过光头的追击，按……按图所记，一直找到了上寺前殿，却不想那家伙也跟了上来……”史蒂芬断断续续说着。

“可你并没有进入后殿，我告诉你，那里就是黑喇嘛的宝藏！”唐风说道。

史蒂芬眼里闪过一丝亮光，但最后还是黯淡了下去：“那和……和我已……已经没关系了……至于我为……为什么没有进入后殿，因……因为在前殿发生了意……意外……”

“意外？什么意外？”唐风急切地想知道在他们到来之前发生了什么。

史蒂芬虚弱地闭上了眼睛，他的嘴角微微动了一下，但没有发出任何声音。

“好了！唐风！他看上去不行了。”韩江劝住唐风。

“那我们现在该怎么办？是撤出去，还是打开这道券……”唐风的话还没说完，从券门外忽然传来了一阵声响，三人警觉起来。那个声响越来越大，唐风、韩江、马卡罗夫一起举起了枪，三人将枪口对准券门。他们不知道券门后面是什么，但是全都感觉到了莫大的危险正在一步步向他们逼近……

第十八章 金井

1

券门后那个奇异的声响停下了，但是没过一会儿又响了起来，而且越来越响，越来越急促。唐风、韩江和马卡罗夫都听不出这是什么声响，三人面面相觑，又不敢放下手中的枪。这个声响很不规则，时而响起，时而消失。

“有人在外面敲击这道券门！”经验丰富的马卡罗夫首先判断。

有人？马卡罗夫的判断让唐风和韩江更加紧张，死死地握住手中的枪。那个声响断断续续一直持续了七八分钟，就在三人已经有些麻木的时候，券门猛地被撞开了，一阵烟尘飞起，强烈的光线从券门外透过重重烟尘直射进来。

三人在漆黑的世界里待得太久，一时难以适应外面的光线。唐风赶忙捂住自己的眼睛，韩江也忙捂自己的眼睛，不过他还是本能地向券门那边开了两枪。

“砰！砰！”两声枪响后，并没有惨叫声，而是传来一阵嘶鸣。三人心里一惊，待眼睛稍稍适应了外面的光线，却看见一只巨大的兀鹫正立在券门外。

唐风开始明白，刚才那个断断续续的敲击券门的声音，应该就是兀鹫撞击券门的声音。“这……这里怎么会有兀鹫？”

“也许这里就是它们的老巢！”马卡罗夫喃喃道。

“兀鹫的老巢？！”马卡罗夫不经意的一句话让唐风和韩江不寒而栗。

“你们看，兀鹫身上在流血……”马卡罗夫道。

“那是韩江打的！”唐风喊道。

“你给我小点声！那不是我打的。……这兀鹫要干什么？”韩江也胆怯起来。

“找你报仇！”唐风戏谑道。

“这个时候，你还跟我开玩笑！”韩江不满地嚷道。

“谁跟你开玩笑了！你看兀鹫要进来了！”

说着，三人不约而同地向甬道口退去。受伤的兀鹫并没有向唐风他们走过来，三人吃惊地看见兀鹫一步步向史蒂芬走去。兀鹫在史蒂芬身旁站定，展了展巨大的翅膀，随即又转身向券门外走去。

兀鹫走出了券门，很快便消失在门外。唐风三人怔怔地看了好久，这才反应过来，一起冲出了券门。券门外，三人重新沐浴在温暖的阳光下，那只兀鹫却不见了。

唐风环视一圈，发觉这里的地形很奇怪，四周都是高高的岩壁，他们正位于凹进来的一个"锅底"中。

"这地方太神奇了，我们居然在锅底！"唐风惊道。

"这像是个天坑，只不过是个比较小的天坑。"韩江判断说。

"别扯了，天坑一般是在西南山区的喀斯特地形中，这里怎么会有？再说天坑又怎么会在这高高的山上？依我看，这像是陨石坑。"唐风否定了韩江的推断。

"陨石坑？也不知道这是北峰的什么位置，我们被困在这个锅底中了。"韩江有些许无奈。

"看看有没有路可以爬上去！"马卡罗夫提议道。

于是，三人开始沿着岩壁转绕了一圈，并没发现什么，只是在岩壁的另一侧看到了一个小豁口。穿过豁口，三人走进了另一个"锅底"。四周依旧是高高的岩壁，而且这里的情形变得复杂起来，周围的岩壁呈现出不规则的弧度。三人在感叹大自然的鬼斧神工的同时，急于找到出路。突然，唐风嗅到了一股浓烈的血腥味。

2

转过突出的岩壁，血腥味越发浓烈，还伴随着腐臭味。不一会儿，一大片杂草出现在三人面前，杂草旁是一堆堆白骨。

"这里……这里果然是兀鹫的老巢！"唐风惊愕地望着眼前的堆堆白骨。

韩江掩着鼻，走到白骨堆近前。"这都是些牛羊的尸骨，还有一些我也说不上来……"韩江说着说着突然怔住了，因为他在众多白骨中发现了一些零散的人类骨头。

"看来这兀鹫还真的会抓人！"唐风猛地想到了一直困扰自己的那个噩梦。噩梦？！唐风浑身一颤。"我们在洞里待了多久？"唐风忽然问。

马卡罗夫仰望天空，估摸道："现在应该是早上，说明我们在山中玄宫里已经待了快一天了。"

"也不知叶莲娜和徐博士怎么样了？"唐风不禁担心起来。

"看！这里又出现了那个标记！"韩江突然叫道。

唐风和马卡罗夫忙看过去。果然，在黑色岩壁上出现了一个醒目的三角形标记，三条深深的刻痕让众人印象深刻。

“根据史蒂芬的叙述，我怀疑他所说的那个光头就是斯捷奇金！”韩江推断道。

“你就这么肯定？”

“年龄、国籍、手段都符合，还能是谁？”韩江反问。

“斯捷奇金、怀特、将军……”马卡罗夫思忖着，“可我还是想不通他们三者之间的联系。”

“先别想那么多了。这个三角形标记又出现了，说明斯捷奇金就在这附近，至少他曾经过这里。”韩江判断。

“等等！韩江，你看这里！”唐风突然指着离三角形标记不远处的岩壁喊道。

三人发现在黑色的岩壁上又出现了一个菱形的标记。“这……这怎么可能？”韩江十分震惊。

“这是我们在营地出发前约定的标记！”马卡罗夫也很震惊。

“绝对不可能是我们三个刻的，那……那就是……”唐风被这个发现震惊得险些说不出话来。

“只能是叶……莲娜和徐博士！”马卡罗夫的声音有些颤抖。

“看来他们也进入了玄宫，还来到了这里！”唐风说道。

“不对！”韩江突然喊道，“如果是叶莲娜他们留下的，为什么我们在甬道中一直没有发现这个标记？就算我们一开始走错了路，但从前殿通往这里，一路上我们也没有发现菱形标记。”

“万一你没注意呢？”唐风问。

“不可能，我这一路特别仔细，一直没有发现菱形标记。”韩江十分肯定。

“好了，再往前找找吧，看看还有没有这个标记。”马卡罗夫道。

唐风和马卡罗夫继续沿着石壁向前走，可回头一看，韩江还在盯着岩壁上那个菱形标记出神。“你还在想什么？”唐风催促道。

韩江抬起头望着天空和四周高高的石壁，许久，才喃喃地从嘴里蹦出一句：“真想长出一双翅膀，飞到上面去看看这究竟是什么地方。”

“别瞎想了，你这辈子也不会长出翅膀！小心一会儿兀鹫飞回来！”唐风催促韩江快走。

兀鹫？！一想到那来去匆匆的兀鹫，韩江的心头一沉，忙跟上唐风和马卡罗夫，继续向前走去。

3

石壁又转过了一道弯，三角形标记和菱形标记都没有再出现。一连串的石坑和黑色的岩壁，让唐风更加坚定了自己的判断：“这就是一连串的陨石坑！几十万年前，在地壳形成的过程中，被陨石砸出来的陨石坑，所以有大有小，环环相套。”

“可这怎么可能是上寺的藏经楼呢？”韩江不解地问。

韩江的问题把唐风也问住了。“也许……也许那个石室就是藏经楼吧！”唐风只能这么解释。

韩江没再说什么。这时，三人走到了尽头，这里是一个巨大的陨石坑，没有豁口。唐风环视一周，在黑色岩壁上发现了一个洞口。

“又是一个洞口！”这个洞口的出现让已经厌倦黑暗的韩江大感意外。

“是啊！我以为好不容易见到阳光，不用再钻山洞了！”唐风也大惑不解。

马卡罗夫却说：“韩江、唐风，我们刚才把这些陨石坑都转过了吗？”

“转过啦！”唐风和韩江不明白马卡罗夫什么意思。

“我担心，除了我们出来的那个洞口和面前这个洞口，还有别的洞口。要是那样，我们就可能再走错路！”马卡罗夫说出了自己的担心。

“是啊！那样就糟了！”唐风也担心刚才是不是有什么疏漏。

站在洞口，三人思忖了半晌，韩江突然说道：“别想了！别想了！你们看，这里又出现三角形标记了。”

唐风和马卡罗夫看过去，在洞口里面的岩壁上，果然又出现了一个三角形标记。三人赶忙查看三角形标记周围，但是这次他们再没有发现菱形标记。

“奇怪，那个菱形标记消失了！”韩江困惑不解。

“这里面一定有问题。”唐风道。

“你们还记得刚才史蒂芬说的吗？在前殿发生了意外！”马卡罗夫忽然说。

“意外？对！史蒂芬刚才是这么说的，可是他还没说清楚就昏过去了。”唐风不无失望。

“我想菱形标记就和那个意外有关！而那个抢走史蒂芬两张藏宝图的光头，一定是从前殿东门外的甬道向这边走的。他不去后殿找黑喇嘛的宝藏，却往这边走，我想……我想他是不是已经知道存放玉插屏的地方了？”马卡罗夫说出了自己的推断。

马卡罗夫的推断让唐风和韩江陷入了沉思。“这确实是个问题。但是按照史蒂芬的叙述，黑喇嘛和他爷爷当年为了寻找玉插屏来到这里，可并没有在这里发现玉插屏，只是把这里当作一个他们藏宝避难的场所。”唐风道。

“也就是说，那个光头即便拿到两张藏宝图也不知道存放玉插屏的地方，可是他没进后殿，为什么径直往这里来了。”韩江困惑地说。

“你们俩怎么变傻了！”马卡罗夫突然正色道，“你们能想到这一层，史蒂芬和那个光头难道就想不到这一层！”

“哦！我明白了。史蒂芬看了藏宝图，知道玉插屏肯定不会在后殿里，所以他们就径直从东门往这里来了。我们确实在里面浪费了太多时间。”

唐风豁然开朗。他见韩江似乎还没转过弯来，一把拉过他："别想了，我们快点过去吧。如果我没估计错的话，这个洞不会太深！"

"你怎么知道？"韩江不解地问。

唐风并不回答，打开电筒，一头扎进了这个洞。

4

走进洞口，唐风才发现这条甬道和之前的甬道一模一样，也是盘旋向上延伸的。走出三十余步，岩壁上再次出现三角形标记，同样没有菱形标记。

之后的情形大致如此。唐风三人在看到第十个三角形标记后，前方终于闪出了一道亮光。"终于到头了！"韩江感叹了一声。

"希望不再是该死的陨石坑。"马卡罗夫道。

三人终于走出了甬道，一切都豁然开朗，这里并不是陨石坑，而是群山之巅。唐风吃惊地看着山下壮丽的景色，一时竟激动得说不出话来。

韩江也被眼前的美景惊呆了，不由自主地往前走了几步，来到东侧的山崖边。往下望去，只见荒草灌木丛中掩映着十多个大大小小的陨石坑，韩江惊叹："这就是刚才我们经过的陨石坑！"

韩江的话音刚落，头顶就被两片巨大的阴影覆盖了，三人一起抬头。两只巨大的兀鹫正展翅从众人头顶掠过，往下面的陨石坑俯冲下去，然后准确地落在了坑中。

"那……那里果然是兀鹫的巢穴！"唐风一想到也许还要从那里回去，就感到莫名的恐惧。

"不！不仅仅那里是它们的巢穴，整个山巅都是它们的巢穴！"韩江想起了在山下看见的兀鹫抓起岩羊的震撼景象。

"整个山巅？那我们在这里也很不安全了！"唐风惊慌地说。

"当然，兀鹫随时可能攻击我们。"韩江转身看看四周，"还要小心那个神秘人。"

唐风也打量起山巅的情形。他们三人走出来的洞口位于整个山巅的东侧，整个山巅东侧和南侧地势平坦，而西侧和北侧则地势高起，那里应该就是北峰的最高峰。

高起的北侧和西侧山峰上稀稀落落地长着一些树木。唐风很惊奇，这样高的山巅竟然还能有树木生长，而山巅的其他地方则是大片的荒草和灌木丛。

韩江也在观察山巅的地势："怎么没看见那个家伙？"

"也许那家伙正藏在某个角落里！"马卡罗夫道。

"也看不出山巅能有什么地方可以存放玉插屏，这里也看不到任何西夏时期的遗物啊？"韩江困惑不已。

"是啊！放在山巅还很不安全，电闪雷鸣、风吹雨打的，实在想不通！"马卡罗夫也很困惑。

“我们应该逆向思维一下。当年黑喇嘛和马远一伙在这里盘踞多时，都没能找到那块玉插屏，我想贺兰山的这块玉插屏一定存放在一个很隐秘的不易察觉的地方。”

唐风说完，开始按顺时针方向沿着崖边查看。深一脚浅一脚，脚下根本没有路，唐风看到的全是杂草和灌木。当唐风他们走到南侧的悬崖边时，天空中飘来大片的乌云，瞬间就遮蔽了所有的阳光，山谷里也升腾起了浓浓的雾气。再往山下望去，已是白茫茫一片，不见任何景物。雾越来越大，山巅全部笼罩在云雾中。

“好诡异的天气！”唐风心里也被浓雾笼罩。

韩江和马卡罗夫没说什么，三人继续低头往前走。不大一会儿，三人已经绕到了西侧的小山峰下。唐风看看这座小山峰，又望望北侧那座凸起的小山峰，两座山峰看上去差不多高，很难判断哪座山峰才是北峰的最高峰。

“要不要爬上去？”马卡罗夫问其他两人。

“既然走到了这里，当然不能错过！”唐风心里越来越感到奇怪，那个神秘人去了哪里，怎么突然消失了？玉插屏又在哪里？也许站到小山峰上能发现什么端倪。

唐风、韩江和马卡罗夫先登上了西侧的山峰，四下环顾，云雾缭绕，不见景物。三人失望地从西侧的山峰下来，又登上北侧的山峰，依旧云雾缭绕，不见任何异常。

唐风心头的阴云越积越厚。历经千辛万苦，已经来到了尽头，一切早该结束，可是什么也没发现。玉插屏、神秘人都没有找到，难道这一切都将无果而终？三角形标记明明指向这里，但……但这里除了云雾和荒草，竟空无一物。千百年前，党项人也许根本就没有在这里留下什么，一切都只是自己的凭空臆断！

5

一阵狂风吹过，山巅的荒草如海浪一样在风中摇曳，唐风感到了深深的寒意。

“这上面不会有什么了，下去吧！”韩江道。

就在三人准备下去的时候，又是一阵狂风袭来，荒草被狂风吹得匍匐在地。突然，唐风眼前一亮，荒草丛中似乎闪出了一些异样的东西。“等等！”唐风大吼道。

韩江和马卡罗夫同时愣怔在了原地。唐风看不清那是什么，他疾走两步，确信自己站在最高处，再往下看去，刚才发现的地方位于整个山巅的中央。唐风越看越觉得那里一定有问题。

韩江和马卡罗夫不知道他发现了什么，怔怔地看着他。唐风站在山巅最高处，盯着中央的荒草丛。他在等待，等待上天再赐给他一阵狂风。

几分钟后，一阵更大的狂风向唐风吹来，山巅的荒草被狂风压迫，全都趴了下来。唐风瞪大了眼睛。不错！就是那个位置！他发现在荒草掩映中，山巅中央隐约现出了一个圆形的土丘。

土丘不高，上部很平坦，但是面积却不小。唐风兴奋地喊了一句“我发现了”，然后就奔下山坡。

韩江和马卡罗夫完全被唐风搞蒙了，两人只得跟上唐风的步伐，三人一起来到整个山巅的中央。

“你一惊一乍，狂喊乱叫的，到底发现了什么？”韩江问唐风。

“看！这是什么？”唐风在荒草丛中胡乱地刨了几下，然后拾起一块黑不溜秋的土块。

“这有什么？不就是土块吗？”韩江不解。

“你再仔细瞧瞧！”

韩江还是没看出什么来。马卡罗夫剥去土块外面的泥，看出了端倪：“这像是一块砖，而且应该是古代的砖。”

“对！老马，你说对了，这是一块西夏时期的砖。”唐风言语中带着兴奋。

“我靠！你成神人了，站在上面就能看出这是一块西夏时期的砖！”韩江嚷道。

“你怎么还不明白！不是我在上面看出这块砖是西夏的砖，而是……而是我在上面看出这里有一处建筑遗址。”

“建筑遗址？”韩江和马卡罗夫惊愕万分。

“所以我跑下来，果然在这里挖出了西夏时期的砖！”唐风兴奋地看着韩江和马卡罗夫，“想想看，想想我们在券门上看到的那句西夏文……”

“上寺藏经楼？！”韩江和马卡罗夫同时惊道。

“从我看到那道券门和门楣上的文字，就一直在想这个藏经楼。一般，西夏时期的寺庙，除了排列在中轴线上的几重大殿外，还会建有佛塔和藏经楼。我们在下寺发现了大殿遗址和佛塔，在山中又发现了上寺的前殿、中殿和后殿，那么这里还缺一座藏经楼，加上藏经楼才能构成一个完整的宏大的寺庙。”唐风越说越兴奋。

“你的意思是，这里就是藏经楼的遗址？”韩江反问道。

“还能是其他的吗？我在上面目测过，刚才又在这里大致丈量了一下，我们脚下是一个直径达十七八米的巨大圜丘遗址。”唐风推断说。

“这么大？”马卡罗夫惊道。

“这么看来藏经楼是个圆形的建筑？”韩江问。

“嗯，藏经楼应该是个圆形的建筑，但是没有经过考古发掘，上面具体的建筑样式还不得而知。”

“在山顶建这样一座宏大的藏经楼？太不可思议了！”马卡罗夫不住地摇头。

“老马，你去过武当山吗？武当山山顶有一座金殿，里面供奉着真武大帝，明朝永乐皇帝认为他是明朝的保护神。”唐风反问马卡罗夫。

"武当山？"马卡罗夫摇摇头。

"我认为这里的情形与武当山相似，甚至这上面的建筑比武当山的金殿还要宏伟。我不知道这是元昊所建，还是没藏家族执政时所建。但是请想想看吧，在这高山之巅，有这样一座宏伟的大殿，那它一定是西夏最重要的建筑。"唐风停了一下，又道，"请再想想，贺兰山那块玉插屏最有可能被放在什么位置？"

"你是说这里？！"韩江和马卡罗夫吃惊地看着唐风。

"还能有比这里更合适的地方吗？这里位于最高峰，外人最难到达，还有……还有那兀鹫！我忽然想到，也许在西夏，这里就是党项人有意豢养兀鹫的地方！"唐风大胆地推测。

"唐风，你这么一说，我也想到了。这里在西夏时的正式名称虽然是戒台寺，但因为党项人很早就在这里有意豢养兀鹫，于是周围的百姓见了兀鹫，就管这座寺庙叫'黑鹫寺'了。"韩江道。

"不错！肯定是这样，我们见到的这两只兀鹫也许就是那些兀鹫的后代。"唐风说着，警觉地看了看空中，生怕那两只兀鹫突然出现，将自己抓走。可此时空中只有云雾。

6

马卡罗夫听了两人的话，忽然想到："如果党项人豢养兀鹫，那么他们一定也会养鹰。"

"嗯，很有可能。老马，你又想到了那个图腾？"唐风问。

"不能不想啊！那个可怕的图腾……"马卡罗夫喃喃道。

韩江又在土中刨出了几块西夏时期的砖，甚至还有一块花纹砖。但是很快，韩江就从喜悦的心情中跌落了下来，"唐风，你小子就是能说会道。就算你全都说对了，这里就是上寺藏经楼的遗址，这里也确实很重要，可是玉插屏呢？我不管那么多，我只要看到玉插屏。"

韩江这一嚷，把唐风喊清醒了。是啊！藏经楼发现了，整个黑鹫寺，该发现的都发现了，他们已经来到了山巅，可还是没有发现玉插屏的踪影。唐风不禁心里一坠："按照我原先的想法，玉插屏应该就藏在藏经楼里。"

"但是藏经楼已经被毁了，只剩下遗址。从遗址也能看出来，这里处于高山之巅，很容易遭到雷击。再看这些砖，上面都有被火烧过的痕迹，显然这里曾经被大火焚烧过。我想这就是藏经楼被毁的原因。"韩江顿了一下，又道，"如果玉插屏在藏经楼里面，也很可能和藏经楼一起毁于大火了！"

"什么？毁了！"马卡罗夫和唐风同时惊叫起来。

“所以黑喇嘛和马远一伙在此地盘踞多日，却没能找到玉插屏。”韩江道。

“还有一种可能，也许已经被那个神秘人给拿去了！”马卡罗夫说出了大家都不愿说出的一种猜测。

“不！这不可能！只有一条道可以到达这里，神秘人就算拿到了玉插屏，也只能顺原路返回，可我们并没有撞见，难道那家伙是隐形的？”唐风无论如何也不能接受这个现实。

“那就是玉插屏早就被毁了！”韩江又刨出了几块被烧黑的砖瓦。

玉插屏被毁了？难道自己所做的努力都会功亏一篑？唐风焦急地在圜丘遗址上来回查看，希望在这里能够发现蛛丝马迹。他估算了一下，如果要对这里做全面的考古挖掘，那时间和经费都是耗不起的，而且很有可能挖掘之后，仍然不会有什么收获。

又是一阵狂风吹过，唐风的心凉到了底。他缓步走下圜丘，向南退了几步，望着北面的圜丘后的山峰。这是一条中轴线，如果还能有什么发现，一定会是在这里——在这条中轴线上。

唐风不相信自己会前功尽弃，他怀疑中间一定是哪个环节出了问题。藏经楼被大火付之一炬，古人难道会把珍贵的玉插屏放在容易被雷击中的藏经楼里吗？不！不会！古人并不比现代人笨，这已经在唐风的探险考古生涯中无数次被验证过了。

唐风一边胡思乱想着，一边向南又退了几步。突然，他脚下一崴，一个趔趄，摔倒在了草丛中。韩江和马卡罗夫见唐风瞬间没了影，忙奔了过来，只见唐风仰面朝天躺在草丛中。

韩江和马卡罗夫扶起唐风，关切地问：“你怎么了，路都不会走了？”

“屁！”说着，唐风坐了起来，“刚才地上有个坑，我的脚陷进去了。”

“坑？”韩江和马卡罗夫忙在草丛中寻找，并不时拔掉一些杂草。果然，在唐风脚边，杂草覆盖着一个小坑。唐风用手抓了点坑里的土观察了一会儿，又挖了旁边的泥土查看。这么查看了一番后，唐风一指脚下的坑，用命令的口气道：“挖！”

挖？韩江和马卡罗夫一愣。“你小子什么时候指挥起我来了？”韩江一拍唐风的头说道。

“谁有道理听谁的。再说我的脚崴了，这可算工伤！”唐风嚷道。

“你有道理？挖这个坑有什么道理？”韩江问。

“是啊！你看出什么了？”马卡罗夫也问。

“你们先别问这么多，只管挖，等会儿你们自然就明白了！”唐风看上去颇有几分自信。

韩江无奈，只好从包里拿出携带的工兵铲，按照唐风的指点，开始挖地上那个小坑。韩江只挖了两铲，就觉得有些异样，他看看唐风。“只管挖！”唐风命令道。

韩江略有些生气，使劲一铲下去，他一下子失去重心，往前倾倒，结果跌了个

“狗吃屎”！

“妈的！你涮我啊！”韩江怒视着唐风吼叫。

“你骂什么骂！我的道理你还没领悟吗？”唐风的话语中带着惊喜。

韩江一骨碌爬起来，一看，那个小坑彻底陷了下去，工兵铲也掉进去了一大截。“这里有个洞？”韩江惊呼。

这次不等唐风命令，韩江自己就抽出工兵铲，开始去除洞口的浮土。很快，原本碗口大的洞口，逐渐成了一个半米多见方的井口。

7

韩江探出脑袋往下望了望，只看到一些浮土。但是当他把电筒照向旁边时，他惊奇地发现，洞壁周围全是用规整的青砖堆砌的。

“这……这是什么？一个藏宝洞？”韩江疑惑地看着唐风。

“这是一口井！只是荒废多年，上面被浮土遮盖住了。刚才我一脚陷进去时，就想到这下面一定有名堂。”唐风判断道。

“井？”韩江和马卡罗夫惊诧了。韩江又探头看了看，确实像是一口井。青砖堆砌的井壁呈圆形，和他以前见过的古井一模一样。可这口井让韩江大惑不解，“这山顶没有水，打井有何用？”

“这正是问题所在。”唐风故意卖关子。

“快说！这里为什么有口井？”韩江催促道。

唐风站起来，又目测了一下山顶的地形，然后才说：“我又仔细查看了山顶的地形，刚才我在山上目测有误，其实圜丘并不在山顶的中央。”

“哦？不在山顶中央？”韩江和马卡罗夫一惊。

“对！圜丘位于中央略微靠北的位置，而真正位于山顶中央的恰恰是这口井！”

“这口井在整个山顶正中央？”唐风的结论让韩江和马卡罗夫又惊又疑，两人也重新目测了一下，“差不多，可是这又说明什么呢？”

“我们现在所在的位置正好在南北中轴线上。中国的建筑自古就讲究对称，越是重要的建筑，越是在中轴线上。现在我们向北望去，这口井、圜丘和北侧的山峰，三者正好都在南北中轴线上。这是很有意义的分布，是当初建设藏经楼时就规划好的。”唐风解释道。

韩江和马卡罗夫朝北看看，三者确实分布在南北中轴线上。唐风接着说：“如果我没看错，北侧的山峰应该比西侧的山峰要高，是整个山脉的最高峰，所以当年党项人就将藏经楼建在了南北中轴线上。那么，这口井在南北中轴线上出现，不正说明这口井意义重大吗？更何况这口井还是在正中间的位置，地位甚至高于北侧的山峰和藏经楼本身。”

“一口破井的地位比藏经楼和山峰还高？”韩江不敢相信。

“中国的建筑自古就是有等级的，西夏的也不例外。每一个建筑，包括建筑之内或附近的山川河流，都是有等级之分的。有的建筑在尊位，有的建筑在次位，有的建筑则在卑位，等级森严，不能越雷池一步。所以有时我们可以根据一处古建筑所处的位置判断它的重要性，进而推断这处建筑的大小样式等。”唐风解释了一大通。

“这么复杂？你就不要啰唆了，把我头都搞大了。你的意思我也听懂了，就是说这口井很重要，但和玉插屏有什么关系呢？”韩江问唐风。

“如果我没猜错的话，这口井里有东西。不信你下去掏掏。”

“你不会是说玉插屏就在井里面吧！”韩江说着往井下看了看。

“你先挖挖看！这井现在被土淤住了，要挖开才能看到下面。”唐风露出一副天机不可泄露的样子。

“这井下面不会有水吧？”韩江面露忧色。

“你刚才不是大胆判断说这么高的山顶不会有水吗，怎么这会儿让你下去，你就担心下面有水了？”唐风略带讥讽地看着韩江。

“妈的，现在怎么什么苦活脏活累活都我干了，我大小也是个领导干部！”韩江愠怒道。

“就因为你是领导干部，所以要吃苦在前，哪里有困难，哪里有危险，你就要往哪里冲，这样才像个领导干部的样嘛！你放心，这井里没水，没蝎子蜈蚣，也没毒蛇猛兽，奥特曼、小怪兽什么的，也统统没有！”

“是啊！这么高的山上不会有那些东西的。”马卡罗夫也附和道。

“好吧！我下！我再信你一次。”说完，韩江整理好装备就准备下井了。

说是下井，其实井一点也不深，韩江的身材钻进井里，基本上就把井口堵住了，在井里他根本转不过身来。

8

韩江艰难地向下挖了几铲，只挖出一些泥土和沙石，什么也没有。唐风一点点将韩江挖出来的泥土沙石过了一遍。当韩江把井挖到两米多深的时候，已经满头大汗、气喘吁吁了。倒不是因为挖土累的，主要是被这狭窄的井憋屈的。

“让韩江上来透透气吧，我来继续挖！”马卡罗夫请示道。

唐风摆了摆手：“不用，应该快了！”

“你使唤傻小子呢吧！我都挖了这么深了，屁都没有！”韩江在井下抱怨。

“少安毋躁，你是领导干部，要任劳任怨，不要干点活就叫累！”唐风戏谑道。

“这叫干点活？！”

“小心！小心点！”

“你总算还有点良心，还知道关心我一下。”

“我不是说你小心，我是让你挖的时候小心。万一真有什么宝贝，被你给搞坏了，你可担不起这个责任啊！”

韩江狠狠地瞪了唐风一眼，猛地一铲下去。“嘭——”清脆的一声，让三人的神经猛地跳动了一下。还真的有东西？！韩江忙俯下身，轻轻拂去脚下的浮土，一件玉器露了出来。

“是玉！是件玉器！”韩江兴奋地叫出了声。

“什么玉器？”唐风在上面关切地问。

“我不知道，反正不是玉插屏。一个长长的头尖尖的玉板。”韩江的声音在井下瓮声瓮气的。

“把它拿上来！”唐风虽然心中有数，但还是迫不及待地希望看到这件玉器。

韩江拿着玉器，爬了上来。唐风接过那件玉器，斥道：“谁让你上来的？”

“不是你要我上来吗？”

“我叫你把玉器拿上来，没叫你上来！”

“靠！你还真以为你成队长了，你马上接着下去挖！”韩江怒道。

唐风见韩江真的动怒了，忙换了张笑脸：“领导干部不能有点成绩就骄傲嘛！”

“少废话，这是件什么玉器？也不是玉插屏啊！”

唐风仔细摸索着手里的这件玉器，冰凉温润，散发着诱人的气息，只是这气息对唐风的吸引力远没有玉插屏的大。这是唐风多年研究文物培养出的感觉。他端详良久，这才解释：“这也是用和田羊脂白玉制成的，不过玉质没有我们已经见到的玉插屏的好，在和田玉当中只能算中等，但是这在西夏那个时代已经是很好的玉料了。这件东西应该叫玉圭，是古代帝王祭祀时的礼器。古代帝王在祭祀时，把要对上天神灵、列祖列宗说的话刻在玉圭上，然后埋进土中或是投入水中，以此达到和上天神灵、列祖列宗沟通的目的。”

“你是不是早料到这井里面会有玉圭？”韩江问。

“我刚才已经对你们解释过这口井的重要性了。这口井的地位比藏经楼和最高的北峰还要重要，那么这是为什么呢？我联想到中国历史上的祭祀礼仪，便想到了这口井的用途。这其实是口金井，这里名为藏经楼，其实是西夏帝王的祭祀场所。西夏帝王在此祭祀，把要对上天神灵、列祖列宗说的话写在玉圭上，然后投入这口金井中。”唐风解释道。

“唐风，这上面好像有文字。”马卡罗夫在玉圭上发现了端倪。

“我也看到了，全是西夏文。一共 37 个字——白高大夏国皇帝嵬名谅祚伏乞长生天、山川河岳、列祖列宗，保佑我国家千秋万代，国祚永昌。”唐风读出了玉圭上的文字。

“什么意思？”韩江问。

“都是些吉祥话，是西夏第二代皇帝谅祚，向长生天和列祖列宗祷告保佑西夏王朝千秋万代，国祚永昌。你再下去看看，还有没有其他玉器？”唐风催促韩江再次下到井里去。

韩江这会儿被新的发现吸引了，也不再跟唐风计较，转身跳下井去。不一会儿，他在井里又挖出了一件一模一样的玉圭，紧接着是第三块玉圭。

9

唐风仔细查看了几块玉圭，后面出土的两块玉圭与第一块的玉质相同，甚至有些纹理还是相通的，由此可以推断，几块玉圭是一大块玉料上分割下来的。再看上面的文字，第二块玉圭上写的是：白高大夏国皇太后伏乞长生天、山川河岳、列祖列宗，保佑我国家千秋万代，国祚永昌，没藏氏人丁兴旺，六畜繁盛。

“这块玉圭上虽没写明是西夏哪位皇太后所作，但从‘没藏氏人丁兴旺’可以看出，制作这块玉圭的皇太后应该就是没藏皇后。”唐风推断道。

“仅从这块玉圭上看，这位没藏皇太后并不像我们之前推断的那么专权啊！她只是在玉圭上祈祷保佑没藏氏人丁兴旺，六畜繁盛，这个祈祷并没有什么不当之处。”马卡罗夫不解地问。

“是啊！按理这个玉圭是要投入金井之中的，外人根本看不到。如果没藏皇太后专权，可以在玉圭上写得更直白些，但她没有。”唐风也很费解。

“看看第三块玉圭上写的什么。”韩江道。

“第三块玉圭上写的是：白高大夏国皇帝嵬名谅祚伏乞长生天、山川河岳、列祖列宗，保佑我国家千秋万代，国祚永昌，诛杀没藏氏。”当唐风读完最后几个字时，浑身不寒而栗，“诛杀没藏氏。看来在谅祚下决心诛杀没藏氏前，曾来过这里，在这里向长生天、山川河岳、列祖列宗祷告，并将事先写好的玉圭投入了金井。”

“后来，谅祚果然成功地诛杀了没藏家族，夺回了权力。”韩江道。

“几乎每一位西夏皇帝的登基都伴随着血雨腥风和无情的杀戮！没藏皇后，这个谜一样的女人，她究竟是个什么样的女子？是恃宠骄纵、淫乱后宫、擅权乱政的一代妖后？还是只是一个普通的母亲？”唐风又想起了那尊丢失的头骨。

“唐风，先别管什么没藏皇后了，挖了三块玉圭上来，玉插屏还是没见着啊！”韩江有些不耐烦了。

“好吧！我告诉你我的想法。当发现这口井的时候，我就想到，这不仅是山顶最尊贵的地方，也是整个黑鹫寺最重要、最尊贵的地方，所以这口井很可能是西夏帝王投放玉圭的金井。你们还记得在七色锦海时，大喇嘛对我们提到的四块玉插屏后来的下落吗？”不等韩江开口，唐风又接着说，“大喇嘛说，四块玉插屏是在西夏亡国时，被党项勇士分别送至东、南、西、北四个方向的。那么，你们试想一下，送到贺兰山的那块玉插屏会放在哪里呢？一定会选一个最危险、最不易被人找到的地方。如果那个党项勇士知道金井的存在，无疑会觉得，放到这里面是最合适的。”

“为什么不是藏经楼里呢？”韩江问。

“因为藏经楼建于山巅，容易被雷火击中，说不定在西夏亡国时，藏经楼已经被雷火烧毁了。”韩江还想说什么，唐风却不等他开口，继续说，“我还可以解释为什么不放在后殿里。因为那里虽然隐秘，但并非不可逾越。如果有人进入前殿，首先就会选择进入后殿，而不会想到玉插屏会存放在金井之中。为什么不是随便找个地方埋掉？因为藏宝是为了让人日后找到的，所以一定要藏在特定的地方，不能随便将玉插屏埋在什么地方。将玉插屏藏于金井之中，既让人意想不到，又不易获得。除此之外，还有兀鹫保护。同时，这样做又给有心之人留下了蛛丝马迹。”

“对！你说的有道理。可是玉插屏呢？按理，那三块玉圭是西夏早期投入金井的，而玉插屏是在西夏亡国的时候送来的，玉插屏应该在这几块玉圭之上才对啊！”韩江提出了自己的疑问。

“按常理推断是这样，不过也许当年藏宝之人故意和我们开了个玩笑呢！”唐风依旧胸有成竹的样子。

“你的意思是玉插屏还在下面？”

“这个党项勇士一定是个有勇有谋之人。想想看，在没藏氏失势后，谅祚下令‘封闭上寺，拆毁栈道，以绝外人窥伺’。这位党项勇士肯定吃了很大的苦头，才将玉插屏放于金井之中，所以他一定会尽一切可能，让后人不那么容易找到玉插屏。”

“我明白了，那个党项勇士一定是将几块玉圭拿了出来，然后将玉插屏深埋，再把几块玉圭放在上面。这样，不明就里的盗宝之人根本不会想到玉插屏会在玉圭下面。”韩江似乎开窍了。他又挥舞起铲子，只是这一次他变得异常小心。

第十九章 斯捷奇金

1

韩江小心翼翼地继续向下挖掘，他发现再往下的泥土要坚实许多，像是有人有意为之。他的挖掘速度变得异常缓慢。时间一分一秒地过去，他再没有挖出玉圭。但当挖到三米深的时候，韩江手中的铲子轻轻碰到了一个坚硬的东西。

多年的经验让韩江马上分辨出来，这个东西比周围夯实的泥土要硬。

“碰到了！”韩江兴奋地喊道。

“碰到了什么？”唐风关切地问。

“一个硬的东西。”韩江丢下工兵铲，开始用双手往外刨土。一分钟、两分钟、三分钟……几分钟过去了，韩江的双手几乎不停地重复着刨土的动作，他的心脏狂跳不止。终于，他的手指触到了一个软软的东西。这是什么？玉插屏绝不该是这样的！韩江一惊，忙用电筒照去，黑糊糊的一团东西，像沙土，但又不是。他心里猛地一沉，“唐风，这是怎么回事？玉插屏怎么不见了？”

唐风趴在井口探进头来，用电筒照了照，笑道：“没事，这是腐朽的木头。看来这块玉插屏当年一定装在一个精美的木盒里，但是因为年代久远，木盒已经腐烂了。这些黑黑的东西就是木盒的残渣。”

听唐风这么说，韩江才稍稍放下心，忙去刨开那些黑色的木屑残渣。很快，一整块雪白温润的玉插屏出现在了韩江面前。

韩江难掩兴奋之情，小心翼翼地将玉插屏捧出了金井，然后自己也跳了上来。唐风接过玉插屏，双手抚摸着、感受着，然后将玉插屏交给了马卡罗夫。唐风跟着罗教授，辨识西夏文的能力已经突飞猛进。此时，虽然唐风很想马上就破解出玉插屏上的文字，看清玉插屏上的地图，但是他要让所有人先分享这份胜利的喜悦。

“现在看来，四块玉插屏都已经被找到了。黑水城和阿尼玛卿山的两块已经在我们手上，贺兰山这块也被我们找到，只有原来藏于敦煌的那块，被将军夺了去。”唐风总结道。

“看来咱们和将军之间还是少不了一场你死我活的争夺！”韩江喃喃自语道。

谁料，韩江话音刚落，众人身后却传来一个声音：“这场争夺现在就可以提前开始了。”

2

三人大惊，一起转身望去。韩江和马卡罗夫反应迅速，转身的同时也拔出了枪。云雾缭绕的群山之巅，一比三，唐风也拔出了枪。三人面前站着一个身材瘦弱的光头外国男人。

“斯捷奇金！”唐风虽然早有心理准备，但还是吃了一惊。

“呵呵，你是唐风吧！不错，正是在下。”斯捷奇金的中文很生硬，但能听懂。

“那个神秘人就是你吧？”马卡罗夫用俄语问道。

“哈哈，伊万，想不到咱们在这里见面了。说起来咱们也是老同事了，虽然当时我们俩不在一起，不过我在列宁格勒分局时，也是听说过你的大名。林子里，还有这一路上的标记都是我刻的，不过那和你们无关，那只是我怕迷路，自己做的标记！”斯捷奇金对那个三角形标记作了解释。

“我果然没有猜错，那是你在克格勃留下来的老习惯吧！”

“你就别提克格勃了。我在波诺茨卡蹲大牢的时候就想，出来后我一定要将克格勃的人都杀光，但是我的恩人让我改变了这个想法。”

“恩人？你是说将军？”

“呵呵，是的。”

“将军是谁？”

“伊万，你不要急！”说到这儿，斯捷奇金突然又用生硬的中文冲唐风和韩江说道，“你们俩也不要急，将军如果想见你们，你们自然会见到他的。但是如果将军不想见你们，你们就永远也见不到将军。”

“好吧！我不问将军，我问另一个人。你能告诉我，当年那个美国人怀特是怎么从你眼皮底下逃走的？”马卡罗夫突然发问道。

斯捷奇金显然没有想到马卡罗夫会问这个，他微微后退了一步，说：“伊万，你是怎么知道当年的事的？”

“不要忘了我是干什么的。”

“我当然不会忘，你是将军，我只是一个囚徒。但……但是当年的事，我早就记不清了。”说到这里，斯捷奇金用一只手揉了揉脑袋，一副很痛苦的样子。

马卡罗夫、唐风和韩江不明白斯捷奇金为什么听到这个问题时会出现这副奇怪的模样，三人不敢松懈，一起拿枪指着他。同时，唐风还牢牢地攥紧了手里的玉插屏。

就这样僵持了一会儿，斯捷奇金似乎缓过劲来了，冷笑道："唐风，你不用把玉插屏抓那么紧，它马上就是我的了！"

"什么？"唐风把玉插屏攥得更紧了。

"不如你们乖乖地把玉插屏交出来，我保证不要你们的命。你们要知道，如果我这次想要你们的命，早就可以下手了。我这次的目标只有一个——拿到玉插屏。"

"你痴人说梦！我们三个人，你才一个人，你凭什么要我们交出来玉插屏！"韩江怒道。

"你们难道没听说过我的威名吗？"斯捷奇金显然对韩江的挑战很不满意。

"我们知道你很厉害，但是我们也不是吃素的！"韩江也不知道他的话斯捷奇金能不能听懂。

斯捷奇金听了韩江的话，不但没恼，反倒大笑起来，那笑声震得山顶传来一阵阵回音，让唐风心惊肉跳。笑毕，就看斯捷奇金竟然收起了枪，向他们走了过来。

三人一起将枪口对准了斯捷奇金，可斯捷奇金却没有一丝惧色。难道这家伙刀枪不入？唐风心里犯怵，就连身经百战的韩江和马卡罗夫，也不知道斯捷奇金的葫芦里面卖的什么药。

3

斯捷奇金一步步逼近唐风，唐风不由自主地向后退了半步。

"唐风，乖乖地把玉插屏交出来！"斯捷奇金冲唐风吼道。

韩江和马卡罗夫以为斯捷奇金疯了，正欲开枪，斯捷奇金脸上却露出一丝狞笑："伊万、韩江，你们如果开枪，会后悔的！"

"后悔？"韩江和马卡罗夫一怔。

就在这当口，在斯捷奇金身后，从西侧山丘后面走出几个人来。唐风、韩江和马卡罗夫定睛一看，无不惊骇，是四个全副武装的黑衣人架着叶莲娜和徐仁宇。徐仁宇已经人事不省，看上去很虚弱，几乎是被拖过来的；叶莲娜嘴角淌着血，见到唐风、韩江和马卡罗夫，想要呼喊，却被一块胶布封住了嘴，发不出声音。

韩江有些明白史蒂芬所说的意外，还有在兀鹫巢穴看到的菱形标记了，但他还是不明白，这些黑衣人是从哪里冒出来的？

"韩江，你一定感到奇怪，我们是怎么冒出来的。"斯捷奇金主动开口了。

斯捷奇金话音刚落，从西侧的山丘后面又跳出四个全副武装的黑衣人。韩江和马卡罗夫也往后退了一步，三个人紧紧地靠在一起，做出防御的姿势。

“我还有很多感到奇怪的问题，你们是怎么抓到叶莲娜和徐博士的？又是怎么找到了这里？还有，刚才你们隐藏在哪里？为什么我们搜遍了山顶，也没有发现你们？”韩江将心中的疑问一股脑地倒了出来。

“上帝啊！韩江，你想知道的太多了，我哪有时间告诉你一切。不过这些问题并不难，我想凭借你们的聪明，回去以后慢慢想，是能想明白的！——没错！你们没听错，我不会杀你们的。过去我杀人太多，所以现在我不杀人。”斯捷奇金又往前迈了两步，“将军说我杀人太多，应该换一种方式生活，他叫我学会做生意，做个商人。我只想得到玉插屏，咱们做一笔公平的交易，怎么样？”

“交易？”三人又往后退了两步。

“用叶莲娜和这个徐博士换你们手中的玉插屏，我觉得这样是再公平不过的事了！”斯捷奇金说出了自己的目的。

“交换？！”三人面面相觑。谁都不会放弃叶莲娜和徐仁宇，但谁也不敢下这个决心。

唐风和韩江一时竟不知所措。关键时刻，还是马卡罗夫经验丰富，他决定先拖延时间，等待时机。于是，马卡罗夫冲斯捷奇金说：“这个交易很公平，玉插屏我们可以给你，因为叶莲娜比玉插屏要重要得多。”

“那好！伊万，让唐风先把玉插屏放到这里来！”斯捷奇金用脚点了点自己面前的草丛。

“不过，你得让我们弄清这一切究竟是怎么回事。否则我们就是带着玉插屏跳下去，也不会和你交易。”马卡罗夫喊道。这时，他们三人又主动往后退了几步。

“别！别！别！咱们好好说。”斯捷奇金忽然又换了一副笑脸。

4

唐风觉得斯捷奇金这人有点怪，有些神经质，这种人不按常理出牌，常常会干出让人意想不到的事。马卡罗夫也有同感，他尽量拖延时间，而又不触怒斯捷奇金：“我想知道你被人从波诺茨卡救走后，去了哪里？”

“从北极去了热带！怎么样，对我这个回答还满意吗？”斯捷奇金一脸坏笑。

“热带？”斯捷奇金的回答已经证实了史蒂芬的话，但马卡罗夫佯装不知。

“伊万，你别想套我的话，我只能跟你说这么多。”

“那么，后来呢？你奉将军之命来到了贺兰山？”

“不错！将军给我的任务是配合史蒂芬得到那块玉插屏。”

“可是你却杀了史蒂芬。”

“那也是将军的意思。将军早就不信任史蒂芬了，可以说将军从来就没有真正信任过史蒂芬。这次将军命我配合史蒂芬，实际是暗中监视他的行动。如果他仍然忠心，我可以不用露面；若是史蒂芬心存二心，那就杀了他，独立完成任务。”

“所以你杀了史蒂芬，夺了藏宝图？”

“说到藏宝图，这正是史蒂芬的愚蠢之处。他和芬妮愚蠢地认为，根据藏宝图找到黑喇嘛的宝藏，就可以摆脱我们远走高飞。殊不知一切都在将军的掌控之中，将军早就知道了藏宝图的存在。”

“将军是故意将藏宝图还给史蒂芬的？”马卡罗夫暗暗吃惊。

“不！不！将军开始确实疏忽了，但在他们出发之前，将军便已经知道了藏宝图的存在。”

“将军故意装作不知，实则派你暗中监视？”

“呵呵，将军并不需要黑喇嘛的宝藏，将军怀疑玉插屏就藏在黑鹫寺，但是光有藏宝图还不行。史蒂芬对这里最熟悉，所以将军还是决定先用史蒂芬。没想到他发现藏宝图后果然利令智昏……呵呵，可怜的史蒂芬竟然还真的以为能逃过将军的掌心。”斯捷奇金冷笑道。

“然后你就一路秘密跟踪史蒂芬来到这里？”

“是的！他们两个人先在山中客店住下，然后每日上山按图寻找；我则风餐露宿，暗中监视他俩。就在前几天，史蒂芬按照藏宝图的指示，发现了大佛的秘密，并进入了大佛体内。这里地形复杂，怪事连连，特别是那片让人迷失的林子，我怕夜长梦多，所以便想先除了史蒂芬和芬妮，拿了藏宝图自己进来寻找。”

“于是，你在客店杀了芬妮，但让史蒂芬逃了。”

“这家伙确实很狡猾，不但逃了，还带走了最重要的两张藏宝图，致使我一度失去了他的信息。没有藏宝图，我不敢贸然进山。就在我不知所措之时，感谢上帝，你们来了。”

“你跟踪我们？”马卡罗夫又吃了一惊。

“不错！我只身一人跟踪你们，来到林子里。那片奇怪的林子总是让人迷路，我也几次迷失在里面，于是，我在树上刻了你们看到的三角形标记。”

“昨天，当我们出发前，你已经先进入了大佛？”

“是的，我已经找到了大佛，并且事先知道了大佛眼睛的奥秘，便先于你们进入大佛。我知道你们迟早也会找到大佛，便故意留下绳子，让你们误入大佛的右眼。”

“你知道从大佛右眼进去会迷路？”

“之前史蒂芬那小子没看明白藏宝图，就走错了路，结果在里面转了一天一夜才逃出来。”

“于是，你把我们骗进大佛的右眼，自己则进了大佛的左眼……”

“是的。从大佛左眼进入，一路都很顺利，不会迷路，也没有岔路，很快就到了前殿。”

“史蒂芬说在前殿发生了意外，就是指你的突然到来？”

“不！伊万，你别急，听我慢慢给你说。”这会儿斯捷奇金反倒来了精神，“我到了前殿，正好看到史蒂芬在研究第三张藏宝图。那张藏宝图很奇怪，画得不明不白，史蒂芬一时看不明白，不敢贸然进行下一步。”

“这不奇怪，当年史蒂芬的父亲马昌国是根据自己的记忆画的，当然有所偏差，所以马昌国在藏宝图上告诫史蒂芬，不到万不得已不要去找宝藏。”马卡罗夫道。

“史蒂芬认为他，已经到了万不得已的时候。我们俩在前殿相持了好长一会儿。他想杀了我，为芬妮报仇，但他还没有这个实力，而且也没找到黑喇嘛的宝藏；而我需要他的帮助，所以我给了他一个很好的建议。我们俩一起找到玉插屏和黑喇嘛的宝藏，然后来个了断，谁赢了，这些宝物就归谁。”

“史蒂芬接受了你的建议？”

“当然！他没有理由拒绝，因为我的建议很公平。”

“史蒂芬真是利令智昏了，他怎么可能是你的对手？”马卡罗夫喃喃自语道。

“伊万，史蒂芬可不这么想。他大概想在找到宝藏时，乘我不备，先干掉我！”

“结果你先下手了？”

“不！是他在东门外的甬道里准备偷袭我，可惜他果然不是我的对手。”

“你们为什么选择走东门，不去北门？”韩江忽然问道。

“我和史蒂芬研究了那张藏宝图，认为西门不能走；北面的甬道被碎石阻挡，看不清后面到底有多深，一时难以通过，所以先走东门去看看。另一个重要的原因是我这个聪明的大脑想到的，当年黑喇嘛和史蒂芬的爷爷在这里寻找多时都没能找到玉插屏，那么玉插屏肯定不在北面的宫殿中，很有可能在这里。”

“这就是史蒂芬所谓的意外？”

“不！真正的意外还不止于此。就在我和史蒂芬达成协议，准备出发的时候，两个不速之客闯了进来。”

“叶莲娜和徐博士？”

“对！叶莲娜！哦！伊万，我不得不说，你女儿真……真是太漂亮了……我每次见到她，心脏都……怦……怦……怦地狂跳不止。真担心这样下去，我会被你女儿搞出心脏病来……自从在波诺茨卡见到叶莲娜，我就被她的美丽吸引。她的容貌，她的气息，她的声音……哦！……无时无刻不在吸引着我。我没想到我们会在山洞里又见面了……”斯捷奇金一脸神经质的夸张表情。

5

“疯子！你让我感到恶心！”马卡罗夫斥道。他看见斯捷奇金身后的叶莲娜使劲挣扎了一下，但是没能挣脱两个彪形大汉。

“我不管你恶心不恶心，反正你不能阻挡我对叶莲娜的爱！”斯捷奇金突然神经质地吼叫起来。马卡罗夫不敢进一步刺激他，只得等待斯捷奇金自己冷静下来。过了一会儿，斯捷奇金似乎平静了，像是自言自语般，“我可爱的叶莲娜大概是为你们担心，从大佛的左眼闯了进来。但是他们不是我们的对手，我和史蒂芬很快制伏了叶莲娜，那个徐博士就更不在话下了。”

“我明白了。”马卡罗夫微微点点头，“不过，你押着叶莲娜和徐博士来到山顶，怎么刚才我们没有看到你？”

斯捷奇金犹豫了一会儿，道：“伊万，我押着叶莲娜和徐博士来到了山顶，但是我实在不知道玉插屏会放在哪里，于是我藏了起来，等待你们的到来。我想唐风或许可以帮我找到玉插屏，果然……哈哈哈……”

斯捷奇金狂笑起来，马卡罗夫依然没有发现可以制伏斯捷奇金的机会，心中焦急。他只有继续拖延时间：“你藏了起来？这山顶有藏身的地方吗？”

“哈哈！我藏的地方你当然猜不到，在西侧的山峰下有个天然的岩洞。”斯捷奇金一指西侧的山丘。

“那你这么多人又是怎么上来的？”马卡罗夫不解。

“说出来吓死你们！”斯捷奇金忽然又换上了一副凶恶的面孔，“我们的人是从西侧的山崖攀登上来的。”

“什么？你们用绳索从悬崖攀登上来的？”不但马卡罗夫吃惊，唐风和韩江也震惊不已。

马卡罗夫又扫了一眼后面那八个黑衣人，不觉心生寒意。

马卡罗夫仍然没有发现好的机会，斯捷奇金手中即便没有人质，就凭韩江和唐风，加上自己也是绝对没有胜算的。

“你认识布尔坚科吗？尤里·巴甫洛维奇·布尔坚科。”马卡罗夫突然又问了一句，想继续拖延时间。

“不！不认识。”斯捷奇金回答得很干脆。

“你和布雷宁到底是什么关系？还有伊萨科夫？”马卡罗夫问道。

“布雷宁？伊萨科夫？我不是都跟叶莲娜说过了吗？”

“你和布雷宁的话在几十年后竟然一模一样，你们的关系会像你说得那么简单吗？”马卡罗夫追问。

斯捷奇金稍稍愣了一下：“一模一样？得了吧，伊万，你别套我的话了。布雷宁那家伙是将军，我只是一个囚徒，我们俩能有什么关系？”

“可就在你被将军救走后，布雷宁却不明不白地被烧死了，这又是一个巧合？”

“算了吧，伊万，你就当是巧合吧。我已经够给你面子了，回答了你这么多愚蠢的问题，下面该你兑现诺言了，用玉插屏交换叶莲娜！”斯捷奇金眼露凶光，“否则，我就要对叶莲娜动刀子了。你可不希望叶莲娜那白嫩的脸上，留下伤疤吧？”

马卡罗夫知道，斯捷奇金已经快要失去耐心了，天也已经晚了，留给他们的时间不多了。

6

斯捷奇金显然已经失去了耐心，他狂暴地号叫：“快点！把玉插屏交出来！再拖延时间，我就要对叶莲娜不客气了！”

说着，两个黑衣人拿枪抵住了叶莲娜的太阳穴。马卡罗夫无奈地望望韩江，他需要韩江最后拿主意。唐风也注视着韩江。他们知道，此时韩江正面临艰难的抉择。

韩江在经过艰难的思考后，缓缓说道：“唐风，把玉插屏给他们。”

唐风一怔，吃惊地看着韩江：“就这么把玉插屏给他们？”

“给他们！”韩江像是下定了决心。

唐风无奈，捧着玉插屏走到离斯捷奇金还有十步远的地方，轻轻将玉插屏放在草丛中，然后冲斯捷奇金喊道：“把叶莲娜和徐博士放过来。”

斯捷奇金看见玉插屏，眼中闪过一丝兴奋的光芒，往前疾走两步，这就要来拿玉插屏。唐风一把护住玉插屏，冲斯捷奇金喊道：“慢！你先把叶莲娜和徐博士放过来，否则我就是砸了玉插屏，也绝不给你。”

唐风高高举起了手中的枪，只不过并不是对着斯捷奇金，而是手拿枪管，枪托朝下，摆出了一副要与玉插屏共存亡的架势。

“别！唐风，我已经答应放人了，你要相信我。”斯捷奇金忽然又摆出了一副笑脸，“你总得让我先看看玉插屏的真假吧？”

“刚从金井中找到的，怎么可能是假的！”

“好吧！把你刚才找到的另外几件玉器也放在那里。”斯捷奇金得寸进尺。

唐风只得将那三件玉圭也放在草丛里。“往后退两步！”斯捷奇金冲唐风嚷道。

唐风慢慢地往后退了两步，右手仍然死死地攥着手中的九二式手枪。斯捷奇金冲旁边的黑衣人努了努嘴，两个黑衣人架着叶莲娜，另两个黑衣人拖着奄奄一息的徐仁宇，众人走到玉插屏旁边。

黑衣人放了叶莲娜和徐仁宇。唐风赶忙扯掉叶莲娜嘴上的胶带，和她一起架着徐仁宇往回撤。

黑衣人趁着这当口，捡起草丛中的玉插屏和玉圭，返回交给了斯捷奇金。

斯捷奇金看了看玉插屏和玉圭，然后心满意足地放入了他的背包中。紧接着他就变了一副面孔，凶神恶煞般对唐风等人说道："唐风、韩江，你们可以带着徐博士离开，但是请你们把马卡罗夫和叶莲娜留在这里。"

"你要干什么？"唐风喊道。

韩江对斯捷奇金早有防备，他本能地护住叶莲娜："那是不可能的。"

"这就不能怪我了！"斯捷奇金拔出枪对准了韩江。

7

唐风这边只有三支手枪，而斯捷奇金则有九支枪，三比九。更重要的是，斯捷奇金那边几乎全是微型冲锋枪，火力远远超过唐风这边。

唐风和韩江都知道，一旦打起来，他们凶多吉少。就在大家无计可施的时候，突然从半空中传来一个声音。众人无不惊骇，一起仰头向空中望去，可是空中除了越来越浓厚的云雾，什么也看不见。

"这是什么？"唐风感到了恐惧。

"不知道……"韩江也仰望着头顶的云雾。

头顶的云越压越低，山顶上所有的人都感到一种从未有过的压抑，仿佛整个天空都要砸下来。

"兀鹫！"唐风突然发现，在山顶北侧的山峰上，两只巨大的兀鹫从云雾中穿出，直向他们俯冲下来。

"就是那两只兀鹫！"韩江认出这两只兀鹫就是不断出现在他们头顶的那两只。

斯捷奇金和那些黑衣人也被这突如其来的一幕惊呆了，他们怔怔地立在原地，不知这两只兀鹫意欲何为。韩江却在千钧一发的时刻发现了机会，他死死地盯着向他们俯冲下来的兀鹫。只见那两只兀鹫从北峰上冲下来，飞临斯捷奇金和黑衣人头上时，一把抓起两个已经呆若木鸡的黑衣人，然后猛地拉起，盘旋至空中。

韩江把握住了这仅有的一次机会，举枪就射。"砰！砰！"两枪，两个黑衣人应声倒地。唐风和马卡罗夫听到枪声，马上反应过来，一起举枪射向黑衣人。慌乱中，斯捷奇金和黑衣人开枪反击，但他们已经乱了阵脚，胡乱射出的子弹根本没有伤及唐风、韩江和马卡罗夫。叶莲娜在听到枪声的一刹那就卧倒在地，黑衣人则在顷刻之间损失大半。

兀鹫将两个黑衣人重重地扔了下来，两人顿时摔成了一摊肉泥。韩江和马卡罗夫以草丛为掩护，继续向黑衣人射击。手枪的子弹打完了，他们捡起黑衣人的微型冲锋枪，边打边进。唐风则死死盯住了在草丛中若隐若现的斯捷奇金，他知道玉插屏就在斯捷奇金的身上。

一阵混战后，八个黑衣人已经全军覆没，只剩下斯捷奇金。叶莲娜不停地在韩江和马卡罗夫身后提醒他们小心，因为她早已领略了斯捷奇金的厉害。但此时，斯捷奇金阵脚大乱，慌乱中竟没有一枪命中。

韩江见斯捷奇金不过如此，以为叶莲娜小题大做，越战越勇，一边射击，一边在高高的草丛中向斯捷奇金逃窜的方向紧逼。

斯捷奇金慌不择路，跑向了北侧的山峰，但是他很快又折向了西侧的山峰。唐风、韩江和马卡罗夫也追向西侧的山峰，可就在这时，斯捷奇金的身影却从众人视线中消失了……

8

唐风和韩江还在射击，马卡罗夫朝他们挥了挥手，示意他们停止射击。两人这才发现山顶上陷入了死一般的沉寂，那两只兀鹫消失了，斯捷奇金也不见了。

三人缓缓地直起腰，往西侧的山峰望去，周围的荒草和灌木太高太茂密，也许斯捷奇金就藏在荒草中。三人举着枪，小心翼翼地往前搜索。每走一步，韩江和马卡罗夫都异常小心。可是唐风没有他俩的专业素养，斯捷奇金从自己的视野中消失，让他心里一下子慌张起来。他决不能让斯捷奇金就这样逃掉！可一眨眼的功夫，斯捷奇金怎么就像蒸发了？唐风胡思乱想着，放松了警惕。就在他走到西侧山峰下那片最茂密的草丛中时，已经把韩江和马卡罗夫落在了后面。韩江几次用手势示意他停下，唐风都没注意到。

刚才斯捷奇金好像就是在这里消失的。唐风环视四周，齐腰深的荒草在风中摇曳，仍不见斯捷奇金的身影。他回头一看，发现韩江和马卡罗夫竟落在了后面，忙停下脚步。就在唐风狐疑不前的时候，一阵狂风袭来，他忽然嗅到了一股杀气。

唐风刚想后撤，就觉着一股强大的力量向自己的脚踝袭来。他想要抽身，但已然晚了。顷刻之间，他失去了平衡，重重地摔倒在草丛中。紧接着，唐风便看见一个黑影向自己扑过来。他想侧身闪过，可是还没等他转身，两眼一黑，便失去了知觉。

等唐风醒来的时候，耳畔枪声大作。他猛地坐起来，发现自己的头还完好无损地架在脖颈上，转转脑袋，传来一阵钻心的疼痛。

“刚才你被斯捷奇金袭击了，幸亏韩江及时开枪，否则你小命就交待了。”马卡罗夫一边向山坡上的斯捷奇金射击，一边冲唐风喊。

“斯捷奇金……”唐风这才想起那个黑影，不觉一阵后怕。斯捷奇金的身手，叶莲娜曾经对他描述过。

唐风在身旁的草丛中摸索，很快摸到了自己的枪。他发现斯捷奇金已经逃上了西侧的山坡，便连开两枪，然后和马卡罗夫一起向山坡冲去。等他们冲上西侧山峰，发现斯捷奇金已经翻过西峰，向山峰后的悬崖逃去。

韩江见斯捷奇金往悬崖边逃去，反倒放慢了步伐，笑道："他跑不掉了。"

三人将斯捷奇金堵在了悬崖边，斯捷奇金往后退去，他身后就是万丈绝壁。韩江冲斯捷奇金冷笑："没想到吧，兀鹫也会帮我们。"

"哼，你们以为这就能抓住我吗？"斯捷奇金狂笑道。

三人一愣，没明白斯捷奇金的意思。马卡罗夫冲斯捷奇金喊："赶快投降吧，你还可以在监狱里了却余生。"

"哈哈——哈哈——"斯捷奇金发出一阵狂笑，"监狱？！既然我出来了，这辈子就再也不会回去了。"

唐风和韩江不知道斯捷奇金要干什么，只见他紧了紧身上的衣服，冷笑道："我既不会束手就擒，也不会跳崖自杀，我会平平安安地带着玉插屏离开这里。"

唐风、韩江和马卡罗夫面面相觑，不明白斯捷奇金葫芦里卖的什么药。

"他疯了。"韩江喃喃道。

"不！他没疯……"马卡罗夫觉察出了斯捷奇金的意图，小声提醒唐风和韩江，"你们看他身后的包。"

唐风发现斯捷奇金背后的背包看似是一个，其实被分割成了两截。"怎么回事？"唐风看着马卡罗夫问道。

"我们在克格勃的时候都学过跳伞。"马卡罗夫已经明确了自己的判断。

"跳伞？"唐风惊道。

"你是说他要从悬崖上跳下去？"韩江也惊得目瞪口呆。

"他们既然能从这里爬上来，也就能从这里跳下去。"马卡罗夫故意放大了说话的声音。

"不错！伊万，你猜得不错！再见了，我的朋友，当年我在克格勃学校的时候，跳伞成绩可是满分！"斯捷奇金说完就要往下跳。

韩江举枪就要射击，但就在这千钧一发之际，从悬崖南侧的岩石后面突然冲出一个人来。那人像疯了一样，不顾一切地冲向斯捷奇金。斯捷奇金也没料到这出，他冲那人连开数枪，枪枪击中。可那人依旧像疯了一样扑向斯捷奇金，然后抱着斯捷奇金一起坠入了深深的山谷。

"史蒂芬——"就在那人抱着斯捷奇金跳下悬崖的一刻，唐风、韩江和马卡罗夫都认出来了那人。他们不知道史蒂芬是怎么爬到这里的，一切都发生得那么快，那么不可思议，却实实在在发生了。

三人忙奔到悬崖边，往下望去，只看得见无尽的深渊和厚厚的云雾，山谷下竟没有一点回音。史蒂芬和斯捷奇金就这样消失在了悬崖边，仿佛一切都没有发生过……

第二十章 大佛的眼泪

1

唐风久久地站在悬崖边，不愿离去，一切都是那么快，快得不容许自己做出任何反应。韩江拍了拍唐风：“好了，咱们该走了。”

唐风终于缓过神来：“可……可玉插屏掉下去了。”

“所以我们才得赶快下去，找到玉插屏！”韩江斩钉截铁地说。

“对！赶快下去，找到玉插屏。”唐风转身要走，可又停下脚步，一脸失望地说，“从这么高的山崖摔下去，玉插屏恐怕早就摔碎了。”

韩江轻轻叹了口气：“除非斯捷奇金的降落伞打开了。”

“但愿如此……不过这样斯捷奇金也就不会摔死了，他很可能带着玉插屏逃走了。”唐风忧心忡忡地说。

“那是不可能的！斯捷奇金被史蒂芬突然袭击，根本没反应过来。我刚才在悬崖边看了，如果降落伞打开了，他俩绝不会那么快落下去。”马卡罗夫推断。

“是啊！斯捷奇金肯定没来得及打开背包里降落伞，否则我们应该能看见。”韩江也说道。

“而且据我观察，斯捷奇金携带的那个伞包是个很小的降落伞，也就是那种只能一人使用的降落伞。即便斯捷奇金打开了降落伞，这种降落伞也无法承受两个人的重量。”马卡罗夫进一步推断。

“这么说他俩必死无疑喽！玉插屏也肯定摔碎了。”唐风失望地说。

“要下去看了才知道。”韩江道。

唐风忽然想起什么：“哎！我记得斯捷奇金曾经说过西侧山峰下有一个岩洞，他们会不会根本没跳伞，而是进了那个岩洞？”

韩江摇头道：“我刚才下去看了，洞很小。而史蒂芬抱着斯捷奇金掉下去的速度很快，斯捷奇金根本没有机会钻进什么洞里。”

“史蒂芬怎么会突然出现呢？”唐风百思不得其解。

“他肯定是一路爬到了这里。”韩江推断。

“爬到这里？那是什么力量一直支撑着他爬到这里的？”唐风摇着头。

“因为他要复仇！”马卡罗夫喃喃地说道。

“复仇？马家就这么完了！”唐风说到这儿，身后忽然传来叶莲娜的声音，“咱们快点离开这里吧，那两只兀鹫……”叶莲娜没再说下去。

三人只好返回金井旁。看着空落落的金井，唐风百感交集。他和韩江架着徐仁宇，又走进了来时的甬道。

2

一切危险似乎都已过去，一干人回到兀鹫的巢穴，不见那两只兀鹫。唐风望着空中，注视良久，喃喃自语：“兀鹫还没有归巢？”

“也许兀鹫再也不会回来了……”马卡罗夫忽然说。

“不会回来了？老马，你什么意思？”

“因为，它们守卫的东西已经不在了！”马卡罗夫平静地说。

唐风若有所思地点点头，又继续赶路。韩江来到那间小石室时，又仔细地勘察了一遍地面，史蒂芬的血迹一直向外延伸，看来他确实是支撑着爬到山顶的。

当众人回到前殿的时候，韩江问叶莲娜：“你们是从大佛的左眼进来的？”

“我们见你们一直不出来，又发现大佛的右眼重新闭合了。后来，徐博士发现大佛头顶上又出现了几个向大佛左眼延伸的脚印，那个脚印断断续续，若隐若现。于是，我和徐博士商量，试着从大佛的左眼进去，大佛的左眼果然也有个洞口。”叶莲娜回忆起来。

“你们就进入洞口，很快到达了这里？”

“我们进入洞口后没走多远，就发现了那个三角形标记。这让我们确信我们所走的路是对的，那个神秘人也一定是从这条甬道进去的，同时也为你们担心起来。既然我们所走的路是对的，那你们很可能走错了路。”

“是的，我们在大佛右眼的甬道里迷了路，被困在里面，有好几次险些丧命。”韩江现在回忆起来还感到后怕。

“那个三角形标记不断出现，我们就沿着甬道一直往前走。大约走了半个小时，就来到了这里。就在我和徐博士惊叹这座恢弘的山中玄宫时，两个黑影蹿了出来，然后我俩就昏了过去。等我醒过来的时候，就已经被斯捷奇金和史蒂芬绑了起来，押到小石室中。但是后来不知道斯捷奇金和史蒂芬之间发生了什么，两人好像在甬道里打了起来，我还听到几声枪响。再后来，斯捷奇金一个人回来了，他将我们押上了山顶，后来的事你们就都知道了。”叶莲娜回忆着他们一路的遭遇。

“好在咱们总算化险为夷了。”韩江安慰叶莲娜。

“可是斯捷奇金和玉插屏同归于尽了。”叶莲娜失望地说。

“不！不一定。我们还能找到玉插屏。”

“还有黑喇嘛的宝藏。”唐风忽然想起了黑喇嘛的宝藏。

可是唐风话音刚落，整个大殿剧烈地晃动了一下，所有人都惊恐地望着四周，但很快一切又恢复了平静。

“刚才怎么回事？是地震？”韩江叫道。

“不知道，好像又安静了。”马卡罗夫道。

“我们赶紧到后殿，把黑喇嘛的宝藏背出来。”唐风还想着黑喇嘛的宝藏。

大家一起把目光投向韩江。韩江在盘算着，谁也没说话，前殿里寂静无声。突然，刚刚苏醒过来的徐仁宇发出了野猪一般的号叫：“你们看，地上……地上有水流出来。”

所有人都惊恐地望向地面。果然，西面的金漆木门下正有一条涓涓细流流进前殿，细流在地面上分叉、汇流，水量越来越大，也越来越密集。

“不好！中殿也有水流出来！”唐风吃惊地望着另一条正源源不断地从通往中殿的包金铜门下流出的细流。五个人不约而同地向后退去，当他们退到南面那个洞口时，北面和西面的两股水流汇集在一起，向地势较低的南面流淌过来……

3

“快跑！快跑吧！快跑呀！”徐仁宇喊完，撒丫子就往外跑，一点儿也不像刚苏醒过来的伤员。

“跑！”韩江眼见地面的水流越来越大，发出了指令。

众人一起往外奔去，也顾不上什么路线和标记了。当唐风最后一眼瞄向北面的包金铜门时，一股汹涌的水流已经取代涓涓细流，从包金铜门中喷涌而出。

唐风惊恐地望着这一幕，极不情愿地向外撤去。唐风一路狂奔，身后像是有一头猛兽在追赶。幸亏这条甬道没有岔路，也没有什么机关。很快，唐风就看到了前方的亮光，他知道那是大佛的左眼。

徐仁宇、马卡罗夫、叶莲娜已经顺着洞口的绳子爬了上去，韩江也已经抓住了绳子，正在往上爬。唐风扭头看看身后的黑洞，那是真正的猛兽，喷涌而出的洪水如千军万马向他杀来。唐风想去抓洞口的绳子，但洪水已经追上了他，他几乎是被洪水裹挟而出的。他以为自己将被洪水冲下山，摔得粉身碎骨。但是就在他绝望之时，一只孔武有力的大手抓住了他。唐风惊出一身冷汗，抬头望去，是韩江。

韩江正悬在半空中，右手牢牢抓住绳子，左手正好抓住了唐风。洪水从大佛的左眼奔涌而出，犹如一道瀑布，直泻而下。

唐风仰头看着韩江，他知道韩江坚持不了多久，韩江的右手不住地向下滑去。

“绳子承受不了两个人的重量，上面的铆钉松动了！”头顶传来叶莲娜的声音。

韩江看看上面，又看了一眼唐风道：“小子，咱们俩又成一根线上的了。”

“本来……本来就是，一……一直都是！”唐风吃力地说着话，脸上还露出了一丝笑容。

“好吧！但现在咱俩要做个选择了！是你跳，还是我跳？”韩江的右手又往下了滑了一段。

唐风看看身下，一阵眩晕：“要跳你跳，反正我不跳！”

“不跳，咱俩都得玩完！”韩江急道。

“要死咱俩一起死！”

韩江被唐风气得直翻白眼，他知道必须要做出抉择了，他的右手已经滑到了绳子最末端。

叶莲娜又在上面喊了起来：“韩，铆钉快不行了！”声音里已经拖出了哭音。

“没事的，叶莲娜，我死不了！”

韩江喊完，已经觉察出上面的铆钉快支持不住了。他看看身下，心里忽然有了一个主意。他对上面的叶莲娜喊道：“叶莲娜，你们不要去拽绳子，我自己有办法！”

办法？唐风不知道韩江还有什么后招。韩江望了望下面的大佛，对唐风喊道：“看到下面的大佛了吗？”

“看到了！”

“我们俩一起跳到大佛胸前的褶皱上去。”

“褶皱？”唐风往身下的大佛望去，大佛坚实的胸部隐约可以辨出衣服的褶皱，“那里能行吗？”

“不行也没办法了！”

韩江话音刚落，绳子那头的铆钉就崩裂了。叶莲娜按照韩江的指示，没有去拽绳子。绳子、铆钉夹杂着一些碎石一起滚落下来。

4

韩江和唐风的最后一根稻草也没了，两人如自由落体般向下掉落。韩江估算了从大佛眼睛到大佛胸前褶皱的大致距离，尽量使自己的身体前倾。当他落到大佛突出的胸部时，巨大的摩擦力阻止了他的下滑，他赶紧伸手在石壁上乱抓。他也不知道自己要抓什么，总之抓到什么就是什么。唐风也是一样。一阵手忙脚乱之后，两人竟奇迹般地停在了大佛的胸部。

韩江的双手抓到了岩壁上凸起的褶皱，唐风则幸运地抓到了一棵歪脖子树，脚下也踩在了一道大佛身上的褶皱上。

两人双手抓着岩壁上一切可以利用的东西，脚下踩着大佛身上的褶皱，小心翼翼地攀爬，终于爬上了大佛的左肩。叶莲娜、马卡罗夫和徐仁宇也赶到了这里，众人会合。再看唐风和韩江，两人胸前的衣服几乎快磨光了，脚下的鞋子也磨出了两个大洞，身上和手上多处擦伤，韩江的指甲还崩掉了一个。

“都是你小子害的！”韩江精疲力竭，一屁股坐在地上，还不忘数落唐风。

唐风大口喘着粗气：“你们也不发扬一下舍己为人的精神，把我丢在最后。”

“你还在想什么黑喇嘛的宝藏！”

“哎！博士，你不是被斯捷奇金打晕了吗？怎么逃命的时候，奔得比谁都快？”唐风转而问徐仁宇。

“废话！逃命的时候谁不快？我一向相信每个人身体里面都蕴藏着巨大的潜能，潜能能不能释放出来，就看个人了。我就是一个能在危急时刻，最快速、最猛烈地把身体内的潜能发挥出来的人……”徐仁宇又开始了他的歪理邪说。

“得！得！得！得……别瞎掰了，快下山，一会儿天就要黑了！”韩江催促众人下山。

一行人很快来到了大佛下的平台上。唐风再一次仰望大佛，发现大佛的右眼也睁开了，也在往外淌着水。不过这会儿水的流量已经小了很多，只剩下两条涓涓细流仍然顺着大佛的脸颊流淌下来。

“流泪的大佛……”唐风有感而发。

“流泪的大佛？”众人都是一惊，“果然，大佛流泪了！”大家无不惊叹这座大佛和山中玄宫的精妙。

天色渐渐暗了下来，空中云雾反倒散去，一轮夕阳映射在北峰的悬崖绝壁上，那尊大佛显得那么沧桑。

5

一行人返回了营地，在营地住了一晚。说来奇怪，这一晚韩江并没有安排值夜，大家却都睡得很沉很香，没有噩梦，连那个怪声也没有了。

第二天一早，韩江和唐风合计了一番，决定从黑鹫寺南面原来的大道下山。虽然当年的大道早已湮没无存，但众人这次很快就穿过了林子。林子外面是一片郁郁葱葱的树木，脚下的路在不断下降。回身望去，高耸的北峰已经越来越远。

唐风不断地判断着道路，一切还算顺利。当他们走出正南面的山口时，眼前豁然开朗，往前又走了一段，出现一条土路。韩江观察了一会儿，兴奋地说："这土路上有车辙，应该能看到人了。"

"有通信信号了！"徐仁宇也兴奋地叫起来。

"还有脚印，像是刚刚有人走过。"唐风在土路上发现了一连串脚印。

韩江见有通信信号了，立即用专用线路和总部取得了联系，向赵永大致介绍了这两天的情况，并命令他带人来贺兰山，寻找斯捷奇金和史蒂芬的尸体，当然还有最重要的玉插屏。

休息了一阵子，一行人继续往前走。土路上的脚印也一直在往前延伸。

"像是两个人，离我们并不远。"唐风道。

"而且是一男一女！"韩江进一步判断。

"难道除了我们和斯捷奇金、史蒂芬，还有人去了黑鹫寺？"徐仁宇忽然惊道。

"不可能，这个脚印是在山口外发现的。"韩江道。

"一个男的，一个女的，我倒想到两个人……"唐风似乎想到了什么。

"谁？"韩江反问。

"你还记得我们在客店遇到的那一对小情侣吗？"唐风回答。

"你怀疑这脚印是他们俩留下的？"韩江沉吟下来。

"这个季节还不是贺兰山的旅游季节，怎么会有一对小情侣来这里？这不算什么，想想客店里住的人，我们肩负着特殊使命而来，东屋是史蒂芬，南屋的小情侣难道会那么简单？"唐风分析着。

"不那么简单又能怎样？我看你们是杞人忧天了，那对小情侣根本没在黑鹫寺露面，就算这脚印是那对情侣的，人家也只是来登山的。"徐仁宇反驳道。

"不管那么多了，现在的首要任务是找到史蒂芬和斯捷奇金的尸体，还有玉插屏。"韩江说完，众人看到前方依稀出现了一个镇子。

6

在镇子上休息了一晚，等第二天众人醒来时，赵永已经奉命带人开始进山搜索。韩江、唐风和叶莲娜驾车来到山脚下，唐风判断史蒂芬和斯捷奇金坠落的地方应该是北峰西侧的悬崖下。车开到山脚就已经没路了，三人徒步进山，前方完全没有人类活动过的痕迹，满地的杂草和荆棘。

在杂草和荆棘中艰难地前进了一个多小时，韩江觉得差不多了："这里就是北峰西侧下的悬崖，斯捷奇金和史蒂芬的尸体应该在这一带。"

唐风仰头望着头顶的悬崖峭壁，忧心重重地说："恐怕不像你说得那么简单，从那么高的悬崖上坠落，他们可能坠落在一个很大的区域。”

“嗯，唐风说得对，从越高的地方落下，散布越广。所以史蒂芬、斯捷奇金，以及玉插屏可能会落在很广阔的一片区域内，而这里山高林密，想要找到可不容易！”叶莲娜道。

“所以我把赵永叫来了。我已经分析过了，我把悬崖下可能的区域分成了十六块，咱们现在所在的是第五区，是我认为最有可能发现他们尸体和玉插屏的地方。所以这个区域由我们几个来搜，其他十五个区域都由赵永带人去搜了。”

“好吧！那咱们是分开来搜，还是一起搜？”唐风问。

韩江看看叶莲娜，又看看唐风，犹豫道：“分开来搜，不过不能落单，这里随时可能遭遇危险。”

“那你也不多带个人！我叫你拉上徐博士一起来，你还不乐意！”唐风埋怨道。

“徐博士受了伤，需要休息！”

“放屁！我伤得比谁都重！”

“好！好！你受的伤最重，那就让叶莲娜跟你一组，我自己一组。咱们按照地图上划定的区域，从左右两路来回折返搜索；每次折返大约一个小时，咱们都要碰一次头。如果谁有了发现，就发射一枚信号弹。好了，就这么说定了！”

韩江分派完任务，独自向左搜寻下去，唐风和叶莲娜则向右侧搜寻。按照韩江所画的路线，他们从五区边缘开始，一直要搜索到悬崖的崖壁下，这个过程大约需要四次折返，也就是说需要碰头四次。

第一次碰头，三人都准时到达，什么也没有发现；第二次同样是什么发现都没有，失望已经写在了韩江的脸上。可当唐风和叶莲娜到达约定的第三次碰头地点时，韩江却没有按时出现。

唐风和叶莲娜互相看看，心头都升起了一丝疑云。“韩江也许有了发现。”叶莲娜猜测道。

“但愿如此！”

唐风和叶莲娜在约定地点等了五六分钟，还是没见到韩江的身影。叶莲娜有些疑惑：“他不是说有发现了，发一枚信号弹吗？”

叶莲娜话音刚落，半空中出现了一枚耀眼的信号弹。“我说韩有了发现吧！”叶莲娜兴奋地朝信号弹的方向寻去。

唐风跟着叶莲娜，走了十来分钟，穿过一片树林，他们看见韩江正怔怔地立在一片灌木丛中。他们走近韩江，看见在一堆枯木中横亘着一具恐怖的尸体。

“史蒂芬——”唐风叫出了声，他从未见过如此惨状的尸体。史蒂芬的身子虽然看上去还算完整，但细看下来，几乎已经没有一块完整的肌肉，完全是皮开肉绽，有的内脏已经露了出来，骨头也全断了，几根断裂的肋骨直接刺穿了肌肉、皮肤和衣服，露了出来。最恐怖的是史蒂芬的脸，完全没了人形，一颗眼珠还在眼眶内，另一个眼眶内却只剩下一个黑洞……

“竟然摔成了这样？！”唐风盯着史蒂芬的尸体，不禁叹道。

“看来五区确实是最有希望发现玉插屏的区域。”叶莲娜道。

韩江怔了许久才缓过神来，慢慢说道：“可是我找遍附近，却不见斯捷奇金的尸体，也不见装有玉插屏的那个包。”

“也许落在了别处！”唐风猜测。

“我开始也是这样想的，但后来仔细查看史蒂芬的尸体，却发现了一些端倪。你们看史蒂芬的衣服！”韩江提示道。

“衣服怎么了？”唐风不解。

叶莲娜似乎看出了问题：“史蒂芬里面穿着一件防弹衣！”

“嗯，这就对了。斯捷奇金下手精准，史蒂芬正因为穿了这件防弹衣，才躲过了斯捷奇金的眼睛。这印证了史蒂芬的叙述，他对斯捷奇金看来早有防备。最后史蒂芬抱着斯捷奇金同归于尽的举动，更是让斯捷奇金大感意外，因为斯捷奇金怎么也没想到史蒂芬竟然还没死。”韩江解释完，又一指史蒂芬的双臂，“你们再看这里。”

唐风这才发现史蒂芬的双臂仍然是抱住斯捷奇金时的姿势，不禁感慨：“看史蒂芬的样子，他似乎死死不肯撒手！”

“对！如果史蒂芬和斯捷奇金一起跌下来，史蒂芬又一直死死抱着斯捷奇金，那他俩的尸体应该在一起才对。”韩江道。

“是啊！”唐风思虑半晌，也理不出头绪，最后只好对韩江说，“还是先把这个区域搜完再说吧！”

韩江也只好先把史蒂芬的尸体盖上，做好记号，然后和唐风、叶莲娜一起按原计划继续搜寻剩下的区域。

7

越往悬崖下去，路越难走。唐风和叶莲娜深一脚浅一脚，在完全没有路的荒草和荆棘中穿行，还不能放过任何一个可疑的地方。荆棘几次刺到了唐风。突然，走在前面的叶莲娜脚下一软，竟然向前摔倒在荒草和荆棘中。

唐风见状，赶忙上去扶起叶莲娜。见她只是擦破了点皮，他戏谑：“你可不能有事，否则我没法向韩江交代啊！”

“别贫了，我刚才好像被什么东西绊了一下。”

唐风发现在叶莲娜的靴子上缠了一条带子，他眼前一亮，这不正是斯捷奇金背包的带子吗？唐风赶忙从草丛中拽出了那个背包。

叶莲娜又惊又喜："斯捷奇金的包！"

两人手忙脚乱地将背包打开，几块破碎的玉器残片出现在两人眼前，唐风一眼就认出了这是那三块玉圭的残片。"完了，那几件玉圭摔成这样了，玉插屏肯定也好不了了！"他不禁担心起来。

再往下面翻，唐风最不愿意看到的一幕出现了，他又找出了几块破碎的玉片。唐风很快辨认出，从包最底下翻出的玉器碎片正是他在金井中发现的那块玉插屏："完了，果然碎了！"

就在唐风失魂落魄的时候，叶莲娜忽然发现包里还有一个锦盒："咦？这里怎么还有个盒子？"

唐风猛地一惊，他也看到了那个锦盒，打开一看，竟然又是一块玉插屏，一块已经断裂成十数块的玉插屏。

"这……这怎么又冒出来一块玉插屏？"叶莲娜不解。

"这应该就是史蒂芬他们家族世代相传的那块玉插屏，可惜也被摔碎了！"唐风马上想到了史蒂芬的父亲马昌国。

"这是个意外的发现。四块玉插屏咱们都找到了，只……只是碎了两块。"叶莲娜不无遗憾地说。

"再找找，斯捷奇金的包找到了，他的尸体应该就在附近。"唐风向四下望去。

叶莲娜听了唐风的话，本能地拔出枪。"斯捷奇金都摔成肉泥了，你还怕？"唐风觉得她有点过于谨慎了。

"不要掉以轻心，斯捷奇金能从波诺茨卡逃脱，绝不是个简单的人！"叶莲娜告诫唐风。

叶莲娜的忠告让唐风又想起了在山顶草丛中被斯捷奇金偷袭的情景。一个看似瘦弱的老人，竟有那么大的力量，那是一股不可抗拒的力量……想到这里，唐风也迅速拔出了枪。

唐风和叶莲娜小心翼翼地在附近搜寻了一遍，却不见斯捷奇金的尸体。叶莲娜看看表，快到和韩江碰头的时间了，只好先带着斯捷奇金的背包，和唐风来到约定碰面的地方。

韩江手里也拿着一个包。"斯捷奇金的伞包！"唐风一眼认出了韩江手里的包。

"就在附近发现的，没有打开过！"韩江介绍。

"没有打开？那也就是说斯捷奇金的降落伞没打开，他应该必死无疑了！"唐风惊喜道。

韩江沉吟了片刻，说："从这个没打开的伞包推测应该是这样，可是斯捷奇金的尸体呢？咱们已经找遍了整个第五区，在这里发现了史蒂芬的尸体、斯捷奇金的伞包和背包，玉插屏也找到了，可偏偏没有发现斯捷奇金的尸体。"

“斯捷奇金的尸体会不会落到了别的区域？毕竟史蒂芬的尸体和这两个包都很分散，并不在一处，斯捷奇金的尸体也很有可能落到了离这里比较远的地方。”叶莲娜推断。

韩江看看天，道：“我们再搜一遍，如果还找不到，就回去等赵永他们的消息。”

于是，三人分头又从悬崖下向外围搜寻了一遍。几个小时后，当韩江和唐风、叶莲娜再次碰面的时候，竟然都一无所获。

三人失望地回到在山脚下临时搭起的营地，等待赵永搜寻其他区域的消息。夜幕时分，一队队人马回来复命，十四个区域都没有发现，只剩下赵永亲自搜寻的第六区。这个区域紧靠着第五区，被韩江认为是除了第五区外，最有可能有所发现的区域。

晚饭时，赵永带着三个特战队员赶了回来，失望地对韩江报告：“搜了三遍，没有任何有价值的发现。”

韩江一听，失望地瘫坐在椅子上。斯捷奇金难道人间蒸发了吗？活不见人，死不见尸？！“不！这不可能！”韩江突然又从椅子上蹦起来。

“确……确实没有什么发现！”赵永被韩江的这一吼吓到了。

韩江摆摆手，示意赵永退下，可没等赵永出去，韩江又突然叫住了他：“晚上加强警戒。明天天一亮，就把队伍撤出去继续搜，组织身手好的，爬到悬崖上搜！”

赵永一听脑袋都大了，但又不能违背韩江的命令，一时竟不知所措。这时，唐风忽然幽幽地说道：“我看就不用再搜了。”

“为什么？”韩江、赵永、叶莲娜全都盯着唐风。

“斯捷奇金是死是活已经不重要了……你们看这个……”唐风说到这里，环视众人。众人围拢上来，发现唐风已经把那两块摔碎的玉插屏拼了起来。唐风指着玉插屏，“这两块玉插屏一个碎成了十八块，一个碎成了十三块，但是都没有缺少，拼起来也许还能使用。”

韩江仔细地查看一番，然后点了点头，“下面就要看罗教授的本事了。”

第二十一章 韩江的推测

1

赵永带人又搜了一天，依然没有发现斯捷奇金的尸体。韩江决定不再浪费时间，让赵永带领一队人马留下，自己和唐风、叶莲娜、马卡罗夫、徐仁宇返回了总部。

韩江根据新的线索重新分派了任务，将两块破碎的玉插屏交给罗教授。罗教授面对两块破碎成十多块的玉插屏，眉头紧皱。许久，罗教授才对韩江说：“我只能试着看看能不能将这两块玉插屏拼接上，然后破译上面的文字和后面的地图。”

“那就麻烦您了！请尽最大可能修复这两块玉插屏。”韩江恳求道。

“你放心，我会尽力的。好在碎片没有缺失，还是可以修复的，但最后修复成什么样，我可不敢给你打包票。”罗教授做事一向严谨，没把握的事决不会打包票。但韩江和唐风也知道，话说到这份上，估计罗教授还是有较大把握的。

韩江又给叶莲娜和马卡罗夫派活儿了：“叶莲娜，你们回国后，我希望你们能够彻查一下布尔坚科、斯捷奇金、布雷宁这几位的档案。”

“你这就给我们派活儿了，像是我们的头儿。要知道在我们那里，伊留金都得乖乖听我的。”叶莲娜嗔怒道。

“哪敢，我哪敢给你派活儿，我这不是在和你商量，求你帮忙吗？”韩江忙换了一副史上最热情洋溢的笑脸，把唐风差点逗乐了。

“这还差不多。我告诉你，斯捷奇金和布雷宁的档案我之前就查过了，和已经掌握的情况没有什么出入，仅从档案上看不出他俩还有什么隐情。”叶莲娜道。

“那就查查布尔坚科。”韩江眼珠转了转，又道，“还有……那个谢德林。老马，你再去问问他，让他好好回忆一下以前的事，特别是前进基地暴动的事，我觉得这点很重要。”

“我也是这么想的。种种迹象表明，我们现在所面对的神秘组织和当年的前进基地有关。”马卡罗夫犹豫了一下，叹了口气说，“说来真是惭愧，当年我竟然还是前进基地的负责人……”

“还有那个怀特，谢德林说到的那个美国人怀特很可疑。后来史蒂芬竟然也遇到了一个叫怀特的美国人！”韩江嘱咐马卡罗夫。

“怀特？”马卡罗夫摇摇头，“可就怕谢德林也不会知道多少，上次他就已经说过，后来再没接触过斯捷奇金，怀特也失踪了。”

“不管怎样，一定要再去问问他。”韩江叮嘱道。

“行了！韩，不用你一步步教我们怎么做，不要忘了我们也是特工。我还要查布雷宁最后的尸检报告，还要了解斯捷奇金在波诺茨卡的情况。总之，你能想到的，我肯定都已经想在你前面了。”叶莲娜一脸自信地说。

韩江尴尬地笑笑：“我就喜欢你这自信的样子。听到你这么说，那我就放心了。”

2

送走叶莲娜和马卡罗夫，唐风和韩江还没半刻清闲，刑警队老金的电话就追来了：“老韩啊，你跑哪儿去了？这几天我一直打你电话，都没人接！”

“老金啊，前几天我去执行特殊任务。”

“特殊任务？那我就不问了。”

“怎么，陈教授的案子有进展了？”

“进展？也谈不上什么进展，就是陈子建的尸检报告出来了。”

“哦？有什么发现？”韩江迫不及待地追问。

“是这样……”老金欲言又止，“你还是过来吧，咱们见面谈。”

“好，二十分钟后见。”韩江挂掉电话后猛打方向盘，掉头向刑警队奔去。

二十分钟后，唐风和韩江来到了刑警队。老金拿出陈子建教授的尸检报告，犹豫了一会儿，才说：“尸检结论并不复杂，刚才在电话里就可以告诉你。只是……”

“老金，你什么时候也吞吞吐吐了？”

“只是陈子建教授的这个死亡结论让我有些费解，所以就把你请了过来。”老金解释道。

“费解？你上次不是说陈子建是自杀吗？怎么？现在改他杀了？”韩江反问。

“不！不！我不是这个意思。到现在，陈子建究竟是自杀还是他杀，仍然没有最后定论。所以这个案子现在还拖着，我个人还是倾向于是自杀。”老金看了看韩江，又看看唐风，进一步解释，“我所说的费解，其实上次在现场就对你们说过了。陈子建那个奇怪的死亡姿势一直困扰着我，而尸检报告里明确地指出，陈子建是因为受到外部巨大的惊吓，导致脑血管破裂死亡的。”

“真的是吓死的？”唐风惊道，“不过陈子建教授的助手小卢说，陈教授并没有心血管方面的疾病。”

“这正是最让人无法解释的地方。我们后来调阅了陈子建教授的病历和体检记录，他确实没有心血管疾病。没有心血管疾病的人，怎么会被轻易地吓死？这是我百思不得其解的地方。我干了半辈子刑警，要说被吓死的人，我也见过，但无一例外，都有心血管方面的毛病。陈子建教授这事，我还是第一次见到。真是怪了！死亡的姿势更怪……”老金絮絮叨叨地说着。

3

韩江和唐风听完老金的絮叨，已是中午。两人走出刑警队，韩江问唐风：“怎么样？有什么收获？”

“我想再到陈教授的实验室去看看。”唐风没有直接回答韩江的问题。

“怎么，你想到了什么？”韩江反问。

“我总觉得我们在陈教授这件事上一定忽视了什么……”唐风像是在喃喃自语。

“你还是怀疑陈教授是他杀？”

“先去看看吧！”

两人很快来到了陈教授的实验室。正是午休时分，大楼里没什么人。来之前，唐风和韩江也没通知小卢，两人对这里已是轻车熟路。老掉牙的电梯还是嘎嘎作响，走廊里没开灯，虽是白天，依旧让人感觉阴冷灰暗。

唐风见实验室的门虚掩着，轻轻敲了两下，没人。于是韩江不等唐风再敲，推开门径直走了进去，唐风见状，忙跟了进去。小卢不在，两人又走到里面那间，只见小卢正背对着他俩，聚精会神地盯着电脑屏幕。韩江敲了敲门，小卢听见声音，猛地转过身，发现是唐风和韩江，赶忙关上了他刚才盯着的一个文档。然后他又在电脑上操作了几下，这才起身迎接两人。

小卢匆忙之间的举动没能逃过唐风和韩江的眼睛。寒暄了两句后，唐风给韩江递了个眼色，韩江心领神会，对小卢说：“我们想再看一看陈教授做的那个头像。”

“头像？那个头像不是坏了吗？”小卢反问。

“坏了也看看。”

小卢似乎不太情愿，但又不敢违抗韩江，只好带着韩江去拿锁在保险柜中的头像。唐风却没有跟出去，他见小卢走了出去，忙坐到小卢的电脑前。小卢虽然关掉了刚才他正在看的文档，但在“我最近的文档”里还是留下了蛛丝马迹。唐风发现最近打开的文档有四个，下面三个都是医学和人类学方面的文档，但是最上面一个文档的标题是——《西夏咒语的研究（以 < 魔断百字要决 > 为例）》。

唐风的心脏猛地坠了一下，他刚想点开文档一窥究竟，门外已经传来韩江的声音。他只得站到窗边，装作是在欣赏窗外的风景。

那个被削去半边脸的女性头像再次出现在唐风面前。唐风盯着头像，半晌没作声，最后，他转而对小卢说："我想把这个头像带走，可以吗？"

小卢撇了撇嘴："随便你们，反正这个头像已经没用了。"

唐风将头像包好，便和韩江离开了实验室。走出大楼，上了韩江的车，唐风马上说出了他的新发现："我在小卢的电脑里发现了一个文档——《西夏咒语的研究（以 < 魔断百字要决 > 为例）》，而且他刚才聚精会神看的就是这个文档。"

"这能说明什么？"

"从标题看，这是一篇论文。但这并不是小卢的专业，应该是我研究的东西，可小卢在聚精会神地看。"

"也许人家现在对西夏文化感兴趣了，随便看看。"

"随便看看？那他见到我们的时候为什么那么慌张，还匆匆把文档关掉了？再者，这篇论文很奇怪，《西夏咒语的研究（以 < 魔断百字要决 > 为例）》，我现在在西夏研究方面也算是半个专家，但从未看过这篇论文，也没有听说过这个《魔断百字要决》。"

"那是你才疏学浅了！呵呵！"韩江打趣唐风。

"我才疏学浅？好吧，就算是我才疏学浅。但我还是觉得小卢有问题，你要重视陈教授这条线索。"

"好了，知道了，我们还有更重要的线索，赵永今天应该回来了。"韩江说着加快了车速。

4

回到总部，赵永已经垂头丧气地回来了。"还是没有找到斯捷奇金的尸体吗？"韩江见到赵永那样，就知道准没戏。

果然，赵永失望地摇着头："没有，我们找遍了那片区域，就是没发现斯捷奇金的尸体。"

"这家伙人间蒸发了吗？"韩江失望至极，随即又命令赵永，"你继续查找，有线索立即通知我。"赵永硬着头皮，领命而去。

韩江转过身，却见唐风正在自己的电脑前发呆。整个总部的电脑都是不能上外网的，只有自己的这台电脑才可以。

韩江拍拍唐风问："看什么呢？"

唐风上网搜索了在小卢电脑里看见的那个论文题目，但是网上什么都没有。唐风又单独把《魔断百字要决》这个题目拿出来搜索，搜索引擎产生了几十条结果，但他一一过目后，发现都是些无关的信息。

这让唐风更加困惑："小卢的那篇论文是从哪里来的？"

"不会是他自己写的吧！"韩江笑道。

"他？他有那个能力吗？"唐风陷入了困惑。

"好了，咱们再来从头梳理一遍整个事件。"韩江转换了话题。

"整个事件？拍卖会？"唐风现在一提到那场拍卖会就头疼。

"不！这次咱们从玉插屏说起，从这次得到史蒂芬家族的那块玉插屏说起。"韩江斩钉截铁地说。

"史蒂芬家族？"

"对！这两天我重新思考了一遍，整个事件看似是从那场拍卖会开始的，其实早在几十年前就开始了，从黑喇嘛得到敦煌的那块玉插屏就已经开始了。"韩江说着拿出一张纸，在上面按东、西、南、北分别写上了贺兰山、敦煌、阿尼玛卿雪山、黑水城四个地点，然后继续说，"四块玉插屏被分别放在这四个地方。现在我们已经知道，贺兰山和阿尼玛卿雪山中的这两块玉插屏在我们找到之前，几百年来从没有人动过，而敦煌和黑水城的玉插屏早在20世纪初就已经不在原地了。"

"嗯，黑水城那块是科兹洛夫发现的，而敦煌那块不知是什么人发现的，最后被黑喇嘛得到了。"

"我这两天一直在想这两块玉插屏。你说是黑水城那块玉插屏先被发现的，还是敦煌那块玉插屏先被发现的？"韩江忽然提出了一个奇怪的问题。

"按照科兹洛夫和黑喇嘛这两个历史人物活动的年代看，应该是科兹洛夫在1909年先发现了黑水城的那块玉插屏。黑喇嘛的活动时间主要是20世纪20年代，应该是在科兹洛夫发现黑水城的玉插屏之后，而且很可能是黑喇嘛在听说了科兹洛夫发现了玉插屏后，有意寻找所得。"

韩江听了唐风的分析，想了想道："你说得有道理，我本来也是这么想的，但有没有可能，实际情况正好反过来呢？"

"反过来？"唐风惊愕了，"你是说，敦煌那块玉插屏早就被人发现了？"

"最起码早于科兹洛夫。我记得你曾经跟我提过，科兹洛夫在1908年和1909年两次去到黑水城探险。"

"是的！科兹洛夫奉皇家地理学会委派来到中国，本来按照他的计划，这次应该考察从蒙古到四川、云南的广大区域。他第一次，也就是1908年首次找到黑水古城的时候，并没有惊人的发现。他以为那不过是一座荒芜的小城，便继续向他最终的目的地四川、云南进发。但当科兹洛夫走到青海的时候，地理学会发电报告诉他，他在黑水城发现的一些文物很有价值，让他立即返回黑水城，继续发掘。于是这才有了

1909年科兹洛夫第二次对黑水城的发掘，也正是在这次发掘中，科兹洛夫在黑水城外的大佛塔中有了惊人的发现。”

“你认为促使科兹洛夫从青海折回黑水城继续发掘的原因是什么？”韩江问。

“按照过去的认识，科兹洛夫将第一次在黑水城中发现的一些文献运回彼得堡，俄罗斯著名汉学家伊凤阁，在这些文献中发现了他从来没见过的一种古老文字，也就是我们今天已经知道的西夏文，然后才引起地理学会的重视，令科兹洛夫重新返回黑水城。”

“会不会是玉插屏呢？”

“玉插屏？你是说科兹洛夫听说了玉插屏的秘密，才返回黑水城的？”唐风陷入了深思。

“我为什么有这个奇怪的想法呢。你想想，黑喇嘛是个粗人，是不可能认识玉插屏上的文字的，甚至连西夏的历史也不知道。他是怎么知道这一切，知道玉插屏的秘密的呢？”

唐风眼前一亮：“你是说，在那支队伍中有一位高人？！”

“一定是这样，否则黑喇嘛就算得到了玉插屏，也是无法知晓玉插屏秘密的。”

“高人？”唐风想了想，“我之前也想到了这层，但是我以为那个高人应该就是史蒂芬的爷爷马远。”

“马远？在黑喇嘛的队伍里是个识文断字的。但你好好想想，凭马远的能力，能看懂玉插屏上的西夏文字吗？”

“难道在黑喇嘛和马远身边还有一个高人？”韩江的话让唐风彻底迷茫了。

5

韩江在纸上的“敦煌”二字上重重地画了个圈，然后写上一个“X”，再在“X”旁边画了个问号，“我们就从这个‘X’说起。这个高人的存在有两种可能性，一种可能是玉插屏就是他发现的，后来他出于某种目的，将玉插屏献给了黑喇嘛。如果是这样，那么敦煌这块玉插屏很有可能是在科兹洛夫发现黑水城之前，就已经被这位‘X’发现了。当然，还有另一种可能，这个‘X’只是黑喇嘛的一个手下，和马远一样为黑喇嘛效力，最后又在黑鹫寺参与了杀死黑喇嘛的行动。就我而言，我更倾向于这个‘X’是前者，因为我认为这个‘X’的能力远在黑喇嘛和马远之上。”

“你的推测太让人震惊了，可我还是不能认同你的这个推测，真的有这个高人‘X’存在吗？也许马远就认识西夏文。”唐风摇着头，不肯轻易认同韩江的推测。

“马远会认识西夏文吗？”韩江也摇了摇头，“不会！你说过，近代最早破解西夏文的是俄罗斯学者伊凤阁，他是根据科兹洛夫带回彼得堡的文献，才破解了西夏文。你能想象马远这样一个落魄秀才会看懂西夏文？”

“问题这不就回来了？伊凤阁是最早破解西夏文的学者，而且他破解西夏文也是在科兹洛夫发现黑水城之后。假设真的有这个高人‘X’，难道这位‘X’比伊凤阁还厉害？能在伊凤阁之前或是几乎和伊凤阁同时破解了西夏文？我不相信！”唐风不停地摇着头。

“这……”唐风的反驳问住了韩江，他憋了半天，才又接着说，“这确实是个问题。不过我还是坚持有这个‘X’的存在，不要忘了你和老马在后殿石台上发现的盟誓！”韩江提醒唐风。

“石台上的盟誓？！”唐风的思绪迅速回到了幽深黑暗的山中玄宫。

“你对我说过，石台盟誓后面只留下了马远的名字，本应该还有其他几个人的名字的，可都被人有意抹去了！”

“是啊！对这事我一直感到奇怪！”

“你说这是谁干的？谁会刻上了名字又将他们抹去？本来就在幽深黑暗的石殿中，没有人看见，为什么还要抹去？怕被人发现吗？”唐风被一连串的问题砸得哑口无言，韩江自顾自地继续说道，“我想抹去那些字的人不是怕被人看见，而是……而是那些人都死了！”

“死了？只有马远是幸存者？”

“准确地说，应该是都被仅存的那个人杀死了！”

“啊——你是说那几个人都被马远杀死了？”唐风错愕。

“这是最合理的解释。按照史蒂芬所说，马远是在20世纪40年代末去七色锦海寻找玉插屏时遇难的；而根据你的判断，马远他们在石台上刻上誓言，直到杀死黑喇嘛，应该是在20世纪20年代末，最晚不超过20世纪30年代初。这中间有十多年的时间，那么，试想一下，这十多年马远都在干什么？”

“寻找玉插屏，寻找瀚海宓城！”

“不错。在这个过程中，在石台上盟誓的人一定经历了许多许多事，就像我们一样。所以到20世纪40年代末，马远离开黑鹫寺前，当初一起和他盟誓的人应该都已经不在人世了。”

“也就是说在这十几年中，在石台上盟誓的人都死了，包括马远自己？”

“这里又出现了两种可能性，从七色锦海大喇嘛关于马远的叙述中可以看出，当时马远已经是保密局的上校，手下有了一批自己的人，可以算是羽翼渐丰。所以，我推测他很可能在这十几年中，杀了那几个和他一起在石台上盟誓的人，然后抹掉了那几个人的姓名。当然，还有一种可能，那些人是在这十几年中自然死亡，或是在寻找玉插屏的过程中遇难的。但如果是这样，这并不能解释为什么要抹掉那几个人的名字。”韩江一口气说出了自己的判断。

“按照你的推断，那个神秘的高人‘X’应该也是在石台上盟誓的人之一。”

“嗯，我想应该是这样。现在按照我的推测，我们可以连接起整个事件的脉络了。”这时，一幅渐趋完整的图卷仿佛出现在韩江面前。

6

韩江见唐风还不相信自己的推断，也不解释，继续描绘已经在他眼前展开的那幅画卷：“首先是这个高人‘X’最早在敦煌发现了一块玉插屏，并破解了上面的西夏文，但苦于势单力孤，没有办法找到其余的玉插屏，所以很可能是他于1909年初，在青海告诉了科兹洛夫一些关于玉插屏的事。因为根据我们之前掌握的情况看，敦煌那块玉插屏上应该刻的就是黑水城玉插屏的存放地点，这点我们很快就可以让罗教授破解出来。”

“对！这点不用罗教授破解，我们也可以推断出来了。但是仅凭这个就断定科兹洛夫是在听了这个所谓高人‘X’的意见后，去了黑水城，这实在说不通。我查阅过科兹洛夫回国后写的报告，里面根本没有提到什么受‘X’的指点，才又折返回黑水城的。”唐风反驳道。

“科兹洛夫当然不可能在报告里提到这个‘X’，他希望把一切功劳归功于己，而‘X’肯定也不希望自己的姓名出现在科兹洛夫的报告里，所以科兹洛夫在报告里隐去了这段是完全可能的。”

“好，就算你推测得对，科兹洛夫是听了这个高人‘X’的指点才返回黑水城的，也发现了黑水城的玉插屏，但是这样对这位‘X’又有何帮助？他并没有得到玉插屏啊！”

唐风的话把韩江问住了。韩江沉思许久，道：“我想当‘X’告诉科兹洛夫黑水城有玉插屏的时候，他们之间可能有过一个约定。‘X’本来也是有机会得到玉插屏的，但最后科兹洛夫违反了这个约定，将玉插屏带回了彼得堡。”

“你就继续编吧！”唐风觉着韩江忽然成了一个说书的，想象力极为丰富。

“随你信不信，我先把我的想法讲完，你听过之后说不定就信了。虽然我还不能完全确定这个‘X’的踪迹，但这个若隐若现的‘X’一定是存在的。科兹洛夫对黑水城盗掘后，这个‘X’销声匿迹了，但在黑喇嘛崛起后，应该是他把敦煌的那块玉插屏献给了黑喇嘛。显然他的目的是希望借助黑喇嘛的实力找到所有玉插屏，进而找到瀚海宓城。”

“然后这个‘X’和马远一起杀死了黑喇嘛，又一起寻找玉插屏，寻找瀚海宓城。我来替你说吧！”唐风笑道。

“对！就是这样。你不要笑，你知道后面会怎样吗？”

“后面怎样？他被马远给害死了！我是按照你的推测说的！”唐风道。

“这只是一种可能性。好吧！就算这个‘X’在20世纪40年代末之前已经死了，咱们先不说他，先来说说马远……”

“马远？马远不也在20世纪40年代末死在了石瀑洞里吗？”

“是的，其后十年，从表面上看，关于玉插屏似乎什么都没发生，直到中苏联合科考队神秘失踪！”

“其实这十年里暗流涌动！”唐风道。

“是这样的，这十年暗流涌动。如果说，马远死之前，关于玉插屏的争夺是上半场；那么，中苏联合科考队的失踪就是下半场的开始；中间这十年可以理解为中场休息。”

“哦！中场休息，我现在觉得你说得越来越有趣了！”唐风开始有些相信韩江的推断了。

“那么，在这十年里究竟发生了什么？”韩江自问自答，“还是从这两块已经被发现的玉插屏说起。之前，我们已经知道，科兹洛夫将玉插屏带回彼得堡后，那块玉插屏在20世纪30年代曾引起俄罗斯学者伊凤阁的重视，但伊凤阁死于20世纪30年代的‘大清洗’。之后又是卫国战争，玉插屏的事也就无人顾及。一直到20世纪50年代初，米沙和孟列夫在冬宫又发现了这块玉插屏，然后就有了20世纪50年代末的那次中苏联合科考队，这是俄罗斯那边的线索。

“再看马远手上的那块玉插屏，这次我们总算是从史蒂芬口中得到了一些关于他们家族的信息。按照史蒂芬所说，当年马远在七色锦海的石瀑洞里遇难时，史蒂芬的父亲，也就是马昌国和另一个人逃了出来。这和我们在石瀑洞里看到的情况相符，所以我认为史蒂芬所说的是真实的。然后，同样身为保密局特务的马昌国做了什么呢？他在国民党败退大陆后，并没有去台湾，而是主动要求潜伏在大陆。这在当时是一个不可理喻的举动，他肯定有他自己的目的，这个目的显然就是为了玉插屏。”

“嗯，只能这么解释，这些人都被玉插屏迷了心窍！”

“史蒂芬没说他父亲在大陆潜伏的这些年具体都做了什么，又是什么时候离开的大陆。但我估计，马昌国很可能和科考队的失踪有关。”韩江大胆地推测。

“哦？你是怀疑马昌国也跟着科考队进入了巴丹吉林沙漠？”

“我想马昌国是混不进科考队的，但他很可能跟踪科考队。”

“照你这么说，科考队最后出事时，他也是一名幸存者？梁云杰、马卡罗夫、米沙，现在又冒出来个马昌国……”唐风盘算着这一个个和那次科考有关的幸存者。

“也许马昌国并不仅仅是个幸存者，他还很可能是个凶手！”

“凶手？”

“你忘了吗？老马向克格勃主席谢列平汇报的时候曾说过，在他们出事前一天，科考队携带的两大箱饮用水全都漏光了，这很可能是有人故意破坏的。科考队也正是在失去饮用水后，出去寻找水源时遭遇不测的。”韩江的推测越来越大胆。

“你怀疑是马昌国故意放了那两箱水？”

“还能有谁呢？科考队的人都是经过中苏双方严格挑选的，不可能混入奸细，而且谁也不希望自己因为没水喝，被渴死在沙漠里，所以不可能是科考队内部人员所为。”

“说得有理，马昌国的可能性最大。但他这么做的动机呢？难道就为了让科考队全军覆没？”

“动机？”韩江眼珠子转了转，“动机，我想……我想当时科考队很可能已经接近他们要寻找的瀚海宓城了，马昌国不希望科考队找到瀚海宓城，所以他放光科考队的饮用水，就是想让科考队知难而退，然后由他去发现瀚海宓城。”

“这个疯子，就凭他一个人？”

“也许他还有同伙。”

“科考队也太性急了，没有找全四块玉插屏，就直接进入沙漠，结果果然出了意外！”唐风叹道。

“不要忘了那是个大跃进的年代，双方都急着想要找到瀚海宓城，所以组织了那么庞大的科考队。他们以为人多力量大，其实这并不是人多就能成的事！”

7

韩江继续说：“科考队出事，中苏两国政府都采取了息事宁人的处理方式，两国政府都对找到这个瀚海宓城失去了兴趣。苏联方面我们已经知道，马卡罗夫被招进了克格勃，米沙被克格勃严密保护起来，玉插屏被封存，相关文件被销毁。我想，我们这边也差不多是这样。

“看似这件事告一段落，其实不然。幸存的马昌国不敢在大陆停留，竟然不顾台湾方面的指令，急匆匆穿越青藏高原，翻过喜马拉雅山去了印度。然后他也不敢去台湾，就直接坐船漂洋过海到了美国，之后一直东躲西藏，隐居在美国乡间，直到他听说有一块玉插屏在北京要被拍卖。之后的事我们都已经知道了。”

“如果史蒂芬所言不差，那么马昌国这几十年一直没有什么动作。”

“嗯，我相信史蒂芬说的。现在回想起来，他在告诉我们这一切的时候，恐怕已经做好了和斯捷奇金同归于尽的准备。”

“是啊！人之将死，其言也善！”唐风叹道。

“马昌国守着敦煌那块玉插屏一直东躲西藏，没有动作。那我们回过头来再看俄罗斯那边，黑水城的那块玉插屏被克格勃封存在冬宫的地下室里，直到被季莫申发现。从表面上看，俄罗斯那边似乎也没有什么动作，不过现在想来，其实不然。相反，俄罗斯那边这几十年来一直暗流涌动。首先是米沙。米沙被克格勃严密保护起来，这才使他一直安然无恙。可是那个遗失的 1964 年却大为可疑。根据叶莲娜的调查，1964 年前后保护过米沙的特工一定有问题，可当叶莲娜找到他们时，布雷宁被烧死；斯捷奇金则逃出了监狱。”

“现在斯捷奇金公然出现在我们面前，这更证明了那几个特工都有问题！”

“叶莲娜怀疑，也许除了布雷宁、斯捷奇金和伊萨科夫，还有一个人存在。”说着，韩江在纸上的“黑水城”这个名字上画了个圈，又在旁边写下了“X2”，并在“X2”上也重重地画了个圈。

“我也想过，可现在还是不能确定这个‘X2’的存在。”

“是的，再后来就是老马和布尔坚科负责的那个前进基地。本来老马对我们提到这个前进基地时，看上去和玉插屏这件事毫无关联，可是那个神秘刺青的出现，却让这两件看似无关的事联系起来了。”

“是啊！老马说出来时，我真的感到震惊，党项古老部落的图腾，出现在了黑喇嘛队伍成员的身上，出现在了前进基地学员的身上，又出现在了和我们对抗的神秘组织成员的身上，这三者有什么联系吗？”

“联系一定是有的。”韩江想了想，继续说道，“黑喇嘛的队伍先是黑喇嘛领导，接着是马远。马远死后，这支队伍是谁在领导？”

“马昌国？”

“现在我们还不得而知，也许这支队伍后来被打散了，不存在了……”

“应该是这样。否则，马昌国也不至于只身一人跑到美国，东躲西藏。”

“但还有另一种可能，这支队伍被另一个人接管了。”

“另一个人会是谁？在石台上盟誓的人应该都死了，除了马昌国，还能有谁接管这支队伍？”

“不知道。我们再看一直和我们对抗的神秘组织，这个组织的头儿就是‘将军’。将军是谁？我们不得而知。他和黑喇嘛的队伍，和前进基地的学员有什么内在联系，我现在也还说不好。”

“也许是我们多心了，按照史蒂芬的说法，那伙人在他身上刺青时是很文明的，不像布尔坚科那样。也许他们根本就是两路人，也许布尔坚科就像他自己所说的，他是看到了那个古老的图腾，然后以此来教训不听话的学员。”

“但愿如此，可我自从听了老马说的情况，就一直怀疑这个刺青不那么简单。”

“也许，叶莲娜那边的调查能帮我们解开一些疑团……”唐风喃喃地说。

8

唐风和韩江陷入了沉默。过了许久，唐风才叹道："现在回过头来看，拍卖会并不是整个事件的开始，而只是下半场的延续。"

"不错！算是加时赛吧，只不过这场加时赛把我们都给卷了进来。现在我们再来说说那场拍卖会吧。史蒂芬说，拍卖会是将军设的一个局，我这才恍然大悟，一些我们之前无法解开的谜团都迎刃而解了。"

"是啊！将军为了引出隐藏多年的马昌国，不惜大费周章设了拍卖会这个局。没想到马昌国东躲西藏这么多年，竟然还是忍不住出头了。虽然他是让芬妮出面的，但将军还是顺藤摸瓜，找到了史蒂芬，进而找到了马昌国，既让史蒂芬为自己效力，又得到了玉插屏！一箭双雕！高明！"

韩江笑了："恐怕老谋深算的将军还不止一箭双雕吧！"

"哦？"唐风不解。

"他不但通过拍卖会解决了马昌国那边，还诱出了梁云杰。"

"梁云杰？可我觉得，我和梁云杰最后都是不幸被卷进去的！"

"你是被你的好奇心卷进去的，可梁云杰绝对不是。我现在还不敢说将军设的这个局是故意针对梁云杰，但我可以肯定，他设这个局，除了为引出马昌国，还希望诱出所有了解玉插屏秘密的人，梁云杰显然算一个。"韩江推断道。

唐风点点头："你这么一说，确实有些道理，看来就我是个倒霉鬼！"

"而梁涌泉不管是真的，还是装出来的，总之他的表现是对玉插屏毫无兴趣，这才躲过一劫。"

"哼，这样想来，他把那块玉插屏给我们，实在是把炸弹抛给了我们。"

"他抛得对。梁涌泉很可能从梁云杰那里听说过一些关于玉插屏的事，所以他深知自己是没有能力解决这个事情的，只有我们可能解决这个事情，不如将炸弹抛给我们。但这家伙又不甘心舍弃那价值千万的玉插屏，所以跟我们定了一个君子协定，等事情解决后，还需将那块玉插屏还给他。"

"呵呵，幸亏梁媛跟她爸不一样！"

"怎么？害怕了？害怕，别泡人家女儿啊！"

"我害怕？我看将来叶莲娜够你受的！"唐风反唇相讥。

"得！得！得！咱俩别扯皮了，再说下面的。拍卖会的意外结果可能让将军始料未及，他们没有料到玉插屏会被财大气粗的梁云杰拍去，所以杀了梁云杰，想抢回玉插屏。但因为我们及时介入，他们的阴谋没有得逞。之后，史蒂芬为将军效力，却在香港拼光了他的老本，只能更加死心塌地地为将军卖命，直到这次在贺兰山与将军彻底决裂！"韩江终于将已经掌握的情况都串联了起来。

9

唐风沉思片刻，提出了一个一直困扰在他心里的问题："但还有一点解释不通，就是齐宁的死。之前我们已经分析过，齐宁是受到了来自两方面的压力才自杀的。一方已经确定，是王凯，他的背后是将军。但是另一方呢？齐宁正是受到了另一方的强大压力，才匆匆落锤，将玉插屏拍给了梁云杰。难道另一方的压力就是梁云杰？"

"这个问题我也想过，可惜齐宁和梁云杰两个当事人都死了，王凯也死了，现在死无对证，很难搞清楚了。也许就是梁云杰给齐宁施加的压力吧。"韩江也想不明白这个问题。

"不！我觉得不可能。王凯事先已经给过齐宁压力，将军既然把玉插屏拿出来做诱饵，就要考虑到玉插屏会被别人买走。现在这一切给我的感觉是，将军似乎并不在乎玉插屏被谁买走，不管是马昌国，还是我，又或是别的什么人，但是他很不愿看到玉插屏被梁云杰拍去。"唐风说出了自己的想法。

韩江想了好一会儿，才说："是这样，我也有这样的感觉。可以肯定，不论是你买走，还是马昌国，或是别的什么人，将军都可以对付你们，他应付得来。似乎唯有梁云杰，让他感到了压力。"

"可按理说，将军实力强大，梁家根本不是将军的对手，将军没必要担心啊？"唐风疑惑不解。

"只可能有一个解释，梁云杰是当年的知情人，将军担心梁云杰知道玉插屏的秘密。"

"马昌国更是知情人，比梁云杰还熟悉玉插屏啊！"

"那就有两种可能，一是将军顾忌梁家的能力和声望，二是梁云杰比马昌国更了解玉插屏背后的秘密。"

"更了解？"唐风陷入了回忆，他在回忆和梁云杰那两次短暂的接触。那是让他印象深刻的两次接触，每一个细节、每一句话，唐风都历历在目。他回忆了一遍，说，"不！从我和梁云杰的两次接触来看，我不认为梁云杰会比马昌国了解得更多。"

"你？你就跟梁云杰见过两次，你能了解他多少？"

"虽然只有一两次，但第二次在广州见面时，梁云杰显然已经感受到了巨大的危险。他既然找我，应该对我绝对信任，所以我认为他不会对我有什么隐瞒。"

"梁云杰也没料到死亡会来得那么突然，他也许还有话想对你说，可是一切已经晚了。"

韩江的解释让唐风无话可说。唐风沉思片刻，拿过韩江手里的那张纸，在纸上依次写下了米沙、马昌国、马卡罗夫、梁云杰四个人的名字。"这是那次科考已知的四个幸存者，马昌国虽然不能百分之百肯定，但也应该算上。"

“嗯，现在已知的确实就是他们四个。现在除了老马，另外三个都死了。”

“我们来给这四个人排个位次！”

“按什么排？”

“就按谁更接近谜底排！”

“谁更接近谜底，我想应该是米沙！”

“我也认为是米沙，那么，其次呢？”

“马昌国！”

“嗯，从他俩在事后的表现看，确实如此。米沙被克格勃保护起来，马昌国跑到美国藏了起来。几十年后，依然有人想要他们的命，不得不说他们两个是最接近谜底的人。但这也就注定他们此生不会安宁。”唐风解释道。

“所以你认为老马和梁云杰知道得不会太多。”

“是的，这样无法证明你刚才的推断，将军究竟为什么不愿意看到梁云杰买下玉插屏……”

“这个也许只有去问梁云杰和将军了！”韩江叹道。

“四个幸存者中，现在只有老马还健在，或许他和叶莲娜能给我们带来一些意外的收获。”

韩江听了唐风的话，心里一紧。三个幸存者中，马卡罗夫是唯一还健在的，难道危险正在向他袭来？韩江不禁为马卡罗夫和叶莲娜担心起来。

第二十二章 叶莲娜的发现

1

唐风和韩江焦急地等待着各条线索的反馈。

叶莲娜的办事效率总是最高的，常常让韩江感到惊喜，这次依然是叶莲娜先给韩江带来了惊喜。叶莲娜和马卡罗夫根据新掌握的情况返回彼得堡没多久，就有了新的发现。

韩江打开电子信箱，一封叶莲娜发来的邮件立即跳进了他的眼帘，他赶忙叫来唐风。唐风看了看叶莲娜邮件的题目——“令人震惊的新发现”，两人不禁对视一眼，心里又惊又喜。韩江用有些颤抖的右手点开了邮件……

叶莲娜和马卡罗夫在得到高层的批准后，一起来到了总部的档案室，他们想查一下关于“前进基地”的档案，特别是基地后来暴动的档案。好不容易获得了可以查阅所有档案的权利，但让他们失望的是，关于当年前进基地的档案竟然寥寥无几，最详细的一份档案就是谢德林写的那份关于基地暴动的情况和后来抓捕学员的档案。

谢德林的这份档案被列为了最高机密。叶莲娜查看了这份档案的调阅记录，惊讶地发现，从这份档案入档以来，还从没有人调阅过。

“若不是碰上我，谢德林恐怕一辈子也不会对人说起当年的事了。”马卡罗夫不禁感叹。

“他保守了几十年的秘密，肯定给憋坏了，所以才对您说了基地暴动的事，否则这些陈年往事都会被他带进坟墓里。”叶莲娜轻轻叹了口气。

叶莲娜和马卡罗夫用了两个小时详细地查阅了这份档案，档案记载的内容基本上和谢德林所说的一致，没有什么新的发现。余下的档案，多是一些基地日常情况的报告，大部分就是马卡罗夫撰写的，平淡无奇，现在已经毫无价值了。

“为什么这些档案里连一份完整的基地学员名单都找不到？”叶莲娜疑惑地翻看

着面前这些发黄的档案。

“应该有的。”马卡罗夫也在厚厚的档案袋中寻找，“喏，这里有一份。”马卡罗夫找出了一份花名册。“不过……不过这份花名册不全。”马卡罗夫端详了一阵，自己就否定了这份花名册。

马卡罗夫又找到了一份，但还是不全。他解释说：“后来基地学员暴动，烧毁了基地内所有的档案和文件。你现在看到的这些档案，都是暴动前我和谢德林提交给总部的文件档案。而那时基地的人员，包括学员，都是不固定的，常有变动，所以现在想找到一份完整的花名册不容易。”

马卡罗夫也在寻找着档案中的蛛丝马迹。“为什么谢德林的报告里没有关于怀特的审讯记录，连一张怀特的照片都没有？”马卡罗夫找遍了档案，最后问道。

“哦！这个我之前就询问过谢德林了，谢德林说当初是有怀特的照片的，但是斯捷奇金来提人的时候，把所有关于怀特的档案文件，包括照片都带走了。后来他们在火车上出了事，怀特和那些档案文件都不见了。”叶莲娜解释道。

“这就不好查了。”马卡罗夫感到头疼。

叶莲娜抓了抓头发：“算了，看来我们在这些档案中找不出什么线索了。我也算查过了，可以向韩江交差了。”

马卡罗夫笑了笑：“这可不像你的性格。基地的情况查不出什么新线索，不如我们查查布尔坚科。”

“布尔坚科？你跟他共事过，还不了解他吗？”叶莲娜反问马卡罗夫。

“每个人都有自己的秘密，更何况是一个经验丰富的特工。布尔坚科对我而言，仍然是个谜！”

马卡罗夫一句话点醒叶莲娜，她说：“对，是该好好调查一下这个人了。”

“一定要通过蛛丝马迹进入他的内心世界，我们现在之所以陷入调查僵局正是因为无法进入这些人内心的隐秘世界，包括布雷宁、斯捷奇金，还有布尔坚科。而我们所要调查的事要求我们一定要进入这些人的隐秘世界，才能窥见他们的秘密。”马卡罗夫若有所思地说。

“隐秘世界？！嗯，可是我们通过这些档案，能进入他们的隐秘世界吗？”

“一定会有蛛丝马迹的。”马卡罗夫说完，让管理员调出了布尔坚科的档案。

布尔坚科的档案出奇得简单，仅从档案看，他的特工生涯可谓平淡无奇。和布尔坚科对马卡罗夫曾经说过的一样，他先是在克格勃的边防部队服役，服役的地点是远东地区。后来立了一次大功，被调入了克格勃边防总局工作，但是档案上对布尔坚科所立何功却语焉不详。再往后，布尔坚科因为一次工作失误，又被踢出了边防总局，来到那个神秘的第十三局，而十三局只存在了短短的一年，便被撤销了。之后，他又被调到了管理档案文件的第十处，在这里一待就是五年。

布尔坚科是在认识马卡罗夫之前的两年，才调到了第一总局，并被派往远东一带，负责训练特工。但是布尔坚科训练的强度太大，在一次训练新学员的过程中，两名新学员因为事故死于非命。布尔坚科受到了严厉的处分，降职使用，被作为马卡罗夫的副手派到了蒙古的前进基地。

2

叶莲娜和马卡罗夫快速地翻完了布尔坚科的档案，叶莲娜有些失望地说：“跟您以前说的情况一致，没什么有价值的线索啊！”

“不！叶莲娜，我不这么看。虽然档案里的记载和当年布尔坚科告诉我的情况基本一致，但今天看到这份档案，我还是发现了一些端倪。”

“哦？您看出了什么？”

“首先，布尔坚科当年在边防军服役时是在远东地区，后来他立了一次大功，才幸运地被调进了边防总局。那么，他立了什么功，竟能让他一下子从遥远的远东，被调进了莫斯科的边防总局呢？不知是出于保密，还是缺漏，档案里语焉不详。当初布尔坚科也没对我提过，不过从中可以看出，他立的这次大功应该也是在远东地区，而且似乎这个功劳属于他个人，并没有其他人参与。按理，档案中应该有每个特工立功受罚的详细记载，但是在布尔坚科的档案中，我们却没有发现关于他这次立功的详细信息。这有些奇怪，如果不是因为档案缺漏的话，那么不写明他具体的功劳，一定是出于保密的需要。那有什么功劳是需要保密的呢？这点就很有意思了。”

“嗯，这点是有些奇怪。”

“其次，布尔坚科在边防总局干了没多久，就因为一次工作失误被踢出了总局，这又是一次什么样的失误？同样，档案里也没有明说。”

“会不会和他之前的功劳有联系？”

“这个就不知道了。第三，布尔坚科离开边防总局后，进入了刚刚成立的第十三局，这个第十三局是干什么的？我在克格勃干了这么多年也不知道！从档案上看，这个第十三局只存在了一年就被撤销了，但就是这一年，让我有了一个新的发现。叶莲娜，你从中看出什么了？”

“第十三局？”叶莲娜不明白马卡罗夫所指何事，盯着档案上的那一小段记载。许久，她忽然眼前一亮，“是……是那个遗失的 1964 年，布尔坚科去第十三局的那一年，正是我们苦苦寻觅的 1964 年。”

“对！这难道仅仅是巧合？”马卡罗夫的眉头拧成了一个结。

“可是我查过布雷宁、斯捷奇金、伊萨科夫等人的档案，他们的履历和这个第十三局没有任何联系，而且他们参与保护米沙行动的时候，所属单位都是彼得堡的克格勃部门。另外，从档案上看，布尔坚科也从未在彼得堡工作过，所以实在看不出他们之间有什么交集。”叶莲娜提出了自己的疑问。

“这确实是个问题，现在还看不出布尔坚科和那个遗失的 1964 年有什么关系。不过，我……我总觉得这是条有价值的线索。我们先不管这个第十三局，继续往下看，也就是我要说的第四个问题。布尔坚科在离开第十三局后，被发配到了第十处，也就是档案处，就是现在我们所在的这个地方。档案处一向被认为是个无所事事的清闲地方，想想看，他那样一个强人被调到这么个地方，会怎么样？”

“整日和这些旧文件档案做伴？”

“不！别人也许会，布尔坚科却不会。以我对他的了解，他一定闲不住，肯定会找点事做，而且会找一些有价值的事做，至少是他认为有价值的事。那么，这里唯一有价值的就是这些旧档案。你不要小瞧这些文件档案的价值，它们的价值就体现在其所蕴藏的秘密。”

“您的意思是，布尔坚科在这里一定会尽可能地发掘这些档案的秘密？”

“布尔坚科是真正的特工，只要给他一丁点希望，他就不会放弃。他一定会利用职务之便，在这里得到许多他想得到的机密。不要忘了关于米沙的那份档案中被撕去的几页。”

“可那至少是在 1988 年结束对米沙的保护后被人撕去的，那时布尔坚科早不在人世了。”

“我的意思并不是说那几页档案是被布尔坚科撕去的，我只是要提醒你，不要低估了布尔坚科在这里的五年。”

“嗯，布尔坚科在档案处的五年确实可以利用职务之便，得到许多机密。”

“还有第五点，这份档案让我弄清了当年布尔坚科为什么军衔比我高，却被派作我的副手，因为他之前残酷的训练方法弄出了人命。”

“看来布尔坚科在这方面是有前科的。”

“这也就能解释另一个问题，当初在基地他又弄出人命，被我发现后，虽然表面强装镇定，但极为害怕我向上面告发他。”

“如果那次布尔坚科再被上面处罚，估计他就完了。”叶莲娜想了想，又道，“这样回想起来，当初您跟布尔坚科去野狼谷其实是很危险的。如果布尔坚科狗急跳墙，对您来个杀人灭口，然后对上面说您不幸失踪，您可就冤沉大海了。”

“我后来想起也曾后怕，但其实他当时不敢把我怎么样。布尔坚科当时背着处分，被降职使用，而我是基地的负责人，又是中校军官，如果我不明不白地失踪了，上面一定会派人下来详查。所以他敢对学员下重手，却不敢把我怎么样。”

“父亲啊，我看您还是低估布尔坚科了。如果您在野狼谷中没有同意他的提议，执意要上报学员致死的事，他能轻易放过您？”

“这……”马卡罗夫沉吟下来，“我可以暂时骗过他，偷偷上报他的事！”

“哼，一个优秀的特工和您相处了几年，难道还不知道您的性格吗？”

“好吧！叶莲娜，这只是你的猜测。布尔坚科这个人虽然有很多毛病，但我想他还不至于像你猜测的那么坏！”马卡罗夫说完，慢慢地合上了布尔坚科的档案。

3

听完马卡罗夫总结的五点，布尔坚科这个人的形象在叶莲娜的脑海中逐渐清晰起来。但她总觉得还是缺了点什么，布尔坚科瘦削的脸庞依旧被重重迷雾笼罩着。想到这里，叶莲娜心中不禁一阵烦躁。

马卡罗夫见再也找不到什么有价值的线索，就想离开。叶莲娜将所有查阅过的档案规整好，还给了档案室管理员。

两人走出档案室，来到电梯口。马卡罗夫走进了电梯，可是叶莲娜还怔怔地站在原地，一动不动。

“叶莲娜，你怎么了？”

叶莲娜像是突然想到了什么：“等等，我们还忘了一件事。”

“忘了一件事？”马卡罗夫赶忙又走出了电梯。

叶莲娜疾走两步，又回到了档案室，向管理员询问：“能帮我查查，有没有关于一个叫‘沃伦·怀特’的美国人的档案吗？”

管理员面无表情地翻了个白眼，指了指旁边的电脑：“我们这里这么多档案，哪能记得什么美国人，你自己用电脑查吧。”

叶莲娜走到电脑前，耳畔又传来管理员的告诫：“这台电脑不准使用任何移动存储设备，要使用密码进入系统。”

叶莲娜用自己的密码进入了联邦安全局的内部系统，然后输入一个复杂的专用密码，才进入内部档案系统。

“怎么，你怀疑那个美国人有问题？”马卡罗夫跟过来问。

“我觉得韩江的怀疑是有道理的，谢德林当初的直觉也可能是准确的。那些学员在海参崴准备逃走时，如果确实有国外的人接应，那么基地暴动的事就不简单了。现在我们看到的档案显示，总部后来将当年基地的暴动定性为，因谢德林处置不当，导致学员暴动，我觉得这个结论未免草率了些。”

“你的理由呢？”

“理由我现在还说不好。不过，最后那个怀特逃走，还有斯捷奇金的出现，让我相信事情并不简单。”

“怀特？斯捷奇金？”马卡罗夫感觉脑子里有些混乱。

叶莲娜输入“怀特”这个词，在内部档案系统里进行检索，屏幕上出现了十多条题目里带“怀特”这个词的档案简介的搜索结果。

叶莲娜和马卡罗夫一条一条地检查了这些题目里带“怀特”一词的档案。但令他们失望的是，搜出来的这十多条档案中，竟没有一个是他们要找的那个“怀特”。

“看来我们的系统里，除了谢德林的报告中提到了这个怀特，再没有那个美国人的记录了！”马卡罗夫摇着头说。

叶莲娜不甘心，又搜索了斯捷奇金的档案。这家伙的档案倒是挺多，从他进入克格勃一直到他锒铛入狱，全都有记载。她已经多次查看过斯捷奇金的这些档案了，这次又重点查看了斯捷奇金在基地暴动前后的有关活动。可除了他们已经掌握的情况，叶莲娜并没有从中找到更多有价值的线索。

马卡罗夫见叶莲娜仍不甘心，只好劝道：“行了，你也算尽力了，可以向韩江交差了。”

“我可不是为了他。”叶莲娜嘴上硬撑着，又在电脑上随手输入了“乔伊斯”这个词。她已经不抱什么希望了，因为这只是那艘美国货轮的名字，联邦安全局的内部档案系统里应该不会有关于这艘美国货轮的记录。但意想不到的是，电脑屏幕上竟然出现了一条搜索结果，唯一的关于“乔伊斯”的搜索结果。

4

叶莲娜和马卡罗夫面对着屏幕都是一惊。叶莲娜颤抖地打开了这条记录，一段简短的记录映入两人眼帘……

关于美国伪装间谍船“乔伊斯”号事件处理过程的报告 1986年9月列宁格勒 编号：Д03860914037

1986年8月间，一艘名为“乔伊斯”号的美国货轮停靠在列宁格勒港口，在装卸完货物后，该船以机械故障为由，滞留列宁格勒港，遂引起我方警觉。经调查，所谓美国货轮“乔伊斯”号，实系美国伪装间谍船。该船常以商船名义停靠各国港口，然后利用船上所载电子侦听设备监听侦查所在国的情报。此外，常派遣情报人员伪装成普通船员，登岸后近距离侦查，及执行各种任务。

后据查实，该船隶属于一家名叫“加勒比轮船货运公司”的美国公司，其注册地在美属波多黎各，而其真正的控制者则是美国中央情报局。

掌握相关情况后，我方依据扣押了“乔伊斯”号货轮，并研究了船上的设备，审查了船上的人员。船上的人员对刺探我国情报的事实皆供认不讳。

考虑到与美国正在改善的关系，我方基于人道主义，在与美方进行协商后，决定用被美国扣留的我方人员交换“乔伊斯”号及其船员。9月4日，双方按约进行了交换，并签署秘密备忘录。双方一致同意不对外公开此事件，并作为最高机密永久封存相关文件。

这段不长的记载足以让叶莲娜兴奋起来：“谢德林当初的预感是对的，不但那个怀特有问题，就连这艘‘乔伊斯’号都有问题。”

“看来这事越来越复杂了，怎么……怎么中情局也和这事扯上关系了？”马卡罗夫既兴奋，又困惑。

“现在可以证明，当年基地学员暴动绝不那么简单，至少在他们到达海参崴之后，肯定得到了外国某些势力的协助。若不是那个怀特行事不密，而且谢德林反应迅速，恐怕所有学员都被‘乔伊斯’号接走了。”叶莲娜判断道。

“这……如果学员在暴动前就得到了外国势力的协助，那问题可就大了！”马卡罗夫无论如何也不敢相信，自己训练出来的这批学员还会跟外国势力有联系。如果这是真的，那简直是对自己特工生涯最大的讽刺。

“也许只是碰巧。学员们逃到海参崴，发现有美国船停在港内，便和‘乔伊斯’号秘密取得了联系。”叶莲娜忙安慰马卡罗夫。

“不！谢德林说过，‘乔伊斯’号进港的当天就出了事，学员根本没时间和‘乔伊斯’号联系。”

“谢德林也曾说过，那帮学员逃到海参崴，隐藏了半个多月。这期间，这些训练有素的学员完全可能用某种特殊的手段，和停靠在港内的其他美国船只取得联系。半个月后，‘乔伊斯’号便来到了海参崴。”

“希望事情是这样，否则我真不敢想象。”马卡罗夫喃喃自语。

“1986年，‘乔伊斯’号轮船在列宁格勒被抓到，克格勃对这艘船进行了检查，还审问了船上的人员，也许档案里会有那个‘怀特’的记录！”叶莲娜的话语中带着些许兴奋。

“1986年，离上次的事件过去也有十来年了，这个‘怀特’还会在船上？”马卡罗夫将信将疑。

叶莲娜迫不及待地让管理员找出了这份编号为Д03860914037的档案。这份档案很厚，叶莲娜粗粗地翻了一下，事件的经过和最后的处理并不复杂。档案里最多的是对船上18位船员的审讯记录，这也正是叶莲娜和马卡罗夫最感兴趣的部分。

5

叶莲娜还在怀疑，这18个船员中到底有没有她要找的“怀特”时，一份名为“沃伦·怀特审讯记录”的文件跃入了她的眼中。

叶莲娜兴奋地看看马卡罗夫："看来这个怀特一直在船上。"

"嗯，这家伙果然是中情局特工。"

叶莲娜和马卡罗夫满怀希望地看完了这份整整十页纸的审讯记录，但结果让两人大失所望。整份审讯记录除了对事件经过的记述，就是一些基本状况的记录，多余的线索一点儿也找不到。

唯一让叶莲娜感到有价值的可能就是怀特的照片了。审讯记录里附了怀特的好几张照片，有正面照、侧面照。叶莲娜将照片一一扫描后装好，准备带走。

马卡罗夫忽然提醒她："再找找这些人当中有没有那个马丁？"

"马丁？"叶莲娜一愣，然后笑了，"父亲您怎么老糊涂了。怀特既然有问题，那个他说的在日本横滨偶遇的马丁，肯定就是顺嘴胡说了，您怎么还当真了！"

"还是查查的好！"马卡罗夫也不说理由。

叶莲娜于是一份份仔细查看了这 18 个船员的审讯记录。果然，有一份审讯记录的标题是"查尔斯·马丁审讯记录"。

叶莲娜将"查尔斯·马丁审讯记录"抽了出来："这里还真有一个叫马丁的，不过这也不能说明什么，叫马丁的美国人太多了。"

马卡罗夫接过这份文件，仔细查看了一番。基本上和怀特的审讯记录一样，都是一些关于事件经过的记述，这并不是叶莲娜和马卡罗夫感兴趣的。这份马丁的审讯记录上同样附了几张照片，马卡罗夫盯着照片端详了一会儿，又摇了摇头，这个人他从未见过。

叶莲娜和马卡罗夫将 18 份审讯记录一一过目，特别是 18 个人的照片，叶莲娜都进行了扫描。

"叶莲娜，看来咱们空欢喜一场啊。虽然确认了'乔伊斯'号和怀特的身份，但对我们的事并没有什么实质性的帮助。"

"事情还没完，这些照片也许能对我们有所帮助。"

"你想把怀特的照片拿去给谢德林辨认？"

"对，先让他确认一下，然后再将我们的发现告诉他，看他还能为我们提供什么新的……"

叶莲娜正说着，突然没了声音。马卡罗夫发现她的眼睛正直直地盯着一份文件。

"叶莲娜，你怎么了？"马卡罗夫关切地问。

怔了好一会儿，叶莲娜才缓缓地说道："我……我想这才是重要的发现。"

"什么？"马卡罗夫不解。

叶莲娜将文件递给马卡罗夫，马卡罗夫只扫了一眼，便瞪大了眼睛。他发现在这份名为《关于"乔伊斯"号——美国伪装间谍船事件的处理意见》的文件最下面，出现了一个他熟悉的名字——安德烈·格里高利耶维奇·布雷宁。

“怎么会是他？”叶莲娜又回忆起了布雷宁那张苍老的面孔。

一阵沉默后，马卡罗夫缓缓地说道：“没错。当时，布雷宁刚刚因为成功地执行了几次重大任务，被破格晋升为将军，并被提拔为列宁格勒地区克格勃反间谍系统的负责人。”

“要是这样，那‘乔伊斯’号事件还正是他管辖的事。”叶莲娜又快速地翻阅了这些文件，她在不少文件下面都看到了布雷宁的签名。

6

叶莲娜坐下来，重新开始翻阅这份《关于“乔伊斯”号——美国伪装间谍船事件的处理意见》的文件，文件很简短，是写给当时克格勃主席克留奇科夫的。

亲爱的克留奇科夫同志：

鉴于我国正与美国改善关系，此时如果我方高调处理“乔伊斯”号事件，无疑会破坏两国业已初步形成的信任，不利于我国外交战略的实施，损坏我国的利益。

……

因此，我认为对此事件最恰当的处理方式，应以秘密方式与美方达成某种协议，这样将最大限度地维护我国的利益，并可适当地敲打美方的无礼行径。不知妥否？

安德烈·格里高利耶维奇·布雷宁

“看来最终低调处理‘乔伊斯’号事件是布雷宁的主意，他在文件中看似说得头头是道，但不知是否隐藏了他的什么不可告人的目的！”叶莲娜道。

“仅从这些文件看不出什么来，布雷宁这么处理也是符合常理的。不过，布雷宁、斯捷奇金，当他俩的名字以一种这么奇异的方式联系到一起时，就不能不让人起疑了！”马卡罗夫道。

“是的，相隔十年，两件看上去毫不相干的事，竟又奇迹般地有着某种联系。而怀特、斯捷奇金和布雷宁三个人的一起出现，更加让我确定这里面一定有问题。”叶莲娜肯定地说。

“你是说，‘乔伊斯’号事件、基地暴动事件都和当初他们保护米沙的事有关？”马卡罗夫还是不敢相信。

“他们因当年一起参与保护米沙行动而相识，其后又总在我们调查到的一些关键时间、关键地点出现。而我之前分别去询问他俩时，两人回忆相隔那么久的事，却依然如此清晰，并且如此一致。这一切本身都不正常，都让我怀疑他俩一定隐藏了什么秘密。”

“可是……可是他俩，还有那个伊萨科夫都已经死了。除了那几个关键时间、关键地点，也看不出他们和基地的事，以及当年科考队的事有任何联系。”

“问题也许就出在这几个关键时间、关键地点上。在谢德林镇压基地学员暴动，并将怀疑目标锁定在那个怀特身上时，斯捷奇金突然出现，然后怀特便失踪了；在‘乔伊斯’号被证明是美国的伪装间谍船，那个怀特再次落网之际，布雷宁又突然冒了出来，将这事迅速冷冻处理了！”

“但斯捷奇金当时确实有总部的命令，而布雷宁也算是秉公处理……”

“父亲，咱们现在可以把这些人和事串成一条线了。”叶莲娜打断马卡罗夫的话，拿出一张白纸，在白纸左侧从上到下依次写下：科考队——米沙——布雷宁（烧死）——斯捷奇金（越狱）——伊萨科夫（战死）；又在白纸右侧从上到下依次写下：布尔坚科——前进基地（李国文）——暴动（谢德林）——怀特 1（斯捷奇金）——怀特 2（布雷宁）。然后，叶莲娜将左侧的“斯捷奇金”和右侧“怀特 1”用一条线连接上，又将左侧的“布雷宁”和右侧的“怀特 2”连接上。叶莲娜指着自己画的这两条线，“父亲，中国那边的情况我不清楚，现在我们这边已经可以连接成一条线了，虽然这里还有几个环节不太清楚。”

马卡罗夫也在一张白纸上写了几个词：黑喇嘛——马远——马昌国——史蒂芬（芬妮）。他看看叶莲娜画的线，“叶莲娜，这是史蒂芬的那条线，从表面上看，这条线倒比我们的线要简单得多，不过我看了你连接起来的线后，却觉得史蒂芬的这条线也不那么简单了。”

“哦？父亲，您看出了什么？”

“叶莲娜，你注意到你画的线和我的线有什么联系吗？”

“联系？马昌国和史蒂芬都算是美国人……”叶莲娜忽然眼前一亮，“从表面上看，两条线没有任何联系，但如果硬要说联系，那么就是这个怀特了！因为他也是美国人，但也仅有这点联系啊！”

“嗯。确实仅有这点联系。史蒂芬临死前，曾经提到过一个‘怀特’，但我们现在不能肯定那个‘怀特’就是当年的‘怀特’。如果硬要因为这个‘怀特’，将我们的线和史蒂芬的线联系到一起，现在看起来还太牵强附会了。但我的直觉告诉我，这两条线是有内在联系的，我怀疑当年那个怀特……”

“您是怀疑将军跟这个神秘的怀特有关？”叶莲娜反问。

“嗯，你想想，如果史蒂芬那条线再往下画就是‘将军’。假设‘将军’就是那个所谓的‘怀特’，或者‘怀特’就代表‘将军’，那么我们这几条线就可以连接起来了！”

“父亲，您太神了！我只想到将我们这边的两条线连接起来，您竟然联想到史蒂芬那条线。如果真像您讲的这样，那么，基地暴动、保护米沙、史蒂芬三条线就都能连上了！”叶莲娜难得兴奋地像个小女孩。

“不过，咱们还不能高兴得太早，史蒂芬和芬妮都死了，这样史蒂芬那条线已经彻底断了。而我们这边虽然现在能将基地和米沙两条线合二为一，但布尔坚科、伊萨科夫、布雷宁也都死了，只剩下一个生死不明的斯捷奇金，可以说我们这边的线索进展到这一步基本也断了。叶莲娜，你要知道，那个幕后黑手是不肯轻易露出真容的。”马卡罗夫兴奋之余，仍然保持着清醒的头脑。

叶莲娜倒不以为然：“不，咱们这边还没完，我们还有谢德林。”

“你是说让他辨认那些照片？”

“对啊！也许他能给我们提供一些新线索。”

“那就希望上帝保佑我们吧！”

“怎么？父亲，你好像对谢德林不抱什么希望。”

马卡罗夫摇了摇头，没有回答。叶莲娜看到外面天色已晚，档案室也要关门了，只好将档案还给管理员，和马卡罗夫带着更大的疑惑和有了新发现的兴奋离开了总部档案室。

7

第二天，叶莲娜和马卡罗夫赶回彼得堡时已是下午。两人顾不上休息，匆匆赶往彼得堡郊外谢德林的住处。

谢德林的家在彼得堡的富人区，叶莲娜驾车出城，很快便看到了一片豪华的别墅区。叶莲娜来过谢德林的别墅，所以径直将车稳稳地停在了别墅大门前。两人跳下车，马卡罗夫不禁感叹：“这小子因祸得福，现在发了，住这么好的房子！”

“不对！”叶莲娜突然打断马卡罗夫的感叹，拔出了枪。

马卡罗夫也马上意识到了什么。他不知道将要发生什么，但是多年的特工生涯让他嗅出了危险。

叶莲娜握着枪，侧身来到别墅门边，马卡罗夫来到另一侧，侧耳倾听，屋内没有什么动静。两人略一迟疑，突然听见屋内传来一个声响。叶莲娜不知道这是什么东西发出的，但觉察出这响动不对劲，于是她毫不犹豫地撞开了别墅厚重的大门。

马卡罗夫也跟着冲了进去。两人径直冲进了客厅，豪华的客厅内，叶莲娜看见谢德林被人绑在椅子上。这会儿，谢德林连人带椅子一起摔在了地上，叶莲娜马上明白了刚才那个声响是怎么回事。

叶莲娜和马卡罗夫忙扶起谢德林，拿去塞在他嘴里的布条。谢德林大叫道：“那人往楼上去了。”

马卡罗夫留下来照看谢德林，叶莲娜迅速冲上了二楼。二楼主卧室里黑影一闪，当叶莲娜冲到主卧的阳台上时，那个黑影已经跳下了阳台。

叶莲娜也跳下阳台，追赶那个黑影，可是那个黑影又一闪，便不见了踪影。叶莲娜正在迟疑，突然从身后冲出来一辆沃尔沃轿车。叶莲娜赶忙躲闪，待她再重新站定，举枪向“沃尔沃”射击时，那辆车已经绝尘而去。

叶莲娜刚想驾车追赶，身后传来了马卡罗夫的声音：“叶莲娜，别追了！”

叶莲娜压住怒火，回到了客厅里。“你认识那个人吗？”叶莲娜问谢德林。

“不！我不认识那个人。我实在想不通谁会要我的命，我没得罪什么人啊！”谢德林一脸无辜。

“你怎么确定那人要杀你？要杀你就直接给你一枪，也不用绑你了。”叶莲娜反问他。

“那人是想制造我意外死亡的现场，所以先把我捆了起来。你们要是再来晚一步，那家伙就准备给我注射什么东西了！”谢德林仍然心有余悸。

“我告诉你吧，为什么有人想要你的命，因为你曾经是克格勃的人。”马卡罗夫说道。

“我已经离开克格勃那么久了，该了断的也早就了断了。”

“因为你还知道克格勃的机密，所以你注定了不会安宁。”叶莲娜边解绳子，边回答谢德林的问题。

“机密？我还知道什么？”

“前进基地的事。”马卡罗夫道。

“啊！我不是把知道的都告诉你们了吗？”

“有人不想让你把知道的都说出来。”叶莲娜道。

“可我已经把知道的说出来了啊！再来杀我还有什么用？”

“也许你还知道什么让那些人感到害怕的秘密。”马卡罗夫压低声音说。

“不！我把我所知道的都对你们说了，没有一点隐瞒。”

“我们相信你，但是请你再好好回忆一下。”叶莲娜将谢德林扶到沙发上。

谢德林仔细想了想，摇摇头：“我真的不知道还有什么好说的了。”

“你认识布雷宁吗？安德烈·格里高利耶维奇·布雷宁？”

“布雷宁？！”谢德林想了半天，最后还是摇了摇头。

“那伊萨科夫呢？瓦西里·阿列克谢耶维奇·伊萨科夫？”

“不！我肯定不认识这个人。”谢德林回答得很干脆。

叶莲娜和马卡罗夫对视了一眼，马卡罗夫又问谢德林：“那么，你好好回忆一下，你跟斯捷奇金一共见过几次面？”

“斯捷奇金？我跟他真正打过交道的就是那次，在海参崴那次。后来我回总部，曾经碰到过他几次，但也只是打了个招呼。因为我看他手上缠着绷带，知道他情况也不好，就没和他多说话。再后来，他就离开总部了，我就再没和他见过面。”

“好吧！看来你确实不知道什么了，可是我们相信你，那些人却不相信。”马卡罗夫说着，掏出了在档案室扫描的照片。他先不告诉谢德林那些人的情况，只是让谢德林辨认那 18 张照片。

8

谢德林一张张地翻看了所有人的照片。最后让叶莲娜和马卡罗夫大感意外的是，谢德林看完照片后竟然一脸茫然，摇着头对他俩说：“这都是些什么人？我一个都不认识，看上去不像是现在拍的。”

谢德林的回答让叶莲娜和马卡罗夫目瞪口呆，叶莲娜只好拿出那张“沃伦·怀特”的照片，摆在谢德林面前：“你再好好回忆一下，这个人你认识吗？”

“这个人？”谢德林皱着眉仔细地端详这张照片，最后还是摇了摇头，“不，我不认识这个人。”

“你再好好看，把这人往年轻了看，你真的不认识吗？”叶莲娜提示谢德林。

“我确实不认识这个人。”谢德林回答得十分肯定。

叶莲娜感觉自己要疯了，只好告诉谢德林：“这个人就是你当年审问过的‘沃伦·怀特’啊！”

“什么？这……这不可能。”谢德林不敢相信，“怀特的长相不是这样的，绝对不是。这个人面容白净，而我审问过的那个怀特留着络腮胡子，肤色也像那些船员一样，一身古铜色。更重要的是，怀特的五官不是这样的，我很难用语言来形容那个怀特的五官长相，但我肯定，怀特不是照片上的这个人。”

“你再认真回忆一下，这张照片是十年后拍的……”马卡罗夫道。

“就算十年，一个人也不应该有这么大的变化。”

“那照片上这人的身材呢？”叶莲娜忽然问道。

“身材？”谢德林端详了一会儿，道，“身材倒是差不多。”

马卡罗夫又拿出那张“马丁”的照片让谢德林仔细辨认，谢德林依然不认识。

事情似乎又陷入了僵局，但是谢德林的话让叶莲娜陷入了沉思。一阵沉默后，叶莲娜将他们掌握的“乔伊斯”号的情况告诉了谢德林。

谢德林听完后大惊失色，过了许久才喃喃地说：“竟然是这样。我……当初，竟然在我的眼皮底下，让他溜了！这么说我当初抓怀特，没有抓错！”

叶莲娜冲谢德林点了点：“只是这个怀特有些奇怪了。”

“沃伦·怀特？！”谢德林想着想着突然叫了起来，“会不会你们看到的档案被人篡改了？”

谢德林的话让叶莲娜和马卡罗夫心里一惊。但很快，叶莲娜便否定了这种可能："我查看'乔伊斯'号档案时，特地看了这份档案的调阅记录。和基地暴动那份档案一样，在我们之前从没有人调阅过。而且如果有人不想让我们看到这份档案，只需拿走就可以了，没必要制造一份假的放在里面。"

"是的，这份档案是我们无意中发现的。应该不会有人特意去篡改这份档案。"马卡罗夫也说道。

"那就奇怪了，我可以向你们保证，我所见到的怀特绝不是照片上这个人。"谢德林信誓旦旦。

"那你还记得当初'乔伊斯'号上其他船员的相貌吗？"叶莲娜还不死心。

"当时我跟他们的船长和大副都打过交道，但也只是匆匆一面，又隔了这么长时间，即便见到，也很难认出来了。只是……只是那个怀特，给我留下了极其深刻的印象，这倒不是因为我审过他几次，而是因为当时我将全部希望寄托在他身上，可是最后……"谢德林说到这儿，忽然又反问叶莲娜和马卡罗夫，"我不明白，这事已经过去这么久了，你们怎么又会调查这个事？"

"因为最近发生了一系列可怕的事，从美国到中国又到俄罗斯，让我这个已经退休的老头儿也不能安享晚年了。"马卡罗夫道。

"可怕的事？"

"对，那个斯捷奇金越狱跑了……"叶莲娜将他们所掌握的关于斯捷奇金和布雷宁的情况对谢德林说了一遍。

谢德林听完，怔了半天才道："原来这事如此复杂！"

"所以我们才需要你的帮助，你再好好想想后来的事，比如斯捷奇金……"叶莲娜希望谢德林能够再回忆起一点有价值的线索来。但是谢德林想了半天，还是摇了摇头。这时，马卡罗夫忽然问："那我们在哪里能找到尼古拉中尉？"

"尼古拉？"谢德林一惊，随即缓缓说道，"他早就死了。"

9

马卡罗夫听闻尼古拉死了，惊愕不已："尼古拉也死了？怎么死的？"

"后来整个事件结束后，上面派了调查组下来，要追究有关人员的责任。我肯定是跑不掉的，但没想到尼古拉和斯捷奇金也和我一样，被关了禁闭，等候最后的审查结果。"谢德林翻着眼睛，像是在回忆一件极其艰难的事情，"我们大约被审查了一个多月吧，其中有段时间审查得特别严，几乎不让我们休息。审讯的人分成几拨，不停地问我们各种无聊的问题，尼古拉就是那会儿出事的。面对高强度的审讯，我和斯捷奇金总算是挺过来了，可是尼古拉最后却……他在禁闭室里用刀片割断喉咙，自杀了。”

“禁闭室里哪来的刀片？”叶莲娜不敢相信。

“不知道。后来，听那些调查我们的军官说，是尼古拉偷偷藏的。”

“尼古拉为什么要自杀？按理说他的责任应该没你大！”叶莲娜又问。

“心理素质不行呗，以为天就要塌下来了，就自杀了！所以后来因为这件事受处分的人只有我和斯捷奇金，其他所有人都算是因公殉职。”

“当时，那些审查你的军官都问了些什么问题？”

“就是问事件的经过，我就一五一十地说了。他们主要就是判断我在整个事件中是否有渎职，反正我把责任往布尔坚科身上推，要怪只能怪这家伙训练出来的学员太凶悍了，否则哪会造成这么大的损失！”

“问尼古拉的肯定也是这些问题，难道他就坚持不下来了吗？”

“尼古拉在基地待的时间最长，所以还可能会问他许多关于基地以及布尔坚科，甚至是你马卡罗夫的事。”谢德林说。

“审查期间，你跟斯捷奇金有过直接接触吗？”马卡罗夫忽然敏感地问。

“没有。我们是被分别关押的，一人一个小禁闭室，审问的时候也是分开的。”

“那些军官在审问你的时候，提到过斯捷奇金吗？”马卡罗夫又问。

“很少，几乎没有，因为他的情况和我不一样。”谢德林顿了一下，又道，“不过，后来有个情况让我很疑惑。斯捷奇金就是后来犯了点错，按理说问题应该很简单，很快就能问清楚，可是我被审查了一个多月后放出来的时候，斯捷奇金竟然还被关在牢房里。”

“哦？这点确实很可疑。难道斯捷奇金很不老实？”叶莲娜狐疑着。

“具体情况我就不知道了，反正斯捷奇金被审查的时间比我还长。”谢德林至今大惑不解。

“这个也不难理解。以我们现在对斯捷奇金的了解，他的疑点更多，所以审查时他肯定很不配合。”马卡罗夫道。

“对了！”谢德林忽然叫了起来，“你们刚才提到的那几个人叫什么？”

“布雷宁？”

“不！另一个！”

“伊萨科夫？瓦西里·阿列克谢耶维奇·伊萨科夫？”

“对！我想起来了，我听说过这人，你们要是不提审查这茬我就忘了。当时，负责看管总部禁闭室的是一个个头很高的家伙，那人好像就叫伊萨科夫！”

“你确定？”马卡罗夫和叶莲娜都感觉十分震惊，叶莲娜忙又补充道，“我们提到的这个伊萨科夫可有两米高啊！”

“对！那人个头有两米高，虎背熊腰，面目凶恶，十分彪悍！”谢德林想起了伊萨科夫的长相。

“这又对上了！”马卡罗夫嘴里喃喃地说。

“是啊！伊萨科夫也出现了，斯捷奇金、伊萨科夫、布雷宁居然都出现在了这一系列的事件中。这样，尼古拉自杀的刀片也很可能……”

“他们怕尼古拉说出什么，所以就逼迫尼古拉自杀了。”马卡罗夫道。

“他们是谁？尼古拉又……又比我多知道什么？”此时的谢德林当然不明白马卡罗夫的意思。

“尼古拉比你能多知道什么呢？只有一种可能，他比你更清楚前进基地的事。”马卡罗夫道。

“前进基地的事？前进基地还能有什么事？再说你不还是前进基地的负责人吗？”谢德林愈发不解。

“难道……难道前进基地还有什么我不知道的秘密？”马卡罗夫又陷入了沉重的回忆。但是许久，他也没能从记忆里找出什么。

10

三人又聊了一会儿，马卡罗夫和叶莲娜见再问不出什么有价值的信息，便起身告辞。谢德林后怕地说：“你们走了，我也要出国去避避了。如果你们还有什么问题要问我，就打这个电话。”

叶莲娜接过谢德林的电话，和马卡罗夫走出了谢德林的别墅。马卡罗夫还没从刚才的思绪中跳出来：“基地，基地还有什么秘密？”

“父亲，别想那么多了。咱们这次来还是有收获的，伊萨科夫出现了，这更加完善了我之前画的那两条线。”

“嗯，线是连上了，但所有的知情者几乎都死了，每条线索到那个怀特就都进展不下去了。”

“是啊！可是谢德林居然不认识照片上的怀特。”

“我早就应该想到，这个怀特是不会那么轻易地就让我们看到他的庐山真面目的。”马卡罗夫想了想，忽然喃喃自语，“难道这个怀特不是一个人，而只是一个代号？”

“也不排除这种可能。”

“看来谢德林这里也不会再有什么进展了，所以我昨天在档案室就提醒过你，不要太乐观。大多事情就是这样，当你以为就要接近胜利的时候，往往更大的困难就要降临。”

“即便谢德林不顶用，我们还有斯捷奇金。我就不信我们抓不到他！”叶莲娜颇不服气。

“那就更指望不上了，斯捷奇金也许知道很多内情，但他作为一个训练有素的老资格特工，他的身手我们是领教过的。可以说，单打独斗我们谁都不是他的对手，韩江也不行！就算我们抓到了这家伙，这家伙也不会开口的。”马卡罗夫道。

“那按照您的意思，史蒂芬那边的线索断了，我们这边也进展不下去了，那就只好没辙了？”

马卡罗夫沉吟了片刻，忽然问道：“叶莲娜，布雷宁的尸检报告呢？”

“对了！这事我让伊留金去管的，该去问问他了。”说完，叶莲娜和马卡罗夫上车向联邦安全局大楼赶去。

伊留金在自己的办公室里接待了马卡罗夫和叶莲娜。一见面，叶莲娜开门见山地问道：“布雷宁的尸检报告出来了吗？”

“尸检报告出来了！”伊留金从办公桌上找出一份文件递给叶莲娜，“不过很遗憾，因为尸体被大火长时间焚烧，已经很难辨别出尸体的真实身份，只能看出是一具男性尸体。”

“是这样？”叶莲娜面露失望。

“你还怀疑布雷宁？”伊留金问。

“不！我现在不知道该怀疑谁……”叶莲娜沉思片刻，又问伊留金，“你之前对我介绍过，说布雷宁退休后一直住在郊外的别墅，很少进城，更没有离开彼得堡，是这样吧？”

“是啊！”伊留金不明白叶莲娜的意思。

“你能确定吗？”

“确定？我们当时也没派人监视布雷宁，很难确定。我只是听许多以前的同事说的，我自己也没去拜访过他。”伊留金无奈地耸耸肩。

“那么能查到布雷宁的出入境记录吗？”

“你怀疑布雷宁那段时间并不在彼得堡，出过国？查倒是能查，但是叶莲娜你想想，布雷宁那么一个经验丰富的特工，如果他真想出国又不想被发现，是完全可以伪造身份蒙混过关的！”伊留金提醒叶莲娜。

“是啊！叶莲娜，你怎么糊涂了。”马卡罗夫道。

叶莲娜觉得自己确实被这些事搞得乱了方寸，她使劲揉了揉太阳穴，无奈地看看马卡罗夫。马卡罗夫摇着头说：“下面只有看唐风和韩江他们的了。”

“对！玉插屏现在都在他们手上，他们那里一定不会太平。”叶莲娜想到这儿，心不禁揪了起来。

看完叶莲娜的信，唐风和韩江震惊不已。唐风重新理了一遍思路，说道：“想不到前进基地与斯捷奇金、布雷宁他们都扯上了关系。”

“是啊！一个怀特把斯捷奇金、布雷宁、伊萨科夫三个当年保护过米沙的特工都引了出来。这个所谓的‘怀特’，不简单啊！”韩江叹道。

“难道怀特就是将军？”唐风忽然问。

韩江沉思片刻，道：“如果当年的‘怀特’就是史蒂芬遇到的那个‘怀特’，那‘怀特’就不可能是将军。”

“嗯，可是还有一种可能，‘怀特’只是一个代号，他并不具体指某人。否则，谢德林为什么不认识 1986 年的怀特呢？”唐风提出了很有意思的观点。

“照你这么说，谢德林遇到的‘怀特’、1986 年被抓的‘怀特’、史蒂芬遇到的‘怀特’，三者都不是一个人？”韩江预感到这个问题越来越复杂了。

“完全有这种可能！也许就连‘将军’也只是个代号。”

“什么？‘将军’也是代号？！不！这绝不可能。”韩江不肯相信唐风的这一推测，“我宁愿相信将军是那个布雷宁。”

“布雷宁？是啊！被烧死的那人是不是布雷宁，现在已经不得而知了。”

“嗯，叶莲娜那边虽然有了很大的发现，但似乎又陷入了困境，下面只有看罗教授的了。毕竟，玉插屏才是关键！”韩江喃喃地说道。

第二十三章 内鬼

1

就在唐风和韩江被叶莲娜的发现震惊的时候，罗教授那边传来了好消息。罗教授已经成功地将那两块玉插屏拼接黏合在一起了，现在“白”“高”“大”“夏”四块玉插屏正静静地躺在众人面前。

罗教授清了清嗓子，缓缓说道：“现在四块玉插屏都已经找到，可喜可贺，我们终于可以真正了解到玉插屏的秘密了。贺兰山和敦煌这两块玉插屏虽然被摔碎，但我已经用特制的胶水将两块玉插屏暂时黏合在一起。至于这管不管用，我还不敢保证，至少我们现在可以一窥这两块玉插屏……”

“罗教授，你就直说这两块玉插屏上写的是什么吧！”赵永迫不及待地问。

罗教授开始破译：“这两块玉插屏上写的什么，其实现在已经不重要了。敦煌的这块玉插屏上面写的是‘铁骑万乘大漠来，黄沙漫漫黑水城，乌鸦来栖白塔上’，这显然是指黑水城。从字面上看，‘铁骑万乘大漠来’是说成吉思汗的大军从西夏帝国北部大漠突袭而来；第二句‘黄沙漫漫黑水城’点明了玉插屏所在的位置——黑水城；第三句‘乌鸦来栖白塔上’更是进一步点明了玉插屏就在黑水城外的大佛塔中，这也和科兹洛夫在黑水城的大佛塔内发现玉插屏的记载相符合。

“贺兰山的这块玉插屏上写的是，‘此生只愿入佛国，石窟面壁伴我佛，来生再为党项人。’‘此生只愿入佛国，’这里的‘佛国’显然是指敦煌，这说明了那块玉插屏藏在敦煌；第二句中提到‘石窟’，这倒让我想到了一个很有趣的话题。诸位都听说过敦煌藏经洞吧？”

“听说过！”众人频频点头。

“1900 年，王道士在敦煌发现了鼎鼎大名的藏经洞。之后，英国人斯坦因、法国人伯希和，还有俄罗斯人、日本人、德国人、美国人接踵而来……”

没等罗教授说完，唐风便明白了他的意思："罗教授，您的意思，敦煌的那块玉插屏很可能原来是藏在藏经洞里的，然后被王道士发现了？"

"是的，阿尼玛卿雪山和贺兰山的玉插屏是你们发现的，黑水城的玉插屏是科兹洛夫发现的，只有敦煌的这块我们还不清楚它是何时被何人发现的。"罗教授道。

"韩江推测说，敦煌的这块玉插屏的出现，应该早于被科兹洛夫发现的黑水城的那块，并说是一位高人'X'首先发现了它，然后协助科兹洛夫得到了它，之后，此人又加入了黑喇嘛的队伍。"唐风说道。

"唐风，怎么样，罗教授刚才的话证明了我的推断。这块玉插屏很可能原来藏于敦煌藏经洞，然后被那个高人'X'发现。藏经洞是1900年被人发现的，早于科兹洛夫1909年发现黑水城。"韩江有些得意。

"这么说，你那个所谓的高人就是大字不识一箩筐的王道士喽？"唐风笑道。

韩江一下被唐风噎住了。罗教授说："唐风，韩江的推断并非没有道理，我现在倒倾向于韩江的推断了。你想想，在敦煌，有什么地方能藏住玉插屏呢？"

"可据我所知，敦煌藏经洞的封闭是在西夏势力进入敦煌之前。"唐风提出了自己的疑问。

"不错，现在学术界的主流观点认为，是敦煌僧人在西夏势力进入敦煌前，将佛经封闭在了藏经洞中。不过，这并不是唯一的观点。也有观点认为，是在蒙古势力进入敦煌前，僧人封闭了藏经洞，那也就是西夏后期，符合大喇嘛对你们的叙述。"罗教授分析道。

"可这还是无法证明。"唐风质疑。

"还有一种可能，就是敦煌藏经洞曾经在西夏晚期被打开过……"唐风还想说什么，罗教授摆了摆手，"唐风，我知道这也无法证明，不过这些并不重要。我说过，这只是一个有趣的话题。我们可以大胆推测，也许并不是什么高人发现了敦煌的玉插屏，而很可能就是大字不识一箩筐的王道士，只是后来确实来了一个识货的。"

"识货的？斯坦因？伯希和？显然不可能是他们，如果是我们已知的这些知名探险家，那玉插屏早就被世人所知了。"唐风摇着头说。

"对！显然这个人不是斯坦因、伯希和等人，但是这人学识渊博，看出了玉插屏的价值，并在伊凤阁破译西夏文之前，或是与伊凤阁几乎同时破译了西夏文。"罗教授的推论进一步完善了韩江之前的推断。

"可这人会是谁呢？这么牛的人物，应该像斯坦因、伯希和、伊凤阁、科兹洛夫一样，在历史上留下一笔啊！而且他又是什么时候得到玉插屏的呢？按照这样推断，这人应该在斯坦因之前，就从王道士手中得到了玉插屏。可如果这人比斯坦因更早发现了藏经洞，又为什么没有动藏经洞里的那些经书呢？"唐风陷入了沉思。

罗教授轻轻叹道："一切都已如过眼云烟，现在我们已经很难还原那个高人的神秘面目了。总之，极有可能像韩江之前推测的那样，这位高人‘X’破译了玉插屏上的西夏文，然后指点科兹洛夫去了黑水城。但是科兹洛夫发现黑水城之后，却将功劳全部归为已有，导致这位‘X’并没有在历史上留下名字，可他的的确确存在过。”

“如果这么看，那关于玉插屏这一系列事件的起因就上推到了敦煌藏经洞的发现，真……真是太不可思议了！”徐仁宇也感慨起来。

“是啊！我们之前一直以为，是科兹洛夫在黑水城的意外发现引出了之后的事。现在看来，早在敦煌藏经洞被发现时，一切就已经开始了。”罗教授说到这里，停了一下，“不过现在好了，四块玉插屏终于聚在了一起，我们可以把他们合在一起了。”罗教授说到这里时，所有人都激动起来。

2

罗教授先将四块玉插屏按照“白”“高”“大”“夏”的顺序在桌上摆好。面对四块珍贵的玉插屏，他不禁感叹道：“现在我们看到了四块玉插屏上所有的文字，其实这四段文字连在一起，就是整个党项民族的历史。第一块说的‘黑头石室’是党项人早期的历史；第二块说的‘贺兰神山’是说党项人崛起，建立西夏王朝的历史；第三块说的‘黑水古城’则反映了蒙古人入侵的历史；最后一块所叙述的历史颇为凄凉，暗示了西夏王朝灭亡的历史。”

“对啊！现在连在一起看，确是如此，整个党项民族和西夏王朝的历史，都浓缩在了这四块玉插屏上！”唐风对罗教授的推断频频点头。

紧接着，罗教授又依次将四块玉插屏翻过来，按照顺序一块一块地将四块玉插屏拼合在一起。唐风看见罗教授的手微微颤抖，当剩下最后一块时，他的手抖得更厉害了。唐风忙上前扶住他，帮他将第四块玉插屏合上。

奇迹出现了，当最后一块玉插屏合上时，四块玉插屏中间微微泛起了一道金光，四块玉插屏像是瞬间黏合在了一起。紧接着，玉插屏上起了变化，在场所有的人都被这变化惊得目瞪口呆，纷纷围拢过来。只见玉插屏上泛着金光，不一会儿显现出了一行行密密麻麻的文字。

“是西夏文！”唐风马上认出了那是西夏文。

可就在唐风想辨识那些西夏文时，那些文字又消失了，代之而起的是一幅光彩夺目的画卷……不！准确地说，是一幅地图。金线流淌过的河流、绿色的山峦、黄色的大漠……一切都是那么清晰。可还没等众人看清这幅地图，玉插屏上又起了变化，还是那一行行密密麻麻的西夏文。这次唐风马上反应过来，冲回自己的房间，拿来数码相机，兴奋地大喊道：“闪开，闪开，我来把它拍下来。”

唐风连续按动快门，玉插屏反复变化。地图和那篇文字反复出现，如此数次，玉插屏终于不再变化，恢复了平静。唐风回放刚才拍的照片，清晰可见，这才长出了一口气。再看恢复平静的玉插屏，上面虽然隐约能看出许多线条，但无法像刚才那样清晰地看清楚整幅地图。

“真是奇迹，想不到这玉插屏还能起变化。”唐风叹道。

“是啊！我也没料到。”罗教授也是一脸惊愕。

“为什么会这样呢？”唐风问。

罗教授沉思良久，才解释道：“我过去曾听人说过，有的石头具有记录的功能，我想玉插屏所用的玉料也许就有这样的功能。”

“地图是我们之前就知道的，可那篇文字是什么呢？”韩江问。

唐风将数码相机连接到笔记本电脑上，罗教授盯着电脑屏幕看了半天，竟然摇着头说：“虽然这篇文字里的大部分西夏文字我都认识，但我刚才读了半天，却怎么也读不懂这篇文章的意思，很多语句根本没法连在一起，这……这真奇了怪了。我研究西夏文字多年，见过的西夏文献也不少，像这篇这样没办法读出来的文章，还是第一次遇到。”

唐风也看出了问题，这篇文章确实读不出来，单个文字可以翻译成汉字，连成句却根本没有意义：“确实读不出来，这种情况我也是第一次碰到。”

众人陷入了沉默，会议室里寂静无声，直到韩江宣布散会，大家才陆续散去。

3

四块玉插屏被锁进了坚固的保险柜中，即便是唐风也难窥其真容。好在唐风有了那几张照片，一连两天，他都将自己关在房间里，研究那几张照片。地图上出现了形形色色的地名，都是西夏文标示的，唐风有的认识，有的不认识，但即便是认识的，他也无法知道这些地名现在所对应的地方。

唐风陷入了浩瀚的典籍里，一方面查阅文献，另一方面请教罗教授，想找到那些地名。这天两人研究了一上午，也才破译出两个地名。

中午吃过午饭，罗教授要午休，唐风便一个人待在房间内，盯着电脑屏幕出神。盯累了，他就躺在床上，可是怎么也睡不着，脑子里全是各式各样的西夏文。迷迷糊糊中，他又看见了电脑屏幕上的那张照片——满满一页的西夏文，他和罗教授都无法破译的西夏文。

这上面都是什么？为什么连罗教授都无法破译？自己见过的西夏文也不少，为什么这上面的西夏文竟一句也不认识？唐风感觉头昏脑涨，脑子快被这些奇怪的文字给胀满了。“这真像是咒语！”他感觉这些西夏文字像咒语一般纠缠着自己，想要摆脱，却怎么也摆脱不掉！

"咒语？！"唐风突然眼前一亮。咒语？他的眼前马上浮现出了他和韩江上次见到小卢时的一幕，那篇题目为《西夏咒语的研究（以 < 魔断百字要决 > 为例）》的论文。自己面前这篇晦涩难懂的西夏文字会不会就是一篇咒语？唐风不敢肯定，他想去请教罗教授，可看看表，罗教授这会儿应该还在午休。他来回在房间里踱着步，思绪快速地飞舞着……

思索良久，唐风打开房门，径直来到韩江的办公室，敲了敲门，没有人应声。唐风刚想转身离去，却又回头拧了拧门把手，没想到一拧门就开了。他侧身进去，发现韩江并不在办公室内。唐风大感诧异，他知道这不是韩江的作风。韩江虽然外表粗线条，却心思缜密，做事一向谨慎小心，即便是在总部，离开办公室时，也都会随手将门锁上，哪怕只出去一会儿也是如此。可是今天怎么没有锁门？

唐风狐疑着坐到韩江的电脑前。他打开电脑，输入韩江告诉过他的密码进入系统。这正是他来韩江办公室的目的，他想上网再查查那个所谓的西夏咒语。

唐风在搜索引擎输入"西夏咒语的研究（以 < 魔断百字要决 > 为例）"。跟上次一样，依然没有有用的搜索结果。他想了想，登录了 SCI 论文索引系统，这是全球最权威的论文索引检索系统，先后用汉字和英文输入了"西夏咒语的研究（以 < 魔断百字要决 > 为例）"，依然没有结果。但当他输入"西夏咒语"几个字时，却搜出了两篇相关论文。

一篇是署名鲍里斯·米哈伊诺维奇·乌斯季诺夫的论文《试论西夏咒语》。鲍里斯·米哈伊诺维奇·乌斯季诺夫？这个俄罗斯名字一下子让唐风紧张起来，这不正是米沙从巴丹吉林沙漠逃回去后，克格勃给他重新起用的名字吗？唐风的手有些颤抖，他打开文章，查看这篇论文的索引。在鲍里斯·米哈伊诺维奇·乌斯季诺夫的名字后面是作者所供职的研究单位：圣彼得堡大学。这说明米沙的这篇论文是他脱离克格勃的保护后，在圣彼得堡大学供职期间撰写的。

唐风简要查阅了这篇论文的索引，里面并没有提到《魔断百字要决》，他又去看另一个搜索结果《西夏咒语的新发现》。这篇论文的作者更让唐风震惊，竟然是——季莫申！唐风吃惊地打开这篇论文查看，在索引里，季莫申提到了好几篇带有"西夏咒语"四个字的文献，《魔断百字要决》赫然在列。唐风惊得瘫坐在电脑前。

季莫申真的是个天才，他的研究竟然超过了罗教授。但更让唐风感到震惊的是，季莫申的研究竟然如此超前。他是将军的人，怪不得史蒂芬说将军器重的人是季莫申。想到这里，唐风的心揪紧了。

唐风关上电脑，却总觉得哪里不对劲。他坐在电脑前沉思了一会儿，猛地想到了小卢。小卢看的那篇论文、将军、季莫申、西夏咒语……小卢？嗯，小卢一定有问题！唐风冲出韩江的办公室，来到韩江的房间，韩江还是不在。他拨打韩江的手机，铃响却没人接。他焦急地寻找韩江，在走廊里一头撞到了赵永。赵永见唐风着急的样子，忙问他怎么了。

“你看见韩江了吗？”唐风问。

赵永摇摇头：“上午见到过，中午吃饭时就没见他。”

“先不管他。小卢，陈子建那……那个助手小卢，他有问题！”唐风气喘吁吁地说道。

“有问题？小卢？”赵永惊诧，“你怎么知道小卢有问题？”

“我现在没时间跟你解释了，你快带我去陈子建的实验室。”唐风要求道。

赵永犹豫了一下，点点头，带着唐风，驾车向陈子建的实验室驶去。

4

唐风和赵永赶到陈子建的实验室时，已是下午 4 点钟。大楼里人来人往，可陈子建实验室所在的十二楼却异常安静。

两人匆匆赶到实验室门口，唐风推了推门，门锁着；敲门，里面没人应声。唐风又接着敲，两分钟后，屋内传来一些轻微的响动。唐风看看赵永。赵永显然失去了耐心，就见他后退两步，猛地向大门撞去。大门开了，血腥的一幕展现在两人面前。

只见小卢横躺在地上，身上被利器所伤，鲜血流淌了一地。有一个人正手拿匕首，摇摇晃晃地站在小卢的尸体旁，那人正是韩江。

“这……这是怎么回事？”唐风吃惊地看着眼前这一幕。

韩江摇摇晃晃地向前走了两步，唐风和赵永不约而同地向后退了两步。韩江扔了手中的匕首，缓缓说道：“我……我也不知道怎么回事，我……我中午接到小卢一个电话。小……小卢说他有危险，让我赶……赶紧过来，说有事要对我说……可等我赶过来，一进门就……就失去了知觉。一……一定是被人袭击了，该死的家伙！在贺兰山被斯捷奇金袭击，回来又被人给袭击了……”

“那你为什么不叫上我？”唐风问。

“是啊！按照规定，出外执行任务，至少需两人同行。”赵永也说道。

“我哪……哪想到会这样，我看……你们都在午休，就……就一个人来了……”

“小卢还跟你说什么了？”唐风问。

“没……没说什么，他只……只说他有危险。我再问他，他不肯在电话里说。等……等我到了，还没见到他人……就……”韩江断断续续地说道。

“这么说有两种可能，一种就如小卢所说，另一种是小卢故意诱你前来。”唐风推测。

“很……很可能是他故意诱骗我过来的。”韩江喃喃道。

“既然诱你来，把你打昏了，为什么不杀了你？”赵永反问。

“这……”韩江无语。

“我倒认为小卢说有危险是事实！”唐风道。

“为什么？”

“因为我发现了小卢的秘密。”

“秘密？”

“对！秘密。小卢也许是将军的人！”唐风说出了他的新发现。

“什么？小卢是将军的人？”韩江和赵永都很吃惊。

“因为那个西夏咒语。”唐风简要地把自己的发现说了一遍。

赵永蹲下来查看小卢的尸体，嘴里喃喃道：“陈子建被幽灵吓死了，小卢总不会也是被幽灵捅死的吧！”

一刻钟后，老金带着刑警队的人赶到，处理现场。唐风、韩江和赵永一直等老金处理完才离去。

5

接下来几天，唐风被告知不得外出，必须待在总部里，也不得和其他人接触。唐风无聊地待在自己的房内，他不知道这些举措是怎么回事，是针对他一个人，还是针对所有人。

好在还没有限制他在总部内的自由。吃饭时，唐风能见到徐仁宇和罗教授，却没见到韩江。三人之间并没有语言交流，唐风只能和徐仁宇用眼神交流。从徐仁宇的眼神中，唐风知道这些举措并非针对自己，而是所有人。为什么不见韩江？唐风的心里惴惴不安。

终于，唐风、徐仁宇、罗教授被召到了会议室里。赵永严肃地站在长桌前，对众人宣布：“因为老 K 原队长韩江有一些问题没有交代清楚，所以从即日起，由我暂时管理老 K。”

赵永的话证实了唐风最担心的事——韩江出事了，怪不得一直没见到韩江。

“韩江怎么了？”罗教授问。

“韩江暂时处于隔离审查中！”赵永正色道。

“隔离审查？”众人惊愕。

“在此期间，我希望大家都不要离开这里，配合我们调查。”赵永话音刚落，徐仁宇就想说什么。赵永没等他开口，便又继续说，“请大家理解，调查时间不会持续太久，大家少安毋躁。”

说完，赵永便匆匆离开了会议室。三人面面相觑，谁都想说点什么，可又不知从何说起，只得悻悻而归。

当天下午，赵永就找到了唐风。“别紧张，这不是审讯，只是代表组织问你点情况。”赵永冲唐风摆出一副笑脸，可唐风觉得赵永的笑容十分不自然。

“你问吧！”唐风极力使自己保持平静。

“好，我先问你，从贺兰山回来后，你有没有发现老K中有谁不太正常？或是有反常的举动？”赵永问。

“反常的举动？”唐风想了想，“没有！”

“你再好好想想！”

“真没有。你要硬说有，那就是小卢出事那天，我发现了小卢的问题想找韩江，韩江却不在，这有些反常。除此之外，没看出谁有什么问题！”

赵永沉默一阵，收起了笑脸，严肃地说：“唐风，咱们开诚布公地谈一谈吧。我告诉你，小卢的尸检报告已经出来了，是被锐器刺死。凶器就是韩江手里拿的那把匕首，匕首上的指纹也是韩江的。更重要的是，这把匕首就是专门配发给韩江的，在别的地方是买不到的。而韩江平时不外出执行任务，一般是不会带匕首的，所以……”

“所以你们就认定是韩江杀了小卢？”唐风反问道。

“唐风，你想想，如果是有人先要了小卢的命，怎么会用韩江的匕首？小卢的死一定发生在韩江到达后。”

“这也不能确定凶手就是韩江。也许是凶手先击昏了韩江，然后用他的匕首杀了小卢。”

“照你这么说，小卢是帮凶喽？”赵永反问。

“他本来就有问题，很可能是他诱骗韩江到了实验室，然后击昏了韩江，真正的凶手又用韩江的匕首将小卢刺死！”唐风推测道。

“这只是你的推测，在没有抓住你所说的真凶前，韩江依然是最大的嫌疑人。”赵永顿了顿，又道，“还有，我们查了当天的通信记录，下午1点20分小卢是给韩江打过一个电话，但是在此之前，12点30分时，韩江却给小卢打过一个电话。这说明两点：一、韩江去小卢那里的原因，并不像他自己说的那么简单；二、这两个电话也可以从侧面证明，小卢和韩江之间保持着某种联系。”

“联系？”唐风无言以对，但他又不甘心地质问赵永，“可韩江为什么要杀小卢？完全没有必要嘛！”

6

面对唐风的质问，赵永沉默不语。许久，赵永才开口道：“唐风，你也许还不知道，就在小卢被害的当天，那四块玉插屏从我们的保险柜中不翼而飞了。”

“什么？玉插屏不见了！”唐风震惊不已。

“是的。”

“所以……所以你们把这两件事结合起来，认为韩江就是那个隐藏在老K中的内鬼？”唐风马上明白了赵永的意思。

赵永沉重地点了点头：“四块玉插屏被锁在坚固的保险柜中，就在这栋楼里，谁能偷得走？我不相信将军的人能如此神通广大，潜入我们这里，打开保险柜盗走玉插屏，你相信吗？”

唐风瘫坐在床边，失神地摇了摇头：“的确有内鬼，可……可也不能据此就认为是韩江啊？”

“保险柜的钥匙就在韩江手里，他比谁都有可能接触到玉插屏。再联系到小卢的被害，你之前已经怀疑到小卢和将军有关联，刚想去找小卢，小卢就死了，这显然是为了斩草除根！”赵永推断道。

“不！不！这不可能。我不敢想象，韩江跟我们一起出生入死，他怎么会是内鬼？那他之前所做的一切都是为了什么？”唐风一连串的问题。

“唐风，不能不说我们的敌人太狡猾了，我们都被他们给骗了。他们一方面和我们争夺玉插屏，当争不过我们时，就动用了埋伏在我们内部的内鬼，一下子将四块玉插屏全部盗走，让我们措手不及！考虑到小卢有可能败露，便在盗走玉插屏后杀了小卢。这个人除了韩江，现在看不出还能有谁。”赵永说道。

唐风还是不敢相信赵永的推论。赵永于是又问道：“好吧！那我就问你点具体的，之前的就不问了。就说这次贺兰山之行，是谁在客店中耽搁了一天？”

“韩江？”唐风喃喃道。

“又是谁在你和老马进入后殿后，撤去了水银池上的木板？”

“是韩江？！”唐风再次喃喃自语。

“这些都是你的报告里白纸黑字写着的！”

“可……可这都是有原因的啊！在客店是情况有变。在水银池，韩江说是怕他离开后有人闯入后殿，所以……”

“一切行动都可以找出不同的理由来。”赵永对唐风的解释似乎并不相信。

“那你们要把韩江怎么办？咱们还去不去寻找瀚海宓城了？”

“韩江现在还在审查阶段，在最后的结论出来前，韩江暂时被限制人身自由。至于去不去瀚海宓城，这要看下一步的指示了。”

唐风失望至极，怔怔地坐在床边，不知道该说些什么。赵永见没什么好问的了，便要离去，却被唐风一把拉住：“等等，我还有一个问题。”

“这到底是你问我，还是我问你啊？”

“小卢身上有那个刺青吗？”唐风问道。

“刺青？”赵永一愣，随即说道，“我特地参加了小卢的尸检，没有在他身上发现那个刺青，这个确实很奇怪！”

“这里面肯定有问题。将军的人身上都有刺青，小卢身上没有，说明他不是将军的人。”

“可是，是你说小卢有问题的。”赵永迟疑道。

“我只是说小卢和将军可能有联系，我并没有肯定他是将军的人。刺青是最好的证明，但是小卢身上没有。”

“这又能怎样？”

“这说明之前你的推论不成立，你见过韩江身上有刺青吗？”唐风步步紧逼，反问赵永。

“没……没有！”赵永摇摇头，“可是既然潜入了我们内部，身上肯定不会有刺青。即使有，也可能把它去掉了。”

“反正我不能认同你的推论！”唐风怒道。

“这并不只是我的推论，也是首长的推论。好了，唐风，我不跟你说了，你好自为之吧！”说完，赵永便匆匆离开了唐风的房间。

7

又过了两天，赵永把大家再次召集到会议室，向大家宣布：“即日起，老K暂时解散。大家可以离开这里，但是离开时，必须接受检查，不得携带任何涉及机密的物品离开。”

大家面面相觑，无不惊愕。

“咱们白忙活了一场！到头来屁都没有！”徐仁宇抱怨道。

罗教授长长地叹了口气，什么也没说。

“为什么会是这样？”唐风的心里顿时觉得空落落的。

赵永面沉似水，并不回答大家的问题，最后大家只得不欢而散。

第二天，罗教授和徐仁宇就先后收拾行李，离开了总部。唐风仍不死心，还想再等等。可是又等了两天，依然没有韩江的消息，他只好收拾行装，也准备离开。

唐风收拾行李时多了个心眼，将他拍摄的那几张玉插屏的照片存在一个小U盘里。这是个极小的U盘，外形很像一个大的拉链扣，于是唐风将自己衣服上的一个拉链扯下，换上这个拉链扣状的U盘，自以为天衣无缝，可以瞒过赵永的检查。

谁料，在检查行李时还是被赵永搜了出来，“这是什么？”赵永一把扯下唐风衣服上的拉链扣U盘，冷笑道，“你这拉链也忒大了点吧！”

“检查一下，里面有什么。”赵永将U盘递给旁边一个彪形大汉。

那大汉很快回道：“里面就几张照片。”

赵永只瞥了一眼，便正色道："违禁物品，没收！"

唐风没再说什么，背起行囊就往外走。来到门口，他望着四周连绵的群山，心里骂道："这不长草的鬼地方，想打个车都打不到。"

唐风正在犯愁，赵永开着一辆"勇士"停在了他面前。

"上来吧！"赵永冲他招呼。

唐风只好上了赵永的车。赵永一边驾车，一边盯着唐风，笑道："怎么，这就生气了？"

"我哪敢生你们的气？"

"要知道，你刚才携带的可是涉密物品，我们可以按照盗窃国家机密论罪把你抓起来的。"

"照你这么说我还要感谢你了，你现在抓我也不迟啊！"唐风的倔脾气上来了。

"行了，我是不会抓你的。去哪儿？我送你！"

"南站！"唐风怒道。

赵永猛踩油门，向南站驶去。可赵永的车刚下高速，还没进城，他的手机就响了。赵永接了电话，面色凝重，唐风只听见他"嗯"了几声，"是"了一下，便挂断了电话。

"唐风，我有紧急任务，不能送你去南站了。我把你送到地铁站，你自己过去吧！"赵永说道。

"什么屁任务，老K不都解散了吗？你还有任务啦！"唐风没好气地说。

赵永并不答话，把车停在地铁站门口，扔下唐风，便扬长而去！

"妈的！非逼着知识分子说脏话。"唐风背起背包，不忘冲着赵永远去的车骂上一句。

8

唐风看看离发车时间还早，于是找了家饭店先饱餐一顿，又去见了一个朋友，才慢悠悠地走进了西单地铁站。

唐风随着人流走进车厢。可就在这时，车厢门外，通往站台的电梯上一阵骚动。他还没看清楚怎么回事，一个黑影闪进了车厢，紧接着，车厢的门就关上了。透过车门，他发现，站台上冲出了几个彪形大汉，竟是身着便衣的赵永等人。唐风心里一惊，忙转脸望去，他看到了一个熟悉的面孔，那个在地铁启动瞬间钻进车厢的黑影正是韩江。

这是韩江被隔离审查后，唐风第一次见到韩江。

"韩……"唐风刚要喊出韩江的名字，韩江冲他微微摇了摇头。

两人走到车厢僻静处，唐风压低声音问道："这究竟是怎么回事？你怎么逃出来的？你这样可是罪加一等啊！你知道玉插屏丢了吗？"

面对唐风一连串的问题，韩江并不回答，待唐风问完，韩江才道："现在我没有多少时间和你解释，赵永的人下一站就会上来。我只有几分钟，你不要说话，听我说。你相信我是清白的吗？"

"相信！"唐风点点头。

"好！记住，不管老K是不是解散了，咱们不能服输，我们一定要找到瀚海宓城！"韩江说得斩钉截铁。

"可我们什么都没有了，还能做什么？"

"只要我们还活着，就有机会改变一切，拿着！"说着，韩江将一个东西拍到了唐风的手里。

唐风定睛一看，正是自己那个拉链扣形状的U盘。"你……你是怎么弄到的？"唐风又惊又喜。

"不要问那么多，记住我的话。你现在回学校去，该教你的书就去教书，该搞你的研究就去搞研究。总之，该怎么生活就怎么生活，我会去找你的！"

韩江说完，地铁已经驶进了宣武门站。站台上人流攒动，唐风还想说什么，可韩江一闪身，迅速消失在了人流中……